AMANDA HAMPSON | Im Tal der roten Erde

Zum Buch

Das endlos scheinende Land vor ihr und der weite Himmel über ihr: Endlich ist Cassie Munro in ihre Heimat Australien zurückgekehrt. Hinter ihr liegen schwere Zeiten mit ihrem untreuen Ehemann, den sie in London zurückgelassen hat. Nun möchte sich Cassie ein neues Leben aufbauen und ist schon bald mittendrin: Sie trifft alte Freunde, bringt das Unternehmen ihres kranken Vaters wieder in Schwung und genießt die heilende Stille des Outback.

Als Cassie eines Tages ihrem Jugendfreund Mack in die Arme läuft, der inzwischen Vater einer kleinen Tochter ist, weckt die Begegnung zwiespältige Gefühle in ihr. Zwar beginnt Cassies lange verstummtes Herz endlich wieder schneller zu schlagen, aber mit Mack kommen auch die dunklen Erinnerungen zurück: an den einen Abend, der alles veränderte, und an Marianne, die Dritte im Bunde, die den nächsten Morgen nicht mehr erlebte. Zögernd begibt sich Cassie auf eine Reise in die Vergangenheit, getrieben von dem Wunsch, endlich Frieden mit sich selbst zu schließen.

Zur Autorin

Amanda Hampson wuchs in Neuseeland auf, unternahm zahlreiche Reisen in ferne Länder und ließ sich dann in London nieder. Heute lebt die Autorin erfolgreicher Sachbücher mit ihrem Mann, ihren Kindern und Enkeln in Northern Beaches bei Sydney. Im Diana Verlag ist außerdem ihr Debütroman *Land der tausend Bäume* erschienen, der es auf Anhieb in die australischen Bestsellerlisten schaffte.

AMANDA HAMPSON

Im Tal der roten Erde

Roman

Aus dem Englischen von Angelika Felenda

Diana Verlag

Die Originalausgabe erschien 2008 unter dem Titel
Two for the road bei Penguin Group, Australia

FSC
Mix
Produktgruppe aus vorbildlich bewirtschafteten Wäldern und anderen kontrollierten Herkünften

Zert.-Nr. SGS-COC-001940
www.fsc.org
© 1996 Forest Stewardship Council

Verlagsgruppe Random House FSC-DEU-0100
Das für dieses Buch verwendete
FSC-zertifizierte Papier *Holmen Book Cream*
liefert Holmen Paper, Hallstavik, Schweden.

Taschenbucherstausgabe 09/2010

Redaktion | Meike Fritz
Umschlaggestaltung | Hauptmann & Kompanie Werbeagentur,
München – Zürich, Teresa Mutzenbach unter Verwendung
eines Fotos von © Ted Mead/Getty Images
Herstellung | Helga Schörnig
Satz | Christine Roithner Verlagsservice, Breitenaich
Druck und Bindung | GGP Media GmbH, Pößneck
Printed in Germany 2010

978-3-453-35432-6

http://www.diana.verlag.de

Für meinen Dad

Teil I

Reigen seliger Geister

Gerade und glatt wie eine Schnur aus Lakritze schimmert die Straße im Dunst der Mittagshitze. Lichter tanzen auf dem schillernd blauen Lack, Pirouetten auf Chrom. Ein salziger Wind vom Meer bläst durchs offene Fenster und zerrt an meinen Haaren. Das Knistern des Funkgeräts begleitet das gleichmäßige Dröhnen des Motors. Alles wird von Rockmusik und Barnseys harter, kehliger Reibeisenstimme übertönt. Die rasselnde Abschleppwinde hält den Takt, genau wie Kingi. Am Lenkrad sitzend, halb mir zugewandt, einen Arm über die Rücklehne gelegt, hört er nicht nur zu, sondern sein ganzer Körper pulsiert im Rhythmus: Er scheint wie verkabelt, jeder Beat ein Stromschlag. Wir spielen Luftgitarre zu den Solo-Breaks, brüllen die Refrains und vergessen die Außenwelt, während wir an verdorrten Weiden, zerbrochenen Zäunen und ausgezehrten Rindern vorbeifahren, denen der lange, heiße Sommer zugesetzt hat.

Kingi hielt den Blick auf die Straße gerichtet, seine Augen hinter der billigen Wraparound-Brille konnte ich nicht sehen. Ich saß neben ihm, die Beine fast knietief in den Kleidern und Habseligkeiten, die er seine Garderobe nannte. Ich war zwölf Jahre alt und dachte mir nichts dabei. Es war genauso wie in meinem Zimmer, wenn auch auf etwas engerem Raum.

Kingi war 1978 mit gerade achtzehn übers Meer gekommen, um bei der legendären Schafschurtruppe seines Cousins mitzumachen, die auf den Farmen in Neusüdwales arbeitete. »Wenn die Aussies Experten brauchen, holen sie Kiwis.« Wolle übte eine große Anziehungskraft auf ihn aus – Schafe weniger –, und das Führerhaus seines Trucks war praktisch ganz mit Schaffell verkleidet. »Die reine Magie«, behauptete er immer. »Warm im Winter, kühl im Sommer. Fragt sich bloß, woher es das weiß?«

Trotz des muffigen Geruchs und des Durcheinanders war ich sehr gern in Kingis Truck. Er war voll mit interessanten Dingen: Muschelschalen und geschnitzten Holzstücken, die auf dem Armaturenbrett herumschlitterten, ein Zahnputz-Set aus Plastik, vollständig mit Bürste, Becher und Zahnpasta, befestigt mit einem Stück Klebeband. Er war sehr pingelig, was seine Zähne betraf. Sie seien das Beste an ihm, fand er. Es gab Vogelfedern, die er aufgesammelt hatte, und Haken aus Knochen, die vom Rückspiegel baumelten – noch nicht fertiggestellte Arbeiten. Es war das Vorratslager eines Medizinmanns. Alles, was er besaß, befand sich in diesem Führerhaus, aber der Truck selbst gehörte meinem Dad, Al Munro.

Mein Dad war Abschleppunternehmer, ein ziemlich ehrgeiziger, wie ich später im Leben feststellte. Dies war sein zweiter Abschleppwagen. Es gab auch einen dritten, den ein Mann namens Sid fuhr. Der Bilkara-Abschleppdienst sei ein Geschäft mit Zukunft, sagte er immer zu mir und Mum. Er stellte sich ein halbes Dutzend Trucks vor, vielleicht noch mehr, wenn die Leute weiterhin so viele Kinder bekamen und Bilkara immer größer wurde. Die

Stadt bemühte sich, den Tourismus anzukurbeln. Der Campingplatz am Strand war dieses Jahr auf die doppelte Größe angewachsen, und man hatte sogar vor, ein Sommer-Surf-Festival aufzuziehen. Mehr Autos bedeuteten mehr Unfälle. Ganz einfache Rechnung. Abschleppen war Dads Beruf, seine Berufung. »Es gibt keinen besseren Job, als Leute zu retten«, sagte er gern. »Wir sind der effektivste Rettungsdienst in der Welt – du brauchst bloß irgendwo reinzurumpeln. Wir haben die Augen überall.«

Kingi und ich waren heute zu einer Art Rettungseinsatz unterwegs. Nichts Ernstes. Zu richtig schweren Unfällen durfte ich nicht mit – zu viel Blut. Hier ging's bloß um eine Panne auf der Küstenstraße, durchgegeben von einem Farmer auf Anweisung des Milchlastwagenfahrers, der ein Kumpel von Kingi war. Aus naheliegenden Gründen konnte der Fahrer nicht selbst anhalten und seine Hilfe anbieten, schloss aber aus dem Aussehen des Wagens, dass sich der Typ einen Abschleppdienst leisten konnte.

Ein weißes Auto schimmerte in der Ferne durch den grauen Dunst. Als wir näher kamen, sahen wir, dass die Motorhaube hochgeklappt war und ein Mann in einem hellbraunen Hemd und einer dunkelbraunen Hose auf der Grasnarbe stand. Eine weitere Gestalt, eine junge Frau, saß im Schatten unter einem Kasuarinenbaum, Büsche und Sandhügel in ihrem Rücken.

Kingi warf mir schnell einen Blick zu, als hätte er erst jetzt meine Anwesenheit bemerkt. Er drückte auf den Eject-Knopf und würgte Barnseys Gebrüll ab. »Hey, Kui, dreh das Fenster hoch. Man kann nie wissen, wen man draußen auf der Straße trifft.« Lange Zeit dachte ich, Kui *sei ein liebevoller Kosename für mich, aber später fand ich heraus, dass damit eine alte Frau gemeint war, eine Oma, und auf meine Naseweisheit und altkluge Rechthaberei anspielte. Er meinte es aber nett.*

Kingi fuhr weiter, den Fuß aufs Gaspedal gedrückt, als hätte er die Panne nicht gesehen. Ich warf im Vorbeifahren einen Blick aus dem Fenster, sah den verzweifelten Ausdruck auf dem Gesicht des Mannes, wie er die Arme in die Luft warf und sein Mund sich wie in Zeitlupe bewegte.

»Kingi! Halt an – er sieht völlig harmlos aus.« Ich drehte mich um, um aus dem Rückfenster zu sehen. Die Frau war inzwischen aufgestanden. Beide winkten verzweifelt dem Truck nach.

»Ein bisschen Angst macht die Leute umso dankbarer«, sagte Kingi und nahm den Fuß vom Gaspedal.

»Ach, so ein Blödsinn! Das ist gemein!«

»Das hat nichts mit Gemeinheit zu tun, Kleine«, sagte Kingi, gespielt beleidigt, als er bremste und umkehrte. Wir holperten über die Grasnarbe und preschten zurück. Als wir auf gleicher Höhe mit dem weißen Auto waren, wendete er den Truck, um den Wagen abzuschleppen, falls die Leute es wollten. »Bleib hier! Versperr die Tür!« Kingi stieg aus dem Führerhaus. Ich tat, was mir befohlen wurde, drehte aber das Fenster einen Spalt runter, damit ich mithören konnte, während ich auf dem Sitz kniete und aus dem Rückfenster spähte.

»Sie haben doch sicher schon von Weitem die hochgeklappte Motorhaube gesehen?«, rief der Besitzer des weißen Triumph, als er um sein Auto herumkam und sich das Gesicht mit einem Taschentuch abwischte. Er wirkte nicht mehr panisch und ganz sicher nicht dankbar, sondern ziemlich verärgert. Das braune Hemd hatte dunkle Flecken unter den Armen und klebte an seiner mageren Brust. Seine Brille saß schief, und sein herrischer Ton erinnerte an einen Schuldirektor, der es mit einem aufsässigen Schüler zu tun hat. Kingi ging hinten um den Truck herum, und die beiden Männer standen sich plötzlich direkt gegenüber. Mit einiger Genugtuung beobachtete ich, wie sich Braunmanns Miene von Zorn in Verblüffung wandelte. Seine Nase zuckte, als hätte er Gefahr gewittert.

Kingi war nicht groß, aber massig, voller Narben aus früheren Prügeleien und Furcht einflößend. Sein dichtes schwarzes Haar war nachlässig zu einem Pferdeschwanz gebunden. Auf seinen Handknöcheln war rechts HASS und links LIEBE eintätowiert – Ausdruck von Langeweile und mangelnder elterlicher Aufsicht in seiner Jugend. Ein Vermächtnis seiner prägenden Jahre in der sogenannten »Randgruppen-Gesellschaft«, gemeinhin als Schwarzen-Mob bekannt, waren Tattoos, die sich von seinen Schultern über die Oberarme erstreckten. Ein kunstvolles Taniwha – ein böses, drachenähnliches Monster, das angeblich in Aotearoas grünen Flüssen lauert – hatte seine linke Wade im Griff. Die Obszönität, die auf der Innenseite seiner Unterlippe eintätowiert war, konnte man glücklicherweise nicht sehen.

Braunmann betrachtete die Brille und ließ den Blick schließlich auf den Füßen seines Retters ruhen. Laut Kingi waren Schuhe etwas, was man zu Hochzeiten und Beerdigungen trug. Seine Füße waren groß und platt und staubig braun und an den Rändern mit einem zartrosa Saum *eingefasst, der über die Tatsache hinwegtäuschte, dass sie so fest und ledrig wie eisenbeschlagene Stiefel waren. Mir war vollkommen bewusst, dass er für andere Leute gefährlich und unheimlich aussah, aber in meinen Augen war er ein Krieger auf einem Schiff aus Chrom und Stahl. Er war weise und stark, und wenn es jemanden gab, dem ich gleichen wollte, wenn ich groß war, dann Kingi.*

»Tut mir leid, Mann. War nicht bei der Sache. Mit den Gedanken woanders«, antwortete er. Aber er nahm die Sonnenbrille ab und schenkte dem Mann ein breites Lächeln, um ihm die Angst zu nehmen. Wenn Kingi lächelte, bildeten sich Fältchen um seine Augenpartie, und er sah so freundlich aus wie ein alter Mönch, allerdings mit besseren Zähnen. »Wie kann ich Ihnen helfen, Mann?«

Der Typ entspannte sich etwas. »Die blöde Karre ist abwechselnd fast stehen geblieben, dann wieder gelaufen, dann wieder stehen geblieben, und jetzt lässt sie sich nicht mal mehr starten.«

Kingi gab ein nichtssagendes Brummen von sich und steckte den Kopf unter die Kühlerhaube. Es gab nichts, was Kingi nicht über Motoren wusste. Seit seinem zehnten Lebensjahr reparierte er sie und benutzte sogar ein Stethoskop, um die kleinsten Unregelmäßigkeiten aufzuspüren. Er konnte ein Auto so perfekt tunen, dass es im Opernhaus von Sydney hätte singen können, fand er. Allerdings verschwendete er seine Begabung nicht auf jede alte Klappermühle.

Die junge Frau trat aus dem Schatten des Baums und stellte sich neben den Mann. »Wie lange dauert es, das zu reparieren?«

»Meine Tochter fliegt heute Abend nach London«, erklärte der Mann ärgerlich. »Es sind immer noch ein paar Stunden Fahrt bis Brisbane.«

Kingi zog den Kopf unter der Kühlerhaube hervor und blickte von einem zum anderen. »Ich repariere nicht, Kumpel, ich schleppe ab«, erklärte er. Er hatte auch die Begabung, unkooperativ zu sein. Er setzte die Sonnenbrille wieder auf und verschränkte die Arme.

Der Mann wollte sich auf keinen Streit einlassen. »Also gut, wenn Sie uns abschleppen nach ...«

»Bilkara«, sagte Kingi leicht zögernd.

»... können wir dort einen Wagen mieten?«

»Ich schätze, Sie sind noch nie in Bilkara gewesen«, antwortete Kingi. »Nehmen Sie den Gang raus und prüfen Sie, ob die Handbremse angezogen ist, Kumpel.«

Der Mann lief schnell zu seinem Auto und tat wie geheißen. Seine Tochter ging zur Beifahrerseite und nahm eine Handtasche und einen kleinen schwarzen Koffer heraus, der aussah, als enthielte er einen Wagenheber oder Ähnliches.

Kingi schlenderte zur Fahrerseite des Trucks und ließ das Abschleppgestell herunter, dann lief er wieder nach hinten und zog den Ausleger heraus. Er kickte ihn mit bloßem Fuß in die richtige Position und klinkte ihn ein. »Steigt ein, Leute«, sagte er und machte mit dem Daumen ein Zeichen Richtung seiner Fahrerkabine.

Nachdem die Hauptsache vorbei war, öffnete ich die Beifahrertür und schlängelte mich dann wieder zur Mitte der Kabine, während sich Kingi ans Steuer setzte. Es war eng für vier. Ich kauerte praktisch unter Kingis Achselhöh-

len, was für mich schlimmer war als für ihn, weil er draußen in der Hitze geschmort hatte.

»Das ist Cassie«, informierte er das Paar, als sie neben mir einstiegen. »Die Tochter vom Boss.« Der Mann nickte, wandte sich dann desinteressiert ab und sah aus dem Fenster. Seine Tochter lächelte mich an und sagte, ihr Name sei Melanie. Ich sah sie verwundert an. Sie sah ziemlich umwerfend aus mit ihrer milchweißen Haut und dem feuerroten Haarschopf. Ihre Augen waren von einem tiefen Saphirblau. Das rote Haar stammte von ihrem Vater, aber seine Haut war blass und voller Sommersprossen, und seine Augen hinter den Brillengläsern wirkten streng.

Rumpelnd und klappernd nahm der Truck die Extralast auf, und wir fuhren in die Stadt zurück. Beeindruckt von Melanies herrlichem Haar, zog ich meinen Pferdeschwanz über die Schulter, um die Farbe zu begutachten. Er war so rau wie ein Seil und matt rostfarben wie Wüstenerde. Ich hatte mein rotes Haar nie schön gefunden, es gab bloß Anlass zu allerlei Spitznamen wie Karottenkopf, Buschfeuer und – mein persönlicher Favorit – Affenarsch. Mum bestritt allerdings, dass ich ein Rotschopf war. Sie fand, mein Haar sei dunkel erdbeerblond. Allein aus diesem Kommentar schloss ich, dass es nichts Gutes war.

»Was ist in dem Koffer?«, fragte ich Melanie.

»Meine Flöte. Die hab ich gern bei mir«, antwortete Melanie amüsiert.

»Warum gehen Sie nach London?«, hakte ich nach.

»Ich habe einen Platz an der Königlichen Musikhochschule bekommen. Ich bin Flötistin.«

Während ich das in mich aufnahm, glitt mein Blick von der flammend roten Haarpracht zu den winzigen Perlohrringen, über die makellos weiße Bluse auf ihre Hände hinab. Lange schmale Finger mit ovalen, zartrosa lackierten Nägeln lagen gefaltet auf ihrem marineblauen Faltenrock. Unter dem Rock kamen hell bestrumpfte Beine hervor, und ihre Füße steckten in flachen schwarzen Leder-Ballerinas. Nie hatte ich schöner gebügelte Kleider gesehen. Mit den Rockfalten hätte man das Gras am Wegrand schneiden können. Doch das Beste an ihr war, dass sie so wunderbar duftete. Genauso köstlich wie eine Blume, die auf Kingis dampfendem Komposthaufen blühte.

Während wir in Richtung Bilkara fuhren, stellte ich mir vor, die Königliche Hochschule sehe genauso aus wie der Kristallpalast in London, den ich in der Illustrierten Enzyklopädie für Kinder gesehen hatte, wusste aber, dass er vor hundert Jahren abgebrannt war. Ich sah Melanie auf einer niedrigen Bühne in einem langen silbrigen Kleid, das um ihre Beine floss, und ihr Haar umgab sie wie ein leuchtender Glorienschein. Ihre Silberflöte blitzte im Licht, während sie spielte. Selbst über das Dröhnen des Trucks hinweg konnte ich den bewundernden Applaus des Publikums hören. Den Zuhörern gab ich Pelzstolen und lange schwarze Handschuhe, verteilte ein paar glitzernde Diademe unter ihnen und setzte die Leute auf vergoldete Stühle mit Goldtroddeln. Nachdem ich von meiner kleinen Traumreise wieder in die Wirklichkeit eingetaucht war, fühlte ich mich plötzlich befangen, als ob eine Berühmtheit neben mir säße. Ich sah auf meine Hände hinab. Ein schwarzer Halbmond umrahmte jeden Nagel, abgesehen von dem an meinem linken Zeigefinger, den ich vor Kurzem in die Winde geklemmt hatte und der ganz schwarz war. Meine Hände waren feucht vor Schweiß. Ich wischte sie heimlich an meiner Hose ab, wo sie schmierige Flecken hinterließen.

»Ist Flötespielen schwer?«, fragte ich.

»Es ist sehr schwierig, auf dem Niveau der Königlichen Hochschule zu spielen«, sagte der Mann wegwerfend und richtete damit zum ersten Mal das Wort an mich. Doch ganz offensichtlich in der Hoffnung, es sei auch das letzte Mal gewesen.

»Ich spiele seit meiner Kindheit«, fuhr Melanie fort.

»Wie alt sind Sie jetzt?«, fragte ich.

»Kui, Kui«, sang Kingi leise vor sich hin, um mich wissen zu lassen, dass ich gerade eine unsichtbare Grenze verletzte. Ich spürte, wie unbehaglich er sich mit diesen Leuten fühlte. Seit wir in den Truck gestiegen waren, hatte er kein Wort von sich gegeben. Nicht einmal angesehen hatte er sie.

Melanie lachte. »Was für eine Menge Fragen! Ich bin zweiundzwanzig, okay?«

Statt sie in die Stadt zu Harry Deans Werkstatt zu bringen, wo ihm Harry für den Auftrag einen Zwanziger zugesteckt hätte, hielt Kingi bei der ersten Reparaturwerkstätte, an der wir außerhalb von Bilkara vorbeikamen. In der Werkstatt war ein Stellplatz leer, über dem anderen ein Wagen aufgebockt, aber nirgendwo war ein Mechaniker zu sehen. Kingi fuhr den Truck rückwärts auf den freien Platz und ließ den Triumph herunter. Dann verschwand er in die hinteren Räume, kam ein paar Minuten später mit einem

Ersatzteil in der Hand zurück und klappte die Kühlerhaube hoch. Er fummelte eine Weile herum, suchte im Rollwagen des Mechanikers nach einem Schraubenschlüssel, holte aus seinem Truck eine Sprühdose mit WD40 – ein Lebenselexir laut Kingi – und kroch dann wieder unter die Haube.

Die kühle, dunkle Werkstatt war ein wohltuender Zufluchtsort nach der Hitze. Melanie stand mit ihrem Vater verlegen neben dem Auto und drückte ihre Handtasche und den Flötenkoffer an sich. Ich wanderte lustlos herum, wusch mir das Gesicht und die Hände an einem ölverschmierten Becken und setzte mich dann auf einen Stapel alter Reifen. Ich studierte jede von Melanies Bewegungen und versuchte, mir ein Bild von ihr zu machen. Was war anders an ihr? Sogar die Art, wie sie dastand, war anders. Elegant. Ich blickte mich in der Werkstatt um und sah jedes verdreckte Detail mit Melanies Augen: den mit Motoröl verschmierten Rand der Bank, die leckenden Tonnen mit Altöl, den geradezu gierigen Ausdruck des Oben-ohne-Kalendergirls, mit dem es den Steckschlüssel in seiner Hand betrachtete. Es war wie in jeder Werkstatt, die ich kannte, und in dem Moment begriff ich, dass zwischen hier und der Königlichen Hochschule Welten lagen.

»Starten Sie mal, Mann«, rief Kingi, während er den Kopf unter der Haube herauszog und sie zuklappte. Der Mann stieg ein und drehte den Zündschlüssel. Der Wagen sprang sofort an, und Melanie stieß einen kleinmädchenhaften Freudenschrei aus. Ich bemühte mich im Interesse von Kingi, eine coole Miene aufzusetzen, obwohl ich ver-

mutete, dass er von Anfang gewusst hatte, wo das Problem lag.

Der Mann drehte den Motor ab und stieg aus. Obwohl man ihm ansah, wie erleichtert er war, wirkte sein Verhalten jetzt schroffer, als er sich für die Verhandlungen wappnete. »Danke. Was wollen Sie dafür?«, fragte er und ließ es so klingen, als sei das bisschen Arbeit eigentlich überhaupt keine Bezahlung wert.

»Sie müssen mir nichts geben, Mann«, antwortete Kingi fast freundlich. Dann machte er mit dem Kopf ein Zeichen in Melanies Richtung. »Sie hat, was ich will.«

Ein Anflug von etwas, was ich nicht ganz verstand, huschte über das Gesicht des Mannes. Ich sah, dass Kingi einen Nerv getroffen hatte, dass es die Haut vom Reispudding gerissen hatte, wie er immer sagte. Aber Melanie sah Kingi mit ihrem Kristallblick und dem Ausdruck eines Menschen an, der es gewöhnt ist, abzuwarten, keine voreiligen Schlüsse zu ziehen. »Spielen Sie was für Cassie, ja?«, fügte er hinzu. Es war eher ein sanfter Befehl als eine Bitte.

Melanie lächelte und nickte kurz. Sie legte ihren Koffer auf die Kühlerhaube des Wagens und machte ihn auf. Wir warteten schweigend, fast ehrfürchtig, als sie die silbernen Röhren zusammenschraubte. Das Silber sah so seidig aus, als läge ein Schimmer von Altgold darauf. Sie hielt das Mundstück an die Lippen. Aus der Flöte ertönte die beschwingte Melodie von »Three Blind Mice«. Der Klang wirkte hart und schrill. Ich konnte meine Enttäuschung förmlich schmecken. Ich wandte mich ab, rot vor Verlegenheit, und wünschte, sie würden einfach gehen.

»Hey!« Kingis Stimme dröhnte durch die Werkstatt. Melanie brach abrupt ab. »Hören Sie«, fuhr er mit so ruhiger Stimme fort, dass sie bedrohlich klang, »sie will diesen Scheiß von drei blinden Mäusen nicht hören. Liefern Sie ihr was Königliches.«

Trotz meiner Enttäuschung war es mir furchtbar peinlich, dass Kingi Melanie gegenüber so ausfällig geworden war. Sie war solche Ausdrucksweisen bestimmt nicht gewöhnt. Einen Moment lang stand sie schweigend da und kam dann zu der Stelle herüber, wo ich zusammengesunken, inzwischen schon halb abgetaucht, in der Mitte der Reifen saß.

Sie lächelte, als sie die Flöte erneut an die Lippen hob. Diesmal war der Klang so satt, so vollkommen, dass man sich unmöglich vorstellen konnte, dass er mit Luft erzeugt wurde, mit dem Einfangen und Loslassen von Luft. Er war weich, volltönend und einschmeichelnd. Ich schloss die Augen, und die Töne klangen glockenhell und rein. Ich wurde an einen anderen Ort versetzt, wo Wolken ziehen, der Wind in wilden Gräsern singt, das Licht auf Wasserfluten spielt.

Etwas pulsierte in mir, und ich spürte, wie meine Wimpern feucht wurden. Eine Sehnsucht nach etwas, das ich nicht verstand, kam in mir auf, nach etwas, von dem ich nicht wusste, dass es existierte. Ich hatte keine Ahnung, was es war, aber als ich die Augen öffnete, sah ich, dass Melanie auch woanders war, ihr blasser schlanker Körper schien im Dunkel der Werkstatt zu schweben, schattenhaft wie eine Erscheinung.

Als die Musik zu Ende war, schien die Stille zu tönen.

Kingi spendete Melanie Applaus. Auch er hatte Tränen in den Augen.

»Wie war das?«, fragte Melanie.

»Herrlich«, antwortete Kingi leise.

Melanie machte eine tiefe Verbeugung, offensichtlich erfreut über seine Antwort, und wandte sich dann an mich. »Hat es dir gefallen?« Ich brachte kaum etwas heraus. Sie nickte, als verstünde sie mein Dilemma vollkommen. »Der Reigen seliger Geister«, fuhr sie fort und fing an, schnell ihre Flöte auseinanderzunehmen. »Das ist der Moment, wenn Orpheus die elysischen Gefilde betritt. Gluck.«

Nickend, als hätte ich verstanden, dankte ich ihr, rappelte mich aus meinem Reifenbett hoch und kletterte ins Führerhaus des Trucks. Ich sah einen Moment zu, wie Kingi mit Melanie und ihrem Vater sprach. Ich sah Braunmann, der bis vor Kurzem noch so feindlich gewirkt hatte. Er streckte die Hand aus, Kingi schüttelte sie, grinste ihn an und klopfte ihm anerkennend auf die Schulter. Melanie winkte, als sie aus der Werkstatt hinausfuhren. Ich winkte zurück, und sie waren fort.

Kingi ließ sich auf den Fahrersitz fallen, er sah glücklich aus und summte leise vor sich hin. Als er den Truck anließ, reckte eine Frau, vermutlich die Buchhalterin, den Kopf um die Ecke und schaffte es, gleichzeitig neugierig und verärgert auszusehen. Kingi kurbelte das Fenster herunter.

»Er ist gerade essen«, rief sie und lüftete das Geheimnis des abwesenden Mechanikers.

»Danke, meine Liebe, grüßen Sie ihn von mir«, rief Kingi großmütig zurück.

»Wer sind Sie?«

»Sagen Sie ihm, Gluck hat vorbeigeschaut, um hallo zu sagen.« Dann fügte er, kühn geworden, hinzu: »Auf dem Weg in die elysischen Gefilde. Ich ruf ihn an.« Sie merkte, dass er sich über sie lustig machte, funkelte ihn böse an und verschwand.

Schweigend fuhren wir nach Bilkara, und ich spürte, dass ein Stimmungswechsel in der Luft lag. Kingi hielt vor meinem Haus an und stellte den Motor ab. »Du kannst nicht mehr mit mir rumfahren«, sagte er barsch. Da er wütenden Protest erwartete, fuhr er gleich fort. »Du bist zu alt, um mit einem fetten alten Maori rumzuhängen. Du solltest dir ein paar kleine Freundinnen suchen wie deine Kusine, dein Haar frisieren und die Nägel lackieren. Und wenn du nicht anfängst, öfter in die Schule zu gehen, lernst du nie Flöte spielen – sondern endest damit, diesen Scheißkarren zu fahren.«

»Ich könnte nie Flöte spielen«, widersprach ich und dachte an die Fußhaltung von Melanie, die der einer Tänzerin glich. »Und ich möchte diesen Scheißkarren fahren.«

»Ah, pass auf, was du sagst, Kleine. Und nimm den Mund nicht so voll.«

Ich versuchte, ihn mit Argumenten zu überzeugen. »Kingi, man kann doch keinen besseren Job finden, als Leute zu retten ...«

Kingi stieß einen unterdrückten Fluch aus. »Hör zu, sei doch nicht blöd. Kein Mensch geht los und will Abschleppautos fahren. Da landet man irgendwie.« Er starrte aus dem Fenster, bis ich nervös wurde. Dann griff er hinauf und nahm einen kleinen Anhänger ab, der an einer Schnur am Rückspiegel hing. Er ließ ihn vor meinen Augen baumeln. »Siehst du das? Was ist das?«

»Grünstein?«

»Ja, und?«

»Koru?«

»Koru, *richtig. Der junge Farn, der sich entfaltet. Sich zum Licht hinaufstreckt.« Er legte ihn auf seine Handfläche und fuhr mit seinem dicken Finger darum herum. »Der alte Farn beschützt den jungen Farn. Das Symbol von Neuanfang.«*

»Und was willst du damit sagen?«, fragte ich, weil mir Sentimentalität verdächtig war.

Kingi legte den Anhänger in meine Hand. »Ich bin immer dein Freund, Cassie, aber du kannst nicht mehr mit mir rumfahren. Das ist kein guter Platz für dich.«

Dann stand ich am Gehsteigrand und sah zu, wie er die Straße hinunter verschwand. Ich fragte mich, ob ich vielleicht etwas Falsches getan hatte. Es war ein so schöner Tag gewesen. Ich sah auf den Koru *und fuhr mit den Fingern den Grünstein nach. Er hatte die Form einer Welle, die sich nach innen kräuselt. Er passte genau in meine Handfläche. Und in meinem tiefsten Innern wusste ich, dass sich alles geändert hatte. Ich wusste, dass Kingi recht hatte.*

Ein Sack Schweinefett

Das Telefon klingelte, und ohne auf die Uhr zu sehen, wusste Avril Adams, dass es halb eins war und ihre Mutter Dorothy anrief, um sich nach ihrem Lunch zu erkundigen. Um sich versichern zu lassen, dass heute nichts anders war als an jedem anderen Tag. »Bilkara Abschleppdienst«, meldete sich Avril mit ihrer speziellen Telefonstimme.

»Wo bist du?«, fragte ihre Mutter anklagend.

»Was willst du?«, fragte Avril, diesmal ohne ihre spezielle Telefonstimme.

»Wo *bist* du?«

»Mum, ist *Passion* gerade zu Ende?«

»Ja«, antwortete ihre Mutter vorsichtig, weil sie eine Fangfrage vermutete.

»Also, ich bin in einer halben Stunde bei dir. Und zum hundertsten Mal – ruf mich *nicht* bei der Arbeit an.«

Ein tiefes Seufzen am anderen Ende schien widerstrebende Zustimmung zu signalisieren, aber dann fragte sie: »Kannst du nicht früher kommen?«

»Nein.«

Ein scharfes Geräusch ertönte, als ihre Mutter den Hörer aufknallte. Etwas so Energisches, dachte Avril, hatte sie wahrscheinlich in Wochen nicht getan.

Als sie eine halbe Stunde später die Haustür öffnete, beachtete Avril ihre Mutter kaum. Sie saß auf ihrem üblichen Platz vor dem Fernseher und sah sich eine Gameshow an. Dort würde sie immer noch sitzen, wenn Avril am Ende des Tages heimkam. Dann hätte sie sich gerade die abendliche Folge von *Passion* angesehen. Die Serie am Mittag war eine Wiederholung der früheren Folgen für die absolut Süchtigen. Avril war eigentlich erstaunt, dass ihre Mutter die Lebensläufe der vielen Figuren, die zudem auf verschiedenen Zeitebenen spielten, überhaupt auseinanderhalten konnte.

Sie ging direkt in die Küche, machte eine Dose Tomatensuppe auf, goss sie in einen kleinen Topf, steckte zwei Scheiben Brot in den Toaster und stellte Wasser für den Tee auf.

»Marg hat heute Morgen angerufen«, rief Dorothy aus dem Wohnzimmer während einer stumm gestellten Werbepause. Margaret war Dorothys Schwester, die fast jeden Tag anrief, aber selbst wenn sich jemand verwählt hatte, führte das zu einiger Aufregung im Haushalt.

»Ja? Wie geht's ihr?«

»Sie hat ein paar Wehwehchen, über die sie mir alles erzählt hat, aber sie meint, ich könnte vielleicht an einer nervösen Störung leiden. Was hältst du davon?«

Avril seufzte. »Ist Marg Ärztin?«

»Sei nicht albern.«

Avril brachte Suppe, Toast und Tee auf einem Tablett und stellte es auf einen kleinen Tisch vor ihre Mutter. »Glaubst du, es ist eine Geisteskrankheit?«, fragte ihre Mutter. »Oder haben sich bloß irgendwo die Nervenenden ineinander verheddert?«

»Nichts, was mit einer Lobotomie nicht geheilt werden könnte. Da bin ich mir sicher«, antwortete Avril.

»Du siehst wie ein Sack Schweinefett aus in diesem Kleid«, bemerkte Dorothy, als sie ihren Toast in die Suppe dippte.

»Ich nehme das als Kompliment. Vermutlich kriege ich kein besseres«, erwiderte Avril. Sie ließ ihren massigen Körper aufs Sofa sinken. »Cassandra Munro kommt morgen.«

»Wer zum Teufel ist das denn?«, fragte ihre Mutter und bewegte die heiße Suppe im Mund herum.

»Denk mal nach, Mum. Die Tochter von Al? Die in London lebt? Eigentlich heißt sie Cassandra O'Connor, nicht Munro. Ich wollte es dir bloß leichter machen.«

Dorothy hörte zu essen auf und wirkte interessiert. »Diejenige, die in den Unfall verwickelt war? Kommt zurück? Nach all den Jahren? Warum das denn?«

»Um Al zu besuchen natürlich. Ihm geht's nicht besser.«

»Er muss ein guter Vater sein. Weißt du ... wenn sie die weite Reise macht.«

Sie schwiegen einen Moment. »Das ist er, denke ich«, sagte Avril schließlich. »Er ist ein guter Mann.«

»Trotzdem ist sie weggegangen, genau wie unsere Kristy.«

»Das ist doch was ganz anderes, Mum. Kristy ist fortgelaufen.«

»Und wie kommst du darauf, dass es bei diesem Mädchen nicht genauso war?«

»Ich weiß nicht. Sie kommt jetzt jedenfalls zurück. Kristy hat das nicht getan.«

»Wenn ich's geschafft hätte, euren Vater ganz um die

Ecke zu bringen, wäre sie's vielleicht. Sie hätte es in der Zeitung gelesen – es hätte sich im ganzen verdammten Land rumgesprochen. Dann hätte sie gewusst, dass sie unbesorgt heimkommen kann.«

»Ja, aber dann wärst du jetzt immer noch eingesperrt.«

»Nicht, wenn ich im Gericht aufgestanden wäre und die Wahrheit gesagt hätte.«

»Ich denke, das haben wir schon ein oder zwei Mal besprochen, Mum«, erwiderte Avril und stemmte sich aus dem Sofa hoch. »Ich muss jetzt zur Arbeit zurück.« Noch bevor ihre Mutter protestieren konnte, war sie schon zur Tür hinaus, froh wie immer, der bedrückenden Atmosphäre des Hauses zu entkommen, wo ihre Mutter ihre Tage und Nächte in einem selbst geschaffenen Gefängnis verbrachte.

Avril fuhr zu dem Trucker-Imbiss auf dem Highway gleich an der Autobahnausfahrt, wo sie sich an ihren üblichen Tisch in der Ecke unter den Ventilator setzte. Die kalte Luft trocknete ihren Schweiß und brachte ihren ganzen Körper zum Kribbeln. Das Frühstück, das rund um die Uhr serviert wurde, und der Kaffee, den man unbegrenzt nachbestellen konnte, wurde rasch gebracht mit einem Stapel Toast und Speck, der über den Tellerrand quoll. Sie schob sich eine Speckscheibe nach der anderen in den Mund zusammen mit Eigelb bestrichenem Buttertoast und fühlte sich zum ersten Mal an diesem Tag einigermaßen wohl. Nachdem sie ihre Mahlzeit mit einer Portion Eiscreme mit warmer Schokosoße und mehreren Tassen Kaffee abgerundet hatte, ging es ihr richtig gut. Sie kringelte sich förmlich vor Freude, als sie mit den Händen über ihren angespannten Bauch strich, und stellte mit Genugtuung fest, vollkommen abgefüllt zu sein. Befriedigt. Satt. Als sie aufblickte, merkte sie, dass der Trucker am Nebentisch sie beobachtete, und sie schenkte ihm ein schläfriges, katzenhaftes Lächeln.

Puha und *la-di-dah*

Es war das erste Mal, dass Cassie Bilkara aus der Luft sah. Die Spitze der Halbinsel war ein gekrümmter Finger mit dichtem grünen Buschwerk bedeckt, der sich, von einer durchgehend weißen Linie aus Sand umsäumt, aus dem blauen Ozean schälte. Das kleine Flugzeug begab sich in Schräglage, wandte sich nach Süden und setzte zur Landung an. Sein Schatten strich über das Wasser, und sie konnte die Kämme der Brecher sehen, die langsam auf den Strand zurollten. An einer unsichtbaren Linie, die das Buschland auf der Landzunge von der Stadt trennte, begannen die Häuser. Die Stadt breitete sich südlich von der Halbinsel aus, verlief am Strand entlang und wurde von den Hügeln bewacht, die sich steil im Hinterland erhoben. Die Schönheit überraschte Cassie, hob aber ihren tiefen Widerwillen gegen den Ort nicht auf. Sie fühlte sich, als sei sie wehrlos hierhergezerrt worden, als hätte sie sich in einem Kraftfeld verfangen, dem sie nicht entkommen konnte.

Endlich landete die Maschine, nachdem sie mehrmals über dem Flugplatz hatte kreisen müssen, weil ein durchgegangenes Pferd von der Landebahn entfernt wurde, und Kingi wartete auf dem Flugfeld auf sie. Schon aus einiger Entfernung erkannte ihn Cassie an seiner typischen Haltung: die Arme verschränkt, die Beine schulterbreit auseinandergestellt, als wollte er das Flugzeug persönlich stoppen, falls nötig. Er hatte sich sogar eine grüne fluoreszierende Weste besorgt. Die Sicherheitsstandards waren niedrig, aber bestimmt nicht so niedrig. Kingi hatte immer noch Beziehungen.

Es waren nur sieben Passagiere an Bord, sechs davon sahen ihn neugierig an und machten einen großen Bogen um ihn. Cassie war der siebte, und bevor sie Zeit hatte, um sich nach mehr als zehnjähriger Abwesenheit über ihre Beziehung klar zu werden, hob er sie schon hoch und schloss sie in seine bärenhafte Umarmung. Mit einem Grinsen setzte er sie wieder ab.

»Kingi!«, sagte Cassie verblüfft, als sie die Veränderungen bemerkte. Sein Haar war kurz, und er trug Jeans und Stiefel. Er war glatt rasiert und roch nach Aftershave. »Du siehst großartig aus! Ich hoffe, du hast dich nicht meinetwegen rasiert.«

Er rieb sich die Wangen, als vermisste er seine Stoppeln, sein früheres Markenzeichen. »Mein Gott, wenn du bloß alle Jubeljahre heimkommst, fühle ich mich eben gezwungen, mich ein bisschen anzustrengen«, sagte er grinsend. »Du siehst aber auch nicht schlecht aus. Wo ist denn dein Mann?«, fragte er.

»Er war gerade auf einer Konferenz in Manchester ... Ich bin sofort los, als ich Mums Anruf bekam. Wie geht's Dad?«, fragte sie, ohne ihn anzusehen, während sie auf das Terminalgebäude aus Wellblech zugingen.

»Nicht gut. Er weiß, was los ist, aber ...« Kingi zuckte die Achseln, weil er nicht gern Auskunft über Als Zustand gab.

»Wo ist Mum? Warum ist sie nicht hergekommen?«

»Josie ist oben im Krankenhaus. Ich bring dich hin.«

Wie Fremde, die sich nicht auskennen, standen sie im Innern des Terminals, bis schließlich der Gepäckwagen mit den ordentlich aufgestapelten Koffern auftauchte. Kingi warf einen verstohlenen Blick auf Cassie, als sie ihr Gepäck suchte. Sie war eine echte Kaktusfrucht. Man musste erst die stachlige Schale überwinden, bevor man zum süßen Kern vordrang. Von der schmutzigen Göre, die ihn jahrelang begleitet hatte, war nichts mehr zu sehen. Das wilde rostrote Haar war gezähmt und zu einem Knoten geschlungen, und selbst für sein untrainiertes Auge wiesen Schnitt und Fall ihrer dunklen Hosen und olivfarbenen Bluse auf teure Designer-Klamotten hin. Aber derlei Dinge bedeuteten ihm nichts. Er spürte die Traurigkeit in ihr. Er berührte sie an der Schulter. »Schön, dass du wieder zu Hause bist, Cass«, sagte er.

Sie sah ihn seltsam an, als wollte sie abschätzen, ob seine Worte aufrichtig waren, und belohnte ihn dann mit einem vorsichtigen Lächeln. »Es ist der rote«, sagte sie auf ihren Koffer deutend und erwartete genau wie früher, dass Kingi sich um alles kümmerte. Er nahm ihn vom Wagen und drückte ihn auf dem Weg zum Ausgang an die Brust, als handle es sich um kostbare Fracht. »Er hat Räder, weißt du – du brauchst ihn nicht zu tragen«, erklärte sie, während sie neben ihm herging.

»Mädchenkram. Ich hab schließlich einen Ruf zu verlieren«, erwiderte er gespielt ernst.

Das Nachmittagslicht wich allmählich der Dämmerung, als sie den Parkplatz überquerten, und es war ein fast theatralischer Effekt, als die Straßenbeleuchtung anging und die Hochglanzlackierung von Kingis safirfarbenem Abschleppwagen aufblitzen ließ – zu seiner offensichtlichen Befriedigung.

»Ein schöner Wagen, Kingi«, sagte Cassie mit aufrichtiger Bewunderung. Er nahm ihr Kompliment mit einem unbescheidenen Recken des Kinns zur Kenntnis. Was ihren Koffer anbelangte, so hatte er entweder vergessen, wie fragil er war, oder seine Meinung darüber geändert, weil er ihn jetzt auf die Ladefläche warf, eine schmierige Kette mehrmals darumschlang und ihn schließlich mit einem dicken Haken befestigte, den er durch den Griff zog.

Cassie stand an der Tür des Führerhauses, sah über den fast leeren Parkplatz hinweg und atmete die warme Nachtluft ein. Es war Anfang Januar, und die Hitze legte sich wie eine feuchte, duftende Hülle um sie. Süße Frangipani, saurer Dieseltreibstoff, salzige Brise – die intensiven Gerüche einer Kindheit, die endlos lange zurücklag.

»Los, rein mit dir, *Kui*«, rief Kingi mit einem fröhlichen Grinsen, als er die Fahrertür öffnete und selbst einstieg.

Es war Sonntagabend und der Industriebereich am Rand der Stadt ein trübseliges, von Flutlicht beleuchtetes Ödland mit Fabriken und Lagerhäusern und hohen Sicherheitszäunen darum. Dutzende neuer Gebäude waren in Cassies Abwesenheit aus dem Boden geschossen: ein riesiger Supermarkt für Haushaltswaren, ein riesiges Gartencenter und ein riesiger Fabrikverkauf für Gartenmöbel. Plötzlich war ihr fast schlecht vor Müdigkeit nach der scheinbar endlosen Reise. Zurück zu dem Ort, wo sie angefangen hatte. Nach Hause. Sie hatte gedacht, sie würde sich nicht sicher fühlen in dieser Stadt, aber in Kingis Truck fühlte sie sich so sicher, wie sie es immer getan hatte. Ihr Krieger aus alten Zeiten. In der mit Pelz ausgekleideten Höhle des Führerhauses erinnerte sich Cassie an den Tag, als sie das letzte Mal mit ihm im Truck gefahren war. An das rothaarige Mädchen mit der Flöte. Und an die klaren, reinen Töne, die sie in eine andere Welt versetzt hatten, an einen unbestimmbaren Ort, den sie bis heute noch nicht gefunden hatte.

Im Innern des Führerhauses sah es noch ziemlich genau so aus, bei näherer Betrachtung jedoch war es sauberer und ordentlicher als in den alten Tagen, und die Schaffelle wirkten relativ neu. »Hier hat sich nicht allzu viel verändert«, stellte sie fest, eher um irgendetwas zu sagen als aus sonst einem Grund. Sie und Kingi hatten sich vielleicht einmal sehr gern gehabt, aber das war lange her. Endlos lange, kam ihr vor. Kingi jedoch sah völlig unberührt von allen Vorbehalten, die er haben mochte, zu ihr herüber und grinste sie glücklich an.

»Hier in der Gegend hat sich eine Menge verändert, Cass.«

»Wie läuft das Geschäft?«, fragte sie.

»Je nachdem«, antwortete er unbestimmt.

»Macht ihr immer noch Pfändungen?«

»Nein, Dave, der die Pfändungen gemacht hat, ist von einem verrückten Dreckskerl in den Kopf geschossen worden.«

»O mein Gott! Wirklich? Er war doch eigentlich ein ganz netter Typ, oder?«

Er kräuselte die Lippen. »So hat's vielleicht ausgesehen. Du warst ja noch ein Kind damals. Er ist schon auch ein ziemliches Arschloch gewesen, trotzdem ...« Er hielt einen Moment inne, um darüber nachzudenken, ob Dave ein genügend großes Arschloch war, um tatsächlich eine Kugel zu verdienen, und fügte dann weise hinzu: »Wie auch immer, heutzutage gibt's nicht mehr so viel Möglichkeiten für Pfändungen. Es geht ständig bergauf mit uns. Hier lässt sich eine Menge Kohle machen. Touristen und so, weißt du. Pannen und Unfälle.«

Über das Rattern des Trucks hinweg erhob sich das Dröhnen eines anderen Fahrzeugs, das heftig beschleunigte. Zu ihrer Linken kam blendendes Scheinwerferlicht direkt auf sie zu. Kingi riss den Kopf herum, um an Cassie vorbeizusehen. »*Mist!* Pass auf! Zieh den Kopf ein!« Er trat mit voller Kraft auf die Bremse und schwenkte auf die andere Straßenseite. Die Lichter der entgegenkommenden Autos strömten auf sie zu, schrilles Hupen ertönte. Der Truck kippte, zwei Räder hoben vom Boden ab und krachten anschließend wieder auf die Teerdecke, als Kingi in die Spur zurückschwenkte. Alles im Führerhaus verschob sich von links nach rechts und wieder zurück, nachdem alle vier Räder wieder Bodenhaftung hatten. Auf der Gegenfahrbahn gellte das Hupen der wütenden Fahrer an ihnen vorbei und verlor sich schließlich in der Ferne.

Kingi nahm den Fuß vom Gaspedal und sah zu Cassie hinüber. »Tut mir leid. Alles in Ordnung mit dir, Mädchen?«

Sie hob den Kopf, ihr Herz raste, und sie spähte über das Armaturenbrett, wo sie die Rücklichter eines schwarzen Holden Maloo in der Ferne verschwinden sah. »Gütiger Gott! Wo zum Teufel ist der denn hergekommen?«

»Der hat in einer Parkbucht gewartet, schätze ich.«

»Auf uns?«

Kingi schwieg eine Weile. »Vielleicht ein kleiner Willkommensgruß für dich.«

»Für mich?«, fragte Cassie alarmiert.

»Das ist eine lange Geschichte. Die willst du heute Abend nicht hören.« Er machte eine Pause, entschied aber nach kurzem Überlegen, dass er es genauso gut gleich hinter sich bringen konnte. »Es ist, ähm ... höchstwahrscheinlich hat das was mit Bob Reeds Leuten zu tun.«

»Ah, ich verstehe. Der einzige Mensch, dem ich nicht begegnen will.«

»Hey! Doch klasse, dass ich so ein verdammt guter Fahrer bin, oder?« Kingi lachte laut auf, aber einen Moment später war er wieder ernst. »Hier wird's allmählich ziemlich gefährlich, Mädchen.«

Cassie seufzte. »Bilkara hat immer seine dunklen Seiten gehabt. Ich denke, das ist mir als Kind nicht aufgefallen.« Sie wandte sich ihm zu, und um die Stimmung aufzumuntern, sagte sie neckend: »Du warst damals auch nicht ganz ohne, wenn ich mich recht entsinne.«

»Das ist jetzt vorbei.« Er schüttelte ungläubig den Kopf über seine eigene Veränderung. »Ich muss an meine Jungs denken. Elaine findet, ich soll ein gutes Beispiel geben. Die Dinge friedlich regeln. Lieber mal ein kleines Gespräch führen. Über mein Verhalten nachdenken und so was.« Darüber sinnierte er einen Moment lang nach und fügte dann um der Genauigkeit willen hinzu: »Na schön, ab und zu gibt's mal 'ne brenzlige Situation, im Pub oder so. Irgendein Typ ist auf 'ne Schlägerei aus und will kein Nein als Antwort gelten lassen. Den muss ich dann vielleicht nach draußen bitten und ihn ein bisschen zurechtmontieren. Ihm zeigen, wo's langgeht für ihn. Bloß um, ah ...« Da er beim besten Willen nicht präzise sagen konnte, was dabei herauskommen sollte, schloss er einfach mit einem vieldeutigen Achselzucken.

»Um ihn wieder in die Spur zu bringen?«, schlug Cassie vor.

»Genau. Ich geh nicht so oft in den Pub, also ist das kein Problem. Reed allerdings, der *ist* ein Problem. Aber vergiss ihn. Elaine hätte gern, dass du auf einen Bissen vorbeikommst, solange du hier bist. Ich möchte, dass du meine Jungs kennenlernst. Sie kommen nach ihrem Vater – hübsche Bengels«, fügte er hinzu und lachte in sich hinein.

»Das würde ich gern. Solange Elaine das Kochen übernimmt – außer deine kulinarischen Fähigkeiten haben sich verbessert, seit du bei uns gewohnt hast.« Cassie sah ihn von der Seite an.

Kingi schüttelte betrübt den Kopf. »Ach je, ich hab gedacht, sie hätten dir in London ein bisschen Charme und Raffinesse beigebracht, Mädchen, und du hättest jetzt diesen la-di-dah-Akzent drauf. Ich dachte, du kommst zurück und könntest uns ein paar Tricks beibringen. Aber jetzt muss ich große Schüsseln *puha* und *pakeha* kochen.« Sie grinsten einander an, und mit dem abgedroschenen Scherz stellte sich ganz von selbst die alte Vertrautheit wieder ein. »Ich hab die ganzen alten Witze auch bei meinen Jungs angebracht«, gestand er. »Wie auch immer, Elaine ist eine verdammt gute Köchin, also keine Sorge deswegen.«

Kingi setzte Cassie am Krankenhaus ab und versprach, ihren Koffer im Haus ihrer Eltern abzuladen. Sie blieb am Empfang stehen, um schnell ihr Handy anzuschalten. Fünf Anrufe – alle von Dan. Sie hatte die Daten nicht mehr genau im Kopf, aber er war sicher von seiner Konferenz wieder zurück. Es würde ihm nichts ausmachen, wenn er sie nicht erreichen konnte. Sie schaltete das Handy wieder ab.

Nachdem das Wiedersehen mit Kingi sie vom wahren Grund ihres Besuchs abgelenkt hatte, brach jetzt der ganze Schrecken mit aller Macht über sie herein. Mit weichen Knien und schwindlig vor Müdigkeit und bösen Vorahnungen lehnte sie sich einen Moment an die Wand. Das letzte Mal hatte sie ihre Eltern vor fast fünf Jahren gesehen, als sie nach London kamen und ein paar Wochen geblieben waren. Sie hatten die Reise nur deswegen gemacht, weil sie schließlich die Hoffnung aufgegeben hatten, Cassie würde noch einmal nach Hause kommen. Al hasste London von dem Moment an, als er in Heathrow ausstieg. Er entwickelte eine Art von Abscheu erfüllter Faszination, was die Menge des Verkehrs und die Komplexität des Straßenbilds anbelangte, war aber widerstrebend beeindruckt von den Navigationskünsten der Taxifahrer, der Tyrannei der Reifenkrallen und der Anarchie des Parkens auf den Gehsteigen. In der zweiten Woche sah Cassie, dass er die Stunden zählte, bis er wieder in seinem Truck saß und mit Johnny Cash im Ohr, Salzluft in den Lungen und eine Karambolage im Blick die Küstenstraße hinunterfuhr.

Sie wanderte in den stillen Fluren des Krankenhauses herum, fand schließlich die Zimmernummer und blieb eine Weile unbemerkt an der Tür stehen, um ihre Mutter zu beobachten, die an Als Bett saß und laut aus einem Buch vorlas.

»... er umspannte ihre schmale Taille mit seinen starken muskulösen Händen und zog sie an sich ...« Sie las mit heiserer, ziemlich theatralischer Stimme, aber hinter der Schildpatt-Lesebrille, die auf der Spitze ihrer Nase saß, sah ihr Gesicht müde und ausgelaugt aus. In fünf Jahren war ihr früher goldenes Haar aschgrau geworden. Doch trotz der Anzeichen des Verfalls hatte sie immer noch ein paar Reste ihrer früheren Schönheit bewahrt. Die verwelkte Festzugskönigin von Ajax-Reifen, Miss Bilkara 1967.

Neben Al waren noch zwei andere Männer im Krankenzimmer. Mit dicken Kissen im Rücken saßen sie in ihren Betten und lauschten gebannt, während Josie vorlas. Ihr Blick wirkte so verwundert, als bezweifelten sie, dass sie überhaupt real war, als läse Wendy den »Verlorenen Jungen« vor. Die Gesichtsfarbe und das Haar des Patienten nahe an der Tür waren grau und standen in scharfem Gegensatz zu dem korpulenten Typen im anderen Bett, auf dessen Nase und Wangen sich eine wahre Explosion glutroter Venen abzeichnete.

Cassie hatte schließlich keine andere Wahl, als ins Zimmer zu treten und sich der Wahrheit zu stellen, für die sie den ganzen weiten Weg gemacht hatte. Ihr Vater saß auf seine Kissen gelehnt da und wirkte merkwürdig starr. Man hatte ihn in diese Position gebracht, er hatte sie nicht aus eigenem Willen eingenommen.

»›... ich werde dich nie loslassen, Liebling!, flüsterte er inbrünstig in ihr weiches duftendes Haar. Niemals. Niemals!‹« Josie drehte sich plötzlich um und hob den Blick über die Brillenränder. »Hallo, Liebling!«, sagte sie vor Freude strahlend. Sie legte das Buch aufs Bett und schien einen Moment lang nicht zu wissen, was sie als Nächstes tun sollte. Cassie erlöste sie aus dem Dilemma, indem sie schnell den Raum durchquerte, um ihre

Mutter zu umarmen. Sie wusste, dass sie allein für die Distanz zwischen ihnen verantwortlich war. Sowohl in physischer wie in jeder anderen Hinsicht.

»Ich hab gespürt, dass jemand da war. Ich dachte, es sei die Schwester. Aber du warst es«, stieß Josie atemlos hervor. »Ich freue mich *so*, dass du gekommen bist, Liebling.« Ein wenig sicherer inzwischen umarmte sie Cassie erneut und sah über die Schulter ihrer Tochter hinweg. »Konnte Dan nicht mitkommen?« Cassie vermutete, dass ihre Mutter mit ihrem bestürzten Gesichtsausdruck die Tatsache kompensieren wollte, dass sie und Al Dan nicht mochten und grundsätzlich missbilligten.

»Es ging zu schnell. Er war weg. Beruflich«, erklärte Cassie.

»Oh. Na schön, da ist er. Da ist der liebe Dad.« Josie beugte sich vor, um Als Haar zu ordnen, und kämmte es mit den Fingern hektisch in die eine und andere Richtung. »Al, Liebling, sieh nur. Cassandra ist da. Sie ist nach Hause gekommen, um dich zu besuchen«, flötete sie mit einer Singsang-Stimme, als wollte sie einem unartigen Kind gut zureden.

Sein Gesicht war geschwollen und entstellt. Er hing an einem Tropf und einem Herz-Monitor. Er wirkte hilflos wie ein Kind. Er war so weit entfernt von dem, wie ihr Vater wirklich war, dass man ihn überhaupt nicht wiedererkannte. Nicht nur in körperlicher Hinsicht, sondern auch als der wahre Al Munro, der König der Landstraße, der Mann der Tat, der Retter. Der Mann, der Windschutzscheiben einschlug, um verletzte Trucker aus brennenden Lastwagen zu zerren, der verängstigte Menschen aus Autos befreite, die sich um Strommasten gewickelt hatten, der Leute mit seiner Winde aus den Tiefen eines Flusses heraufholte, damit ihre Familien sie begraben und betrauern konnten. Der Mann, der von sich behauptete, er könne schon zehn Meter vor einem Unfall den scheußlichen Geruch des Todes wahrnehmen. Der Mann, der bis spät in die Nacht aufblieb und in seinen Whisky weinte, wenn bei einem Unfall ein Kind gestorben war. Cassie erinnerte sich, dass er achtzehn Stunden am Tag gearbeitet hatte, sieben Tage die Woche. Er schlief mit einem Polizeifunkgerät neben seinem Bett, um mitten in der Nacht zu einem Rettungseinsatz zu fahren. Er leitete sein Geschäft, seine Fahrer, und wenn sie es zuließen, auch sie und Josie. Man verließ sich darauf, dass er zur Stelle war, wenn man ihn brauchte. Jeder tat das.

»Drei gebrochene Rippen, gebrochenes Schlüsselbein, Gehirnerschütterung, Schnittwunden im Gesicht und am Körper«, spulte Josie die Liste herunter wie eine Rolle, die sie für eine Schulaufführung gelernt hatte. »Und dann, als Krönung von allem, noch einen Schlaganfall.« Sie hielt inne. »Er kann nicht sprechen.«

»Hallo, Dad.« Cassie versuchte zu lächeln. Sie stand vor ihrem Vater und sah, dass die Lebenskraft aus ihm herausgesaugt worden war. Sie waren unfähig, aufeinander zuzugehen, unfähig, sich voneinander wegzubewegen. Beide Gefangene der Lage. All die Jahre auf der anderen Seite der Welt, dachte sie, sie brauchte ihn nicht. Aber wenn sie ihn bräuchte, wäre er da. Tränen brannten plötzlich in ihren Augen und tropften wie Perlen auf die steifen weißen Laken. Zitternd lehnte sie sich ans Bett und suchte nach Halt. Sie nahm Als Hand und hielt sie fest. Sie war trocken und warm und sauberer, als sie sie je gesehen hatte. Keine Arbeitshand mehr, nicht einmal mehr eine nützliche Hand. Zögernd blickte sie ihm in die Augen und sah seine Wut, den blinden Zorn der Frustration. Aber mit dem Zorn war leichter umzugehen als mit den Tränen, die in seine Augen traten, während er ihrem Blick standhielt. Als er wegsah, war es kaum zu ertragen. Halb aufs Bett fallend, legte Cassie den Kopf an die Brust ihres Vaters und lauschte seinem Herzschlag. Sein wütendes, zorniges Herz. Sie hörte, wie sich tief in ihrem Innern ein Schluchzen löste, und fing mit kindlicher Angst zu weinen an, mit der erstickenden Panik einer Zehnjährigen.

Josie nahm schnell ihr Buch, legte ein Lesezeichen in die Seiten und klappte es zu.

»Ah, Josie – war's das?«, fragte Rotgesicht, ohne auf das reale Drama einzugehen, das sich vor ihm abspielte. Er wurde noch röter und sah aus, als würde er zergehen vor Enttäuschung.

»Ihre Tochter ist aus England gekommen. Lass sie in Ruhe«, sagte der blasse graue Mann und schloss erschöpft die Augen, weil er sich bereits darauf einstellte, dass es nichts Schönes mehr zu hören gäbe.

»Das war's für heute Abend, Jungs«, erklärte Josie entschieden. »Cassandra muss nach Hause ins Bett. Ich komme morgen wieder. Zur selben Zeit ...«

»Am selben Ort«, antworteten sie gehorsam.

Verwirrt, dass sie plötzlich gehen sollten, versuchte sich Cassie wieder zu fassen. Josie packte ihre Sachen in eine Tasche und zog ihre Jacke an. Sie küsste Al auf die Wange und flüsterte ihm etwas ins Ohr. Seine Mundwinkel fielen nach unten, was ihm einen kummervollen Ausdruck verlieh, als er sie wehmütig ansah. Josie wandte sich Cassie zu. »Ich bitte die Schwester, uns ein Taxi zu rufen.«

Cassie küsste ihren Vater auf die Stirn, murmelte, dass sie am Morgen wiederkommen würde, und ging schnell zur Tür.

Als sie am Schwesternzimmer vorbeikamen, winkte die diensthabende Schwester Josie freundlich zu und nahm den Hörer ab, um ein Taxi zu rufen. Josie bedankte sich mit einem königlichen Nicken, als sie an ihr vorbei den Flur hinuntergingen, wo nur ihre Schritte zu hören waren. Sie warf ihrer Tochter ein paarmal ein nervöses Lächeln zu, um sich auf sie einzustellen, um die richtigen Worte zu treffen. »Du siehst gut aus, Schatz. Du musst glücklich sein«, sagte sie hoffnungsvoll.

Cassie nickte, weil sie nicht zu sprechen wagte.

»Ich hab mir Sorgen gemacht, als wir damals drüben waren. Du hast ein bisschen spitz ausgesehen. Zu dünn«, fuhr Josie fort.

»Mir geht's wirklich gut, Mum – du sorgst dich zu viel«, antwortete Cassie genervt. »Ich schwinde schon nicht dahin. Dan findet ...« Was Dan dachte, wollte sie ihrer Mutter lieber nicht sagen. »Mir geht's gut. Was sagen die Ärzte über Dads Zustand? Wie bald kommt er denn hier raus?«

Josie schwieg einen Moment. »Sobald er feste Nahrung zu sich nehmen kann, muss er verlegt werden.«

»Verlegt?«

»Die Verletzungen werden heilen, aber der Schlaganfall ...«

»Wie konnte Dad einen Schlaganfall haben? Er ist kaum sechzig?«

»Es ist ein Aneurysma, im Gehirn. Der Arzt meinte, es kann durch den Schlag oder durch ein schwaches Gefäß verursacht worden sein. Er hatte Probleme mit dem Blutdruck. Sie wissen einfach nicht genau, was der Auslöser war.«

»Aber du hast gesagt ›verlegt‹ ...?«

Josie nahm all ihren Mut zusammen. »Er muss in ein Pflegeheim. Nur vorübergehend. Dort bekommt er Physiotherapie ...«

»In ein Pflegeheim? Nein! Kein Pflegeheim.« Cassies Stimme brach ab, als ihr wieder die Tränen kamen. Josie presste die Lippen zusammen und sagte nichts.

Es war fast vierzehn Jahre her, dass Cassie in ihrem Elternhaus gewesen war. Sie hatte Bilkara damals in großer Hast verlassen. Ohne sich zu verabschieden. Und abgesehen von der Tatsache, dass Dan kein besonderes Interesse zeigte, Australien zu besuchen – ein Mal sei genug, fand er –, hatte sie ihn auch nie hierherbringen wollen. Sie konnte sich des Gedankens nicht erwehren, dass er ihre einfache Herkunft irgendwie gegen sie verwenden würde. Nicht, dass seine eigene nicht auch einfach gewesen wäre. Aber er hatte ein Auge für Details, und sie konnte sich vorstellen, dass er ihre Jugendjahre beschönigte und banalisierte, sie zu bloßem Stoff für Stammtischrunden machte, um den Jungs einen Gefallen zu tun – genauso wie er es mit den Geschichten aus zweiter Hand über Als Eskapaden als Abschleppunternehmer getan hatte. Wenn er Eindruck schinden wollte, erzählte er den Leuten, dass Cassies Vater ein Transport-Imperium in Australien gehöre. Bei ihm hörte sich alles kühn und romantisch an, und er ließ Al kreuz und quer durch die Nullarbor Wüste fahren. Die Sache mit der Nullarbor Wüste war ihm irgendwann einmal eingefallen, und unbeeindruckt von der Tatsache, dass er selbst nie dort gewesen war und nur höchst ungenaue Vorstellungen über deren Lage hatte, gefiel ihm der Klang des Namens, und er erwähnte ihn oft in einer Weise, die Cassie ärgerte. Es machte den Eindruck, als wäre alles in Australien irgendwie absurd oder komisch – wie der Big Banana-Freizeitpark etwa. Als wäre selbst die reine Unwahrscheinlichkeit der Landform lachhaft. Cassies Freundin Julia, die in der Wohnung unter ihnen lebte, war im East End aufgewachsen und behauptete, die Engländer machten sich über alles Australische lustig, um die peinliche Tatsache zu kaschieren, dass sie Gesetzesbrecher zur Strafe dorthingeschickt hatten. Insgeheim fluchten sie, versicherte sie Cassie, und ärgerten sich über ihren Mangel an Weitblick.

Obwohl viel Zeit vergangen war, hatte sich im Haushalt der Munros sehr wenig verändert. Cassie fand dies bis zu einem gewissen Grad tröstlich, wenn auch nicht absolut erfreulich. Das Haus war so unordentlich und ungepflegt, wie es immer gewesen war. In ihrem früheren Zimmer standen immer noch zwei schmale Betten mit buttergelben Chenille-Überwürfen, die mindestens zwanzig Jahre alt waren, und dieselbe Kommode dazwischen. Abgesehen von mehreren halb herunterhängenden Postern von Blondie und Bowie fehlte dem Zimmer erstaunlicherweise alles Persönliche. Es war eigentlich noch genauso, wie sie es verlassen hatte, abgesehen davon, dass Josies umfangreiche Bibliothek von Kitschromanen auf einem Bett und stapelweise vor einer Wand lagen.

»Tut mir leid wegen der Bücher«, sagte Josie mit einer hilflosen Geste, als handle es sich um Gäste, die zu lange geblieben waren. »Ich will sie ständig verkaufen, aber jedes ist irgendwie so speziell, dass ich mich einfach nicht von ihnen trennen kann.«

Sie ließ ihren Koffer auf ihrem alten Bett zurück und folgte ihrer Mutter in die Küche, wo Josie mit einem perplexen Ausdruck im Gesicht vor der Speisekammer stand – ein Bild, das Cassie öfter gesehen hatte, als ihr lieb war. »Eine Tasse Tee?«, fragte Josie. »Ein Glas Wein? Oh ... wir sollten mit Champagner auf deine Rückkehr anstoßen.«

»Wohl kaum ein Grund zum Feiern, Mum«, sagte Cassie so freundlich sie konnte. Die Küche war genauso, wie sie sie in Erinnerung hatte: schmale Arbeitsflächen voller Gläser, Flaschen und Papierstapel, dahinter Rechnungen und Notizen an die Wand gepinnt. Die offene Speisekammertür gab den Blick auf dicht gefüllte Regale frei, die wie ein undurchdringlicher Wald aus

Lebensmitteln wirkten. Cassie zog sich einen Stuhl heraus und setzte sich an den Resopaltisch. Das Scharren des Plastikstuhls auf dem Linoleum und das leichte Keuchen des Vinyl-Polsters, als die Luft herausgepresst wurde, waren so vertraut wie Lieder aus ihren Kindertagen. So vertraut wie die Laute bei den tausend Mahlzeiten, die geräuschvoll und nachlässig zusammengepfuscht wurden, und Josies nervöses Summen, das immer die Hintergrundmusik für ihre Kochspiele bildete.

»Nur eine Tasse Tee, Mum.« Cassie legte den Kopf in die Hände und sehnte sich nach Schlaf.

»Ein schönes Omelett?«

»Sicher.«

»Mit Käse?«

»Ohne Käse.«

Das Telefon klingelte. Josie nahm ab, während Cassie am Küchentisch wartete und ihre Hoffnung auf Tee und Omelett mit jeder Minute dahinschwand.

»Hmm ... ich weiß, ich weiß. Ja, das würde sie. Hmm ... das überrascht mich nicht. Ach, du armes Ding ...«, murmelte Josie in den Hörer, ihre Augen ganz glasig vor Mitgefühl.

Cassie gab Wasser in den Kocher, stellte ihn an, holte Eier und Bratpfanne heraus und begann, sich selbst ein Omelett zu machen. Schließlich schien die Unterhaltung zu Ende zu kommen. »Ja, sie ist hier. Richtet sich gerade ein. Das klingt gut, meine Liebe. Bis dann.« Josie legte auf, sah sich in der Küche um und lächelte, als wäre sie gerade von irgendwo zurückgekommen, wo es schön war. »Monique lässt dich grüßen. Sie kommt morgen Abend nach der Arbeit vorbei.«

Cassie aß ihr Omelett auf, goss Josie eine Tasse Tee ein und schlug drei Eier in eine Schüssel, um ihrer Mutter auch ein Omelett zu machen. »Kingi meinte, die Polizei macht keine Fortschritte bei den Ermittlungen«, sagte Cassie, als sie die Eier verrührte.

»Na ja, die Polizei kam vorbei und hat mir eine ganze Reihe Fragen gestellt.«

»Was für Fragen?«

»Es war kein Verhör. Der Polizist hatte keinen Haftbefehl oder so was. Ich denke, ich werde nicht mehr verdächtigt. Ich habe ein Alibi.«

»Ich bezweifle, ob du je verdächtigt worden bist, Mum. Ich glaube nicht, dass du Dad in den Zustand bringen könntest, in dem er ist«, antwortete Cassie und ließ das Omelett auf einen Teller gleiten.

»Unterschätz die Kraft einer schlichten Hausfrau nicht«, stieß Josie plötzlich ärgerlich hervor. »Ich hab eine Geschichte über eine Frau gelesen, die ihren Mann getötet hat, indem sie ihm eine gefrorene Lammkeule über den Kopf gezogen hat. Sie ist einfach durchgedreht. Wenn ich deinem Vater ein paar ordentliche Hiebe mit dem Sonntagsbraten versetzt und ihn mit ein paar rohen Kartoffeln beworfen hätte, wäre er in ziemlich genau dem gleichen Zustand, in dem er jetzt ist.«

»Mum. Hier geht's um keine Geschichte, sondern um die Realität.«

»Ich bin kein Kind, Cassie. Ich hab ja bloß gemeint«, erwiderte Josie sauer. »Ich bin ziemlich kräftig. Danke.«

Ohne weiteren Kommentar wandte sie ihre Aufmerksamkeit dem Omelett zu.

Ein Themenwechsel war angebracht. »Soll ich morgen in den Autohof runtergehen und nachsehen, was dort los ist?«, fragte Cassie.

»Oh ... das würde ich nicht. Das ist eine Männerwelt dort unten, Liebling. Kingi kümmert sich um alles, bis dein Vater wieder auf den Beinen ist.«

»Mein Gott. Im einen Moment redest du von einem Pflegeheim und im nächsten, dass er bald wieder auf den Beinen ist. Mum, wie soll Dad *je* wieder auf die Beine kommen und sich um alles kümmern?«

Einen Moment lang sah Josie verletzlich aus. »Er erholt sich wieder. Du kennst deinen Vater. Ihn wirft nichts um.«

»Mum, ich bin auch kein Kind mehr. Ich bin zweiunddreißig.« Doch im selben Moment, als sie das sagte, kam Cassie der Gedanke, dass sie ohne Al wie zwei verlorene Kinder waren, die eifrig ihren Anspruch auf das Erwachsensein verteidigten.

»Ich weiß, ich weiß«, sagte Josie beschwichtigend. »Es ist doch nur so, dass die Männer furchtbar nervös werden, wenn eine Frau in den Hof kommt. Genau wie auf einem Schiff.«

»Sie scheinen sie aber nicht zu stören, wenn sie als Poster-Girls im nassen T-Shirt an der Wand hängen und mit einem Schraubenschlüssel anzügliche Dinge tun – oder Telefondienst machen.«

Josie stand auf und stellte ihren Teller in den Abwasch. »Nun, natürlich stören sie Frauen nicht, solange sie dekorativ oder nützlich sind. Sie wollen einfach nicht mit ihnen *reden* müssen. Ganz sicher würden sie keine Frau wollen, die sie herumkommandiert – das kennen sie schon zur Genüge von daheim, würde ich sagen.« Sie verschränkte die Arme und sah Cassie beschwichtigend an. »Ich hab dein Bett gemacht, lass uns schlafen gehen. Wir reden morgen darüber.« Sie nahm ein Buch vom Tisch, dessen Titel *Gefallene Rosen* in Goldbuchstaben über das Bild einer Frau mit Empire-Hut gedruckt war. Als sie sich anschickte, die Küche zu verlassen, blieb Josie stehen, weil ihr plötzlich etwas einfiel. »Haben wir gegessen?« Sie deutete Cassies hochgezogene Augenbrauen als Zustimmung und fuhr gleich fort: »Natürlich. Wie dumm von mir. Kümmere dich nicht ums Geschirr, das wasch ich morgen früh ab.« Sie gab Cassie einen flüchtigen Kuss auf die Wange und ging den Flur hinunter. An der Schlafzimmertür drehte sie sich um und rief: »Schön, dass du wieder zu Hause bist, Liebling.« Als sie die Schlafzimmertür öffnete, hörte Cassie das Rauschen des Polizeifunks, der jetzt der einzige Gefährte ihrer Mutter war.

Allein in der Küche, fühlte sich Cassie sofort ruhelos und aufgewühlt. Sie ging herum, machte den Kühlschrank auf, starrte den Inhalt an und schloss ihn wieder. Sie wusste, sie sollte ins Bett gehen, konnte aber jetzt nicht mehr, als wäre ihre innere Uhr schon zum nächsten Tag vorgerückt.

Sie setzte sich an den Küchentisch und dachte an Dan. Ihr ganzer Zorn auf ihn war verflogen, hatte sich durch die Distanz zwischen ihnen aufgelöst. Ihre Uhr war immer noch auf Londoner Zeit eingestellt. Er würde sich gerade für die Arbeit fertig machen. Sie schaltete das Handy an und zählte die eingegangenen Anrufe – acht. Er strengte sich an. Sie drückte die Wiederwahltaste.

»Ich komme nach drei aufreibenden Tagen bei der Verkäuferkonferenz aus Manchester heim und bin davon ausgegangen, mein liebendes Weib würde mich an der Tür mit den Pantoffeln zwischen den Zähnen erwarten – und was muss ich feststellen? Sie ist nach *Australien* gefahren. Warum hast du mich nicht angerufen?«

»Warum hast *du* nicht abgenommen? Ich hab dich ein halbes Dutzend Mal angerufen. Sogar um *Mitternacht.*«

»Jetzt geh nicht auf mich los, Cass. Ich hab mein Aufladegerät vergessen, das ist alles.« Sein Tonfall wurde weicher. »Du hast nicht mal eine Nachricht hinterlassen. Ich hab's bloß durch die ganzen Flugunterlagen rausgekriegt, die auf dem Drucker lagen. Julia wusste nicht mal, dass du fort bist.«

»Ich bin Hals über Kopf weggefahren. Daddy ist wirklich sehr schlecht beieinander. Er wurde zusammengeschlagen und hatte auch noch einen Schlaganfall«, antwortete sie mit belegter Stimme. »Er kann sich nicht mal bewegen.«

»Wer hat ihn zusammengeschlagen?«, fragte Dan.

»Das weiß man nicht. Ein paar üble Typen sind auf ihn losgegangen, als er nachts abgesperrt hat. Haben ihn mit einer Kette bearbeitet, nimmt man an.«

Dan pfiff durch die Zähne. »Mach dir keine Sorgen, Schatz, ich bin sicher, er schafft es – Abschleppfahrer sind so was gewöhnt, und er ist ein zäher Hund«, sagte er liebevoll. »Wie lange bleibst du? Ich vermisse dich jetzt schon.«

»Zwei Wochen. Mein Rückflug geht in zwei Wochen.«

»Na schön, nicht allzu lange.« Er klang jetzt nicht mehr klagend, sondern fast angenehm überrascht, als hätte er die Erlaubnis bekommen, früher aus der Schule heimgehen zu dürfen. »Ach übrigens, wo ist der Reinigungszettel für meine Hemden?«

»Du vermisst mich also wirklich?«

»Klar, du weißt doch, dass ich nicht gern allein bin.«

»Er hängt am Kühlschrank.«

»Am Kühlschrank?«

»Das große weiße Ding in der Küche.«

»Ja, ja, sehr witzig, okay, ich hab ihn. Also, gib mir die Ankunftszeiten durch. Ich hol dich ab, Baby. Al erholt sich wieder, du wirst sehen.«

»Du kannst mich vorher auch mal anrufen«, sagte sie plötzlich alarmiert von der Vorstellung, zwei Wochen lang abgeschrieben zu sein.

»Sicher. Bis dann, Schatz, ich hab dich sehr lieb.« Und dann war er weg. Und sie kannte Dan gut genug, um zu wissen, dass sie selbst, nachdem er aufgelegt und die Morgennachrichten im Fernsehen angeschaltet hätte, nicht mehr existieren würde. Dass er auf dem Weg zur Arbeit den Typen im Büro SMS schicken würde, um Verabredungen für die Abende als Strohwitwer zu treffen. Sie fühlte sich noch verlorener und noch mehr im Stich gelassen als vor dem Anruf. Als hätte das Gespräch mit ihrem Mann noch deutlicher gemacht, dass sie tatsächlich allein war. Sie ging zum Kühlschrank, brach ein Stück Cheddarkäse ab und knabberte besorgt daran herum.

Deppen und verrückte Mistkerle

Manchmal fuhren Mum und ich mit Dad zu Bergungen hinaus ins Buschland hinter der Stadt. Die schmalen Schotterstraßen entlang der Hügel boten herrliche Aussichten auf die Küste und die Stadt, die sich entlang der Strände hinzog. Für den Abschleppunternehmer entsprach dies in etwa den Ferien des Busfahrers und Dads Vorstellung vom Austausch mit der Natur. Für mich waren diese Ausflüge ziemlich langweilig, verglichen mit den Fahrzeugpfändungen, die ich mit Kingi unternahm, bevor er mich aus seinem Truck vertrieb. Pfändungen waren besser als irgendwas im Fernsehen. Und für Dave, der die Pfändungen vornahm, war Kingi der Abschleppfahrer seiner Wahl. Er fand, dass Al zu freundlich aussah. Er wirkte wie jemand, der vielleicht Erbarmen haben würde.

Dave war ständig mieser Laune. Schwer zu sagen, ob seine Arbeit oder sein Naturell dafür verantwortlich waren, aber zu Kingi und mir war er erstaunlicherweise recht freundlich. Er war Ende vierzig und hatte das zerknitterte Aussehen von Leuten, die allein leben und deren nächtliche Exkursionen ähnlich einsam enden.

Pfändungen liefen praktisch immer nach dem gleichen

Muster ab. Wir trafen Dave oben an der Straße, und er sagte uns, um welches Haus und welchen Wagen es sich handelte. Dave hielt vor dem Haus an und marschierte zielstrebig zum Eingang, während Kingi rückwärts die Einfahrt hinauffuhr. Dave klopfte an die Tür, überbrachte die schlechte Nachricht, lenkte die Leute mit Einzelheiten ab und verwirrte sie mit Formularen, während Kingi den Wagen an den Haken nahm und davonfuhr. Sie waren ein eingespieltes Team und hatten ihr Timing zu einer wahren Kunst entwickelt.

Dave verachtete die Leute, deren Fahrzeuge er pfändete. »Verlierer-Bastarde«, nannte er sie. Einige von ihnen hätten keine einzige Rate auf ihren Wagen bezahlt, sagte er. Keinen einzigen Penny. Wenn es darum ging, wie sie auf das Abschleppen reagierten, war stille Hinnahme die erbärmlichste Art laut Dave: Die Leute, die durchs Fenster glotzten und traurig und geschlagen aussahen. Verwirrt. Sie waren Deppen. Dann gab es die Bastarde, die vor ihrer Tür explodierten – sangen und tanzten, wie er es ausdrückte. Sie schrien vor Empörung, machten wütende Einwände und fluchten, dass sich die Balken bogen. Während sie immer noch unter die Kategorie der Deppen fielen, war ihr temperamentvolles Verhalten potenziell gefährlicher, und Dave brachte ihnen ein gewisses Maß an Respekt entgegen, den er ihren passiven Brüdern verweigerte, weshalb er sie als verrückte Bastarde bezeichnete. Auf diese Weise war Daves Klientel säuberlich in Deppen und verrückte Bastarde aufgeteilt.

Egal, ob Jammern oder Klagen, für Kingi machte das keinen Unterschied, da er einfach den Wagen an den Ha-

ken nahm, als handle es sich um die normalste Sache der Welt. Frühere Erfahrungen, einschließlich Schläge auf den Kopf, hatten ihn gelehrt, dem Schauplatz nie den Rücken zuzuwenden und sich vor allem niemals hinzukauern. Vollkommen auf seine Aufgabe konzentriert, kickte er mit seinen großen braunen Füßen alles an seinen Platz. Mein Job bestand darin, alles im Blick zu behalten, weil Deppen sich manchmal als verzögert reagierende verrückte Bastarde entpuppen konnten. Wenn irgendjemand auf Kingi losging, drückte ich auf die Hupe. Wenn mir je die Ironie bewusst wurde, dass ein zwölfjähriges Mädchen einen 120 Kilo schweren tätowierten Abschleppfahrer beschützte, hütete ich mich, davon etwas verlauten zu lassen.

Während mir erlaubt wurde, mitzufahren und das Spektakel zu beobachten, hatte ich strenge Anweisung, hinter verschlossenen Türen im Truck zu bleiben. Ich verfolgte diese Dramen vom sicheren Führerhaus aus, wobei das Fenster einen Fingerbreit heruntergedreht war, damit ich die Kanonaden von Schimpfwörtern hören konnte. Mir kam es damals so vor, als könnte mich, was Ausdrucksweise und Wahnsinn anbelangte, nichts mehr erschüttern.

Ich war ein neugieriges Kind, eine aufmerksame und geschickte Lauscherin in diesen Jahren, was ich manchmal jedoch zu bereuen hatte. Ich erinnere mich, dass ich eines Morgens im Hof auf meinen Dad wartete und hörte, wie Sid, sein anderer Fahrer, lang und breit den Unfall beschrieb, dessen Trümmer er und Kingi in der Nacht davor wegräumen mussten, während die Sanitäter die tödlich Verunglückten einluden. »Ich hab den Stiefel von diesem Typen am Straßenrand aufgehoben«, sagte er. »Ich denk mir noch – komisch, ein Stiefel ist schwerer als der andere.« Es dauerte einen Moment, bis ich die Lösung des Rätsels erfuhr. »Kannst du dir vorstellen, dass der verdammte Fuß noch drin war?«, sagte er. »Mein Gott, es braucht eine ganze Menge, bis mir das Kotzen kommt, aber das hat gereicht. Ich werde mal ein Wörtchen mit den Sanis reden – so geht das nicht. Sie sollten eine Checkliste oder so was haben, damit sichergestellt ist, dass sie auch alle Einzelteile an Bord haben. Das ist wirklich verdammt unprofessionell.«

Kingi hatte nie Angst vor solchen Schweinereien oder vor Konflikten. Er schien unempfindlich gegenüber Schmerz und ließ sich so schnell keine Angst einjagen. Seine Stärke in kniffligen Situationen war, dass sich sein Gesichtsausdruck nie veränderte. Er machte nie hektische Bewegungen, und während der Stunden, die wir im Truck verbrachten, erklärte er mir ausführlich, wie wichtig es sei, in schwierigen Lagen diese Disziplin zu bewahren. Für ihn sei es leicht, meinte er. Nicht nur weil er bei dem Schwarzen Mob in die Schule gegangen sei, sondern weil es ihm im Blut lag. Er schätzte, jeder Maori wusste schon als Baby ganz instinktiv, dass man Fremde nicht anlächelte. Pakeha *– weiße Menschen – machten auf gefährliche Weise keinerlei Unterschiede. Sie lächelten jeden an, Freund und Feind. Das demonstrierte er, indem er die Zähne bleckte und ein scheußlich verlogenes Lächeln aufsetzte, das er an- und ausknipste wie ein Licht. Nach Kingis Meinung war dieses wahllose Anlächeln der Grund für viele der größten Missverständnisse in der Welt. Ich glaubte damals alles, was er mir sagte. Es war eine seltsame Logik in allem.*

Er lehrte mich, welches Gesicht ich machen musste, um wie ein Krieger auszusehen. Es durfte keinerlei Ausdruck enthalten. Er zeigte mir, wie ein Gesichtsausdruck undeutbar werden konnte, und gerade die vollkommen neutrale Miene eine klare Botschaft übermittelte – deutlicher als alle Worte. »Dein Gesicht sagt: ›Du weißt nicht, wer ich bin, und du hast keine Ahnung, wozu ich imstande bin.‹ Das ist deine erste Verteidigungslinie. Aber du musst lernen, wie man das anwendet, Mädchen. Vergiss nicht: kia kaha: bleib stark.« *Er ließ mich üben, während er immer wieder zu mir herüberblickte und die Haltung meines Mundes oder den Ausdruck meiner Augen kommentierte.*

Kingi glaubte, jedes Problem könne gelöst werden, indem man entspannt blieb und sich unter Kontrolle hatte, selbst wenn man einem wirren Unruhestifter gelegentlich eine wertvolle Lektion fürs Leben erteilen musste. Er hegte auch einen fast überirdischen Glauben an WD40 als Allheilmittel, das nicht nur gegen Rost wirkte, sondern alles auf der Welt schmierte und reibungslos am Laufen hielt. Er strahlte eine irrationale Menschlichkeit aus, die die Leute veranlasste, ihm zu vertrauen, trotz seines wenig vertrauenswürdigen Äußeren. Er brachte es fertig, dass die Leute sich verstanden fühlten, ohne von ihnen zu verlangen, auch ihn zu verstehen. Ich glaube, das schätzte Dave, der Pfändungsmann, an ihm.

Cassie nahm ein Taxi zum Autohof in der Dunbar Street und trat in einen Morgen hinaus, der schon jetzt glühend heiß zu werden versprach. Ein Mann mit bösen Augen, ölig schwarzem Haar und schmutzigem blauen Overall lehnte rauchend an seinem Truck, während er zusah, wie sie durch die offenen Tore über den Hof kam. Es war Eddie Walters, wie sie später erfahren sollte.

Sie fühlte sich schuldig, weil sie nur eine Stunde im Krankenhaus geblieben war, die ihr Vater hauptsächlich dösend verbracht hatte. Sie brauchte Zeit, um sich an diesen anderen, ruhiggestellten Al zu gewöhnen. Sie musste ihre Gefühle beherrschen und ihre Panik besser unter Kontrolle bringen, wenn sie ihn so daliegen sah. Jetzt im Moment fühlte sie sich wie ein ungehorsames Kind, weil sie hier im Hof war, obwohl dies gegen den ausdrücklichen Wunsch ihrer Mutter geschah.

Der Hof war das reinste Schlachtfeld aus verschiedenen Autowracks und jeder Menge Wagenteile, die halb verdeckt in Unkraut und hohem Gras verstreut lagen. An der Werkstattwand türmte sich ein riesiger Stapel aus alten Reifen auf. Kingi trat aus der Dunkelheit des Gebäudes ins helle Morgenlicht hinaus. Er schenkte ihr ein träges Lächeln. »Hey, willkommen im Hauptquartier.«

Weil sie unbedingt dem prüfenden Blick des Mannes mit den bösen Augen entkommen wollte, ging sie an Kingi vorbei ins vordere Büro. In dem Gebäude gab es eine Werkstatt und ein paar behelfsmäßig hergerichtete Räume, deren verblichenes Dekor aus unechten Holzpaneelen und fleckigen schwarzen und braunen Teppichquadraten noch aus den 1970ern stammte. Das vordere Büro wirkte kleiner und schmuddeliger, als sie es in Erinnerung hatte. Kingi stellte ihr jemanden vor, und ihre Augen brauchten eine Weile, bis sie sich an die Dunkelheit gewöhnt hatten und die Frau erkennen konnten, die vor einem uralten IBM-Computer saß.

»Das ist Avril, unsere Disponentin. Die Aufträge kommen heute alle über den Computer rein. Alles Hightech heutzutage«, sagte er völlig ernsthaft.

Widerwillig löste Avril den Blick vom Bildschirm. Sie wirkte so schläfrig wie eine Eidechse. Ohne ihr Headset abzunehmen, nickte sie Cassie zu, zog zum Gruß eine Augenbraue hoch und griff nach ihrer Zigarette. Eine Rauchwolke stieg zwischen ihnen auf, die sie vergeblich zu verteilen versuchte. Sie trug ein formloses geblümtes Kleid, das nichts dazu beitrug, einen Körper zu verbergen, der lavaartig über die Ränder ihres Stuhls quoll. Sie hatte schwarzes Haar, rundum gleich lang geschnitten, und ein Gesicht, das ohne die Fettpolster hübsch gewesen wäre. Ein seltsamer Geruch, der an eine überreife Frucht erinnerte, ging von ihr aus – eigenartig, aber nicht gänzlich unangenehm. Wegen der dunklen Flecken auf ihrem blassen, porzellanzarten Hals hätte man sie tatsächlich für ein Stück Obst halten können.

Da er offensichtlich keine weiteren Reaktionen von Avril erwartete, wandte sich Kingi wieder Cassie zu.

»Komm, Mädchen, ich mach dir einen Kaffee.« Er legte den Arm um ihre Schultern und führte sie den kurzen Gang hinunter, der mit Kisten und Ersatzteilen vollgestopft war. Es war ein Schock für sie, den Niedergang des früher so prächtigen Imperiums ihres Vaters zu sehen. Die armseligen Möbelstücke, die schäbigen Sperrholzwände, die Büro- und Lagerräume abteilten. Selbst die Kalender-Girls entstammten einer vergangenen Ära und waren sicher schon längst Großmütter. Als sie an der Tür von Als Büro vorbeikamen, blieb Cassie stehen und warf einen Blick hinein, halb hoffend, er würde auftauchen und alles wäre wieder so, wie es früher einmal gewesen war. Es enthielt einen Schreibtisch ohne moderne Arbeitsgeräte, jede Menge alter und neuer Ersatzteile, ölverschmierte Kisten, aus denen der Inhalt quoll, einen Aktenschrank und einen leeren Stuhl. Mehrere Stapel Plastiktüten mit Papieren lagen herum, der Rest verteilte sich unordentlich im gesamten Büro, ganz so als wäre eine große Papierwoge durch die Tür hereingeschwappt und im Raum zum Stillstand gekommen.

Kingi führte Cassie in die Teeküche, die aussah, als wäre sie seit ihrem letzten Besuch vor über zehn Jahren nicht mehr geputzt worden. Die gleichen alten Autositze reihten sich an der Wand entlang, aus einem oder zwei quollen Füllmaterial und Federung heraus, und die Wände waren mit fettverschmierten Drucken dekoriert. Selbst die Hitze im Raum wirkte abgestanden, als stammte sie noch vom letzten Sommer.

»Ich kann dir leider keinen Caffè Latte und keinen

Koffeinfreien machen«, sagte Kingi scherzend, als er zwei Becher aus dem Schrank über der Spüle nahm, großzügig Pulverkaffee und Zucker hineingab und am Boiler auffüllte. Er reichte ihr einen Becher. »Hier, nimm die Formel Eins«, sagte er mit einer grandiosen Geste. Sie setzten sich nebeneinander auf die Autositze und lächelten sich leicht verlegen an.

»Alles in Ordnung mit dir?«, fragte Kingi.

»Mir geht's gut«, antwortete sie. »Ich finde, du könntest mir ruhig sagen, was los ist.«

Kingi lehnte sich in seinem Sitz zurück. Er sah nachdenklich aus, und sie wusste, er suchte nach einer Möglichkeit, um ihr die Lage zu erklären, ohne erneut die beiden hässlichen Worte zu benutzen: Bob Reed.

»Ich bin ein großes Mädchen – gib mir einfach die ungeschminkte Version«, sagte sie lächelnd.

»Ungeschminkt? Okay. Nach dem ... du weißt schon, dem Unfall, hat Reed ebenfalls die Stadt verlassen. Ist einfach verduftet. Ein paar Jahre lang, es könnten schon fünf gewesen sein, war er weg. Keine Ahnung, wo, keine Ahnung, was er gemacht hat. Angeblich ist er auf irgendwelchen Bohrinseln oben im Norden gewesen. Ich schätze aber eher, dass er was mit Drogen zu tun hatte. Er hat richtig dicke Kohle verdient und sich mit ein paar richtig üblen Typen angefreundet. Dann ist er wieder in die Stadt gekommen, Mr Hot Shot, mit eigenem Abschleppwagen, einem F350 mit ...« Er registrierte Cassies absolut unbeeindruckte Miene und verzichtete auf weitere Details. »Wie auch immer, er hatte die neueste Funkausrüstung und eine Menge Bares, mit dem er um sich geschmissen hat. Dann hat er sofort angefangen, Jagd auf Unfälle zu machen. Als Nächstes sind diese seltsamen Ölpfützen aufgetaucht, und es gab Unfälle an dieser gefährlichen Kurve vor der Brücke draußen bei Bengarah. Zwei Wagen sind im ersten Monat, als er wieder hier war, an dieser Biegung in den Fluss gestürzt.«

»Und die Polizei konnte nichts rauskriegen?«

»Nein. Ich weiß allerdings nicht, wie intensiv sie sich bemüht haben. Dann hatte der ›Reed Abschleppdienst‹ plötzlich einen zweiten Truck, einen Fünftonner mit Kippvorrichtung, den er von seinem Bruder fahren ließ. Und dann hat er sich mit diesem Hines zusammengetan, diesem elenden Dreckskerl, du weißt schon, diesem Karosseriebauer auf der Alexander Avenue. Reed Unfall-Instandsetzung.« Er nahm einen Schluck Kaffee. »Inzwischen hat er vier Trucks. Er will uns aus dem Geschäft drängen.«

»Also glaubst du, Reed ist verantwortlich für das, was Dad passiert ist?«

»Wahrscheinlich nicht Reed persönlich, sondern ein paar von seinen Schlägern. Er hat Verbindung zu Bikern. *Choppers* oder *Reapers* oder wie sie sich nennen. Wenn du ein paar von den Banditen in der Stadt rumhängen siehst, kannst du sicher sein, dass irgendwo was Übles abgeht. Aber nichts, wofür man Grips bräuchte. Dafür sind sie zu blöd.«

»Kingi ...« Cassie wusste nicht, wo sie anfangen sollte. »Ich weiß nicht, ob sich Dad wieder erholt. Das ist alles, woran ich im Moment denken kann. Das Geschäft hier macht den Eindruck, als stünde es kurz vor dem Ruin, ehrlich gesagt. Vielleicht wäre es besser, einfach zu verkaufen und Schluss zu machen.«

»Mein Gott, du gibst aber schnell auf, Mädchen. Du bist gerade mal fünf Minuten hier und willst schon die Segel streichen. Wo bleibt dein Kampfgeist?«

»Kingi, du hast doch selbst gesagt, dass du nicht zum Kämpfen bereit bist. Sieh dir doch an, was mit Dad passiert ist. Und mit *Dave*!«

»Ja, das stimmt schon.« Kingi stand auf und stellte seine Tasse in die Spüle. »Aber ich dachte, du würdest dir die Chance nicht entgehen lassen, Bob Reed einen Tritt in den Arsch zu geben.«

Sie überlegte einen Moment. »Ich wünschte, er würde einfach verschwinden«, antwortete sie, als sie sich aus dem Autositz hochrappelte und ihre Tasse ebenfalls in den Abwasch stellte.

Kingi nahm sie plötzlich an den Schultern. Er war nicht viel größer als sie, und sie standen sich fast Auge in Auge gegenüber. Seine Miene verriet nichts, aber er war wütend. Seine Augen glühten vor Zorn. Das spürte sie auch an seinen Händen. »Du bist nicht die Einzige mit einem vermasselten Leben, Cass. Ich weiß nicht, was ich hier machen soll. Ich kenn mich nicht aus mit Geschäften.« Seine Arme fielen hilflos herunter. »Du bist doch ein schlaues Mädchen – du denkst dir was aus, und ich mach's.«

»Ich weiß nicht, was ich tun soll, und ich hab keine Ahnung, wie du darauf kommst, mein Leben sei vermasselt. Das ist es nicht. Es ist ganz in Ordnung.«

Kingi verschränkte die Arme und sah sie lange und eindringlich an. »Aha.«

Er wirkte nicht überzeugt. Nicht überzeugt und enttäuscht.

Verliebt

Avril war sich bewusst, dass jemand ins Büro getreten war, und sie hörte Kingi in einiger Entfernung sprechen, als sie versuchte, aus der virtuellen in die reale Welt zurückzukehren. Aber in dem Moment waren gerade all ihre Sinne auf das Foto auf dem Bildschirm gerichtet. Was für ein Schock, sein Gesicht dort zu sehen. Sie dachte, er hätte sie gemocht. Justin hieß er. Der Name gefiel ihr. Sie hatte ihn dreimal in drei Wochen gesehen. Einmal hatte er hinterher sogar was vom Takeaway gekauft. Sie aßen in seinem Wagen, während er ihr eine Stunde lang von seiner Arbeit als Telefontechniker erzählte. Sie traf ihn vor zwei Tagen, und jetzt war er wieder auf der Website und suchte nach Liebe. Hatte sie ihm die nicht gegeben? Ihr Gesicht fühlte sich taub an vor Enttäuschung.

Als Avril hörte, wie Kingi ihren Namen sagte, blickte sie auf und sah eine Frau in der Mitte des Raums. Das war also die berühmte Cassandra Munro. Sie hatte grüne Augen, eine sahnige Haut und dichtes, rotbraunes Haar, das mit einem schwarzen Tuch zurückgebunden war. Avrils erster Eindruck war, dass es sich um eine schöne Frau handelte, die nichts davon wusste. Eine Frau, die unglücklich war, und das möglicherweise auch nicht wusste. Eine Frau mit einem fast entnervenden Sinn für Unabhängigkeit. Da ihr beim besten Willen nicht einfiel, was sie sagen könnte, griff Avril nach ihrer Zigarette, und den Rauch in ihren Lungen zu spüren, gab ihr Kraft. In kleinen Schwaden hing er zwischen ihr und dem berühmten Gast. Sie machte einen beiläufigen Versuch, ihn wegzufegen, brauchte aber etwas, um sich vor Cassandras abschätzigem Blick zu verbergen. In ihren schicken Kleidern und mit ihrer schönen Frisur sah Cassandra noch vorteilhafter aus. Sie war nicht auf herkömmliche Weise hübsch wie ihre Mutter, die genau die feinen Züge und den zarten Knochenbau besaß, der Männer veranlasste, über die eigenen Füße zu stolpern, wenn sie ihr vor lauter Hast zu Hilfe eilen wollten. Aber Cassandra hatte etwas anderes, Stärke vielleicht. Avril spürte plötzlich, wie sich die Armlehnen in ihr Fleisch gruben, und verlagerte das Gewicht, was den Stuhl ärgerlich knarren ließ. Verzweifelt versuchte sie, etwas zu sagen, aber ihr fiel nichts Passendes ein. Sie hatte den richtigen Moment verpasst, und Kingi und seine Besucherin drehten sich um und verließen den Raum.

Avril wandte sich zum Bildschirm zurück und rief das Bild von Justin wieder auf. Ein nettes Gesicht. Freundlich, fand sie. Sie hörte, wie Eddies Stiefel über den Metallstreifen auf der Schwelle scharrten und klickte schnell die Dating-Site weg.

Eddie stand vor ihrem Schreibtisch. »Mein Gott, schau dich an«, sagte er angewidert. Avril blickte zu ihm auf und registrierte nicht zum ersten Mal, dass er das böse Gesicht eines alten Filmschurken hatte. Er sah aus, dachte sie, als hätte Gott bei seiner Geburt sein Gesicht ordentlich zusammengequetscht, sodass sein Kinn zu der Hakennase hinaufgebogen und die formlose, fleischige Masse seiner Lippen dazwischen eingezwängt wurde. »Du bist eine gottverdammte Schande«, fügte er hinzu.

»Was willst du?«, fragte Avril und wandte sich ab.

»Hier ist mein Papierkram. Ich stell mich ein paar Stunden an den Freeway raus«, sagte er, drehte sich abrupt um und ging hinaus.

»In die Mitte, hoffe ich«, murmelte Avril leise und zeigte der hinausgehenden Gestalt den Mittelfinger.

Getrübte Beziehungen

Kingi bot Cassie an, sie zum Krankenhaus zurückzufahren. Er hatte am Tag zuvor Al nicht besuchen können, wollte aber möglichst keinen Tag auslassen. Als sie den Autohof verließen, kam gerade der Lunch-Truck hupend die Straße herunter, also hielten sie an und kauften sich Sandwiches, um sie unterwegs zu essen.

Als sie die Hauptstraße von Bilkara entlangfuhren, fiel Cassie auf, wie sehr sich die Läden verändert hatten. Wo es früher Fisch-und-Chips-Lokale, chinesisches Fast-Food, Haushaltswarengeschäfte, Kurzwarenhändler und Metzger gegeben hatte, gab es jetzt Cafés und noch mehr Cafés. Als würde sich das eigentliche Geschäftsleben jetzt außerhalb der Stadt abspielen, im

Geheimen, damit die Touristen nicht an ihren eigenen aufreibenden Alltag erinnert wurden. So konnten sie glauben, das Leben in Bilkara bestünde aus einer Lunch-Pause nach der anderen.

Kingi hielt an der Ampel vor dem Bilkara Hotel, dessen dunkelblau gekachelte Fassade in den letzten vierzig Jahren offenbar nicht verändert worden war. Während sie warteten, bis die Ampel auf Grün schaltete, kam ein Mann mit ungepflegtem langen Haar, der trotz der brütenden Hitze eine Armee-Überjacke trug, mit forschem Schritt aus der Bar. Geblendet vom grellen Licht, griff er in die Tasche und zog eine Sonnenbrille heraus, die er umständlich aufklappte. Er hatte einige Mühe, sie aufzusetzen, und rückte sie zurecht. Dann machte er sich zielstrebig auf den Weg, allerdings so stark schwankend, als befände er sich auf einem Schiff bei schwerem Seegang. Ein mit Problemen beladener Mann, der durch stürmische See navigierte. Sie drehte sich zu Kingi um und erwartete eigentlich, dass er einen Witz über den Typen machte, war aber verblüfft, als sie seinen Gesichtsausdruck sah. »Ein Freund von dir, Kingi?«, fragte sie.

Er schüttelte den Kopf, »Nein, nicht von mir«, und fügte dann zögernd hinzu: »Hast du jemals wieder was von deinem Kumpel Mack gehört?«

»Mack?« Sie riss den Kopf herum, um ihm nachzusehen. »War er das?«

Kingi zuckte unverbindlich die Achseln. »Schon möglich.«

Im Krankenhaus begrüßte Kingi Mr. Grauhaar und

Mr. Rotbacke – die Ern und Mal hießen, wie sich herausstellte –, als wären sie alte Freunde. Sie waren hocherfreut, ihn zu sehen, genossen seine Neckereien über ihr Leben als Faulpelze und ihre schamlosen Liebesaffären mit dem Pflegepersonal und konnten gar nicht genug kriegen von den Böse-Jungen-Geschichten, die er sich für sie ausgedacht hatte.

Kingi umarmte Josie kurz, zog einen Stuhl an Als Bett und setzte sich. Dann begann er mit leiser Stimme zu reden, und obwohl Cassie nicht verstand, was er sagte, verzog sich das Gesicht ihres Vaters zu einem verzerrten Lächeln. Sie beneidete Kingi um seine Fähigkeit, Al trotz der schlimmen Umstände zum Lachen zu bringen. Nach zehn oder fünfzehn Minuten bot Kingi seinen Stuhl Cassie an. Sie setzte sich und nahm Als Hand. Das war alles, was ihr im Moment einfiel. Josie nahm ihr Buch und begann laut vorzulesen, was Kingi bewog, sich diskret, aber ziemlich rasch zurückzuziehen.

Cassie musste zugeben, dass *Liebe unter spanischem Mond* nicht ganz so schlecht war, wie sie befürchtet hatte. Marco, der Held, war ein heißblütiger Romantiker, der immer mächtig auf Touren kam, wenn sich Patricia, die englische Eisprinzessin, in seiner Nähe befand. Cassie konnte ihn geradezu vor sich sehen, wie er sich mit feurigen Augen, schnaubend und mit den Hufen scharrend, jedermann in den Weg stellte bei seinem Versuch, das Herz der schönen, widerspenstigen Patricia zu erobern.

Al wirkte müde, obwohl er ständig döste. Sein ruheloser Blick schweifte im Raum herum und blieb schließlich bei Cassie an seinem Bett haften. Dann sackten seine Mundwinkel nach unten, und er schloss die Augen, als ertrüge er ihren Anblick nicht. Vielleicht war es auch umgekehrt, und er ertrug es nicht, dass sie ihn sah. Einmal machte es den Eindruck, als versuchte er zu sprechen, gab es dann aber doch auf. Angewidert, wie es schien.

Es war fast dunkel, als Josie und Cassie gingen. Josie schien aus irgendeinem Grund zu glauben, Al sei auf dem Weg der Besserung, was Cassie nicht verstehen konnte. »Heute hat er sogar ein bisschen Farbe gekriegt ... ich glaube, Marcos Eroberungen machen ihm ziemlichen Spaß«, sagte sie, als sie vor dem Krankenhaus auf ein Taxi warteten. Der Wind aus dem Süden war angekommen und hatte eine wahre Sintflut an Regen mit sich gebracht, der jetzt im Rinnstein dahinfloss und gurgelnd in die Abflussröhren strömte. Der Geruch des nassen Pflasters löste bei Cassie Heimweh nach London und nach Dan aus, der gelegentlich ebenfalls heißblütig und romantisch sein konnte.

Als sie zu Hause ankamen, war zumindest Cassie verblüfft, ihre Kusine Monique ausgestreckt auf Josies Sofa vorzufinden, wo sie Fernsehen schaute und ihre Fingernägel aus verschiedenen Blickwinkeln begutachtete. Offensichtlich besaß sie inzwischen einen Schlüssel fürs Haus.

»Hallo, Tante Josie, hallo, Cassandra«, flötete sie, als sie durch die Vordertür traten. Sie richtete sich halb auf, um Cassie die Möglichkeit zu geben, sie kurz zu umarmen. »Willkommen zu Hause«, fügte sie nicht ganz aufrichtig hinzu. »Wo ist denn dein toller englischer Ehemann?«

»Es ist alles zu schnell gegangen. Vielleicht das nächste Mal.« Cassie fragte sich, wie lange ihre Kusine wohl bleiben würde.

»Hallo, Schätzchen. Hast du ein Hähnchen mitgebracht?«, fragte Josie.

»Ach, Mist – hab ich total vergessen. Ich hab einen schrecklichen Tag hinter mir. Ich hab einer Frau Aceton auf den Seidenschal gekippt, den sie um die Schultern hatte – das reinste Desaster. Wie's aussieht, kann ich ihr jetzt für den Rest meines Lebens die Nägel umsonst maniküren.«

Josie kuschelte sich aufs Sofa neben sie und gab mitfühlende Laute von sich. Sie sahen sich *Der Preis ist heiß* an und diskutierten beiläufig, was es zum Abendessen geben könnte, ein Gespräch, das langsam dazu überging, wie Monique ein Problem im Salon mit einer unzuverlässigen Mitarbeiterin lösen sollte. Sie lebten in ihrer eigenen kleinen Welt, die sie tagaus, tagein vollkommen mit Beschlag belegte. Cassie kam es vor, als hätte sich Monique im Lauf der Jahre bemüht, ihren Platz als Tochter des Hauses einzunehmen.

»Cass – wie wär's, sollen wir Pizza bestellen?«, schlug Monique vor, die kaum in der Lage war, den Blick vom Fernseher zu wenden. »*Passion* fängt gleich an. Die Nummer hängt an der Wand beim Telefon: Nimm die Familiengröße mit doppelt Käse und Cola – die Rechnung geht auf mich zur Feier deiner Rückkehr.«

Cassie verließ schnell den Raum, um nichts zu sagen, was sie hinterher bereuen würde. Sie fand eine Flasche Riesling im Kühlschrank, schenkte sich ein Glas ein, setzte sich an den Küchentisch und trank ihn wütend. Sie sah auf ihre Uhr. In London war es jetzt Morgen. Dan wäre gerade aufgewacht. Sie spürte ein großes Bedürfnis, seine Stimme zu hören. Sie wollte wieder dort sein, wo sie hingehörte.

Er nahm sofort ab und meldete sich mit schlaftrunkener Stimme. »Hey, Süße. Wie geht's Dad? Haben wir nicht erst gestern telefoniert? Alles in Ordnung?« Er kam schnell auf Touren, aber sein Tonfall klang gezwungen, irgendwie künstlich bemüht, was gar nicht seine Art war. Im Hintergrund war ein Geräusch zu hören, ein andauerndes Zischen.

»Läuft die Dusche, Dan?«

Es folgte ein kurzes Schweigen. Sie spürte einen Stich im Magen.

»Ja, ich wollte gerade unter die Dusche. Bleib dran, ich stell sie ab.«

Sie hörte, wie er durch den Raum ging und eine Tür geschlossen wurde.

»Jetzt bin ich wieder da«, sagte er.

»Dan, ist ... noch jemand da?«

»Für wen hältst du mich denn? Meine Frau ist weg, um sich um ihren Vater zu kümmern, der zusammengeschlagen wurde, und ich soll hier eine Frau in der Dusche haben? Komm, Baby, bleib auf dem Teppich.«

»Dan, du warst im Bett, als du abgenommen hast. Und du hast die Dusche nicht abgedreht, sondern die Tür zugemacht.« Ihre Lippen fühlten sich dick und unbeweglich an, als könnte sie die Worte kaum formen. Ihre Brust schmerzte. Was hielt sie *tatsächlich* von ihm? Verzweifelt versuchte sie, ihm zu glauben, aber eines zumindest wusste sie: dass er doch nichts anderes war als ein Opportunist.

»Jetzt komm, Liebling. Sei doch nicht albern. Du hast Heimweh und fühlst dich unsicher – das bringt dich total durcheinander. Danny liebt Cassie.« Er machte Kussgeräusche ins Telefon. »Willst du, dass ich rüberkomme und mich um dich kümmere? Ich bräuchte vielleicht ein paar Tage, um das mit meiner Arbeit zu regeln, aber wenn du das möchtest ...«

Tränen liefen ihr über die Wangen hinab. Vielleicht würde sie sich besser fühlen, wenn er herkäme. Gerade als sie das sagen wollte, schnitt er ihr das Wort ab. »Es gibt gute Neuigkeiten. Ich hätte dich ohnehin angerufen, um es dir zu sagen. Daniel O'Connor ist zum obersten Verkäufer für den Südabschnitt bei Hartford & Sons ernannt worden, zum Sales Manager! Gestern Abend hab ich den Anruf bekommen. Was sagst du dazu?«

»Glückwunsch, Liebling.« Cassie wischte sich die Nase an ihrem Ärmel ab und versuchte, erfreut zu klingen. »Was ist mit Prinzessin Fiona passiert? Ich dachte, du hast gesagt, sie sei für den Job vorgesehen?«

»Hmm. Fiona war ein bisschen zerstreut in letzter Zeit, hat ihren Biss verloren, wie es scheint.«

»Das sind tolle Neuigkeiten, gut gemacht ...«

»Danke«, unterbrach er sie, jetzt offenbar in Eile. »Hör zu, ich ruf dich am Mittwoch an.«

Sie wollte nicht so plötzlich Schluss machen, klammerte sich an den Hörer und drückte ihn ans Ohr, und in dem Bruchteil einer Sekunde, bevor Dan auflegte, hörte sie ein merkwürdiges Geräusch. Fast wie ein unterdrücktes Niesen – oder vielleicht ein Kichern. Oder war es nur ihre Einbildung, die ihr wieder einen Streich spielte?

Ein großer pinkfarbener Sarg

In den Jahren, bevor die Touristen Bilkara entdeckten, waren die Sonntage gewöhnlich ruhig. Die Einwohner verausgabten sich normalerweise am Samstagabend und vergaßen vielleicht zuweilen das Vorhängeschloss vom Lenkrad zu nehmen, wenn sie in Hochstimmung aus dem Pub kamen, was natürlich zu einem Beinahezusammenstoß mit dem vor ihnen geparkten Wagen führte. Oder sie schafften es, mit der angestrengten Konzentration des schwer Besoffenen sicher nach Hause zu kommen, wo sie dann nicht mehr so gut aufpassten, die Bremse mit dem Gaspedal verwechselten und durchs falsche Ende der Garage rausfuhren. Oft machte es den Eindruck, als würde in den frühen Sonntagmorgenstunden die halbe Einwohnerschaft von Bilkara im Zickzack nach Hause kutschieren und mit Hindernissen zusammenstoßen, die ihnen vorher nicht im Weg waren. Daher war es ganz natürlich, dass der Sonntag als der Tag der Ruhe galt.

An den meisten Sonntagnachmittagen kam Kingi zu uns nach Hause. Es war die einzige Zeit, wenn Dad und er nicht offiziell im Dienst waren, da sonntags Sid allein zurechtkam. Kingi machte sich nie die Mühe, an der Haustür zu klopfen, sondern ging einfach in die Garage und startete den Cadillac. Sein Motor hatte ein ganz spezifisch pochendes Geräusch, wie das eines Außenborders unter Wasser, was das ganze Haus leicht zum Vibrieren und das Herz meines Vaters heftig zum Klopfen brachte. Das Geräusch übte eine magische Wirkung auf ihn aus, und er ließ immer alles stehen und liegen und eilte in die Garage hinaus.

Doch gegen Mitte des Nachmittags, vor allem wenn es heiß war, gönnten sie sich eine Verschnaufpause, die gewöhnlich den ganzen Rest des Tages dauerte. Sie tranken ein paar Biere, saßen auf alten Liegestühlen im Schatten des großen Jacaranda-Baums im Hinterhof und erzählten sich unanständige Witze. Manchmal sah ich hinaus, und sie kicherten wie junge Mädchen oder lachten so heftig, dass sie sich auf die Schenkel schlugen und nach Luft schnappten.

Ich weiß nicht, ob sie die Arbeit, den Caddy wieder herzurichten, bewusst in die Länge zogen, aber mir kam es so vor, denn sie dauerte meine ganzen frühen Jugendjahre an. Der Wagen besaß alles, was Dad an einem Auto bewunderte. Es war ein 1956er Fleetwood, der schickste Cadillac überhaupt, und in einer Farbe mit dem wunderbaren Namen »Berglorbeer-Pink« lackiert und hatte ein cremefarbenes Dach. Der frühere Besitzer hatte ihn aus Amerika importiert, wo er ihn einer ehrlichen alten Dame abgekauft hatte. Ihr Mann arbeitete für Planter's Peanuts und besaß einen Firmenwagen, also war sie in fünfundzwanzig Jahren nur 65 000 Meilen in der Gegend von Seattle herumgefahren, abgesehen von einem Ausflug zum Grand Canyon. Dad war völlig berauscht von der Vorstellung, dass der Wagen dort gewesen war. »Stell dir vor, dieses Baby war am Grand Canyon!«, erzählte er den Leuten immer mit seinem schlechten John Wayne-Akzent. Er war überzeugt, dass dies von keinem anderen Auto in Bilkara behauptet werden konnte.

Kingi war dafür zuständig, dass der Motor absolut rund lief, und sein Stethoskop leistete ihm dabei gute Dienste. Die Elascofab-Polsterung befand sich in perfektem Zustand und hatte immer noch den Plastiküberzug wie damals im Ausstellungsraum, aber im Lauf der Zeit erneuerte Dad die Deckenbespannung, ließ alle Chromteile ersetzen und tauschte die Teppiche und den Auspuff aus.

Als der Caddy schließlich fertig war, war er zweifellos ein schönes Auto mit einem verführerischen Chrom-Lächeln. Er hatte glänzende Weißwand-Reifen und Heckflossen, die bei einem Wagen den hohen Wangenknochen einer Frau entsprechen. Dad sagte, er sei die Lauren Bacall unter den Cadillacs. Mum machte oft halb ernst gemeinte Scherze, das Auto sei Dads Geliebte, und eine sehr anspruchsvolle noch dazu.

Der Caddy war ein Projekt, das Dad noch aus einem anderen Grund am Herzen lag, abgesehen davon, dass er in den Wagen verliebt war. Er hatte ihn von einem Mann namens Bill Owens bekommen, den er aus unglücklichen Umständen errettete, nachdem Bill versucht hatte, sich in einem großen pinkfarbenen Sarg im Fluss zu ertränken. Offensichtlich wollte er den Caddy mit in sein feuchtes

Grab nehmen, damit seine treulose Frau ihn nicht bekam. Der Plan entsprang mehr der Erregung als der Vernunft, wie Bill feststellte, da es nicht so leicht ist, mit einem Wagen dieser Größe unterzugehen. Anstatt die Böschung hinunterzufahren und elegant im Wasser zu versinken, kippte der Wagen zur Seite, fiel aufs Dach und schlug auf einen Felsblock, der die Tür und die Windschutzscheibe eindrückte. Ein Stück der herumfliegenden Trümmer traf Bill am Kopf und riss eine Arterie auf.

Es war schon fast dunkel, und Dad kam gerade von einer Routinekontrolle der Sebold Road zurück. Die Strecke ist etwa dreißig Kilometer lang mit geraden Abschnitten dazwischen, auf denen die Fahrer leicht einnickten, und scharfen Kurven, die sie wieder aufweckten – oder in ewigen Schlaf schickten. Es war eine der gefährlichsten Straßen im ganzen Staat. An der Einmündung des Freeways bogen Trucker, die eine Menge Aufputschmittel mit Cola runtergespült und Townsville bereits vor zweiundzwanzig Stunden verlassen hatten, auf diese Straße ein. Dad versuchte so oft wie möglich dort raufzufahren, bloß um sicherzustellen, dass nicht irgendwo ein Sattelschlepper über die Uferböschung gekippt war. Einmal hatte er dort in einer Woche fünf Überschläge gezählt. Da es damals noch keine Handys gab, hatte er in der einsamen Telefonzelle auf halber Strecke sogar ein Funkgerät aufgestellt, sodass jemand nur den Hörer abnehmen musste, um Dad zu Hilfe zu rufen.

Als er Richtung Norden nach Sebold hinauffuhr, sah er einen Caddy, der ihm mit überhöhter Geschwindigkeit entgegenkam. Also dachte er sich, dass er ihm vielleicht wiederbegegnen könnte, und hielt die Augen offen. Er sagte immer, Bill habe Glück gehabt, denn obwohl er bei dem Unfall das Bewusstsein verloren habe, sei sein Fuß auf der Bremse geblieben, und der schwache Schein der Bremslichter zog Dads Aufmerksamkeit auf sich.

Dad erkannte sofort, dass Bill nicht allzu schwer verletzt war und das ganze Blut nur aus einer Wunde kam. Wie der Junge in der Geschichte, der den Finger ins Klo steckt, verschloss Dad die Wunde mit seinem Daumen und überlegte sich, was er als Nächstes tun sollte. Bill sah bleich aus und atmete schwer. Dad konnte ihn nicht allein lassen, um zu seinem Truck zurückzugehen und über Funk Hilfe anzufordern, aber er wusste, er müsste nicht zu lange warten, bis er das krächzende Geräusch einer Schaltung hörte, die einen Sattelschlepper ankündigte, der vor der Brücke das Tempo drosselte. Neben Bill im Wagen kniend, drückte er mit dem Ellbogen auf die Hupe und mit seiner freien Hand auf die Blinkanlage, als ein Truck sich näherte. Drei Trucks fuhren vorbei, bevor jemand scharf auf die Bremse trat und das dumpfe Dröhnen eines Motors im Leerlauf die Stille durchbrach. Schließlich ertönte die Stimme des Fahrers, der nach ihm rief. Er hatte Dads Truck gesehen und zwei und zwei zusammengezählt.

Als schließlich die Ambulanz eintraf, war Bill schwer angeschlagen und verwirrt zu sich gekommen. Dad brachte ihn dazu, über den Caddy zu reden, was natürlich zu der Geschichte über Planter's Peanuts und den Grand Canyon führte. Sie legten Bill auf eine Bahre, trugen ihn zur Straße hinauf und fuhren ihn in die Stadt ins Krankenhaus – und immer war Dad dabei, der immer noch den Daumen auf die Wunde gedrückt hielt.

Ein paar Wochen später tauchte Bill im Autohof auf und bot Dad den Cadillac als Geschenk an. Er wolle die Stadt verlassen und nach Sydney gehen. Um ein neues Leben anzufangen. Der Caddy erinnere ihn zu sehr an sein altes, und selbst die Möglichkeit eines neuen Lebens verdanke er Dad.

Gleißendes Licht

Während Bilkara schlief, lag Cassie in ihrem schmalen Bett wach. Der Wind war stärker geworden, kam direkt vom Meer herein und blies feuchte, salzige Luft an die Fenster. Sie beobachtete, wie die Schatten des alten Jacaranda-Baums an der mondbeschienenen Decke tanzten und erinnerte sich, dass sie sich früher vor diesen dunklen Fingern fürchtete, als sie sich vorstellte, es seien gebogene Fingernägel, die an der weißen Farbe der Decke kratzten. Inzwischen waren die Äste gewachsen, dicker geworden, und die Schatten tröstlich vertraut. Irgendwann nach Mitternacht fiel sie in unruhigen Schlaf, in dem sich Träume und Wachzustände übergangslos abwechselten. Sie sah den Umriss einer Frau, deren Gesicht von dahinziehenden Wolken verdeckt wurde. Als sie aufwachte, dachte sie als Erstes an Dan. Hatte sie sich dieses Geräusch – dieses Kichern – bloß eingebildet? Dieses Niesen? Immer und immer wieder rief sie sich den Moment ins Gedächtnis zurück, und jedes Mal war das Geräusch schwächer und weniger genau bestimmbar. Ein reines Fantasieprodukt.

Der strahlende Morgen in Bilkara machte ihr keine Freude, weil sie wusste, dass über den Londoner Straßen jetzt die Dämmerung hereinbrach. Sie hatte keinen Zweifel, dass Dan irgendwo in der Stadt unterwegs war. Vermutlich in Casey's Weinbar, dem bevorzugten Treffpunkt der Großstadtsekretärinnen am Freitagabend, oder vielleicht im Cricketer's Arms mit anderen Verkäufern. Dan war ein geselliger Mensch, wie er selbst oft sagte. Ein geborener Verkäufer. Er konnte prima Autos an den Mann bringen, aber was er am besten verkaufte, war Dan. Er sah sich gern als der David Beckham der Autoindustrie. Er war gerissen, konzentriert und besaß ein Charisma, das auf dem unerschütterlichen Glauben an sich selbst gründete. Er war ein gewohnheitsmäßiger Charmeur, ein Naturtalent. Er konnte Leute bezaubern, die sich sonst nicht einwickeln ließen. Jedenfalls schaffte er das nach all den Jahren bei Cassie, die ihm wehrlos ausgeliefert war. Er war schlau genug, um zu wissen, was gerade gebraucht wurde: ein ernstes, aufmunterndes Gespräch oder eine Schulter, an der man sich ausweinen konnte. Es war schwierig, ihm böse zu sein, wenn er sich niederkniete und sich ganz ihrer Gnade auslieferte. Wenn er sie kitzelte, hinters Ohr küsste und zum Lachen brachte. Nach einem Dutzend gemeinsam verbrachter Jahre konnte er sie immer noch zum Lachen bringen! Und obwohl sie genau wusste, dass er Leuten alles erzählte, was sie hören wollten, um zu kriegen, was er wollte, glaubte sie, dass er sie aufrichtig liebte.

Es bedurfte nur einer Andeutung, sie habe einen

schlechten Tag gehabt oder sei schlechter Laune, schon verfrachtete er sie, trotz ihres Protests, in ein beruhigendes Schaumbad. Dann trug er sie ins Schlafzimmer, hüllte sie in ein Handtuch, legte sie aufs Bett und gab ihr das Gefühl, eine Verführerin zu sein, der er nicht widerstehen konnte. Einmal hatte er sie für ein langes Wochenende nach Madrid entführt, wo sie im Ritz wohnten, im *Parque del Retiro* Siesta hielten und in Hemingways Lieblingsrestaurant gebratenes Spanferkel aßen. Ein anderes Mal gab es eine Spritztour in ein Hotel in Prag, wo es so kalt war, dass sie das ganze Wochenende im Bett blieben und keine andere Abwechslung brauchten als den Blick auf den Stadtplatz, einen tschechischen Sprachführer und sich selbst. Dan liebte sie – er vergötterte sie geradezu – er beschützte sie und sorgte für sie, was wollte sie noch mehr? Sie wusste es nicht, abgesehen davon, das quälende Gefühl loszuwerden, dass es immer Dinge bei Dan gab, die nicht so recht zusammenpassen wollten.

Er stammte aus Liverpool, wo es zwei Fußballclubs und eine halbe Million Geschichtenerzähler gab, und keiner war besser als Dan. Aber selbst er hatte manchmal Mühe zu erklären, was er in den Stunden nach der Arbeit getan hatte. In jüngster Zeit gab es ein ganzes Wochenende, bei dem ihm das nicht gelang. Eigentlich sollte er an einer Konferenz in München teilnehmen, traf aber im Hotel nicht ein. Bei seiner Rückkehr tischte er eine wirre Geschichte über verpasste Flüge und falsche Hotelbuchungen auf, aber Cassie war der Sache nicht wirklich auf den Grund gegangen. Am Schluss lief es immer auf dasselbe hinaus – *sie* hatte sich vertan. Das falsche Hotel angerufen. Vergessen, dass er nach der Arbeit ein Glas mit den Jungs trinken wollte. Ihre neurotische Ausfragerei nervte ihn. Sie sei unsicher und steigere sich in die wüstesten Fantasien hinein. Vielleicht hatte er recht. Sie wollte, dass er recht hatte. Ein Teil von ihr schreckte immer davor zurück, der Sache wirklich auf den Grund zu gehen: der Teil von ihr, der nicht zu intensiv nachhaken wollte, aus Angst davor, was sie herausfinden und was daraus folgen könnte. Das machte sie angespannt und argwöhnisch. Keine anziehenden Eigenschaften, wie sie wusste, aber je mehr er ihr zu entgleiten schien, desto mehr klammerte sie sich an ihn.

Während sie wach in ihrem Kinderzimmer lag, 15 000 Kilometer von Dan entfernt, überkam sie eine Art Verzweiflung. Sie spürte das dringende Verlangen, nach Hause zu gehen, und ein wachsendes Gefühl der Angst, als hätte sie das Bügeleisen angeschaltet gelassen und ihr Leben drohte abzubrennen. Es gab nichts, was sie hier tun konnte, genau wie Josie gesagt hatte. Man musste abwarten, von einem Tag zum anderen. Abwarten, wie weit Al sich erholen würde. Es konnte Wochen, Monate oder Jahre dauern. Sie konnte zurückkommen, wenn er wirklich auf dem Weg der Besserung war. Das würde sie tun. Gleich morgen früh würde sie die Fluggesellschaft anrufen und ihren Flug umbuchen – um eine Woche vorverlegen. In einem Monat konnte sie wiederkommen, wenn sie gefasster und ruhiger sein würde. Niemandem war es wichtig, dass sie hier war. Die Lücke, die sich mit ihrem Weggang einst aufgetan hatte, war schon lange zugewachsen.

Als die Morgendämmerung anbrach, fühlte sie sich erschöpft und von den Sorgen der Nacht aufgewühlt und hatte wenig Lust aufzustehen, außer dass sie der bedrückenden Enge entfliehen wollte, die von den Bücherstapeln herrührte. Sie kam sich vor wie eine Insel des Elends in einem Meer von Happy Ends. Sie schloss die Augen und drückte sie fest zu, während ein weiterer strahlend blauer Tag seinen Anfang nahm. Nach so vielen Jahren sanften englischen Lichts empfand sie die blendende Helligkeit der australischen Tage mit dem grenzenlos blauen Himmel als fast unerträglich. Ihr ging zwar die dichte graue Wolkendecke nicht ab, aber das Licht war immer sanft und mild. Hier schien es von jeder Oberfläche abzuprallen, und sie zuckte zusammen vor seiner gnadenlosen Grelle. Sie wusste bereits, dass sich am Nachmittag die Feuchtigkeit wie ein erstickender Hitzemantel über die Stadt legen und alles darunter gereizt aufstöhnen würde.

Zum ersten Mal seit Jahren erinnerte sie sich wieder an ihre Kamera und fragte sich, wo sie war. Die Vorstellung, diese wahnsinnige Überfülle des Lichts in ein kleines sauberes Viereck im Sucher zu bündeln, hatte etwas Verlockendes. Sie war sicher, Josie hatte sie nicht weggeworfen. Sie warf überhaupt nie etwas weg. Vermutlich war sie irgendwo in diesem Zimmer verstaut oder in der Garage. Cassie hatte sie nach dem Unfall weggepackt. Nach Mariannes Tod. Damals konnte sie sich auf nichts konzentrieren, an nichts Freude finden.

Sie hatte sie weggepackt, weil sie sie liebte. Es war eine selbst auferlegte Strafe.

Puha und *pākehā*

Kingi kaufte mir die Kamera zu meinem dreizehnten Geburtstag. Das war ein paar Monate, nachdem er mich aus seinem Truck verbannt hatte. Ich war immer noch ein bisschen sauer auf ihn – obwohl ich den Ärger vielleicht mehr vortäuschte, als ihn tatsächlich zu empfinden, bloß um zu sehen, wozu das führen würde. Dennoch war es eine ziemliche Überraschung, als er eines Sonntagmorgens mit einem teuren Geschenk auftauchte.

In dem Jahr, als ich dreizehn wurde, wurde Kingi vierundzwanzig. Für mich war er weder ein Erwachsener noch ein Jugendlicher, sondern einfach ein Freund. Er war achtzehn, als er damals zu der Schafschurtruppe stieß, bei der er nur ein Jahr lang blieb. Zu schwierig und stressig, sagte er. Sie hatten sich in Sydney neue Kämme für die Schur besorgt mit größeren Abständen zwischen den Zähnen, was eine schnellere Schur ermöglichte. »Wir waren ziemlich Furcht einflößend«, meinte er. »Ein paar von unseren Kumpels kamen von den Wairapa und gingen zur Schur nach Norden. Und gleich darauf haben die Kiwi-Trupps alle Preise abgeräumt. Die Aussies waren stocksauer und sind in Streik getreten. Mein Gott, all die Schlägereien, die da abgingen, es war genauso wie daheim bei den Schwarzen-Mobs. Deswegen bin ich doch nach Aussie gegangen, um davon wegzukommen.«

Kingi trennte sich von seiner Truppe, fuhr ohne festes Ziel mit dem Zug zur Gold Coast hinauf und stieg bei einem Zwischenstopp in Bilkara aus, wo Dad auf ihn stieß, als Kingi gerade seinen Sattelschlepper bewunderte, der vor dem Farmer Co-op parkte. Sie kamen ins Gespräch, und als Dad an diesem Abend heimkam, erklärte er, er habe einen neuen Fahrer gefunden. Ganz einfach so.

Als Mum Kingi kennenlernte, meinte sie, er sei ein bisschen ungehobelt, aber Dad sagte: »Mach dir nichts draus, Josie. Das ist alles bloß Abwehr. Ich hab ein gutes Gefühl bei diesem Burschen.« Dad redete mit der Bank, und ein paar Wochen später hatte er ein zweites Abschleppfahrzeug gekauft, das Kingi fahren sollte. Aus irgendeinem Grund muss auch Mum ein gutes Gefühl gehabt haben, was ihn anbelangte, weil er eine Zeit lang bei uns wohnte, als sich herausstellte, dass er in dem Truck übernachtete. Wir hatten nur zwei Schlafzimmer, also schlief er in dem kleinen Lagerraum hinter der Garage.

Die Zeit, als Kingi bei uns wohnte, war eine wichtige Station meiner Kindheit. Es war, als hätte ich einen Bruder, mit dem man Ball spielen konnte, und der mich neckte. Ich war neun Jahre alt und sehnte mich nach einem Bruder. Er saß immer auf der hinteren Veranda, klimperte auf seiner Gitarre und sang leise Lieder, die ihn traurig machten. Er lehrte mich, wie man einen rakau *– einen Kampfstock – benutzte, aber ich habe den Dreh nie wirklich rausgekriegt. Er brachte mir auch ein paar Maori-Wörter bei: Wenn ich hungrig war, hatte ich einen leeren* puku. *Wenn etwas zerbrochen war, war es* paraku. *Etwas Gutes war* pai, *und etwas nicht so Gutes war halb*-pai. Puha *war* *grünes Gemüse, also war* puha *und* pakeha *ein anderer Name für mich, für ein kleines weißes Mädchen. Er erklärte mir relativ weitschweifig, warum Rugby in Enzed die Nationalreligion darstellte – die All-Blacks waren Götter, und die einzige Möglichkeit, in den Himmel zu kommen, bestand darin, Australien zu schlagen. Besser noch, sie nicht nur zu schlagen, sondern in den Boden zu stampfen. Freundschaftliche Rivalität nannte er das.*

Kingi verfügte über ein reiches Repertoire an Mythen und Geschichten wie etwa die über Maui. Er hatte den großen Fisch an den Haken genommen, aus dem die Nordinsel Neuseelands werden sollte, doch seine lästigen Brüder mit ihren Knüppeln und Speeren legten sich darauf und schufen Berge, Täler und Flüsse. Er erzählte mir von taniwha, *einem Drachen-Dämon, der in praktisch jedem Fluss in Neuseeland vorkommt und Rache an denjenigen nimmt, die den ersten Fang nicht zurückgeben. Und er zeigte mir seine Erinnerungsstücke: ein Stück goldfarbenes Kauri-Harz, einen Angelhaken aus Knochen geschnitzt, ein* tiki *aus Grünstein und den* koru *– den sich auffaltenden Farn, das Symbol neuen Lebens.*

Es war schön, solange es dauerte, aber nach ein paar Monaten zog er wieder in seinen Truck zurück. Das sei praktischer. Er liebte die Freiheit, denke ich. Im Sommer parkte er immer im Busch an einer abgeschiedenen Stelle des Hafens, wo ein Bach über die Felsen lief. Er hatte es nicht so sehr mit dem Waschen, aber er stand im Morgengrauen auf und ließ sich in der blassrosa See treiben, wo er seinen Gedanken nachhing, wie er sagte. Am Abend watete er hinaus und warf die Angel aus. Er machte ein klei-

nes Feuer und briet seinen Fang in einer schwarzen, fettigen Pfanne, die er im Werkzeugkasten hinten auf seinem Truck aufbewahrte. Er aß direkt aus der Pfanne, spülte sein Mahl mit ein paar kalten Bieren hinunter und schlief auf seinen Schaffellen unter den Sternen ein. Er sagte, es sei das beste Leben gewesen, das er jemals gehabt hatte. Einmal sind Dad und ich zu ihm raufgefahren und haben bei ihm gecampt. Am frühen Morgen spazierten wir um die Landspitze auf die Brandungsseite und sahen einen Schwarm Delphine, die in den Wellen herumtollten. Seite an Seite ritten sie auf dem türkisfarbenen Wellenbauch, als führten sie einen Synchrontanz auf. Es war ein gutes Leben, das er damals hatte.

Im Winter stellte er seinen Truck auf dem Autohof ab. Was besser war als ein Wachhund, fand Dad. Aber nach einer Weile beklagte sich Dad, dass Kingi allmählich schlechter roch als ein Wachhund, und ließ eine Dusche in die Werkstatt einbauen. Entweder das oder einen Hochdruckreiniger, sagte er. Er stellte einen kleinen Herd in die Teeküche, damit sich Kingi Essen warm machen konnte, statt von Fisch und Chips zu leben.

Etwa um die Zeit meines dreizehnten Geburtstages erinnere ich mich, dass ich von ein paar Mädchen in der Schule gehänselt wurde, die behaupteten, er sei mein Liebhaber. Vielleicht war es das, was er befürchtet hatte. Ich fand es höchst merkwürdig, wie sie auf so etwas kommen konnten, aber erklären konnte ich unsere Beziehung nicht.

Seit dem Tag, an dem mir Kingi den koru *gegeben hatte, trug ich ihn ständig. Doch als mich Dad am Tag des Geschenks der Kamera in den Hinterhof rief, legte ich ihn ab und ließ ihn auf dem Küchentisch liegen. Im Nachhinein weiß ich nicht mehr, warum. Einfach aus Eigensinn, schätze ich.*

Wäre die Kamera nicht nagelneu und in einer Schachtel verpackt gewesen, hätte das Geschenk meinen Argwohn erregt, und ich hätte angenommen, Kingi habe sie vielleicht irgendwo mitgehen lassen. Aber ich sah, dass sie aus einem Geschäft stammte, und der Schachtel nach zu urteilen, war es eine Olympus OM10 SLR 35mm-Kamera. Es dauerte eine Weile, bis ich überhaupt verstand, was das hieß.

Als ich die Schachtel öffnete und den schwarz-silbernen Apparat in der Hand hielt, dachte ich als Erstes an Melanie und ihre Flöte. In gewisser Hinsicht fürchtete ich mich fast. Als würde sich mein Leben erneut ändern, als wäre dies ein Ticket irgendwohin – in ein neues, unerforschtes Land –, und ich wusste nicht, ob ich bereit dafür war. Aber trotz allem spürte ich sofort, verstand ich intuitiv, dass ich mit diesem Instrument genauso mit dem Licht spielen konnte wie Melanie mit Luft. Ich konnte das Licht einatmen. Ich konnte Licht und Schatten kontrollieren. Ich kann es nicht wirklich erklären, mir wurden einfach nur die unendlichen Möglichkeiten, das grenzenlose Potenzial dieses Apparats klar. Ich hatte keine Ahnung vom Fotografieren, aber ich wusste, es war eine Möglichkeit, Schönheit darzustellen. Die Kamera schien mir etwas zu sein, womit ich die Welt so einfangen konnte, wie ich sie sah. Als etwas, das mir gehörte, das ein Teil von mir werden würde. Es war überwältigend.

Ich war zutiefst gerührt, und die Flut der Gefühle mach-

te mich verlegen. Ich ging nach drinnen und hängte den koru *wieder um den Hals, damit Kingi ihn sah. Immer noch mit der Kamera in der Hand lief ich wieder hinaus, dankte ihm und umarmte ihn, obwohl er nach Bier und Schweiß roch. In seinen Augen konnte ich erkennen, wie glücklich er sich fühlte, dass mein Glauben an ihn wieder hergestellt war.*

Dad zeigte mir, wie man den Film einlegte, den Belichtungsmesser im Sucher berücksichtigte und die Linse einstellte, damit das Bild scharf war. Später lernte ich, was Blenden und Belichtungszeiten sind, aber an diesem ersten Tag fühlte ich mich dank meiner Unwissenheit vollkommen frei. Ich hatte einen Film und schoss mein erstes Bild: Dad und Kingi, die sich in ihren maroden Liegestühlen zurücklehnten und unter dem Jacaranda-Baum lachten.

Quer durch den Busch

Aus der Küche kamen keine Geräusche. Josie war fortgegangen, um ihren Wachdienst im Krankenhaus wieder aufzunehmen, und ließ ihre Tochter ausschlafen. Cassie spürte ein großes Bedürfnis, Dan anzurufen. Nur um sicherzugehen, dass er zu Hause war. Sie wollte unbedingt wissen, was er im Moment machte. Das Einzige, was sie zurückhielt, war ihre Überzeugung, dass er sie vollkommen verachten würde, wenn sie schon wieder anrief.

Ihr Telefon begann zu läuten, und sie griff schnell danach, in der Hoffnung, es sei er. Aber es war Elaine,

Kingis Frau, die sie zum Lunch einlud. Kingi sei mittags mit der Arbeit fertig, sagte sie. Er würde Cassie auf dem Heimweg mitnehmen.

Bevor sie sich duschte und anzog und bevor der Mut sie verließ, rief Cassie die Fluggesellschaft an und buchte den Flug um.

Auf der Fahrt zu sich nach Hause war Kingi ganz wie früher. Er alberte herum, zog sie auf und redete über seine Jungs Rewi, Tane, Rua, Hemi und Anaru. Das war neu. Sie hatte immer noch Schwierigkeiten, sich Kingi als verantwortungsvollen Familienvater vorzustellen.

»Was sollen denn die ganzen Maori-Namen?«, fragte sie. »Bist du inzwischen nicht ein eingefleischter Aussie?«

»Maussies, nennt man uns – Maori-Aussies. Womit wir wieder beim Ausgangspunkt wären. Als Kind, als ich mit der Familie im *marae* war, war alles gut. Aber später, als ich mehr mit den Weißen zu tun hatte, hab ich mich geschämt, ein Maori zu sein. Ich dachte, wir sind Scheiße. Ich wollte wegrennen davor. Jetzt, wo ich Kinder habe ...« Er überlegte, was sich geändert hatte und fügte mit glucksendem Lachen hinzu: »Sie sind mit kleinen braunen Gesichtern herausgekommen – und davor kann ich nicht wegrennen. Ich hätte ein nettes weißes Mädchen mit roten Haaren heiraten sollen.« Er grinste sie spitzbübisch an. »Nein, es ist schon gut. Elaine ist sehr für das Traditionelle. Ihr Onkel ist ein *tohunga* – ein weiser Mann, so 'ne Art spiritueller Typ.«

»Aber fünf Jungs? Habt ihr für ein Mädchen probiert?«

»Ein Mädchen?« Er sah sie verständnislos an. »Ich will ’ne Rugby-Mannschaft, wie die All-Blacks, du Dummkopf! Fünf Jungs, das ist doch toll. Sie futtern auch wie die All-Blacks, das ist doch ein Anfang.«

Sie fuhren in südlicher Richtung aus der Stadt hinaus, entlang der Hügel im Hinterland. Als die Straßen der Vorstadt den Blick auf dürre Weiden mit vereinzelten Pferden freigaben, bog Kingi in einen Weg ein, wo sich alle hundert Meter der Teerbelag mit Schotter abwechselte, bis er schließlich in die Einfahrt eines bescheidenen roten Backsteinhauses fuhr. Rechts vom Haus standen zwei Rohbauten von Bäumen beschattet und von einer großen, schlaff herabhängenden Markise geschützt. Das seien die Quartiere der Jungs, erklärte Kingi. »Sobald man in die Schule geht, muss man ausziehen und mit den großen Jungs zusammenwohnen. Das ist eine Ehre«, fügte er zwinkernd hinzu.

Kingis Hof zeigte mehrere vergebliche Versuche, einen Garten anzulegen, die jedoch durch eine Rampe aus Sandsäcken mit Motorradpisten sabotiert wurden. Hinter dem Haus gab es eingezäuntes Gelände, das von einer breiten roten Sandpiste mit Sprungschanzen durchschnitten war. In der Ferne hörte man das Aufheulen eines Motors, der hochgejagt wurde, und kurz darauf kam ein uralter Valiant Charger, eine riesige Staubwolke hinter sich herziehend, herangedonnert. Das schwer verbeulte, mit Dreck bespritzte Vehikel nahm die Schanze, hob ab und landete Sekunden später mit lautem Krachen und vom Johlen der Insassen begleitet wieder auf dem Boden. Mit durchdrehenden Reifen drehte es sich um die eigene Achse und verschwand wieder in Richtung der fernen Hügel.

»Elaine hat den Jungs alles beigebracht, was sie übers Autofahren weiß«, erklärte Kingi grinsend.

Elaine kam aus dem Haus, rief hallo und ging direkt auf Cassie zu, um sie zu umarmen. »Ich hab das Gefühl, du gehörst zur Familie – auch wenn wir uns noch nie begegnet sind!«, sagte sie lachend. Mit ihrem kräftigen Gesicht und dem langen Pferdeschwanz, der beim Gehen von einer Seite zur anderen wippte, hatte sie das zupackende Aussehen, das alle Mütter von Familien, in denen es nur Söhne gibt, anzunehmen scheinen.

Von den Söhnen war nur Anaru im Haus. Er war sechs und noch zu jung, um draußen beim Motorcrossrennen mitzumachen. Kingi stellte Cassie vor. Der Kleine wirkte wenig beeindruckt. »Ich hab gedacht, du bist ein Kind«, sagte er.

»Nun, das war ich mal«, erwiderte Cassie entschuldigend. Er ließ sich nicht beschwichtigen, sondern ging hinaus und stellte sich auf die Hintertreppe, wo er schlecht gelaunt seinen Brüdern zusah, die die Piste entlangrasten. Er hatte das Gefühl, zweimal den Kürzeren gezogen zu haben.

Kingi holte ein paar Bierflaschen aus dem Kühlschrank und begann, ein riesiges Blech mit Würsten, Koteletts und Steaks zu beladen, bis es aussah, als wäre ein ganzes Tier zerteilt worden. »Ich leg das mal auf den Grill, während ihr Mädels euch ein bisschen kennenlernen könnt«, sagte er und ging zur Hintertür.

Elaine lehnte sich an die Küchentheke, trank ihr Bier und sah Cassie abschätzend an. »Kingi hat dich immer als frechen Wildfang geschildert, der mit ihm auf dem Truck rumgefahren ist. Dann hat er ein paar Hochzeitsbilder heimgebracht, die deine Mum ihm gegeben hat, und auf denen hast du wie eine Prinzessin ausgesehen.« Elaine lachte, aber Cassie sah in ihren Augen, dass sie jetzt einen anderen Eindruck von ihr hatte, und sie fragte sich, wie der war. »Tut mir leid wegen deinem Dad. Wirklich.« Elaine wurde plötzlich ernst, zornig. Sie stellte das Bier auf die Theke, begann einen Salat zu machen und bemühte sich, über belanglose Themen zu reden.

In der Ecke des Hinterhofs, neben dem Grill, stand ein langer Holztisch mit Bänken unter einer Gruppe von Palmen. Cassie und Elaine stellten die Salate darauf, dazu eine Riesenmenge Brötchen und Tomatensoße in Großpackungen. Als der Charger wieder die Piste herunterdonnerte, winkte Kingi, er solle anhalten. Der Fahrer nahm den Fuß vom Gas und fuhr aufs Haus zu. Die Jungen drängten sich aus dem Auto und purzelten übereinander, um schnell zum Tisch zu kommen. »Händewaschen! Händewaschen!«, rief Elaine über den Lärm hinweg, und sie gingen im Gänsemarsch in die Außenwaschküche. Als sie schließlich Cassie bemerkten, nahmen sie etwas gesitteter ihre Plätze ein.

»Das ist Cassie«, rief Elaine über die Schulter hinweg und hielt Kingi die Teller hin, um sie mit gebratenem Fleisch zu beladen. Die Jungen blickten Cassie einen Moment lang interessiert an, während sie ihre Hallos murmelten, doch als Elaine die Teller vor sie stellte, wandte sich ihre Aufmerksamkeit schnell dem Essen zu. Cassie setzte sich.

Anaru war dünn und drahtig, aber die Zwillinge, Rewi und Tane, und die beiden älteren Jungen, Rua und Hemi, waren kräftig gebaut, mit dickem schwarzen Haar, dunklen Augen und samtig brauner Haut. Sie hatten zwar die Größe von Heranwachsenden, aber selbst Hemi, der älteste, war noch weiter unter dem Alter, ein Auto fahren zu dürfen. Nach einem Moment der Beklommenheit kam es zu gutmütigen Rempeleien und Neckerein, bis der Lärm langsam abnahm und nur noch Geräusche zufriedenen Kauens zu hören waren.

»Du musst ja praktisch jedes Jahr einen bekommen haben? Ziemlich beeindruckend«, sagte Cassie.

»Sie meinte, vier seien genug«, antwortete Kingi. »Aber dann kamen die Zwillinge in die Schule, und sie sagte, na schön, noch eines.«

»Ja«, sagte Anaru finster. »Noch einen, auf dem jeder rumhacken kann.« Der Tisch erzitterte, als die Jungen in brüllendes Lachen ausbrachen.

»Na komm, Bruder«, sagte Rewi und streckte seine muskulösen Arme nach Anaru aus. »Lass dich umarmen.« Anaru lächelte in sich hinein und beugte sich über seinen Teller, offensichtlich zufrieden über die Aufmerksamkeit, die er auf sich gezogen hatte. Nachdem die Jungen alles verputzt hatten, wurde ihnen aufgetragen, den Tisch abzuräumen und das Geschirr abzuspülen. Cassie, Elaine und Kingi sahen ihnen nach, während sie weggingen und sich über die Aufräumarbeiten stritten. Kingi beugte sich über den Tisch zu Cassie. »Also, wann ist es bei dir so weit, Mädchen?«

»Kingi! Stell den Leuten nicht solche Fragen«, tadelte ihn Elaine, aber Cassie sah, dass auch sie neugierig war.

»Bist du meine Großmutter, Kingi?«, fragte Cassie neckend. »Was geht dich das überhaupt an?«

»Ich frag ja bloß. Du bist über dreißig. Ihr Leute lasst euch ziemlich Zeit, oder?«

»Ich will keine Kinder, Kingi. Wollte noch nie welche. Dan genauso wenig. Wir haben einen guten Lebensstil ...«

»Lebensstil?« Kingi sah sie verständnislos an. »Ehrlich?«

Cassie war deswegen schon öfter in Verlegenheit gebracht worden, aber nicht von jemandem, der sie so gut kannte wie Kingi, oder zumindest einmal gut gekannt hatte. Sie hielt die flapsige Bemerkung zurück, die ihr auf der Zunge lag. Elaine sah aus, als wäre es ihr peinlich, aber Kingi wartete geduldig auf eine ehrliche Antwort. Und nach einer Ewigkeit, wie es schien, kam es ihr zum ersten Mal. »Ich möchte die Verantwortung nicht übernehmen«, sagte sie kleinlaut, »für das Leben eines anderen.«

Kingi nickte. Er hatte verstanden.

Sie gingen ins Haus, wo Elaine Kaffee machte. Sie setzten sich ins Wohnzimmer, das so viel Atmosphäre wie das Wartezimmer eines Arztes hatte, nur mehr beschädigte Möbel. Die drei waren jetzt ein bisschen gedämpft, und als Cassie ihnen erklärte, dass sie in weniger als einer Woche abreise, tauschten Elaine und

Kingi einen schnellen Blick aus, als wären sie sich insgeheim über etwas einig. Kingi trank seinen Kaffee und lehnte sich in seinem Sessel zurück. »Letztes Jahr sind wir nach Powhiri gefahren, zur Beerdigung meines Dads.«

»Tut mir leid, Kingi. Mum hat es mir erzählt. Ich hätte etwas sagen sollen ...«, entschuldigte sich Cassie.

»Nein, ist schon gut. Da gibt's nichts zu sagen. Er war ohnehin ein Mistkerl. Aber das hat uns auf den Gedanken gebracht ...«

»Wir finden, es ist an der Zeit, nach Neuseeland zurückzugehen«, unterbrach ihn Elaine, die offensichtlich das Gefühl hatte, er käme sonst nie auf den Punkt. »Die Familie will, dass wir zurückkommen, und Kingi und ich wollen, dass unsere Kinder die *māoritanga* lernen – die Sitten der Maori.«

»Wann?«, fragte Cassie, von der unerwarteten Wendung der Dinge alarmiert.

»Wir reden schon davon, seit Hemi geboren wurde«, sagte Kingi. »Zurückgehen ... wieder zurück auf der *marae* sein – ich weiß nicht, wir wollen, dass unsere Kinder diesen Halt haben. Wir stammen aus derselben Gegend, ich und Elaine. Meine Mum lebt noch dort, und Elaines Mum und unsere Tanten und Cousinen und meine Brüder. Wir waren oft dort, aber das war die erste Beerdigung.«

»Eine Maori-Beerdigung, ein *tangi,* ist anders als eine *pākehā*-Beerdigung«, erklärte Elaine. »Sie dauert Tage, und jeder kommt, um sich von der Person zu verabschieden, um Frieden zu machen. Ich finde, es ist eher eine Feier des Lebens – die Gitarren werden herausgenommen, alle singen und tanzen und erzählen Geschichten.«

»Unsere Kinder haben sich mit ihren Cousins angefreundet«, fügte Kingi hinzu. »Es ist nicht gut, bloß zu Beerdigungen heimzufahren.«

»Wir fühlten uns sehr verbunden mit unseren Familien. Das hat uns klargemacht, dass wir hier bloß immer Fremde sein werden. Unsere Kinder werden als Nigger und Bimbos beschimpft in der Schule ...«

»Ja, wir wollen sie nach Hause bringen, wo man sie Drecksnigger und schwarze Bastarde nennt«, warf Kingi grinsend ein.

»Wann geht ihr?«, fragte Cassie.

»Wir würden gern zu Weihnachten zurückgehen«, sagte Elaine. »So war es mit Al abgemacht, bevor das alles passiert ist.« Sie wirkte verlegen. »Die Sache ist die, wir haben es allen zu Hause so gesagt. Sie erwarten uns.«

»Wenn sich Dad bis dahin nicht erholt hat, denke ich ...« Cassie zuckte die Achseln und fing Kingis Blick auf. Wenn sie glaubten, sie hätte die Antwort, täuschten sie sich. Sie fühlte sich in erster Linie betrogen. Zu unrecht, wie sie wusste. Aber das Gefühl ließ sie nicht los, und sie suchte nach Ausreden, um zu gehen. Kingi bot ihr an, sie beim Krankenhaus abzusetzen.

Die Jungs, die in den Räumen herumlümmelten wie junge Löwen, verabschiedeten sich mit einem Winken oder brummten etwas. Elaine begleitete Cassie zum Truck, umarmte sie und lächelte sie besorgt an. Cassie hatte den Weggang der Familie ganz offenkundig nicht gut aufgenommen.

Auf der Fahrt überbrückte das Gemurmel aus dem Polizeifunk ihr Schweigen. Nach einer Weile sagte Kingi: »Es gibt noch was, was du wissen solltest.«

»Was?«, fragte Cassie leicht gereizt.

»Die Frau von der Steuerbehörde hat uns angerufen wegen der überfälligen Steuer. Ich hab ihr gesagt, sie soll den verdammten ...«

»*Tūtae mū te roro?*«, schlug Cassie vor.

»... Vollidioten anrufen. Mein Gott, hab ich dir das beigebracht? Wirklich? Das ist ziemlich verantwortungslos. Ja, diesen verdammten Steuerberater Bexley. Wie auch immer, die Frau von der Steuerbehörde hat zurückgerufen und behauptet, der würde nichts davon wissen.«

»Ich rufe dort an, wenn du willst«, sagte Cassie zögernd. »Hey, können wir über die Alexander Avenue fahren?«

Kingi sah zu ihr hinüber, erwiderte aber nichts. Er bog von der Hauptstraße ins Industriegebiet ein und fuhr an dem rot und silbern bemalten Gebäude vorbei: »Reed Unfallreparaturen«. Der Hof war von einem hohen Zaun umgeben, und am Tor hing ein Vorhängeschloss. Verglichen mit Als Betrieb wirkte hier alles professionell und sah nach Erfolg aus. Cassie spürte Mitleid mit Al, dem ehemals großen Abschleppunternehmer. Es war, als hätte ihm Bob seine Träume geraubt.

Josie las vor. Ern und Mal – Cassie konnte sie nicht auseinanderhalten – saßen auf Kissen aufgestützt in ihren Betten. Ein Déjà-vu, abgesehen von Monique, die auf einem Stuhl neben Al saß und seine Fingernägel zu ordentlichen Halbmonden feilte.

Sie blickte auf, als Cassie eintrat. »Ach, schau nur, was der Wind reingeweht hat, Tante Josie.«

Ohne innezuhalten, winkte Josie Cassie kurz zu.

»... Marco sprang auf und stand Samuel Auge in Auge gegenüber, von Mann zu Mann. Er würde Patricias Ehre verteidigen, auch wenn es das Letzte sein sollte, was er tat ...« Cassie beugte sich an Monique vorbei, die keine Anstalten machte, ihren Platz aufzugeben, zu Al hinab und gab ihm einen Kuss auf die Wange. Monique hörte auf, Als Nägel zu feilen, hielt aber seine Hand fest, als wartete sie darauf, dass die störende Unterbrechung bald beendet wäre.

Eine Schwester kam mit einem Wagen voller Medikamente ins Krankenzimmer. »Tut mir leid zu stören, Mrs Munro, aber es sind nur zwei Besucher erlaubt. Mir macht das ja nichts aus, wie Sie wissen, aber die Oberschwester kommt gleich vorbei, und die flippt aus.«

Monique fuhr mit ihrer Maniküre fort, als handle es sich um eine lebensrettende Maßnahme.

Cassie ging zu der Schwester hinüber. »Hallo ...« Sie warf einen Blick auf das Namensschild, wie sie es bei Dan so viele Male gesehen hatte. »... *Tina,* mein Name ist Cassandra«, sagte sie liebenswürdig. »Ich bin Mrs Munros Tochter aus London.«

»Freut mich, Sie kennenzulernen, Cassandra. Wir setzen große Hoffnungen in Mr Munro. Seine Vitalreaktionen sind sehr gut. Nun, vielleicht könnte die Dame ihre Maniküre ein anderes Mal fortsetzen?«

Monique drehte sich um und schenkte ihr einen vernichtenden Blick. Unsanft ließ sie Als Hand fallen und warf ihre Papierfeile in ihre Tasche. »Ich geh lieber, Tante Josie. Wie's scheint, bin ich hier überflüssig.« Sie gab Josie einen Kuss auf die Wange und stolzierte zur Tür.

»Sie könnten ja meine Besucherin sein«, stieß Mr Rotgesicht atemlos hervor. Cassie bemerkte, dass seine Nase die Farbe und Form einer angebissenen Cervelatwurst hatte. Monique hatte offensichtlich eine ähnliche Beobachtung gemacht, weil sie ihn ignorierte und ohne ein Wort hinausging.

»Danke, Schätzchen«, rief Josie ihr nach. »Ich ruf dich morgen an.« Sie blickte Cassie über den Brillenrand hinweg an. »Ich wünschte, du wärst ein bisschen freundlicher zu Monique, meine Liebe. Sie braucht unsere Unterstützung, seit Tante Judith jetzt so komisch geworden ist. Also, wo war ich? Ich lese nur noch das Kapitel zu Ende.«

Cassie setzte sich neben Al und hielt seine Hand. Seine Augen waren geschlossen, aber sie war überzeugt, dass er wach war. »Dad?«, flüsterte sie. Sie legte den Kopf auf seine Brust und hörte seinen Herzschlag und wie er langsam ein- und ausatmete. Seine Hand zuckte und drückte einen Moment lang die ihre. Sie wandte sich an Josie. »Mum?« Josie legte das Buch weg und kam zu ihr herüber. »Er hat sich bewegt, als hätte er versucht, meine Hand festzuhalten.«

»Er hat Muskelkrämpfe. Es könnte einfach davon kommen. Ich dachte, er hätte etwas gesagt«, antwortete Josie traurig.

Das Größer-als-Texas-Steakhaus war der neue Publikumsmagnet in Bilkara, und als sie das Krankenhaus verließen, schlug Josie vor, dort zu Mittag zu essen. Der Besitzer war Amerikaner, was die Einheimischen dahingehend interpretierten, dass Bilkara jetzt offiziell auf der Weltkarte verzeichnet war.

»Ich glaube, wir fühlen uns sehr geschmeichelt, dass ein Amerikaner bei uns leben will und ein Restaurant eröffnet hat. Es ist nicht einer dieser Franchise-Schuppen, die von Silicon Valley aus geführt werden. Die Leute finden, das ist ein gutes Zeichen für den Tourismus«, erklärte Josie, als sie von einer blutjungen Bedienung, die einen Stetson trug und fast aus ihrer Karo-Bluse und ihrem Mini-Rock platzte, zum Tisch geführt wurden. »Alle fänden es sehr schade, wenn er wieder ginge – was wahrscheinlich der Grund ist, weshalb es hier immer voll ist.«

Sie setzten sich an einen kleinen runden Tisch, und ihre Füße sanken zur Hälfte in dem vielen Sägemehl am Boden ein. Eine Lampe mit rotem Schirm hing über dem Tisch, und ihre Gesichter erstrahlten in einem gesunden Rosa wie das Fleisch in einer Metzgerauslage. Sie bestellten Steaks und Bier.

»Was hast du eigentlich damit gemeint, dass Tante Judith komisch geworden ist?«, fragte Cassie.

Josie nahm einen Schluck Bier, blickte sich um und erklärte flüsternd: »Sie hat einen Sprung in der Schüssel.«

»Wovon redest du?«, fragte Cassie und trank ihr Bier. »Du hast nie was davon erwähnt.«

»Ach, Schätzchen, das ist doch nichts, was man in einem Brief schreibt. Ich denke, sie ist ›im Wechsel‹ – ihre Hormone spielen verrückt. Sie hatte irgendwas mit einem Spendenkomitee drüben in Bingley zu tun, mit all den alten Schachteln, die früher in den Wohlfahrtsvereinen waren und jetzt keine Aufgabe mehr haben, seit die Kinder aus dem Haus sind. Sie war Sekretärin oder Schatzmeisterin oder so was Ähnliches bei der Bingley-Stiftung. Wie auch immer, sie wurde gesehen – noch dazu von einer von Moniques Kundinnen –, wie sie nach einer Sitzung auf dem Parkplatz rumgemacht hat. Als Frau eines Anwalts! Ist das zu fassen? Also wirklich«, sagte sie aufgebracht.

Cassie verschluckte sich vor Verblüffung an ihrem Bier. »Tante Judith macht mit jemandem auf einem Parkplatz rum? Tut mir leid, das kann ich mir einfach nicht vorstellen.«

Josie wischte geistesabwesend mit einer Papierserviette über den Tisch und fuhr vertrauensvoll fort. »Bryan hat davon nichts mitgekriegt. Obwohl Monique und Judith einen Riesenstreit deswegen hatten. Und dann ...« Sie hielt inne und seufzte dramatisch auf. »Kam sie nach der nächsten Sitzung ewig lang nicht nach Hause. Bryan hat sich Sorgen gemacht und ist zur Gemeindehalle rübergefahren, wo er Judith und diese Präsidentin, Angela heißt sie, völlig ineinander verschlungen auf einem alten Sofa im Lagerraum erwischt hat.«

Cassie verschluckte sich vor Lachen, als sie das hörte.

»Um Himmels willen, Cassie – jetzt pass doch auf. Das ist nicht lustig«, sagte Josie ärgerlich. »Denk an die arme Monique, die mit all dem fertig werden muss. Und Bryan – der arme Mann. Was für ein Schlag für seine Männlichkeit.«

»Mir war nicht klar, dass es sich bei der Person um eine Frau gehandelt hat! Und was ist dann passiert?« Cassie schob ihr Bier weg, damit es nicht zu weiteren Zwischenfällen kam.

»Das ist das Schlimmste. Bryan hat sie wieder aufgenommen, den Mund gehalten. Er hat sich ein paar Bücher aus der Bibliothek geholt ...«

»Worüber?«, fragte Cassie und bemühte sich, das Lachen zu unterdrücken.

»Ach, ich weiß nicht«, antwortete Josie genervt. »Über Hormone, Beziehungen, Sex – solches Zeug eben. Aber die Präsidentin hat nicht lockergelassen. Sie ist vor ihrem Haus aufgetaucht und hat Gitarre gespielt, oder war es Mandoline – egal, jedenfalls hat sie Liebeslieder gesungen –, Judith ein Ständchen gebracht, stell dir vor! Daraufhin hat sie die Koffer gepackt und ist abgehauen mit der Frau. Du läufst ihnen ständig über den Weg in der Stadt. Die beiden sind ein Herz und eine Seele, wie es scheint. Es schert sie einen Dreck, welchen Schaden sie angerichtet haben.«

»Gott! Als Judith und Bryan in Europa waren – vor zwei Jahren? – und Dan und ich sie übers Wochenende in Paris getroffen haben, dachte ich, sie sei der Inbegriff der Anwaltsgattin geworden. Sie hat zwar nicht direkt Twinsets getragen, aber du weißt schon ... alles in Taupe und Beige ...«

»Alles, bloß um nicht aufzufallen«, sagte Josie grimmig. »Damit ist es jetzt aber vorbei. Gerade sind sie mit dieser Ulysses-Motorrad-Gang rund um Tasmanien gefahren.«

»Tante Judith auf dem Rücksitz einer Harley ...«, stieß Cassie hervor und wischte sich mit einer Serviette die Augen ab.

»Ich schätze, das ist sehr amüsant, wenn man nichts damit zu tun hat«, erwiderte Josie eingeschnappt. »Übrigens nicht auf dem Rücksitz. Sie fährt.«

»Mum, du musst zugeben, das ist der reinste Liebesroman. Hundertzwanzig Seiten glühende Blicke und unerwiderte Leidenschaft, bloß dass es sich hier um die Wirklichkeit handelt.«

Josie nippte verstimmt an ihrem Bier. »Cassie, wir sind hier nicht im weltläufigen London. Sondern in Bilkara. Es ist einfach nur peinlich. Unerträglich peinlich.«

Das Essen kam, und Cassie fragte sich, wie sie bloß auf den Gedanken gekommen war, Steak zu bestellen. Sie hatte sich etwas Leichtes vorgestellt, ungefähr von der Größe ihrer Handfläche. Der Anblick des Fleischstücks, das über den Tellerrand hing, war eine Zumutung. Die größte Kartoffel, die sie je gesehen hatte, ragte aus einem Folienmantel, triefte vor saurer Sahne und süßer Chili-Soße und lag auf einem Berg aus geschreddertem Salat, um ihre ursprüngliche Form zu verbergen.

»Monique kommt wahnsinnig gern hierher«, sagte Josie und schlug das Messer in ihr Steak.

»Ich auch, Mum«, antwortete Cassie und enthielt sich weiterer Beschwerden und Kritik. Die Lampe über dem Tisch hüllte sie in einen intimen Lichtkreis, und die Geräusche und Bewegungen um sie herum traten zurück, während Josie, die jetzt zum Plaudern aufgelegt war, Cassie über andere Neuigkeiten und lokalen Klatsch informierte.

Nach dem Essen wateten sie durch das Sägemehl zur Kasse neben der Eingangstür. Als sie auf dem Weg dorthin kurz aufblickte, sah Cassie an einem großen Tisch in der Mitte des Raums die Person, der sie keinesfalls begegnen wollte. Seit dem Unfall hatte sie Bob Reed nicht mehr getroffen, aber sie erkannte die blassen Augen mit dem verschlagenen Blick und die scharfen Gesichtszüge sofort. Alter und der Verlust der Haare brachten das Nagetierhafte an ihm noch mehr zur Geltung und verliehen ihm das Aussehen einer lauernden Laborratte. Plötzlich hatte sie das Gefühl, es sei heiß und muffig im Raum und sie könnte die Luft schmecken, die in seinen Lungen war. Er blickte in ihre Richtung, sah sie einen Moment lang starr an, bis sich langsam ein Lächeln auf seinem Gesicht ausbreitete, als koste er eine alte Erinnerung aus. Er befand sich in Begleitung seiner Frau und drei kleiner Kinder, sah sie aber direkt an und warf ihr lässig eine Kusshand zu.

Onkel Bryans Koffer

Jeden Morgen setzte sich Dad an den Küchentisch, aß sechs Weetbix, zwei Stück Toast und trank eine Tasse Tee, während die neueste Ausgabe der Trading Post *ausgebreitet vor ihm lag. Bestimmte Rubriken las er besonders sorgfältig, wie etwa ›Powerboote über 30 000 $‹, ›Heiße Sonderanfertigungen und Gebrauchswagen‹ und natürlich ›Kostenlose und 1-Dollar-Angebote‹. Er hatte es zu einer wahren Kunst gebracht, wenn es darum ging, mit einer Ausgabe von einem Donnerstag bis zum nächsten auszukommen, und war sichtlich verärgert, wenn er am frühen Morgen zu einem Unfall musste, weil dies sein System durcheinanderbrachte. Hauptsächlich hielt er Ausschau nach Ersatzteilen für den Caddy-Motor, und die Preise für die Cadillacs im Angebot waren Gegenstand vieler Diskussionen. Inzwischen hatte er auch Fotoausrüstungen in seine Interessensgebiete aufgenommen, und bald darauf trudelte eine Packung Schwarz-Weiß-Filme ein, die kurz vor dem Verfallsdatum standen.*

Dad hatte keine Erfahrung mit Kameras, aber er war ein technisch interessierter Mensch, und wenn er auf ein unbekanntes Gebiet stieß, ruhte er nicht, bis er alles herausgefunden hatte. Während er in seinem Truck saß und mit einem Ohr dem Funkgerät lauschte, las er gleichzeitig das Bedienungshandbuch der Kamera. Und brachte mir bei, was er gelernt hatte.

Anfangs machte ich Schnappschüsse von Mum und Dad. Dann von Nana, Tante Judith, Onkel Bryan und meiner Cousine Monica, aus der später die exotischere Monique werden sollte.

Auf Dads Bitten hin nahm ich den Caddy aus allen Blickwinkeln auf, um den Glanz des Chroms einzufangen oder die schönen Kurven herauszuarbeiten. Mir war es eigentlich egal, was ich fotografierte. Es gefiel mir einfach, die Welt durch meinen Sucher zu betrachten, einen bestimmten Moment einzufangen. In den ersten Monaten hatte ich keine Ahnung, was aus meinen Bildern werden würde, da ich keine Möglichkeit besaß, sie zu entwickeln und abzuziehen. Die nicht entwickelten Filmrollen begannen sich aufzutürmen, während die neuen immer weniger wurden.

Dann tauchte eines Abends Onkel Bryan – der Mann von Judith, der Schwester meiner Mum – mit einem Koffer auf. Er war ein ruhiger, ernster, in gewisser Hinsicht reservierter Mensch. Die Leute hielten ihn für eingebildet, weil er sich für Geschichte, Politik und Vorgänge in der Welt interessierte. Er hörte beim Frühstück die Weltnachrichten im Radio, bevor er sich auf den Weg zu seiner Anwaltskanzlei machte, die er mit zwei Partnern betrieb. Er war der Peterson bei Peterson, Philips & Parktrennt.

Onkel Bryan wirkte wie jemand, der vom Leben endgültig enttäuscht war. Sein düsteres Wesen blieb auch von anderen nicht unbemerkt. Es wurde spekuliert, er habe vorgehabt, ein berühmter Strafverteidiger zu werden, doch das einzig Aufregende, was er in Bilkara in die Finger bekam, war ab und zu eine strittige Scheidung. Er sprach selten mit mir und hatte wenig Austausch mit Monica, seiner einzigen Tochter.

Ich hatte im Haus der Petersons mit meiner Kamera angegeben, und etwa eine Woche später tauchte Bryan unerwartet mit einem abgeschabten alten Koffer und mehreren großen Kartons bei uns zu Hause auf. Er schleppte alles herein, ließ die Kartons im Wohnzimmer stehen, brachte den Koffer in die Küche und legte ihn auf den Tisch. Nachdem Mum zu ihrer Erleichterung festgestellt hatte, dass er nicht bei uns einziehen wollte, standen sie und ich verlegen herum und fragten uns, ob er beabsichtigte, uns etwas zu verkaufen. Und in gewisser Hinsicht traf das auch zu.

Er gestand, dass er früher einmal Fotojournalist werden wollte. Er habe davon geträumt, an gefährliche und exotische Orte zu fahren, in Kriegsgebiete, um furchtlos die feindlichen Linien zu überwinden, von einem abenteuerlichen Leben mit einem Hauch von Gefahr. Ich versuchte, mir diesen kahl werdenden Mann in grauem Synthetikhemd in Khaki-Hosen und Dreitagebart vorzustellen. Dafür brauchte man schon eine ganze Menge Fantasie. Er wirkte blass, müde und niedergeschlagen. Es machte ihn ein bisschen verlegen, über diese Dinge zu sprechen, über Ziele, die sich jetzt für einen Anwalt auf der High Street ziemlich lächerlich ausnahmen. Offensichtlich war es eine Strapaze für Bryan, über seine alten Träume zu sprechen – qualvoll sogar –, aber er hatte sich so entschieden, und ich nahm an, dass unsere Aufgabe darin bestand, ihm zuzuhören.

Ich war froh, dass Dad nicht dabei war, als Onkel Bryan

sein Herz ausschüttete. Für ihn wäre das ein gefundenes Fressen gewesen, um Witze darüber zu machen, auch wenn Bryan vermutlich die komische Seite daran vollkommen entging. Dad hielt Bryan ohnehin für einen Schwachkopf, und Mum war meiner Meinung nach derselben Ansicht.

Schließlich öffnete er den Koffer. Er war voller vergilbter alter Zeitungen, voller Bilder und Geschichten, die er ausgeschnitten hatte – eine wahre Unmenge davon. Er nahm ein paar dieser Ausschnitte aus dem Koffer und legte sie auf den Tisch. Ich hörte ihm zu, während er erklärte, was ihn an diesen Bildern faszinierte: der zärtliche Ausdruck eines Soldaten, der ein schreiendes Baby in eine Decke wickelte; ein schönes junges Mädchen mit einem langen Schal um den Kopf; die Nahaufnahme eines alten Mannes, eines Arabers vielleicht, dessen Gesicht vor Zorn verzerrt war. Bryan erklärte, wie ein einziges Bild Mitgefühl erwecken, Einstellungen ändern und einen Wandel in der Welt herbeiführen könne. Es war, als hinge er an einem Tropf und würde mit seiner alten Leidenschaft für ein Leben gefüttert, das ihm im Lauf der Zeit abhandengekommen war –, und darüber zu sprechen, gäbe ihm neue Kraft, würde ihn aufs Neue beleben. Bryan war kein Schwachkopf, er war ein Gefangener. Und zum dritten Mal in meinem kurzen Dasein wusste ich, dass etwas Ungewöhnliches passierte. Etwas Wundersames. Kingi hatte mir das Instrument geschenkt, und jetzt zeigte mir Onkel Bryan, wie man damit musizierte.

Wir arbeiteten uns zum Boden des Koffers durch. Mum hatte schnell das Interesse verloren und war, ihr neuestes

Korsett an den Busen gedrückt, verschwunden, aber später kam Dad nach Hause und sah sich die Ausschnitte ebenfalls an. Er interessierte sich hauptsächlich für Katastrophengeschichten, vorzugsweise für solche, bei denen irgendein Fahrzeug beteiligt war (Analyse von Unfällen war sein Spezialgebiet), aber er wurde von Bryans Begeisterung angesteckt. Er hatte uns noch nie zuvor allein besucht, und jetzt diskutierten er und Dad über Eisenbahnunglücke. Schließlich tauchte auch Mum wieder auf. Sie begann, etwas zum Abendessen zu braten, und an diesem Abend herrschte ein seltsames Gefühl in der Küche, als sei es ein besonderer Anlass – fast eine Feier.

Es war spät, als Onkel Bryan seinen Koffer voller Träume mit heimnahm. Ich hatte gedacht, er wollte nur seine Leidenschaft für Fotografie mit einem anderen angehenden Fotografen teilen. Aber jetzt wird mir klar, dass er nur seine Träume begraben wollte. In den Kartons, die er zurückließ, befanden sich ein Vergrößerungsapparat, Entwicklerschalen, Zangen, Clips, Fotopapier und sogar ein rotes Licht für den Dunkelraum. Die Entwicklerflüssigkeit tauge nichts mehr, sagte er, aber er erklärte mir, was ich kaufen müsse, und versprach, wiederzukommen und mir zu zeigen, wie man die Negative entwickelte und Abzüge herstellte.

Am nächsten Wochenende half mir Dad, die Waschküche mit schwarzer Plastikfolie auszukleiden und einen Tisch aufzustellen. Wie versprochen, kam Bryan wieder und zeigte mir, wie man die Entwicklerflüssigkeit abmaß und mischte. Er brachte mir bei, wie man Filme unter den Vergrößerungsapparat legt und Abzüge macht. Von dem

Moment an, als ich zusah, wie eines meiner Bilder im Entwicklerbad Gestalt annahm, war ich süchtig. Von diesem Tag an verbrachte ich Stunden und Tage in meiner Rotlichtkammer.

Später, als ich genügend Fotos gesehen hatte, mit denen ich nicht zufrieden war, lieh ich mir Bücher aus der Bibliothek. Ich entwickelte ein größeres Verständnis für die »Kunst« des Fotografierens. Ich begann, den Goldenen Schnitt zu verstehen, und was ein Bild angenehm fürs Auge macht.

Mit fünfzehn stieß ich zufällig auf Henri Cartier-Bresson und die Alchimie des »entscheidenden Moments.« Später entdeckte ich Annie Leibowitz und Ansel Adams und viele andere. Ich begann zu begreifen, dass wirkliche Fotografen nicht einfach bloß Schnappschüsse machen, sondern ihren eigenen Stil und ihre eigene Ausrichtung haben. Ich entdeckte, dass es eine ganze Welt von Fotografien und Fotografen gab und dass ich dazugehören wollte.

Ich begann kritischer zu werden, was meine Objekte anbelangte. Ich wollte Bilder kreieren, die auf eine Geschichte hinter dem Bild hindeuteten. Zwei kleine Mädchen, die auf einem Tisch im Schaufenster einer Schneiderei standen und ihre blassblauen Brautjungfernkleider anprobierten.

Eine alte Chinesin mit ledriger Haut in einem Waschsalon, die, von Wäschebergen umringt, in einer weißen Porzellankanne Tee macht. Eine Frau im schwarzen Badeanzug mit weißer Bademütze, die im Winter langsam in die eisige Brandung geht. Das waren keine umwerfend neuen Geschichten, und es handelte sich nicht um Bilder von schönen Dingen. Jedes war einfach der Anfangsabschnitt einer Geschichte.

Passionsfruchtklöße

Cassie stand vor der Konditorei. Sie hielt eine kleine Papiertüte in der Hand. Die Tüte fühlte sich schwer an für so einen kleinen Kuchen. Sie brauchte etwas Süßes und Schweres. Sie musste am Boden gehalten, geradezu angebunden werden, sonst würde sie in den Himmel hinauffliegen, und Leute, die ihre Anwesenheit bislang noch nicht einmal bemerkt hatten, würden nach oben blicken und sehen, wie sie davonschwebte wie ein Luftballon. Wer würde sie retten? Dan? Kingi? Al? Ein kleiner Kuchen, Banane mit einem Guss aus Passionsfrucht, würde ihr Auftrieb geben und sie gleichzeitig unten halten.

Mit schlechtem Gewissen an dem Kuchen knabbernd, ging sie zum Haupteingang des Krankenhauses. Sie dachte an ein honigfarbenes Seidenkleid, das sie für viel Geld, für ein paar hundert Pfund, gekauft, aber dann weggeworfen hatte, nachdem Dan ihr erklärte, sie sehe wie eine Bratwurst darin aus. Wenn sie nicht abnähme, sagte er, würde sie demnächst wie ein Kloß aussehen. Das Honigfarbene wurde nie mehr getragen.

Am Eingang stand eine Gruppe rauchender Patienten in Bademänteln und unterhielt sich über ihre Krankheiten, über Medikamente, Dosierungen und MRTs. Cassie blieb stehen, verschlang den Rest des Kuchens und fühlte sich ein bisschen heldenhaft, weil ihre Sucht das Essen und nicht das Nikotin war. Doch als der Kuchen weg war, stellte sich keine Befriedigung ein.

Es war Montagabend. Josie hatte das Krankenhaus schon früh verlassen. Ern und Mal hatten beide Besuch, und die Leute standen verlegen um ihre Betten herum. Cassie ignorierte ihre gelangweilte Neugier, setzte sich neben Al und nahm seine Hand. Seine Hilflosigkeit war fast unerträglich. Sie wollte, dass er stark war, und gleichzeitig wollte sie für ihn sorgen. Sie wollte sein Gesicht berühren, das ständige Stirnrunzeln glatt streichen, das ihm seit dem Schlaganfall geblieben war. Aber das schien zu intim, zu persönlich zu sein. Er war kein Baby, er war ihr Vater. Ihr hilfloser Vater. In ihrer Jugend schien es nichts zu geben, was Al nicht geschafft hätte. Keine Rettung war zu schwierig oder zu gefährlich. Er war Superman im Blaumann.

»Dad«, flüsterte sie. »Ich kann nicht bleiben. Ich muss nach London zurück ...« Sie versuchte einen triftigen Grund zu finden, warum sie nach Hause musste. »Mr Hassem braucht mich bei der Arbeit«, sagte sie schließlich. »Du weißt ja, wie er ist.« Seine Hand lag in der ihren, ruhig und trocken. »Gestern Abend waren wir im Bigger Than Texas. Ich hab Bob Reed gesehen. Ich kann nicht in derselben Stadt sein mit ihm, Dad. Ich weiß, dass du mich verstehst – ich kann nicht bleiben.« Er sah sie an, aber sie konnte seinen Blick nicht deuten. Seine Wangen waren unnatürlich gerötet, seine Haut trocken wegen des überheizten Zimmers. Sie legte den Kopf auf seine Brust, spürte die Wärme seines Körpers und lauschte dem Herzschlag. Das war es, wonach Al immer suchte, ob das Herz schlug. Sie vermisste seinen vertrauten Geruch nach Schweiß, Motoröl und Pfefferminz-Tic-Tacs. Jetzt roch er wie ein Patient, sauber und chemisch. Cassie küsste ihn auf die Stirn. Sie spürte, wie seine Augen ihr folgten, als sie zur Tür ging.

Die Letzte, die es erfährt

Josie saß auf dem Sofa vor dem Fernseher, ein halb verzehrtes Schinken-Sandwich und eine Dose Kentucky Dry und Cola neben sich auf dem Couchtisch. Ihr Haar war hochgesteckt und mit Folie umwickelt. Den Hörer zwischen Ohr und Schulter geklemmt, lackierte sie die Zehennägel rosa. Zwischen den Zehen steckten kleine Schaumstoffpolster. Sie zog die Augenbrauen hoch, um zu signalisieren, dass sie Cassies Anwesenheit bemerkt hatte. Im Fernseher, dessen Ton abgedreht war, warf sich ein Mann mit Narrenkappe auf Teppichrollen, schrie und gab vor, vor Schluchzen zusammenzubrechen. Wie ein besessener Prophet breitete er die Arme weit aus, um alles um sich einzuschließen, und seine Lippen formten tonlos die Worte, die auf dem Bildschirm erschienen: »Alles muss raus! Alles muss raus!«

Josie fuhr fort, ins Telefon zu murmeln. »... Als Simone aus dem Auto stieg, drehte sie sich um und sah Brad seltsam an. Hmm ... wie kann ich das erklären? Ja, genau, ein *wissender* Blick.« Sie hielt inne und hörte einen Moment zu. »Monique, wie konnte sie es *nicht* wissen? Brad ist ein notorischer Fremdgeher ... sie muss doch mitgekriegt haben, wie er Primrose angeguckt hat, wie ... huch, es geht los.« Josie zückte die Fernbedienung und sah zu Cassie hinüber. »Hallo, Schätzchen.« Ihr Blick fiel sofort wieder auf den Bildschirm zurück, wo das Logo für *Passion* wie ein pumpendes Herz pulsierte, begleitet von hämmernder Orchestermusik. Josie keuchte ins Telefon: »Ach! Was hab ich dir gesagt? Primrose ist aus Brads Wagen gestiegen ...«

Cassie wandte sich ab. Sie schienen von Dramen umgeben zu sein, sowohl realen wie fiktionalen, und die Grenzen verschwammen. Sie ging in die Küche und sah in den Kühlschrank. Er war mit Resten vollgestopft: uralte eingelegte Gurken, Gläser, in denen kaum noch etwas des früheren Inhalts übrig war, ein Tropfen Senf oder eingetrocknete rote Marmelade, auf der grüner Schimmel wuchs. Das Schinken-Sandwich kam ihr jetzt verführerisch vor. Das Brot war ziemlich frisch, und der Schinken roch gut. Aber sie vermutete, dass Schinken immer gut roch.

Schließlich kam auch Josie in die Küche, zog einen Stuhl heraus und setzte sich. Cassie stand auf und machte Tee. Wenn sie noch eine Woche geblieben wäre, hätte sie die Küche sauber machen müssen. Es war unerträglich. »Warum musst du mit Monique reden, während du dir diesen Mist ansiehst?«, fragte Cassie und ließ sich auf den Stuhl fallen.

»Wir sehen es uns gewöhnlich gemeinsam an. Monique musste diesen Abend arbeiten. Sie fuhr gerade nach Hause.«

»Du hast die ganze Sendung über mit ihr geredet?«

»Sie hat einen Kopfhörer – es ist völlig sicher«, antwortete Josie.

»Mum, ist dir je der Gedanke gekommen, du könntest zu wenig zu tun haben?«

»Ich bin kein Faulpelz, weißt du.«

»Was tust du denn? Das Haus sieht aus, als wäre seit 1973 nicht mehr geputzt worden, du arbeitest nicht ...«

»Ich putze einmal in der Woche Moniques Wohnung, solltest du wissen, und ich erledige die Einkäufe für sie. Manchmal helfe ich im Salon aus, wenn sie zu wenig Personal hat.«

»Und bezahlt sie dich?«

»Ach, sei doch nicht albern.«

»Warum, um alles in der Welt, tust du das alles, wenn du nicht bezahlt wirst dafür?«

»Cassandra, Monique ist Geschäftsfrau. Sie hat ihr Personal, muss Löhne und Steuern zahlen ... und dazu kommt noch ihre Hochzeit, die schon in sechs Monaten stattfindet.«

»Mum, sie feilt den Leuten die Nägel, sie führt keinen Weltkonzern. Und ihre Hochzeit findet seit zehn Jahren in einem halben Jahr statt. Dazu kommt es nie.«

»Warum musst du die Leute immer so runtermachen? Monique ist eine talentierte und ausgebildete Nagelkünstlerin – auf die anderen Beleidigungen will ich gar nicht eingehen. Ich weiß nicht, was mit dir los ist – du und Monique seid doch so gut ausgekommen, als ihr klein wart ...«

»Das stimmt nicht, wir sind nie gut ausgekommen.

Nicht einmal als sie noch schlicht Monica hieß. Ich weiß nicht, warum du ihr nachläufst und ihre Bude aufräumst?«

»Weil ich sonst niemanden habe, dessen Bude ich aufräumen kann«, antwortete Josie mit zitternder Stimme.

Sie lächelten sich verkniffen an, was einen Waffenstillstand signalisieren sollte. Cassie trank ihren Tee. »Kingi hat heute Nachmittag angerufen, als du im Krankenhaus warst. Einer der Trucks muss überholt werden, und es ist nicht genügend Geld auf dem Konto – es geht um ein paar Tausend.«

»Ich bin sicher, es kommt was rein. Am Samstag soll's regnen.«

»Ist dir je in den Sinn gekommen, dass es ungewöhnlich oder sogar unheimlich ist, sein Geld damit zu verdienen, darauf zu warten, dass Leute ihren Wagen zu Schrott fahren, um damit die Überholung des eigenen zu bezahlen?«

»Ich verstehe, was du meinst, aber wir sind ein Rettungs-Service. Der effizienteste …«

»… der Welt. Ich glaube, du musst Dads Truck vielleicht verkaufen – oder einen der anderen Trucks.«

»Ich muss vielleicht? Sagt Kingi das?«

»Nein. Aber das Geschäft gehört dir und Dad. Das sind Entscheidungen, die du treffen musst, bis Dad wieder an Bord ist.«

»Oh, ich glaube nicht, dass das deinem Vater gefallen würde.«

Cassie beugte sich vor. »Mum, Dad trifft vielleicht nie

mehr solche Entscheidungen. Es ist a
unterhalt. Wenn du nichts tust, verlie
schäft.«

»Kingi ...«

»Hast du gewusst, dass Kingi mit Dad darü
sprochen hat, Ende des Jahres wegzugehen?«

»Ach Gott. Ich habe gehofft, das wäre vom Tisch. So viel zu Ratten, die das sinkende Schiff verlassen. Wie steht's mit dir?«, fragte sie mit einem Anklang von Verzweiflung in der Stimme. »Könntet nicht ihr beide, Dan und du, zurückkommen – nur für eine Weile? Vielleicht könnte Dan das Geschäft führen, bis es Dad wieder besser geht?«

»Mum, unser ganzes Leben ist dort drüben. Unsere Jobs. Dans Familie lebt dort. London ist unser Zuhause.«

»Aber wir sind *deine* Familie. Das hier ist *dein* Zuhause.«

»Tu mir das nicht an, Mum. Ich hab meine eigenen Probleme.«

»Was für Probleme?«

Cassie stand schnell auf. »Vergiss es. Mach dir deswegen keine Sorgen. Übrigens habe ich meinen Flug umgebucht – ich fliege am Montagmorgen. Kingi bringt mich zum Flughafen«, sagte sie im Hinausgehen.

»Ich erfahre immer alles als Letzte«, erwiderte Josie mit gequältem Blick, als sie ihrer Tochter nachsah.

Ohne zu wissen, warum, schlug Cassie ihre Schlafzimmertür so fest zu, dass das ganze Haus erzitterte.

Im Fotografieren war ich gut, aber damit hatte es sich auch schon. Ich war eine durchschnittliche Schülerin. Ich glaube nicht, dass sich meine Eltern irgendwelche Vorstellungen von hohen Auszeichnungen machten – und wenn doch, brachten sie die sicher nicht mit mir in Zusammenhang. Die einzige Anerkennung in der Schule bekam ich fürs Laufen, aber selbst die wurde mir durch Witze über rasende Rettungswagen vergällt.

Ich lief gern, und dabei musste ich mich nicht besonders anstrengen. Jahre später sagte mir eine Art Spezialist, dass ich den perfekten Körperbau dafür hätte. Er war damals – und ist es vielleicht immer noch – symmetrisch und perfekt austariert, was offensichtlich selten ist. Es musste sich um ein Geschenk handeln, weil mein Interesse nicht groß genug war, um tatsächlich für Wettkämpfe zu trainieren. Ich zog einfach meine Schuhe an und rannte, so schnell ich konnte. Zu meinem Erstaunen wartete immer ein intaktes Zielband auf mich. Es war nicht einmal etwas, das ich mir vornahm, es passierte einfach. Das brachte mir einigen Respekt ein, dennoch war ich noch weit davon entfernt, beliebt zu sein.

Meine Cousine Monica war in jeder Sportart miserabel, aber sie hatte eine Menge Freunde und entsprechend viele soziale Netzwerke. Ziemlich schlau rechtfertigte sie ihre mageren Leistungen damit, dass wir eigentlich gar nicht verwandt seien. Ihr Onkel Al, erklärte sie ihren Kumpels, habe mich in einem Autowrack gefunden, er und ihre Tante Josie hätten Mitleid mit der Waise gehabt und mich adoptiert. Nach einer Weile gab ich es auf, dies abzustreiten. Tatsächlich schien es meine Lage als soziale Außenseiterin zu fördern und umgab mich mit einer geheimnisvollen Aura, die ich nicht wirklich verdiente.

Seltsamerweise jedoch brachte mein Laufen Mum und Nana wieder zusammen, die sich bereits vor meiner Geburt entfremdet hatten. Ich war gerade zehn und schaffte es, nach Ausscheidungskämpfen in den Regionalwettbewerb über 400 Meter für die Unter-Elfjährigen zu kommen. Als ich mich für den Landeswettbewerb qualifizierte, war auf der Titelseite des Bilkara und Bengara Kuriers *ein Foto von mir. Nana, die eine Stunde entfernt in Bengara lebte, musste dies offensichtlich gesehen haben, genauso wie ihre Bridge- und Bowling-Freundinnen. Ich frage mich, wie sie erklärte, dass sie ihre Enkelin nie kennengelernt hatte, obwohl sie nur eine Stunde von Bilkara entfernt wohnte. Es muss ihr ziemlich peinlich gewesen sein, die Entfremdung zu erklären – in Anbetracht dessen, dass die Zeiten sich geändert hatten –, sodass sie schließlich entschied, es sei genug, und ihren Groll begrub.*

Die Geschichte von Josie und Al könnte den Stoff für einen romantischen Liebesroman liefern. Sie beginnt sogar in einer romantischen Ära, 1967, als Josie, die Schönheit aus der Kleinstadt Bilkara, den heiß begehrten Titel der Miss Bilkara gewinnt, der von Ajax-Reifen gesponsert wird. Der Kurier *bringt auf Seite zwei ein Schwarz-Weiß-Foto von ihr, wie sie mit einem riesigen Blumenstrauß im Arm auf der Bühne steht. Sie trägt einen nicht besonders gewagten weißen Badeanzug mit geradem Beinausschnitt. Ihr goldenes Haar ist hochgesteckt, ihr Gesicht unter den dichten Ponyfransen engelhaft und zeigt das leicht verwirrte Lächeln, das ihr heute noch eigen ist. Die Überschrift lautet »Bilkaras Shrimp«, womit auf die verblüffende Ähnlichkeit mit dem berühmten englischen Model Jean Shrimpton angespielt wird. Der Artikel führt aus, dass Josie Lawrence siebzehn sei, Schauspielerin und Model werden wolle und ihre Hobbys Lesen und Tennis seien. Und dass sie in zwei Monaten nach Sydney fahre, um an den Wahlen zur Miss Neusüdwales teilzunehmen. Könnte Bilkaras Shrimp, wurde spekuliert, sogar die Schärpe der Miss Australien mit nach Hause bringen?*

Es ist schwer zu sagen, was meinen Vater dabei ansprach. Bestimmt nicht die Sache mit dem Lesen und dem Tennis. Ich bezweifle auch, dass er überhaupt wusste, wer Jean Shrimpton war. Vielleicht war es das verwirrte Lächeln, das ihn betörte. Er wusste, dass sie ihn brauchte. Zu dem Zeitpunkt, als er die Seite zwei aufschlug, war er ein achtundzwanzigjähriger Mechaniker, der gerade Teepause machte. In einer Hollywood-Version der Geschichte hätte er vielleicht zu dem anderen Mechaniker hinübergesehen, mit einem ölverschmierten Finger auf das Bild gedeutet und gesagt: »Das ist die Frau, die ich heiraten werde.« Aber er sagte nichts Tiefgründiges oder sonst irgendetwas, woran er sich erinnern konnte, außer dass er in dem Moment das Gefühl gehabt habe, dass es bei ihm Klick gemacht habe. Obwohl mein Vater keineswegs an Vorsehung glaubt, sagte er immer, er habe weniger gedacht, er würde Josie Lawrence heiraten, sondern er habe es vielmehr gewusst. Als sei dies vorherbestimmt gewesen. Daher war er nicht überrascht, als ein paar Tage später Mrs Lawrence ihren

Rover in die Werkstatt brachte, um sich über die Kosten eines neuen Auspuffs zu informieren, und ihre Tochter Josie still im Wagen wartete, während sie einen Preisnachlass aus Als Boss herausleierte.

Fotos beweisen, dass Al damals ein gut aussehender junger Mann war. Das Haar trug er ein bisschen im Elvis-Stil: glatt nach hinten gekämmt und eine Tolle über der Stirn, hinten ein bisschen länger als vorn. Er musste damals einen besonderen Schlag bei Frauen gehabt haben, denn als seine zukünftige Schwiegermutter einen Preis für den Auspuff ausgehandelt hatte, der ihrem Geldbeutel entsprach, hatte Al ein heimliches Date mit dem Schicksal abgemacht.

Neun Wochen später wurde Josie zum Stolz und zur Freude ihrer Mutter bei einer Zeremonie im Rathaus von Sydney die Schärpe der Miss Neusüdwales umgelegt. In einem seltenen Moment der Aufrichtigkeit sagte mir Nana einmal, es sei der stolzeste Moment ihres Lebens gewesen. Vielleicht trifft das alte Sprichwort wirklich zu, denn kurz darauf folgte für Nana ein tiefer Fall. Kaum waren sie wieder zu Hause, wartete Josie mit dem Geständnis auf, dass sie in der achten Woche schwanger sei. Ohne sich irgendwelche Pläne anzuhören, die meine zukünftigen Eltern gemacht hatten, vereinbarte Nana einen Termin bei einem fragwürdigen Arzt in Sydney, setzte ihre Tochter in den Bus und verbot ihr heimzukommen, bevor die Sache aus der Welt geschafft sei.

Nana mochte Josie zwar in den Bus gesetzt haben, aber Al erwartete sie an der ersten Haltestelle. Er brachte sie zu dem Haus, in dem er und sein Vater wohnten, und zwei

Tage nach Josies achtzehntem Geburtstag, im gleichen Monat, als Elvis und Priscilla in Las Vegas heirateten, wurden meine Eltern im Standesamt von Bilkara getraut. Sechs Monate später brachte Josie eine Tochter zur Welt. Meine Geburt hatte Nanas Träume ruiniert, und das konnte sie keinem von uns verzeihen.

Der Rest der Welt segelte damals vielleicht ins Jahr 1967, aber Bilkara mühte sich noch immer, die 1950er-Jahre hinter sich zu lassen. Miss Bilkara hatte vielleicht ihre Chancen ruiniert, den Titel der Miss Australien zu gewinnen, aber sobald sie Ehefrau war, wurde sie in der Stadt respektiert. In unserem Sammelalbum gibt es einen Zeitungsausschnitt des Kuriers, *der die frühere Schönheitskönigin mit vollem Make-up und Baby Cassandra im Arm in ihrem Krankenhausbett zeigt. Darunter steht: »Bilkara-Schönheit bringt süßes Baby zur Welt.«*

Josie und Al waren ein junges, attraktives Paar. Sie setzten mich in eine Babytragetasche und führten weiterhin das Leben junger Leute. Josies Leben war vielleicht freier als jemals zuvor. Ich wurde mit einer wachsenden Schar anderer kleiner Kinder in fremde Betten gepackt, während unsere Eltern Bier tranken, Gin Rommé und Poker spielten und nach den Klängen der Beach Boys im Wohnzimmer herumhopsten. Im Lauf des Abends wurden die Stimmen lauter, das Singen lärmender, und der Rauch von Zigaretten setzte sich überall fest.

Als ich in die Schule kam, bekam Josie, die immer hübsch hergerichtet war, einen Job im Four Seasons Kaufhaus, und später verkaufte sie Kosmetik in einer Apotheke, was sie, das muss man ihr lassen, als unglaublich glanzvolle

Karriere hinstellte. Während der nächsten Jahre überlegte sie sich ab und zu, einen Beruf zu ergreifen und begann einmal eine Ausbildung als Friseurin. Aber das hielt nie lange an. Al jedenfalls nahm ihre Absichten nie ernst. Wenn sie sich über jemanden bei der Arbeit beklagte, sagte er immer: »Zeig ihnen, wo der Hammer hängt, Prinzessin. Das musst du dir nicht gefallen lassen.«

Manchmal frage ich mich, wo meine Mutter in diesen Jahren ihren Kopf hatte, aber seit Kurzem ist mir klar geworden, dass Josie von Natur aus der Typ der Beifahrerin ist. Sie ist bei einer Mutter aufgewachsen, die das Steuer fest in der Hand hatte und sich von niemandem etwas sagen ließ, also war es ganz natürlich, dass sie später bei Al auf den anderen Sitz hinüberrückte und in seinem Leben die Beifahrerposition einnahm.

Der Caddy

Gegen Ende der Woche hatte sich Cassies innere Uhr offensichtlich umgestellt, und obwohl sie ihr Schlafzimmer noch immer deprimierend fand, freute sie sich über die Morgensonne, die über den Fenstersims kroch. Ihre Tage liefen bereits nach einem bestimmten Muster ab. Josie war immer schon fort, wenn sie aufwachte, aber Cassie vermutete inzwischen, dass sie nicht ins Krankenhaus ging, sondern für Monique Erledigungen machte.

Sie hatte es geschafft, Dan nicht wieder anzurufen und ihm nicht erneut nachzuspionieren. Nicht nur, weil ihn das ärgern würde, sondern wegen ihrer eigenen Gefühle, die sie darin investierte. Sich zu beschäftigen, war nicht leicht. Sie konnte nicht den ganzen Tag im Krankenhaus verbringen, und im Autohof wurde sie nicht gebraucht. Außerdem fühlte sie sich extrem eingeschränkt ohne Wagen. Und dann wachte sie eines Morgens auf und stellte plötzlich fest, dass es ja einen gab: den Caddy.

Neben dem Telefon in der Küche hing ein Schlüsselbund. Sie sah ihn durch. Einer war eindeutig ein Cadillac-Schlüssel und mehrere andere boten wahrscheinlich die Möglichkeit, in die Garage zu kommen. Cassie hob die Garagentür an und schaltete das Deckenlicht ein. Da war er, ein Geisterwagen, mit weißen Laken abgedeckt. Als sie die Laken abnahm, lächelte sie den alten Freund an. Die polierten rosafarbenen Kurven des Cadillacs glänzten im Licht der nackten Glühbirne.

Sie ließ sich auf den Fahrersitz gleiten und prüfte die Bedienungselemente. Nicht nur das Lenkrad befand sich auf der linken Seite, sondern mit der durchgehenden Sitzbank und dem chromverzierten Armaturenbrett war es ganz allgemein ein Fahrzeug aus einer anderen Epoche. Cassie hatte es noch nie gefahren, und auch Josie nicht, soweit sie wusste. Sie drehte den Schlüssel im Zündschloss und freute sich darauf, das Brummen des alten V8-Motors zu hören. Aber es folgte nur ein enttäuschendes Klicken. Noch ein Versuch. Wieder ein Klicken. Sie spürte eine gewisse Erleichterung, wie ein Kind, das von Kräften, die außerhalb seines Machtbereichs lagen, abgehalten wurde, etwas Unartiges zu tun.

Sie gab es für den Moment auf, ging wieder hinein, machte sich Tee und Toast und überlegte, welche Möglichkeiten sie hatte. Als Erstes kam ihr der Gedanke, Kingi anzurufen und ihn zu bitten, Starthilfe zu geben, aber das würde er wahrscheinlich nicht tun. Er würde den Wagen nicht herausholen wollen, und ihre Mutter genauso wenig. Sie nahm das Buch mit den Gelben Seiten aus der Schublade und wählte die Nummer von Big Bad Bob's Auto-Elektrik.

Big Bad Bob erschien höchstpersönlich. Er stand an der Garagentür, zog die buschigen Augenbrauen hoch und strich sich nervös durchs Haar. »Hab das Baby schon eine ganze Weile nicht mehr auf der Straße gesehen«, sagte er und musterte Cassie von oben bis unten. »Sind Sie Als Tochter?« Sie nickte. Aufgrund dieser Information warf er erneut einen prüfenden Blick auf sie. »Sind Sie zurückgekommen, weil sie bleiben wollen?«

Cassie schüttelte den Kopf. »Nur zu Besuch.«

Er sah aus, als hätte er eine Abfuhr bekommen. »Na schön. Mein Gott, ich weiß nicht, was Al dazu sagen würde, wenn man ihn rausholt.« Er strich sich erneut ein paarmal übers Haar. »Okay«, meinte er, nachdem er seinen inneren Kampf ausgefochten hatte. »Lassen Sie den Motor an. Wollen mal hören, was er zu sagen hat.«

Cassie drehte den Zündschlüssel. Das Klicken klang jetzt noch schwächer als zuvor.

»Mausetot«, sagte BBB fröhlich. »Ich geb Ihnen eine nagelneue Batterie mit zwölf Monaten Garantie für 125 Dollar. Ihre alte nehm ich mit. Günstiger kriegen Sie's nicht.«

»Und wenn ich bar bezahle?«

»Bar? Das macht keinen Unterschied. Aber, okay, sagen wir hundertzwanzig.«

»Laden Sie die Batterie nicht wieder auf und verkaufen sie dann weiter?«

»Wahrscheinlich ist nichts mehr drin«, meinte er.

»Kann ich keine Wiederaufgeladene haben?«

»Ich hab im Moment keine dabei. Vielleicht in ein oder zwei Tagen.«

»In den Gelben Seiten steht ›neue oder aufgeladene Batterien‹. Wenn Sie mir keine aufgeladene geben können, dann sollten Sie mir die neue zum Preis einer aufgeladenen verkaufen.«

BBB pfiff durch die Zähne. »Das find ich nicht.«

Sie standen an der Tür, Cassie wartete mit steinernem Gesicht, blieb fest, und es machte ihr nichts aus, dass das Schweigen immer peinlicher wurde.

»Hundertzehn auf die Hand, das ist mein letztes Wort«, sagte er schließlich. »Aufladen kostet Sie mehr.«

Cassie lächelte ihn verhalten an. »Einverstanden.«

Mit der neuen Batterie sprang der Wagen sofort an, und Big Bad Bob nahm sein Geld und ging. Der Motor vibrierte, die Karosserie vibrierte, die ganze Garage vibrierte. Der Wagen roch nach Staub, altem Vinyl und dem Rasierwasser ihres Vaters. Nervös stieß sie rückwärts aus der Garage und ließ den Motor laufen, während sie das Garagentor schloss. Sie bog auf die Straße ein, stellte die Automatik auf »Drive« und fuhr langsam weiter. Dann bog sie links in die Hauptstraße ein, erhaschte einen Blick auf ihre Mutter, die, mit einer Einkaufstüte in jedem Arm und einem entsetzten Blick, als sie den Wagen erkannte, an der Fußgängerampel wartete. Plötzlich kühn geworden, trat Cassie aufs Gaspedal und schoss mit aufheulendem Motor in Richtung Küstenstraße davon.

Beim Fahren hatte sie das Gefühl zu schrumpfen, wie Alice hinter den Spiegeln, bis sie wieder zehn Jahre alt war und gemeinsam mit Al eine Testfahrt machte, um einen neuen Vergaser oder Schalldämpfer auszuprobieren oder das alte Mädchen einfach laufen zu lassen. Und dann weinte Cassie leise. Tränen rollten ihr übers Gesicht, als sie an üppig grünen, weiß eingezäunten Weiden mit friedlich grasenden Pferden, einem Weinlokal, einem Café und einer Kunstgalerie vorbeifuhr. Veränderungen, die sie kaum wahrnahm, während sie den Blick auf die Straße gerichtet hielt. Das tröstliche Schaukeln des Wagens beruhigte sie schließlich etwas. Sie nahm den Fuß vom Gaspedal und ließ die alte Dame dahingleiten, sodass das Rattern loser Teile und das Quietschen des alten Vinyls allmählich vom sanften Stöhnen der Federung abgelöst wurde, als sie über den welligen Teerbelag fuhr, der unter ihr dahinstömte wie die See.

»Dein Vater ist noch am Leben, Missy«, sagte Josie, als sie Cassie die Eingangstür öffnete. »Wenn er rauskriegt, dass du in seinem Wagen durch die Stadt kutschierst ... ich weiß nicht, was er dann tut.«

»Dad ist nicht da, um dich überall hinzufahren, Mum. Du brauchst ein Auto. Wenn du fahren könntest, könntest du deine Einkäufe für Madam mit dem Wagen machen.«

»Ich *kann* fahren. Es hat deinen Vater bloß immer nervös gemacht.«

»Na schön, da hast du sie.« Cassie drückte ihrer Mutter die Schlüssel in die Hand und ging in die Küche. Josie folgte ihr und hängte sie an den Haken neben dem Telefon. Sie sah ihre Tochter streng an.

»Ich möchte nett sein zu Monique – sie ist ziemlich aufgebracht wegen deinem Verhalten. Sie fühlt sich schnell gekränkt, weißt du. Ich dachte, wir könnten sie und Jonathan am Sonntag zum Lunch einladen, wenn du am Montag fährst. Ich mache einen Braten mit Gemüse. Wir können auch Kingi und Elaine einladen, wenn du willst.«

»Wie wär's mit Tante Judith und *El Presidente?*«, fragte Cassie boshaft.

»Ich lade Bryan ein«, erklärte Josie entschieden. »Mit Judith rede ich nicht. Und dabei bleibt's auch.«

Katastrophenalarm

Seit ihrer Ankunft hatte Cassie nur in der Küche gegessen, aber am Sonntagmorgen schien es Josie an der Zeit zu sein, den Esstisch von dem Müll zu befreien, der sich seit Jahren darauf angesammelt hatte. Ungeöffnete Post, Reklamezettel für Pizza, Kopierpapier, kaputte Geräte, Zeitungen und halb gelesene Bücher wurden in einen Karton geworfen und in eine Ecke gestellt. Sie fand ein weißes Tischtuch und deckte für sieben Personen. Cassie fuhr zum Getränkemarkt, um Wein und Bier zu holen, während Josie in der Küche hantierte und ganze Berge Gemüseabfall produzierte.

Monique und Jonathan trafen als Erste ein. Mit leeren Händen, wie Cassie feststellte. Jonathan, Moniques lange leidender Verlobter, war Autospengler und arbeitete ein paar Blocks weit vom Autohof entfernt, am anderen Ende der Dunbar Street. Sie kannte ihn noch von der Schule. Er gehörte zu den Jungen, die immer in Gruppen anderer Jungen Schutz suchten, nie Anführer, nie allein waren. Er war nur dann wirklich er selbst, wenn er sich im Kreis seiner Kumpel bewegte – unter ihnen war er laut, bei Monique unterwürfig. Sie kommandierte ihn herum, als wäre er ihr Dienstbote. Er nahm es hin wie eine Strafe, die er ertragen musste.

»Hol mir einen Drink, Johnno«, befahl Monique und ließ sich auf die Couch fallen.

»Ich hol dir einen«, bot Cassie an, die sich von ihrer besten Seite zeigen wollte. »Was möchtest du?«

»Bemüh dich nicht, Jonathan weiß, was ich will.« Ihr Blick genügte, um ihn in die Küche zu scheuchen und dort nach etwas zu suchen, was ihr schmeckte.

»Hey ho, sind bloß wir«, rief Kingi und kam, übers ganze Gesicht grinsend, durch die Eingangstür. Elaine trug ihr Haar offen, und hinter einem Ohr steckte eine Hibiskusblüte, die genau dem tiefen Pink ihrer Bluse entsprach. Kingi und Elaine umarmten Cassie herzlich, und Kingi warf einen argwöhnischen Blick auf die hingegossene Monique. »Tag, Monique.« Er reichte Cassie einen Karton mit Wein und Bier. »Noch Platz im Kühlschrank? Wie geht's der Köchin – braucht sie Hilfe von einer Expertin?« Er gab Elaine einen Klaps aufs Hinterteil, als sie pflichtschuldig Cassie in die Küche folgte.

Alle vier Gasflammen brannten auf Höchststufe, und eine knusprige Lammkeule lag auf einer Servierplatte auf der Theke. »Hallo, Elaine – huch!« In dem kurzen Moment der Ablenkung hatte das Küchentuch in Josies Hand Feuer gefangen. Sie warf es beiläufig in die Spüle und ließ kaltes Wasser darüberlaufen. »Wir sind fast fertig«, erklärte sie und wedelte mit der Hand durch die Luft, um den Rauch zu verteilen. »Wenn du den Leuten was zu trinken bringen würdest, Schätzchen.«

Sie nahm ein elektrisches Messer und schaltete es an. Es knurrte böse, als sie damit auf den Schrank deutete, wo die Weingläser standen.

»Mein Gott, Mum, pass auf!«, rief Cassie und riss Elaine zurück, um sie in Sicherheit zu bringen.

»Das könnte ja regelrecht der Schauplatz eines Verbrechens werden«, sagte Elaine lachend.

»Das einzige Verbrechen ist, dass ihr beide hier rumsteht und lacht, statt den Leuten was zu trinken zu bringen«, erwiderte Josie schroff, als sich das Messer in die Keule grub und Fleischstücke herumspritzten wie Holzschnitzel.

»Kingi!«, rief Elaine. »Katastrophenalarm in der Küche.«

Kingi erschien in der Tür, und zu Cassies Erleichterung übergab ihm Josie bereitwillig die Waffe und wandte sich dem ungefährlicheren Bereich des Gemüses zu.

Als Elaine und Cassie die Küche verließen, waren sie zwar nervlich ein bisschen mitgenommen, trugen aber Platten mit goldenen Röstkartoffeln, Kumara, Kürbis und Pastinaken, eine Schüssel mit grünen Buttererbsen und ein Kännchen mit brauner Soße in den Händen. Es war erstaunlich, dachte Cassie, was ihre Mutter zuwege brachte, wenn sie sich konzentrierte, auch wenn die Küche aussah, als hätte der Blitz eingeschlagen.

»Wir müssen vielleicht das Technische Hilfswerk rufen, um beim Aufräumen zu helfen«, flüsterte Elaine Cassie ins Ohr, als sie sich setzten.

»Sagenhaft, Josie«, sagte Kingi, der bereitstand, um den Stuhl für sie herauszuziehen.

Gerade als sie anfangen wollten, traf Bryan ein. Beiläufig begrüßte er seine Tochter und die anderen und ließ sich auf seinen Stuhl fallen, als wäre er lieber anderswo statt hier. Er sah aus wie ein Mann, der großes Mitleid mit sich selbst hatte.

Josie strahlte in die Runde und setzte sich. »Also, haut rein!«

»Ach, Monique, es soll ja bald eine Hochzeit geben, wie ich höre?«, fragte Cassie, um eine Konversation in

Gang zu bringen, während die Platten herumgereicht wurden.

»Im September«, antwortete Monique.

Jonathan erstarrte, bevor er die volle Gabel in den Mund schob. »Im September? Dieses Jahr?«

»Ja natürlich dieses Jahr«, zischte Monique.

»Oh«, erwiderte er verdutzt.

Bryan wirkte gequält. »Wenn dieses Ereignis«, er sprach das Wort angewidert aus, »tatsächlich stattfinden sollte, hoffe ich, ihr erwartet nicht, dass ich es finanziere. Ihr seid besser dran als ich.«

Monique schenkte ihm einen vernichtenden Blick.

»Was ziehst du an, Mann?«, fragte Kingi schnell Jonathan. »Traditionell, im Anzug?«

Jonathan kicherte. »Vermutlich bloß einen sauberen Overall.«

»Ja, Dad. Jonathan und ich können das bezahlen. Wenn das ein solches Problem ist. Natürlich wird's nicht so fürstlich zugehen wie bei Cassies Hochzeit in einem englischen Landhotel mit Pferdekutsche und allem ...« Monique brach ab, als wollte sie eine Frage unbeantwortet lassen, und signalisierte Jonathan, ihr nachzugießen.

»Es war sehr romantisch.« Josie sah sich am Tisch um, als wollte jemand das Thema aufgreifen, und fügte dann hinzu: »Und schön. Nur schade, dass Al nicht dabei sein konnte.«

»Hmm, wie ein Märchen«, sagte Monique, und Jonathan war plötzlich mucksmäuschenstill. Er warf Cassie rasch einen warnenden Blick zu. »Also, gibt's irgendwelche Nachrichten von deinem Märchenprinzen?«, fuhr Monique mit einem verschlagenen Lächeln fort. »Er muss dich doch vermissen.«

Cassies Mund fühlte sich trocken an vor Ärger. Monique hatte einen sechsten Sinn für die Schwachstellen bei Menschen. Sie nahm die Witterung auf und verfolgte die Spur bis zur Quelle.

»Er wird kaum Zeit haben, sie zu vermissen – sie ist ja in ein paar Tagen schon wieder daheim«, sagte Josie. »So ein kurzer Besuch. Nach all den Jahren. Und den schrecklichen Umständen.«

Unbeirrt bohrte Monique weiter. »Was ist denn mit diesem alten Freund von dir passiert – mit Mack?«

Ohne jemanden anzusehen, schob Cassie ihren Stuhl zurück, machte sich auf den Weg in ihr Zimmer und schloss die Tür hinter sich. Nachdem ein Platz am Tisch leer war, sahen sich alle verlegen an, obwohl Monique ziemlich zufrieden mit sich schien. »Also, ich hab gehört, die All-Blacks haben letzte Woche ordentlich Prügel eingesteckt von den Poms?«, sagte sie zu Jonathan gewandt.

Bryan verdrehte die Augen und schüttelte den Kopf in Richtung von Kingi, um ihm zu signalisieren, nicht darauf einzugehen.

Jonathan, ein geborener Anhänger der Brisbane Broncos, schnaubte.

»Hast du mal gehört, wie Rugby definiert wird? Ein Typ versucht zwei Typen gegen den ...«

»Meint ihr, ich sollte zu ihr reingehen?«, fragte Josie an niemand bestimmten gewandt.

»Ich gehe«, sagte Kingi und stand auf.

Er ging den Gang hinunter und klopfte leise an Cassies Tür. Es verging eine Minute. Sie konnten ihn leise sprechen hören, ohne zu verstehen, was er sagte. Schließlich ging die Tür auf, und er verschwand im Zimmer.

Cassie saß auf dem Bett und sah elend aus. »Hast du das kürzere Streichholz gezogen?«, fragte sie, ohne ihn anzusehen. Tränen stiegen ihr in die Augen.

»Was ist denn los mit dir, Mädchen? Lass dich doch nicht anmachen von ihr.«

Cassie schüttelte den Kopf.

Kingi ging vor ihr in die Hocke und nahm ihre Hände. »Cassie, bleib hier. Fahr nicht zurück. Wir kümmern uns um dich. Wir lassen keinen im Stich.«

»Nein, das wirst du nicht. Du hast deine eigene Familie. Ich glaube, es ist richtig, dass ihr sie nach Hause bringt. Diese Probleme – Dad, das Geschäft und Mum – sind nicht deine Probleme.«

»Ihr wart meine Familie, bevor ich meine eigene hatte. Wir können nicht nach Hause zurück, bevor es dieser Familie wieder gut geht.«

»Ich weiß, dass das nicht mehr mein Zuhause ist, aber die Vorstellung, dass hier kein Platz mehr für mich ist, fällt mir schwer.«

»Hier ist immer ein Platz für dich, Cass. Hier sind Leute, die dich lieben.« Er stand auf und reichte ihr die Hand. »*Kia kaha.* Bleib stark, Mädchen. Komm.« Zögernd nahm sie seine Hand und stand auf.

Kingi setzte sich wieder an den Tisch, während

Cassie in die Küche ging, um Kaffee zu machen. Sie wünschte sich inständig, alle würden sich genügend unwohl fühlen, um das Weite zu suchen. Der Tag war gründlich verdorben, warum die Qualen unnötig verlängern?

»Ich lasse als Buschelfen verkleidete Blumenkinder vor mir hergehen, die Rosenblätter auf meinen Weg streuen«, verkündete Monique. Selbst von der Küche aus bekam Cassie mit, dass sie mehr getrunken hatte, als ihr guttat.

»Was zum Teufel ist eine Buschelfe?«, fragte Jonathan, der seine Belustigung nicht verhehlen konnte.

»Ach, halt doch den Mund«, zischte Monique. »Du hast nicht die geringste Fantasie.«

»Monique, bitte«, flehte Josie sie an.

»Ich finde, sie hat genug getrunken, Jonathan. Gib ihr nichts mehr«, sagte Bryan.

Elaine sprang auf, sammelte die Teller ein und folgte Cassie in die Küche. »Ich finde, hier war's sicherer, trotz des brennenden Küchentuchs und des Elektromessers«, erklärte Elaine und stellte die Teller in die Spüle.

»Kommt darauf an, wer damit herumfuchtelt«, antwortete Cassie und machte mit dem Kopf ein Zeichen in Richtung von Monique, die Jonathan jetzt wegen seines Mangels an kreativen Ideen für die Hochzeit in die Mangel nahm.

»Glaubst du, es wird wieder besser, oder sollen wir uns lieber entschuldigen und gehen?«, fragte Elaine.

»Ich würde fürs Gehen plädieren«, schlug Cassie vor, als Josie in die Küche kam.

»Ach Gott, vielleicht wäre das wirklich besser«, seufzte Josie. »Monique wird ziemlich streitsüchtig, wenn sie blau ist. Das ist kein schöner Anblick.«

»Josie!«, rief Jonathan dringlich aus dem Wohnzimmer. »Hast du einen Kübel?«

Die drei Frauen erschienen in der Tür und wurden Zeuge, wie Monique, zart wie eine Buschelfe, von Jonathan und Kingi zur Eingangstür geschleift wurde, die Bryan aufhielt. Kurz darauf hörte man, wie sie sich im Garten übergab.

Das Haus war unnatürlich still, als Cassie und ihre Mutter in der verwüsteten Küche standen. »Tut mir leid, Mum. Es ist nicht so gelaufen, wie du gehofft hast.«

»Nein«, stimmte Josie zu. »Nicht sehr entspannend. Ich hatte kein einziges Glas Wein.«

»Monique war ziemlich entspannt«, sagte Cassie.

Josie lachte. Sie stand an der Küchentheke und blickte in den strahlend hellen Nachmittag hinaus. »Lass uns eine Spazierfahrt machen.«

»Sicher«, erwiderte Cassie und fragte sich, was der Grund dafür war. »Wohin?«

»Ich weiß nicht. Einfach fahren.« Sie nahm die Schlüssel vom Haken beim Telefon, packte ihre Tasche und war schon hinaus.

Josie setzte sich ans Steuer des Caddys. »Ach, ich bin furchtbar aufgeregt. Also schön, dann mal los.« Sie drehte den Schlüssel im Zündschloss, und der Wagen sprang an. Langsam fuhr sie rückwärts aus der Garage auf die Straße hinaus. Sie drückte den Fuß aufs Gaspedal und fuhr eine Weile schweigend dahin, während sich ein zufriedenes Lächeln auf ihrem Gesicht ausbreitete. »Ich fahre wahnsinnig gern«, verkündete sie. »Hey, Thelma und Louise.«

»Da gab's kein Happy End, Mum.«

»Nein, happy war das nicht. Aber irgendwie befriedigend. Kompromisslos.«

Cassie blickte zu ihr hinüber. Sie war noch nicht alt, noch nicht mal fünfzig. Ihre Haut war klar und blass, und auf eine fragile Art war sie immer noch schön. Sie fuhren die Hauptstraße entlang in Richtung Landspitze, bis sie das Salz in der Luft auf der Zunge schmeckten und in einen schmalen Weg zum Meer hinunter einbogen. Es war eine Sackgasse mit einem kleinen Parkplatz in der Nähe des Strands. Josie fuhr in eine Parklücke, von der aus man das Meer sah, und stellte den Motor ab.

Inzwischen war es später Nachmittag. Ein goldener Schimmer lag auf dem Meer, ein breiter metallischer Streifen, wo es an das Blau des Himmels stieß. Es hätte überall auf der Welt sein können, aber irgendwie war es durch und durch australisch. Während das Nachmittagslicht verblasste, zog sich langsam eine dünne Schicht grauer Wolken über die blaue Himmelsdecke, als würde ein Vorhang vorgezogen für die Nacht.

Geradeaus starrend sagte Josie: »Ich bin sehr stolz auf dich, weißt du. Wir beide sind das.«

Cassie fühlte sich überrumpelt und wandte sich schnell ab.

Josies Hände klammerten sich fest ums Lenkrad. Ihr Gesicht wirkte plötzlich alt und müde. »Du hättest nicht für immer bleiben müssen, weißt du. Niemand gibt dir die Schuld für das, was passiert ist. Wir waren genauso verantwortlich dafür.« Sie starrte weiterhin aufs Meer hinaus. »Ich war keine gute Mutter.«

»Mum ...«

»Ich war zu jung. Zu sehr mit mir selbst beschäftigt. Ich hab dich völlig verwildern lassen. Ich fühle mich genauso verantwortlich für das, was Marianne passiert ist.«

Cassie zog vorsichtig am Arm ihrer Mutter. Josie ließ das Lenkrad los und nahm die angebotene Hand ihrer Tochter, aber ihr Blick blieb starr auf die dunkler werdende See und die an den Strand schlagenden Wellen gerichtet.

Hand in Hand saßen sie schweigend da und sahen zu, wie das Meer im Abendlicht von Gold in Silber überging. Wind kam auf, und die tanzenden grauen Schwaden einer Gewitterböe erhoben sich über dem Horizont. Cassie hatte das Gefühl, sie würde nie mehr von hier weggehen, ganz so, als wären sie über den Rand eines Abgrunds gefahren, aus dem sie nichts mehr erretten konnte. Sie waren schwerelos und stürzten gleichzeitig dennoch in die Tiefe hinab.

Dreckiger Realismus

Mit zehn trat ich dem Kamera-Club in der Schule bei, und am Ende des Jahres machten wir eine Ausstellung in der Aula. Genauso wie ich als Fotografin waren auch meine

Fotos alles andere als beliebt. Zu dieser Zeit hatte ich eine Vorliebe für harten Realismus und konzentrierte mich auf das verborgen Schäbige hinter der glatten Postkarten-Fassade von Bilkara. Es gab ein Foto von der Vorderseite der Imbissbude am Strand mit einer Menge Surfern, dem wurde eines vom Hinterhof der Bude gegenübergestellt, auf dem überfüllte Mülltonnen, zerbrochene Kisten, ein Kübel Zigarettenkippen und ein angeketteter räudiger Hund zu sehen waren. Ein anderes war im Holden-Autosalon aufgenommen und zeigte einen glänzenden neuen Commodore, das Bild daneben das gleiche Modell, nachdem Dad es abgeschleppt hatte – mit eingedrückter Vorderseite und einem Motorblock, der sich jetzt auf dem Beifahrersitz befand. Ich machte alle Aufnahmen in Schwarz-Weiß und kolorierte bestimmte Bereiche, um meine Absichten hervorzuheben. Ich war fast sechzehn und hatte plötzlich eine Menge zu sagen. Ich hatte zu allem eine Meinung.

Niemand in der Schule hielt viel von meinen Bildern, aber das wog nicht so schwer, weil Marianne van Hooten sehr viel von ihnen hielt. Sie fand sie hinreißend. Sie seien »erstaunlich«, meinte sie. Sie lobte mein Talent und fragte mich, ob ich in den Weihnachtsfeiertagen ein paar Fotos von ihr machen könnte, um sie an Model-Agenturen zu schicken. Sie wollte, dass sie unter all den anderen Fotos herausstachen, und fand, mein Stil könnte sich sehr nützlich erweisen für sie.

Es gab keinen Zweifel, dass Marianne van Hooten das Zeug zum Modeln hatte. Sie war groß und gertenschlank mit weißblondem seidigen Haar, das über ihre Schultern fiel. Dazu kamen ihre dunkelblauen Augen, perfekte Haut und ein strahlendes Lächeln. Ich muss wahrscheinlich nicht hinzufügen, dass sie nicht der Typus von Mensch war, der meiner Meinung nach je in mein isoliertes Leben treten würde. Aus der Ferne betrachtet, hatte ich den Eindruck, sie sei eitel und würde sich nur für Mädchensachen interessieren wie meine Mutter und Monica. Aber wie sich herausstellte, war sie ganz und gar nicht so. Als wir uns schließlich für die Aufnahmen verabredeten, bestand sie darauf, in einer roten Satin-Hose und einem Silberlamé-Top im schmierigen Hinterhof der Fisch-und-Chips-Bude fotografiert zu werden, und dann in einer dunklen Gasse, in der zerbrochene Flaschen herumlagen, in einem weißen Laura-Ashley-Kleid mit weißen Espadrilles, die unerlaubt von ihrer älteren Schwester Ingrid geliehen waren, die an der Universität in Canberra studierte.

Marianne wohnte in der Penrose Street, die von meinem Haus zu Fuß erreichbar war, also pendelten wir während dieser langen Sommertage ständig zwischen meinem und ihrem Haus hin und her. Wir waren immer im gleichen Schulbus gefahren, und obwohl sie behauptete, das zu wissen, bin ich fast sicher, dass sie mich nie bemerkt hat. Als im Februar die Schule wieder anfing, fuhren wir zusammen. Manchmal machte ich mich ein bisschen früher auf den Weg, um zu ihrer Haltestelle zu gehen und mit ihr und einer ihrer Schwestern, der zwei Jahre älteren Elise, einzusteigen. Die dritte Schwester, Andrea, war noch in der Grundschule. Obwohl Marianne und ich nicht in der gleichen Klasse waren, waren wir der gleiche Jahrgang, und nach der Schule ging ich oft mit ihr nach Hause, wo wir Hausaufgaben machten und von ihrer Mutter Essen bekamen.

Die van Hootens waren Niederländer, aber nicht aus Holland nach Bilkara gekommen, sondern wegen irgendwelcher politischen Probleme aus Indonesien. Sie hatten es geschafft, in der Stadt Fuß zu fassen (die keineswegs multikulturell war), in der es kaum rassistische Spannungen gab, sieht man von ein paar Scherzen über »Holzschuhe« ab oder der Unterstellung, dass Mr van Hooten, ein Architekt, in Wirklichkeit Deutscher sei, der sich als Holländer ausgab. Vielleicht verstanden auch einige Leute den Unterschied gar nicht.

Die van Hooten-Mädchen war alle auf ihre Art schön. Sie waren gebildet und spielten Musikinstrumente auf Konzertniveau. Marianne spielte Flöte, und als ich die Geschichte von Melanie erzählte, verstand sie mich vollkommen. Sie war der erste Mensch, dem ich das Erlebnis erzählte, und die Geschichte gefiel ihr. Sie wusste sogar, wer Gluck war. Sie lernte den »Reigen seliger Geister« und spielte ihn zu meinem sechzehnten Geburtstag für mich.

Die van Hootens waren es gewöhnt, vier Mädchen um sich zu haben, und zu der Zeit, als ich auf der Bildfläche erschien, ging ihnen eine ab, nachdem Ingrid an der Universität studierte. Sie wurden meine zweite Familie. Ich sah nicht so umwerfend hübsch aus wie die Schwestern, verfügte auch nicht über ihre musikalischen Fähigkeiten und kam nicht einmal in die Nähe von Mariannes Zeugnisnoten, aber Mr van Hooten, vielleicht um mich zu entschädigen, sagte oft zu mir: »Du, junge Dame, bist nicht nur flink zu Fuß, was im Leben sehr nützlich sein kann, sondern hast Köpfchen. Du siehst Dinge, die andere Leute nicht sehen. Du kannst denken. Das ist sehr bewunde-

rungswürdig bei einem jungen Mädchen. Ich glaube, wir werden eines Tages deine Fotos in Büchern und Ausstellungen bewundern können – auf der ganzen Welt.«

Mrs van Hooten war wie eine Schachtel Pralinen. Von außen hübsch anzusehen und süß im Innern. Sie buk Kuchen und Plätzchen und machte ihre eigenen Würste, die sie mit sahnigem Kartoffelbrei und frischen Erbsen aus dem Garten servierte. Sie nähte und strickte alle ihre Kleidungsstücke und war immer daheim, um für die anderen da zu sein. Wenn ich von ihnen nach Hause ging, traf ich auf Mum mit einer grünen Packung im Gesicht, die sich vor dem Fernseher die Nägel lackierte, während Dad sich gerade bei einem nächtlichen Einsatz befand.

Es stimmt, dass sich Josie nie sorgte, wo oder bei wem ich war. Sie nahm einfach an, ich würde früher oder später schon wieder auftauchen, und wo immer ich auch sein mochte, würde man auf mich achten. Deshalb hatte sie auch keine bösen Vorahnungen im Hinblick darauf, was geschehen sollte.

Abreisen und ankommen

Während sie auf dem Flug von einem Zuhause zum anderen den dunklen Ozean überquerte, versuchte Cassie zu lesen. Sie versuchte auch, den Film zu verfolgen. Aber hauptsächlich versuchte sie, das schlechte Gewissen abzuschütteln, das sie wegen der Erleichterung verspürte, Bilkara hinter sich zu lassen: Ihre Mutter, die in ihrem gelben Morgenrock zerbrechlich und einsam, zerknittert und blass wie eine verwelkende Narzisse wirkte. Und Kingi, der schweigend und mit sorgenvollem Gesicht hinter dem Lenkrad saß.

Aber Dan würde sie ja erwarten. Dan und ihr Zuhause.

Und Dan *war* da, mit Blumen und überschwänglichen Liebesbezeugungen. Eine der Eigenschaften, die sie an ihm bewunderte – fast beneidete –, war seine kindliche Fähigkeit, sich ganz dem Augenblick hinzugeben. Wenn sie zusammen waren, gab es keinen Zweifel, dass sie das Zentrum seines Universums bildete (außer natürlich *Match of the Day* lief im Fernsehen, in dem Fall existierte sie nicht mehr). Dans häufige Unzuverlässigkeit führte Cassie nachsichtig auf die Tatsache zurück, dass er, gleichgültig, ob er Wagen verkaufte oder mit seinen Freunden trank, in seiner jeweiligen Tätigkeit vollkommen aufging. Dann vergaß er einfach alles andere. Heute jedoch war es anders. Trotz seiner offensichtlichen Freude über ihre Rückkehr spürte Cassie, dass er nicht ganz bei der Sache war. Er hatte etwas Distanziertes, etwas Grüblerisches an sich, was gar nicht seine Art war. Sie konnte das Gefühl nicht abschütteln, als existiere ein dunkler Strom unter der ruhigen Oberfläche ihrer Ehe, und das erfüllte sie mit schlechten Vorahnungen.

Ihre Wohnung war warm und einladend, und obwohl sie nur zehn Tage fort gewesen war, genoss sie die vertrauten Dinge: ihre Bücher, das Gemälde, das sie in Prag gekauft hatten, die schokofarbene Wildledercouch und die champagnerfarbenen Seidenkissen. Der einzige

Dämpfer inmitten all der tröstlichen Ordnung war die leicht beunruhigende Feststellung, dass Dan, der König der Nachlässigkeit, aus irgendeinem Grund aufgeräumt oder nicht viel Zeit in der Wohnung verbracht hatte.

»Also, was gibt's zuerst – Tee oder mich?«, fragte er, nahm sie in die Arme und knabberte an ihrem Hals. Sie schmiegte sich an ihn, atmete seinen Geruch nach Rasierwasser und frischem Schweiß ein, die Wärme seines Körpers ...

»Ich fühle mich scheußlich ...«, begann sie.

»Also *gut*!«, sagte er lachend und verschloss ihren Mund mit seinen Lippen. Ein Knie drückte sich an ihren Schenkel, eine Ferse an ihre Fesseln, sie taumelte und fiel auf die Couch. Jetzt gab es keinen Zweifel mehr, dass er bei ihr war: dicht an sie gedrängt, zärtlich und hingebungsvoll, strichen seine Lippen über ihren Körper, als wollte er sich wieder mit jeder Stelle an ihr vertraut machen.

Am Ende ging Cassie in die Dusche, und er machte Tee und Toast. Sie zog einen Morgenrock an und ließ sich mit zufriedenem Seufzen aufs Bett fallen. Dann lag er quer über dem Bettende und hörte aufmerksam zu, während sie ihm erzählte, was bei ihr geschehen war. »Mum hat vorgeschlagen, wir sollten zurückkommen und bei der Führung des Geschäfts helfen«, sagte sie und erwartete eigentlich, er würde sie auslachen.

»Ich weiß nicht ... vielleicht wäre das gar nicht so dumm. Hier ist ja nicht allzu viel los für uns. Ich hätte nichts dagegen, in die strahlende australische Sonne zurückzugehen.«

»Was meinst du mit ›nicht viel los‹? Du bist doch gerade erst zum Verkaufsmanager ernannt worden. Ich dachte, du wolltest nie mehr nach Australien zurück.«

»Ja, schon. In der Arbeit herrscht gerade ein bisschen Chaos, das ist alles, es geht gerade alles ziemlich drunter und drüber ...«

»Was läuft nicht gut?«, fragte sie und versuchte, seine Kehrtwendung zu verstehen.

»Mach dir keine Sorgen deswegen, Liebling. Vergiss es.«

Dan setzte einen Gesichtsausdruck auf, den sie gut kannte – egal, was vor sich ging, sie würde es heute nicht rauskriegen. Sie redeten über andere Dinge, und sie spürte, wie sie allmählich der Schlaf überkam. Obwohl kaum die Dämmerung hereingebrochen war, schlüpfte sie unter die Daunendecke und döste ein.

Verwirrt wachte sie in den frühen Morgenstunden auf. Sie machte Tee und stellte den Fernseher an, um beiläufig eine alte Dokumentation zu verfolgen, die Richard Attenborough bei einer Wanderung durch die Serengeti zeigte. Nach ein paar Minuten wurde sie auf ein abwechselndes Piepsen aufmerksam und stellte fest, dass es aus Dans Jackett kam, das über dem Stuhl hing. Im nächsten Moment hielt sie Dans Telefon in der Hand. Eine Nachricht. Kein Name des Anrufers. Lesen? Ja. »Einsam heut' Nacht. Ruf an. XXX«. Irgendetwas in ihr gab nach. Immer und immer wieder las sie die Nachricht. Einsam. Heut' Nacht. Das Display schien immer größer zu werden und den ganzen Raum, die ganze Welt auszufüllen. Sie ließ das Handy wieder in seine

Tasche gleiten und fühlte sich zwischen Schuldgefühlen und nackter Angst hin- und hergerissen. Richard Attenborough murmelte eindringlich im Hintergrund, während ihre Gedanken durcheinanderrasten wie aufgescheuchte Gazellen, die vor den Reißzähnen ihres Verfolgers flohen.

Cassie beobachtete Dan vom Bett aus, während er für die Arbeit einen anthrazitfarbenen Anzug und ein blauweiß gestreiftes Hemd anzog. Er stand vor dem Spiegel, pfiff vor sich hin und rieb sich die Hände, um das Haargel zu verteilen. Hingerissen von seinem eigenen Anblick, fuhr er rasch mit den Fingern durchs Haar – Schnelligkeit war das Wesentliche des Stils.

»Fängst du heute zu arbeiten an?«, fragte er.

»Mr Hassem erwartet mich erst nächste Woche. Aber ich rufe ihn trotzdem an.« Sie klang, als würde sie aus einem Drehbuch vorlesen. Als spielte sie die Frau, die sie gestern gewesen war. Heute war sie verwirrt, und ihr war schlecht vor Angst.

»Du siehst ohnehin aus, als würde es dir guttun, im Bett zu bleiben. Du bist total fertig, Liebling. Schlaf dich aus.«

»Dan?« Sie fühlte sich atemlos, ihre Brust spannte so sehr, dass sie kaum sprechen konnte. »Gestern Abend war eine Nachricht auf deinem Handy. Ich hab sie gelesen.«

»Ah ja?«, fragte er beiläufig, während er im Spiegel sein Haar begutachtete und einen unsichtbaren Fussel von seinem Jackett bürstete.

»Sie hieß ... Einsam heut' Nacht. Ruf mich an. Drei Küsse.« Ihre Stimme wurde immer leiser, bis sie nur noch flüsterte.

Dan setzte sich aufs Bett und stieß ein theatralisches Seufzen aus. »Ich hätte es dir schon gesagt, aber du hast genug Sorgen gehabt. Es ist nichts, Liebling. Ehrlich. Bloß eine Irre.«

»Red weiter«, sagte sie vorsichtig.

»Diese Tusse nervt mich, belästigt mich. Verfolgt mich irgendwie.«

»Irgendwie? Wer ist sie?«

»Sie war bei der Konferenz.« Er hielt die Hand hoch. »Ich weiß, was du sagen willst, nein, ich habe sie nicht ermutigt, das schwöre ich«, versicherte er und legte die Hand aufs Herz.

»Wie ist sie an deine Nummer gekommen?«

»Ich saß neben ihr beim Dinner und hab ihr meine Karte gegeben. Und jetzt lässt sie mich nicht mehr in Ruhe.«

»Also hast du ihr keine Avancen gemacht? Hast nicht wild geflirtet mit ihr?« Cassie spürte, wie die Spannung in ihrem Körper nachließ, als sie in ihr übliches Spiel, die Mutter tadelt den bösen Buben, verfielen.

»Natürlich nicht. Vergiss es, Liebling – es geht schon wieder vorbei.« Er küsste sie auf die Nase, eilte zur Tür hinaus, Schlüssel rasselten, Absätze klapperten die Treppe hinab.

Als er fort war, stand sie am Fenster und sah über die dunklen Schieferdächer nach Blackheath Common hinüber. Den Kauf der Dachwohnung hatten Dans Eltern ermöglicht, indem sie ihnen die Anzahlung zur Hochzeit schenkten. Sie befand sich in einem viktorianischen Haus, das in drei Apartments unterteilt worden war, jedes mit glänzenden Holzböden und hohen Stuckdecken. Die kleine Küche hatte Dachfenster unter Spitzgauben mit einem Sims, der breit genug war, um sich daraufzusetzen und hinauszuschauen. Da ihr Haus höher war als die umliegenden Gebäude, konnten sie über die Nachbardächer hinweg in ein Dutzend rechteckiger Gärten blicken. Jeder einzelne war gepflegt und grün, manche mit Schaukeln oder Sandkästen, andere gepflastert mit Terrassenmöbeln. In einem gab es einen kleinen Wintergarten an der Rückseite des Hauses, und sie sah eine Frau, die allein dasaß und Zeitung las. Einsam. Einsam heut' Nacht. Kuss, Kuss, Kuss. Ein winselnder Countrysong, der ihr nicht mehr aus dem Kopf ging.

Sie nahm das Telefon und wählte Julias Nummer. Einen Moment später hörte sie es zwei Stockwerke unter sich klingeln und wollte gerade auflegen, als Julia abnahm.

»Du bist zurück, meine Liebe! Ich liege mit einer schrecklichen Erkältung im Bett. Komm runter, und ich steck dich an. Erzähl mir alle Neuigkeiten aus deiner warmen fernen Heimat«, sagte Julia, und ihre Stimme klang zwei Oktaven tiefer als gewöhnlich.

Cassie hatte kaum aufgelegt, als das Telefon klingelte.

»Hast du Milch?«, fragte Julia. Cassie versprach, welche mitzubringen, aber bevor sie die Tür erreichte, klingelte das Telefon erneut.

»Tut mir leid – kannst du auch ein paar Teebeutel mitbringen. Und vielleicht auch zwei Tassen? Ich war zu krank, um abzuwaschen.«

Julia lag ausgestreckt im Bett, sie trug einen zerknitterten, schmuddeligen Pyjama und sah sich *Oprah* im Fernsehen an. Auf dem Nachttisch stapelten sich Medizinfläschchen, Vitamine und Schmerztabletten, auf dem Boden lagen DVDs und Bücher verstreut. »Willkommen, Erdenfrau, das erste menschliche Wesen, das ich seit Tagen zu Gesicht bekomme!«, krächzte sie.

Sie gaben sich Luftküsse auf zwanzig Schritt Entfernung. »Hier riecht's wie in einem Koala-Bau«, sagte Cassie.

»Ich hab Eukalyptus inhaliert. Mach das Fenster auf und lass ein paar Keime raus.« Julia schaltete den Fernseher aus und rappelte sich hoch, während Cassie Tee machte. »Wie schön, dich zu sehen! Ich bin fast eingegangen vor Einsamkeit. Wie geht's deinem Dad?«

»Es war alles ziemlich kompliziert«, antwortete Cassie und setzte sich ans Bettende. »Es war dort kompliziert ...« Sie zögerte. »... und hier ist es auch ein bisschen kompliziert.«

»Dann erzähl mir zuerst, was dort kompliziert war.« Julia raffte ihr dichtes braunes Haar zusammen, schlang es zu einem losen Knoten und ließ sich gespannt wartend aufs Kissen zurückfallen.

Obwohl sie noch kurz zuvor unbedingt mit jemandem reden wollte, wurde Cassie plötzlich klar, dass sie nicht die geringste Lust dazu hatte. »Dad ging's sehr schlecht. Nach dem Überfall hatte er einen Schlaganfall. Er kann sich kaum bewegen. Sprechen kann er überhaupt nicht. Es war so niederschmetternd, ihn so zu sehen. Ich weiß nicht. Ich war völlig verunsichert. Ich kam gar nicht zurecht damit.«

»Wie geht's deiner Mutter?«, fragte Julia.

»Mum ... ich schätze, sie kommt auf ihre Weise klar. Allerdings nicht mit der Sache selbst. Das Geschäft ist so gut wie am Ende, glaube ich. Ich fühlte mich ziemlich in der Klemme. Unter Druck, alles geradezubiegen.« Sie lächelte Julia verlegen an. »Und bin meiner notorischen Neigung gefolgt, einfach wegzurennen. Ich komme mir so feige vor.«

»Ach, du armes Ding. Du siehst ein bisschen blass und mitgenommen aus. Das war ja eine schreckliche Erfahrung. Ich finde nicht, dass es feige war. Du stehst ihnen ja nicht besonders nahe. Dein Leben ist jetzt hier, bei Dan. Und mir. Wir sind für dich da.« Sie lächelte sie an. »Und warum ist es hier kompliziert?«

»Ach ...« Cassie zuckte die Achseln. »Da gibt's eine Frau, die Dan belästigt. Ihn verfolgt, behauptet er ...« Sie wunderte sich, wie etwas, das aus Dans Mund vor Kurzem noch so plausibel klang, sich aus ihrem plötzlich so unglaubwürdig anhörte.

»Eine Stalkerin? Wirklich?« Julia zog zweifelnd einen Mundwinkel nach unten. »Hat er sie angezeigt?«

»Ich weiß nicht.« Cassie seufzte. »Du kennst doch Dan – er könnte auch furchtbar übertrieben haben.«

»Er ist ein gut aussehender Bursche ...«, sagte Julia vorsichtig.

»Er hat sie bei einer Konferenz in Manchester getroffen. Vermutlich hat er ihr Avancen gemacht, ihm gefällt die Art von Aufmerksamkeit. Er stellt sich gern vor, Frauen seien scharf auf ihn. Vielleicht sind alle Männer so, bei ihm ist es nur offensichtlicher.«

»Hör zu, ich würde mir deswegen keine Sorgen machen. Selbst wenn Dan betrunken war und mit jemandem im Bett gelandet ist – das bedeutet doch nichts. Dan ist eben einer der Typen, die nicht ...« Sie brach mitten im Satz ab und errötete verlegen.

»Die was nicht?«

»Die sich nicht allein unterhalten können«, sagte Julia matt.

Cassie legte sich quer übers Bettende und stützte den Kopf auf. Sie sah Julia ins Gesicht. Es dauerte eine Weile, bevor ihr klar wurde, was sie wissen wollte. »Ist jemand in die Wohnung gekommen?«, fragte sie.

Julia griff plötzlich nervös nach ihrer Tasse auf dem Nachttisch. »Cass, du bringst mich in eine wirklich peinliche Lage. Das ist eine Sache zwischen dir und Dan, und ich will nicht für dich spionieren ...«

»Ich bitte dich ja nicht ...«

»Cassie, wir sind beste Freundinnen, aber wir sind auch Nachbarinnen, und Dan ist auch mein Nachbar. Um es ganz offen zu sagen, ich möchte ihm nicht auf die Füße treten. Es wäre ja nicht das erste Mal, dass du dir völlig grundlos Sorgen machst. Also, nimm's nicht so ernst, Süße.«

Cassie wartete, bis Julia ihren Blick erwiderte. Sie hatte recht. Es war nicht das erste Mal, dass sie sich auf diese Schiene begab, und sobald sie sich darauf einließ, wurde es schnell zur Obsession. Jeder Anruf löste Angst aus, jede Frau wurde eine potenzielle Rivalin. Ihr war bewusst, dass paradoxerweise die vermeintliche Gefahr, Dan zu verlieren, ihn nur umso kostbarer für sie machte.

Als sie wieder oben in ihrer Wohnung war, fühlte sie sich nicht mehr ganz so aufgewühlt. Es war leichter zu glauben, sie wurde verrückt, als anzunehmen, Dan könnte sie betrügen. Sie packte ihre Sachen aus, wusch ihre Kleider, saugte das Apartment und fuhr zum Supermarkt, um die Vorräte aufzufüllen. Am Nachmittag weckte sie ein Anruf aus dem Schlaf, und Dan teilte ihr mit, dass er im *Déjà Vu* einen Tisch bestellt habe. Teuer und schick. Sie sollte sich am Nachmittag noch ausschlafen, schlug er vor.

Inzwischen hellwach fiel Cassie ein, dass sie Mr Hassem anrufen sollte, tat es aber nicht, weil sie wusste, er würde sie sofort ins Büro zitieren, um irgendwelche Schwierigkeiten auszubügeln, in die er sich während ihrer Abwesenheit gebracht hatte. Mr. Hassem, der in gewisser Hinsicht als Gelehrter gelten konnte, war ein Mann, dessen Herkunft und Nationalität im Dunklen blieb – selbst für Cassie, die schon fünf Jahre für ihn arbeitete. Sie hatte mitbekommen, wie er einmal den einen Leuten erzählte, er sei in Delhi geboren, ein anderes Mal, er stamme aus Dubai. Mit Sicherheit wusste sie nur, dass er eine teure Erziehung in England genossen und in den 1970er-Jahren sein Geld als Ingenieur für Klimaanlagen im Mittleren Osten gemacht hatte. Anfang der Achtzigerjahre war er nach England zurückgekehrt, hatte eine heruntergekommene Autohandlung in Hackney gekauft, sie renoviert und mit mehreren Dutzend gebrauchter Mercedes Benz bestückt. Im Lauf von zwei Jahren wiederholte er das erfolgreiche Muster in Acton und zwei Jahre danach im Herzen von Kensington, aber inzwischen als Vertragshändler von Mercedes.

Da ihn die tägliche Verantwortung für drei Nobelautohandlungen bald langweilte und ihn die Neuerwerbungen für seine Sammlung antiker Waffen nur zeitweise ablenkten, fand Mr Hassem schließlich eine Nische für sich, indem er nach Kundenwünschen gefertigte Luxuswagen in den Mittleren Osten exportierte. Das Äußere dieser Karossen war ausnahmslos schwarz, aber ihr Inneres verschwenderisch mit Gold und Platin, Wild- und Krokoleder und sogar Kaschmir und Seide ausgestattet. Außerdem war die neueste Kommunikations- und Unterhaltungselektronik eingebaut, eine schusssichere Karosserie konnte extra bestellt werden. Nachdem er ein Ventil für seine latente Kreativität gefunden hatte, überließ Mr Hassem die Führung der Geschäfte den Managern der einzelnen Niederlassungen, und im Lauf der Jahre war Cassie von seiner Sekretärin zu seiner engsten und wichtigsten Mitarbeiterin aufgestiegen.

Mr H schlug eine breite und verheerende Schneise in die Welt der Geschäftsbeziehungen. Er setzte ein Zeichen und hinterließ zum Beweis dafür gewöhnlich eine Narbe. Cassies Aufgabe bestand darin, die Scharte wieder auszuwetzen, zu vermitteln, zu verhandeln und auszugleichen. Sie verhandelte mit wütenden

Scheichs, feindseligen Anwälten und aufsässigen Angestellten. Mr Hassem verfügte über ein gewinnendes Lächeln und konnte angenehm plaudern, aber diejenigen, die einmal mitbekommen hatten, wie launenhaft und kapriziös er sein konnte, zogen es vor, die Dinge mit der Frau zu regeln, die seine rechte Hand war. Da er größtenteils nicht die geringste Ahnung hatte, welches Chaos er anrichtete, ganz zu schweigen davon, wie dies wieder behoben werden konnte, hielt sich Mr H für ein unternehmerisches Genie und fand es nur natürlich, dass ihm eine Person zur Seite stand, die sich um die lästigen Einzelheiten kümmerte.

In Cassies und Dans Freundeskreis waren die Geschichten über Mr Hassems unternehmerische Eskapaden äußerst beliebt, und Cassie gab dem gern nach. In dem Zusammenhang wurde sie auch gefragt, warum sie es in einem Job aushielt, der viel Stress, aber wenig Anerkennung einbrachte. Doch obwohl Mr Hassem ihre Rolle beim Ausbügeln der Schwierigkeiten in seinem Leben als gegeben hinnahm und ihre Arbeit nie anerkannte, bezahlte er ein großzügiges Gehalt und stellte ihr in regelmäßigen Abständen einen neuen Mercedes zur Verfügung, den sie fahren durfte. Gemeinsam mit Dan hatte sie mehrere Ferienaufenthalte im luxuriösen *Chez Hassem* verbracht, einer weitläufigen Villa an der französischen Riviera, ebenso in seiner verschwenderisch eingerichteten Wohnung in Rom. Mehrmals im Jahr begleitete sie ihn nach Dubai, wo sie in Sechs-Sterne-Luxushotels residierten und im großen Stil Hof hielten. Aber auch abgesehen von den Vergünstigungen des Jobs mochte Cassie Mr Hassem recht gern. Sie fand viele seiner exzentrischen Eigenheiten fast liebenswert und den Rest hinnehmbar. Seine Frau, seit zwanzig Jahren mit ihm verheiratet, liebte ihn, ebenso wie seine drei Töchter im Teenageralter und zwei Pudel, was einiges über seine Natur als Mensch aussagte. Sie bewunderte seinen furchtlosen Angang des Lebens, seine nicht zu unterdrückende Leidenschaft. Und sie wusste, dass er sie brauchte.

Heute jedoch war sie für Mr Hassem nicht bereit. Sie würde ihn morgen anrufen.

Déjà Vu

Das *Déjà Vu* war so französisch, dass man glauben konnte, die Champs-Elysées mit ihrer vibrierenden Energie läge vor seiner Tür anstatt der verkehrsreichen Hackney Road. Nach einem Glas Champagner entspannte sich Cassie und hatte das Gefühl, wieder in den Fluss ihres eigenen Lebens einzutauchen. Dan, der in weißem Hemd und dunklem Jackett sehr schick aussah, beschenkte sie mit einer Geschichte über das kürzliche Missgeschick seiner Eltern. Sie hatten versucht, bei eBay Fußball-Memorabilia zu kaufen, und zum ersten Mal seit Wochen musste sie wieder lachen.

Die Kellnerin, die ihre Bestellung aufnahm, hatte das düster-glutvolle Aussehen einer Schauspielerin des Film Noir. »Sind Sie bereit zu bestellen, *madame et monsieur*?«, fragte sie mit einem hübschen Schmollmund.

Dan zog den Bestellvorgang in die Länge und gab ein bisschen mit seinem Französisch an, das er sich im Lauf der Jahre angeeignet hatte. Nachdem die Bedienung endlich entlassen war, zwinkerte er Cassie zu, als hätte er sie nur zu ihrem Vergnügen charmiert, nicht zu seinem eigenen. Als schließlich ihr Essen gebracht wurde, hatte er bereits zwei Gläser Champagner intus. Nach mehreren Gläsern Wein war er sichtlich beschwipst, und seine Geschichten wurden umso weitschweifiger.

Zwischen dem Hauptgang und dem Dessert ging er auf die Toilette und schlängelte sich leicht schwankend durch die Tische der anderen Gäste hindurch. Cassie sah, dass er im Vorbeigehen eine Bemerkung zu der hübschen Bedienung machte. Die ignorierte ihn, warf aber einen kurzen Blick in Cassies Richtung, und als ihre Blicke sich trafen, wandte sie sich schnell ab. In diesem Moment, bei diesem Blick, spürte Cassie, wie das warme Gefühl der Freude über diesen Abend verschwand. Dan kehrte zurück. Die Bedienung allerdings nicht, sondern schickte stattdessen eine eher verdrießliche Kollegin, um die Dessertbestellung aufzunehmen.

Auf der Heimfahrt setzte sich Cassie ans Steuer, wobei Dan offensichtlich nichts von der Spannung im Wagen spürte, während er am Radio herumhantierte und leise vor sich hin summte. Gleich nachdem sie zu Hause angekommen waren, riss er sich die Kleider vom Leib, warf sich ins Bett und begann mit der Zufriedenheit eines Haushunds zu schnarchen. Cassie legte sich starr und vollkommen angekleidet neben ihn. Was hatte er zu der Bedienung gesagt? Die Art, wie sie sich von

Dan abgewandt hatte, machte den Eindruck, als fände sie ihn abstoßend. Fast noch schlimmer war ihr Gesichtsausdruck, als Cassie ihren Blick auffing. Mitgefühl, ja Mitleid, drückte sich darin aus. Während sie im Dunkeln dalag, spürte Cassie, wie etwas in ihr zerbrach. Gläser fielen herunter, als wäre ein geheimes Abteil ihrer Seele geöffnet worden. Im Gesicht dieses Mädchens hatte sie alles gesehen, was sie bei Dan fürchtete. Die Bedienung hatte die Seite an ihm erkannt, die Cassie nicht zu benennen wagte. Dan war kein harmloser Flirter, kein glückloser Charmeur. Er war ein Jäger. Er verfolgte und stellte attraktive Frauen genau auf dieselbe Weise, wie er bei seinen Verkäufen vorging: Es war eine Hetzjagd, und er war der Sieger.

Cassie ging in die Toilette und übergab sich. Sie spritzte sich kaltes Wasser ins Gesicht, lehnte sich ans Waschbecken und starrte die Frau mit dem steinernen Gesicht im Spiegel an. Die Frau starrte zurück, aber ihre Augen waren voller Angst.

Aufgewühlt und verwirrt brauchte sie jemanden zum Reden, also ging sie hinunter und klopfte an Julias Tür. Niemand antwortete, und sie klopfte noch einmal. Dann ertönte ein dumpfes Geräusch, ein Lichtband erschien unter der Tür, und schlurfende Schritte näherten sich. Einen Moment lang fühlte sich Cassie durch den Spion beobachtet. Die Tür ging auf, und Julia lehnte sich verschlafen an den Pfosten. »Ist es nicht mitten in der Nacht?«, fragte sie.

Cassie wusste nicht, wie sie anfangen sollte. Sie war zu Julia gekommen, um Trost, um eine Vertraute zu finden, aber die Frage stellte sich plötzlich wie eine giftige Schlange vor ihr auf, die zum Zubeißen bereit war. Sie hatte keine Ahnung, wie sie darauf kam, aber jetzt gab es kein Zurück mehr. »Julia, hast du je mit Dan geschlafen?«

Der Effekt war unmittelbar und dramatisch. Julia wurde tiefrot, ihre Hände fuhren zum Gesicht, in ihren Augen standen Tränen. »Es ist Ewigkeiten her ... du warst fort ... wir hatten was getrunken. Ich hab mich hundsmiserabel gefühlt deswegen. Wirklich, es hatte nichts zu bedeuten ...« Sie wirkte vollkommen entsetzt über ihr Geständnis.

Cassies Gesicht fühlte sich wie versteinert an. »Wann?«

Julia ließ den Kopf hängen. »Letztes Jahr, als du in Dubai warst.«

»Drei Tage. Ich war drei Tage weg.«

»Cass. Es tut mir wirklich leid. Es war absolut dämlich, das zu tun. Es wird nie mehr vorkommen. Das verspreche ich.« Sie war jetzt bleich. Mit zitternden Händen fuhr sie sich an den Mund.

Cassie hielt es für möglich, dass sie sich nie mehr von dieser Stelle wegbewegte. Julias weißes Wohnzimmer leuchtete hinter ihr. Ein roter Teppich, eine Schale mit Zitronen, drei orangefarbene Kissen. Cassie würde sich immer an diese Stelle erinnern, an der sie gestanden und zugesehen hatte, wie ihr Leben einstürzte. Ohne ein Wort drehte sie sich um und ging wieder nach oben.

Sie blieb vor der Wohnungstür stehen und wagte nicht einzutreten, bevor sie sich beruhigt hatte. Einen

Moment lang wäre sie am liebsten hineingestürmt und hätte ihn umgebracht. Ihn im Schlaf erstochen. Dann trat etwas Stärkeres an die Stelle der Wut: blanke Todesangst. Angst, sich dieser unausweichlichen Wahrheit zu stellen. Dan war betrunken gewesen heute Abend. Betrunken und rücksichtslos. Allmählich wurde ihr immer klarer, dass sie ihr Leben Schicht um Schicht mit Kompromissen zugekleistert hatte. Von außen sah es schön und glänzend aus, aber im Innern war der Lack zersprungen. Und zwar schon immer. Jeder Verdacht, den sie je gehegt hatte, kam näher an die Wahrheit heran, als sie sich eingestanden hatte. Doch das zu wissen, schenkte keine Befriedigung.

Sie ging in die Wohnung, stand lange an der Schlafzimmertür und beobachtete Dan im Schlaf. Sein Jackett hing über dem Sessel. Sie nahm sein Handy aus der Tasche und verließ auf Zehenspitzen den Raum. An die Küchentheke gelehnt, klickte sie seine Nachrichten durch. Diejenige von der »einsamen« Frau hatte er gelöscht, aber Dan war kein Mann, der sich um Details kümmerte, und es gab ein halbes Dutzend Nachrichten, die alle mit drei X endeten. Nachrichten waren ein- und hinausgegangen. Verabredungen wurden getroffen, die sehr intim wirkten in ihrer Beiläufigkeit. Nachrichten zwischen zwei Menschen, deren Leben eng verbunden war. Es war weit nach Mitternacht, als Cassie die Rückruftaste drückte.

Nach einigen endlosen Momenten säuselte eine verschlafene Stimme: »Vermisst du mich, Baby?«

»Fiona?«

Einen Moment lang folgte nur eine rauschende Stille, dann ertönte ein Klicken. Cassie schleuderte das Handy durch den Raum und hörte, wie es gegen die Küchenwand schlug.

»Cass? Alles in Ordnung mit dir?«, rief Dan aus dem Schlafzimmer. »Cass?«

Sie überwand die Entfernung zwischen Küche und Schlafzimmer irgendwie und stand in der Tür. »Fiona ... Julia ... Wer noch? Alle, die ich kenne? Wie viele? Wie *viele*, Dan?« Ihre Stimme wurde immer schriller, als die Gesichter der treulosen Freundinnen vor ihr auftauchten wie die Reihe der Verdächtigen bei einer polizeilichen Gegenüberstellung.

Dan setzte sich im Bett auf, knipste schnell die Lampe an, als wäre er auf Gewalttätigkeiten gefasst. »Cass ...«, sagte er flehend, immer noch zu verschlafen, um sich angemessen zu verteidigen.

»Ist Fiona diejenige, die dich *belästigt*? Sie arbeitet in deinem Büro. Du bist ein verdammter Lügner, Dan! Alles war eine Lüge, von Anfang an. Hunderte kleiner Lügen, um die ganz große zu verbergen. Sag mir einfach die Wahrheit!« Der Schmerz kam hoch in ihr, sie kämpfte die Tränen nieder.

Dan sprang aus dem Bett, stand in seinen Boxershorts da und sah hilflos aus. »Cassie, bitte. Das mit Julia ist Jahre her. Einmal. Wir waren betrunken. Es hat nichts bedeutet. Fiona macht mir seit Monaten Avancen. Du warst fort und ...«

»Du *lügst* immer noch. *Ich will die Wahrheit*! Wer noch? Wie viele?« Doch selbst als sie die Worte herausschrie, kam ihr die Einsicht, dass die Wahrheit sie nicht befriedigen, sondern nur Schmerz bringen würde.

Dan sah verzweifelt aus und trat auf sie zu.

»Komm mir nicht nahe!«

Er setzte sich auf die Bettkante und rieb sich den Kopf. »Cassie, ich kann dir nur sagen, dass ich dich liebe. Ich habe dich immer geliebt. Alle anderen, mit denen ich herumgevögelt haben mag, hatten nichts zu bedeuten, hatten mit dir und mir nichts zu tun. Es war bloß ein bisschen Spaß. Hat überhaupt keine Bedeutung für mich.« Er lächelte sie matt an und streckte die Hand nach ihr aus.

»Du weißt nicht einmal, wie viele es waren, nicht?«

Er senkte den Kopf und schüttelte ihn fast unmerklich.

Der Hals tat ihr weh vor brennendem Schmerz, vor so großer Enttäuschung, dass ihr schlecht wurde. Es hatte etwas Unwirkliches an sich, wie sie ihn herausforderte, Einzelheiten, die Wahrheit aus ihm herauszerren wollte. Wie sie sich bestrafte für ihr blindes, dämliches Vertrauen und ihre Dummheit. Als die lange Nacht voller Tränen und Vorwürfen allmählich in graue Dämmerung überging, fiel sie schließlich erschöpft auf der Couch in Schlaf. Am Vormittag wurde sie von der Türklingel geweckt, als ein Bote ein Dutzend roter Rosen von Dan brachte, der sich klugerweise zur Arbeit davongemacht hatte.

Ohne einen Moment zu überlegen, warf Cassie die Rosen aus dem Fenster, nahm eine lange heiße Dusche und packte ihre Koffer.

Dunkelheit

Es war spät, als Josie ihr Buch schließlich weglegte. Das Hospital war inzwischen für Besucher geschlossen und Ern und Mal genauso ausgeknipst wie die Lichter im Krankenzimmer. Aber irgendetwas hielt sie hier heute Abend. Sie legte die Hand auf Als Arm, sah ihm ins Gesicht und stellte sofort fest, dass er Schmerzen hatte, starke Schmerzen.

Sie griff nach der Klingel, sah aber den Ausdruck in seinen Augen und zögerte. Sie wartete einen Moment. Sie spürte ein Zittern in seinem Arm, als braute sich ein Vulkanausbruch in seinem Innern zusammen. »Ich muss um Hilfe rufen. Das muss ich.« Seine Augen sagten ihr etwas anderes.

Kurz darauf ließ der Krampf nach, und er ließ sich auf die Kissen zurücksinken. Er wandte ihr den Kopf zu und sah sie eindringlich mit einem liebevollen, schmerzlichen und traurigen Blick an. Josie zögerte und sah zur Tür, als hoffte sie auf göttlichen Beistand. Dann knipste sie langsam und traurig die Nachttischlampe aus. Sie streifte die Schuhe ab und stieg zu ihm ins Bett. Sie schmiegte den Körper an ihn, nahm ihn in die Arme und legte den Kopf auf seine Brust, während sein Herz in dunkle Nacht stürzte.

Allein

Cassie verbrachte drei unglückliche Tage in einem schäbigen Touristenhotel in Earl's Court und überlegte, was sie als Nächstes tun sollte. Ihr Handy klingelte von Zeit zu Zeit und trillerte nachdrücklich die Melodie der Hymne des Liverpooler Fußballclubs: »You'll Never Walk Alone«. Der Klingelton war ein Überraschungsgeschenk von Dan. Lustig und romantisch zugleich, jetzt eher zynisch. Sie nahm seine Anrufe nicht entgegen. Er schickte auch mehrere SMS, die sie ungelesen löschte. Sie ging zur Bank und hob zweitausend Pfund von ihrem gemeinsamen Konto ab. Sie ging zu Fuß von Earl's Court nach Kensington und wieder zurück. Sie blieb vor glitzernden Schaufenstern stehen und starrte Schmuck, Kleider und Schuhe an, ohne wirklich zu sehen, was vor ihr lag. Sie kam sich wie ein Tourist vor, wie ein Fremder auf Besuch in einem fremden Land.

Die frühen Abende waren am schlimmsten. Wenn die Dunkelheit hereinbrach und der Wind kälter wurde, wenn Leute mit Zeitungen unterm Arm und prall gefüllten Einkaufstüten auf dem Weg zu ihren Familien und ihrem warmen Zuhause vorbeihasteten. Sie musste in ihr trübseliges Zimmer zurück, und im Vorbeigehen sah sie in Häuser, erhaschte einen Blick in deren Inneres, bevor Jalousien heruntergelassen und Vorhänge zugezogen wurden. Ein Mann saß in einem Sessel und trank Wein, während er die Abendnachrichten verfolgte. Das flimmernde Licht des Fernsehers fiel auf Kinder, die auf der Couch herumlümmelten. Normale Leute, die normale Dinge taten, ohne sich des außergewöhnlichen Glücksfalls des Normalen bewusst zu sein. Sie hatte keine Pläne. Nicht einmal fürs nächste Essen. Überhaupt keine Pläne. Ihr wurde klar, dass sie auf eine seltsame Art auf jemanden wartete, der alles für sie regelte – wie Dan es immer getan hatte. Dass sie auf jemanden wartete, der ihr Leben wieder in Gang brachte.

Am dritten Abend lag sie auf dem Bett, betrachtete zum hundertsten Mal die Flecken an der Decke und fragte sich, wie sie die einsamen Stunden einer weiteren ruhelosen Nacht verbringen sollte, als das Telefon klingelte. Sie sah auf die Nummer des Anrufers. Es war die Nummer ihrer Mutter, aber erstaunlicherweise meldete sich Kingi. »Hallo, Cass?«

»Was? Was ist passiert?«, fragte sie kraftlos, während sie das Gefühl hatte, ein Teil von ihr löste sich bereits auf.

»Tut mir wirklich leid.« Seine Stimme brach ab. Er schluchzte leise. »Er war mein bester Freund. Mein bester Freund.«

Teil II

Das Lebkuchenhaus

Matthew McWilliam – den alle nur Mack nannten – wachte irgendwann nach Mitternacht auf und sah sich in seinem Wohnzimmer um. Er hatte keine Ahnung, wie lange er geschlafen hatte. Tage vielleicht. Sein Bein pulsierte, und er klopfte seine Taschen ab auf der Suche nach Schmerztabletten. Das Licht aus der Küche fiel in den Raum, und er sah, dass Rose zusammengerollt im Sessel schlief, den Daumen im Mund und einen schmutzigen Verband um die Hand gewickelt.

Im Raum herrschte ein schreckliches Durcheinander, das seiner Meinung nach nicht er angerichtet hatte. Pizza-Schachteln, Zeitungen, Schuhe, Kleider. Er entdeckte die Schmerzmittel auf der Küchentheke, nahm eine Tablette, spülte sie mit Bier hinunter, und gleich danach noch eine, die er in seiner Hemdtasche fand.

Langsam wurde ihm klar, dass er sich gut fühlte. Besser als seit Wochen, seit Jahren vielleicht. Energie vibrierte durch seine Zellen, und er fühlte sich leistungsfähig – in großem Maßstab. Er überlegte, ob er das Haus aufräumen sollte, aber das passte nicht zu seinem grundsätzlichen Gefühl, die ganze Welt verändern zu wollen. Er stand auf der hinteren Terrasse und sah auf den verwilderten Garten hinaus, auf das

Gewirr üppiger tropischer Vegetation, auf die Triebe des Wandelröschens und der Trichterwinden, die heimlich aufs Haus zukrochen. Palmwedel in Form riesiger Sensen reflektierten das Mondlicht. Er hatte das Gefühl, selbst zu leuchten. Als würde er auf geheimnisvolle Weise selbst Licht übertragen, mit seinem Körper das Mondlicht aufsaugen.

Er ging ans Ende des Gartens und blickte aufs Haus zurück, das ebenfalls ins silbrige Licht des Vollmonds getaucht war. Plötzlich erinnerte er sich, wie schön das Haus und der Garten waren, als seine Eltern es vor zwei Jahrzehnten gekauft hatten. Damals war er zwölf. Der erste Anblick des Hauses hatte sich tief in sein Gedächtnis gegraben: ein perfektes Heim für eine perfekte Familie.

Es war ein weißes Holzhaus mit hübschen filigranen Verzierungen entlang der Traufen, wie ein Lebkuchenhaus. Ursprünglich hatte es zu einem Gehöft gehört, bevor das Farmland in Parzellen für Siedlungshäuser aufgeteilt wurde, die nur noch an die zweitausend Quadratmeter Grund und einen Rest des Regenwalds umfassten.

Obwohl sich seine Familie nur zwei Vororte entfernt von ihrem früheren Wohnort niedergelassen hatte, wurde viel von Neuanfang geredet, was Mack nicht ganz verstand. Er hatte gedacht, seine Eltern würden hier glücklich werden, und anfangs schien es auch so zu sein. Aber das Glück seiner Mutter war von brüchiger Natur, und die Risse begannen sich in jenem Winter zu zeigen. Sie schien ein anderer Mensch zu werden. Ständig schrie sie herum, und alles, was er und sein Bruder Murray taten, schien sie wütend zu machen. Noch schlimmer als ihr Geschrei waren die Tränenausbrüche und dass sie sich ins Schlafzimmer einschloss. In jenem Winter ging Mack so langsam wie möglich von der Schule heim. Sein Vater hielt sich immer seltener zu Hause auf, und selbst wenn er auftauchte, wirkte er seltsam abwesend.

Im Frühling zog sein Vater aus. Verwirrenderweise wohnte er plötzlich wieder in ihrer alten Straße, gemeinsam mit Mrs Stevens, einer früheren Nachbarin. Ihr Sohn Jeffrey war in Macks Klasse. Sie hatten oft zusammen gespielt und im Sommer davor auf einem leeren Grundstück für ihre Fahrräder Rampen gebaut. Verblüfft von der Wendung der Geschehnisse, nutzte Mack jede Gelegenheit, um seine Wut an dem Jungen auszulassen, der ihm den Vater gestohlen hatte. Obwohl er feststellte, dass er sich nicht besser fühlte, wenn er Jeffrey piesackte – es machte nur seinen Vater zornig –, wusste er nicht, wie er damit aufhören sollte.

In diesem Jahr kam ihm der Gedanke, dass die Stimmungen seiner Mutter vielleicht von den Jahreszeiten abhingen. Wenn sie im Winter depressiv und niedergedrückt war, schien der Frühling sie munter und nervös zu machen. Bis zum Sommer hatte sie dann den Siedepunkt erreicht. Das Haus wurde zu einer Art Schlaginstrument für ihren Zorn und ihre Frustration, wenn sie Türen und Schränke zuschlug, die Mahlzeiten auf den Tisch knallte und Wäsche auf die Leine klatschte. Gelegentlich schleuderte sie einfach Dinge durch den

Raum, nur wegen der Erleichterung, die sie verspürte, wenn sie an der Wand zerschellten. Murray sagte, es sei so, als lebte man mit einem Poltergeist zusammen. Mack fand es nervenaufreibend.

Als sein Vater einen Job in Brisbane bekam und ganz aus Bilkara wegzog, war Mack fast erleichtert. Er ließ von Jeffrey ab, der schließlich auch verlassen worden war. Seine Mutter fand einen Job, und endlich kehrte Frieden ins Haus an der Carinya Street zurück. Eines Abends lud sie eine Freundin aus der Boutique, in der sie arbeitete, zum Dinner ein. Sie tranken Champagner und redeten den ganzen Abend darüber, selbst einen Laden aufzumachen. Während er im Bett lag, hörte Mack sie lachen und stellte fest, dass er sich keine Sorgen mehr um sie machen brauchte.

Heute war das Haus weit davon entfernt, einen malerisch hübschen Anblick zu bieten – es erinnerte eher an eine zerstörte Hochzeitstorte: die Filigranverzierung fiel ab, und es brauchte dringend einen neuen Anstrich. Nachdem seine Mutter nach Melbourne gezogen war, war es ein paar Jahre lang vermietet gewesen, aber sie hatte ihm angeboten, mietfrei darin zu wohnen, wenn er es zum Verkauf herrichtete. Das war drei Jahre her. Er brauchte nur einen Plan, um in die Gänge zu kommen. Und heute Nacht, obwohl er immer noch keinen Plan hatte, spürte er die Energie, es zu tun. Er wollte Rose überraschen.

Er ging in den Schuppen und holte den Rasenmäher heraus. Er sah verrostet aus. Da er so sehr davon überzeugt war, die Aufgabe zu bewältigen, verblüffte ihn die mangelnde Kooperationsbereitschaft der Maschine umso mehr. Er ging ins Haus, schaltete das Außenlicht an, hievte den Rasenmäher auf die Veranda und begann, ihn auseinanderzunehmen.

Nach einer Weile kam Rose mit einer Decke um sich geschlungen an die Tür. »Dad, es ist zwei Uhr morgens. Du kannst jetzt nicht mähen.«

»Geh wieder ins Bett, Rosie. Ich seh mir das nur an, und dann komm ich und deck dich zu.«

Sie blieb noch einen Moment an der Tür stehen, dann wandte sie sich ab und ging ins Bett.

In einem Moment besonderer Einsicht begriff Mack, dass an dem Rasenmäher herumzuschrauben nicht so befriedigend war, wie das tatsächliche Mähen es wäre. Aber er hatte genügend Energie. Die Schmerzmittel hatten gewirkt, und sein Bein fühlte sich gut an. Gut genug jedenfalls, um zu gehen. Er schritt durchs Haus wie ein Ein-Mann-Suchtrupp, sah sich alles genau an, schätzte ab und stellte sich die Renovierung jedes einzelnen Zimmers vor. Es war schon so gut wie getan. Seine Recherche führte ihn durchs ganze Haus, die Treppe hinunter und zum Gartentor hinaus, er ließ die Türen offen, die Lichter brennen, einen kaputten Rasenmäher und eine schlafende Tochter zurück. Er schritt stetig aus und ging wie immer in Richtung Meer. Mondlicht floss aus seinen Augen und beleuchtete seinen Weg. Eine halbe Stunde später lag er ausgestreckt im kalten dunklen Sand. Er hörte das tiefe Rauschen der Brandung und sah Tausende und Abertausende Sterne. Er dachte an Cassie, wie immer, wenn er hierherkam. Allein ihr Name war Balsam für das Brennen in ihm, kühlend und beruhigend. Er hatte ihren Namen in der Morgenzeitung gelesen und fragte sich, ob sie zur Beerdigung käme. Er fragte sich, ob er den Mut hatte, sie wiederzusehen.

Als Mack aufwachte, war der Himmel ein neblig goldener Schleier, der in ein silbriges Meer tauchte. Der Sand war kalt und feucht. Über den Strand verstreut, wie zerbrochene Halsketten, lagen Hunderte saphirblaue Kringel, Quallen, die die Flut an Land geschwemmt hatte. Er fühlte sich zerstört und fast wahnsinnig vor Durst. Nachdem er neben dem Surf-Club einen Wasserhahn gefunden hatte, hielt er den Kopf darunter und trank mit großen Schlucken. Der Fußweg nach Hause war schmerzhaft und endlos. Als er zu Hause ankam, war Roses Bett leer. Eine halb volle Milchschale mit ein paar Reisflocken darin war alles, was sie zurückgelassen hatte. Er kroch ins Bett und schlief.

Am Steuer

Dorothy beobachtete interessiert, wie sich Avril in ihren Sessel setzte. Er hatte Übergröße und war aus grünem Vinyl, genau das Gegenstück zu dem, in dem Dorothy die meiste Zeit des Tages verbrachte. Mutter und Tochter saßen nebeneinander vor dem Fernseher, wie Piloten in der Kanzel, die zusahen, wie die Welt auf sie zuraste. Avril stellte ihr Dinner auf den kleinen Tisch neben dem Sessel, das heute Abend aus einer großen

Packung Teriyaki, Kartoffelchips mit saurer Sahne, einer ganzen Ananas, einem Beutel Senf und einer Dose Bier und Diät-Cola bestand, dazu legte sie ein Stanley-Messer.

»Vegetarisch heute Abend«, bemerkte Dorothy. »Die Ananas ist gut für die Verdauung, was? Mein Gott, bei mir ging seit Tagen nichts mehr. Ich würde meinen rechten Arm geben für einen ordentlichen ...«

»Gib mir die Fernbedienung, bitte«, unterbrach sie Avril und riss die Tüte mit den Kartoffelchips auf.

»Heute gab's eine Sendung«, sagte Dorothy und drückte auf die Fernbedienung, »über diese wahnsinnig fette Frau in Amerika, die den Arzt kommen ließ, weil sie Schmerzen in der Brust hatte, und du wirst es nicht glauben, sie haben die Fernbedienung in ihrer Achselhöhle gefunden! Die hat seit Monaten dort gesteckt, schätzen sie. Sie fanden auch andere Gegenstände, die vermisst wurden: ein schnurloses Telefon, ein paar unbezahlte Rechnungen oder Bankauszüge. Ich weiß nicht, alle möglichen Sachen, die sich in den Fleischlappen versteckt hatten.«

Obwohl Avril nicht das geringste Interesse an der Geschichte zeigte, oder überhaupt zugehört hatte, fuhr Dorothy fort. »Die Fernbedienung hat sie wahrscheinlich am meisten vermisst, denke ich. Einem solchen Fettkloß wie ihr fällt es wahrscheinlich sehr schwer, aufzustehen und umzuschalten.«

Avril schob eine Handvoll Chips in den Mund, zerkaute sie zu einer öligen Masse und spülte sie mit dem Bier hinunter. »Morgen ist Als Beerdigung. Sie schließen den Betrieb, damit wir alle hingehen können«, sagte sie.

»Dann bist du arbeitslos demnächst«, stellte Dorothy fröhlich fest.

»Wahrscheinlich.«

»Dann kannst du zu Hause bleiben und mir Gesellschaft leisten. Mit mir fernsehen.«

»Vergiss es. Ich find einen anderen Job«, antwortete Avril und begann, ohne den Blick vom Bildschirm zu wenden, mit dem Stanley-Messer die Ananas zu zerteilen, jedes Stück direkt von der Klinge in den Mund zu schieben und mit dem Pudding nachzuspülen.

»Pah«, sagte ihre Mutter. »Was kannst du schon?«

»Nun, Mum, ich denke, ich werde Aerobic-Lehrerin. Oder Stripteasetänzerin. Vielleicht sogar Laufsteg-Model. Ich kann mich bloß noch nicht entscheiden«, erwiderte Avril. »Und jetzt sprich nicht mehr davon, ja?« Sie riss ihr die Fernbedienung aus der Hand und drehte die Lautstärke höher.

Dorothy wechselte das Thema. »Schade, dass die Tochter schon nach England zurück ist, was?«

»Sie kommt morgen früh zurück. Sie haben die Beerdigung ihretwegen verschoben. Mum, würde es dir was ausmachen? Ich möchte gern die Nachrichten hören.«

»Avril?«

»Waaas?!«

»Wenn ich sterben würde, denkst du, dass Kristy dann zu meiner Beerdigung käme?«

»Mein Gott!«, seufzte Avril. »Ich weiß nicht, aber zum Teufel, es wäre einen Versuch wert!«

Dorothy lachte und lehnte sich zurück, um die Nachrichten anzuschauen.

Einzelgänger

Es war eine seltsame Prozession, die sich auf den Weg zur Kapelle machte. Das schwarze Leichenauto mit Als glänzendem Holzsarg machte den Anfang. Cassie und Josie folgten in dem rosafarbenen Cadillac, dahinter Kingi in seinem Truck, gefolgt von drei weiteren Fahrern in ihren Trucks: Eddie, Rod und Dean.

Es fühlte sich alles unwirklich an. Als sie am Morgen wieder in Bilkara angekommen war, hatte Cassies Angst, ihre blinde Panik, zwar abgenommen, aber sie kochte vor Wut. Nichts war wahr. Nichts real. Eine Art rücksichtsloser Zorn hatte sie gepackt. Als wäre es egal, was sie jetzt tat. Es gab kein Zurück mehr, und die Wahrheit zu wissen, verschaffte keine Erleichterung. Es war aus. Es blieb nur der Schmerz, ein bleibendes Erbe dieses Wissens.

Jetzt saß sie am Steuer des Cadillacs und folgte dem Sarg ihres Vaters. Sie begriff das Ganze kaum. Sie hatte nie gedacht, dass es auf diese Weise enden würde. Sie sah zu ihrer Mutter hinüber, die ein elegantes schwarzes Kostüm und einen leuchtend pinkfarbenen Schal um den Hals trug. Unter der gepflegten Fassade konnte Cassie erkennen, dass die letzten Überreste der Miss Bilkara 1967 abgefallen waren. Josie konnte doch in den paar Tagen, die Cassie gebraucht hatte, um die

Welt zu umrunden und wieder zurückzufliegen, nicht so sehr gealtert, so dramatisch verwelkt sein.

Schon bevor der Leichenzug von der Hauptstraße in den Friedhofsweg einbog, konnte sie eine Menge Fahrzeuge sehen, Dutzende von ihnen, die entlang der langen Strecke durch den Friedhof zur Kapelle hinauf parkten. Einige stammten von Ted's Abschleppdienst unten an der Gold Coast, und Cassie entdeckte im Vorbeifahren die Firmenzeichen von einigen anderen: Bindley Abschleppdienst, Denham Abschleppwagen und Hebevorrichtungen. Dazu ein Dutzend weiterer Trucks aus Städten in der Umgebung, die zu Ehren eines alten Freundes die Blinkanlagen angeschaltet hatten.

Und es gab Pick-ups: niedrig gelegte mit abgedunkelten Fenstern, schwarz lackiert oder glänzend blau mit aufgemalten Firmennamen – Farinelly's Autolackiererei & Autospenglerei, Erstklassige Unfallinstandsetzung, A 1 – Autozubehör, Aussie Autos. Auch zwei Polizeiwagen mit langsam rotierendem Blaulicht waren da. Josie zählte neun Cadillacs, zwei mit Nummernschildern aus Neusüdwales und eines aus Südaustralien.

Cassie erkannte Leute, die sie jahrelang nicht mehr gesehen hatte. Huey, vom Imbiss an der Ecke. Len Salviano, den BMW-Händler mit seinen zwei riesigen Dobermännern, die auf dem Rücksitz seines BMW-Sportwagens saßen. Woll-Mary mit ihrem zurückgeblieben wirkenden Sohn Alfie in ihrem alten Ford Perfect. Solange Cassie denken konnte, war Mary Unfallmelderin gewesen. Sie saß den ganzen Tag auf ihrer Vorderveranda, die auf eine belebte Kreuzung hinausging, und brauchte nichts als eine Häkelnadel, ein Knäuel Wolle und ab und zu einen spektakulären Zusammenstoß, um sich zu unterhalten. Al stand an oberster Stelle auf ihrer Telefonliste.

Als der Leichenwagen und der Cadillac das letzte Wegstück hinauffuhren, schlossen sich ihnen die Wagen entlang der Strecke an. Cassie sah, dass der Parkplatz schon halb gefüllt war. Eine Reihe Leute stand auf den Stufen der Kapelle und beobachtete, wie sie den Hügel heraufkamen. Sie und Josie sahen einander mit dem gleichen verwunderten Ausdruck an. Josies Augen glänzten wie Glas. Cassie wandte sich schnell wieder ab und hielt ihre Gefühle im Zaum. Sie hatte nicht vor, ihnen heute freien Lauf zu lassen. Zwei lange Überseeflüge hintereinander wirkten wie eine Sedierung durch Erschöpfung. Sie gab sich große Mühe, konnte sich aber trotzdem nur schwer beherrschen.

Als die beiden Frauen durch den Mittelgang in die erste Reihe gingen, erhob sich Tante Judith, die zehn Jahre jünger wirkte als beim letzten Mal, als Cassie sie getroffen hatte, und umarmte sie beide. Onkel Bryan blieb sitzen, tätschelte ihr aber unbeholfen den Arm. Monique saß weinend neben Jonathan, der wie gewöhnlich seine verwirrte Miene aufgesetzt hatte.

Cassie glitt in die Bank und drehte sich um, um auf die Trauergäste zu sehen: auf die neugierigen, halb vertrauten Gesichter. Sie sah Bill Owen, den ursprünglichen Eigentümer des Cadillacs, die Wyeth-Familie, deren Fahrt durch ein Riff und über eine zwanzig Meter hohe Klippe, die sie alle irgendwie überlebt hatten, berühmt war, und den legendären George Mailer, der mehr Unfälle überstanden hatte als sonst jemand in Bilkara.

Es war eine Versammlung von Geretteten, wie Cassie feststellte – von dankbaren Überlebenden –, die gekommen waren, um ihrem Retter die letzte Ehre zu erweisen. Im Lauf von drei Jahrzehnten hatte Al mindestens ein Mitglied der Familien in Bilkara gerettet, manchen von ihnen mehr als einmal. Einige mehr als zwei Mal. Und sie hatten es nicht vergessen.

Der Kaplan hielt eine weitschweifige Rede und verfiel in einen bestimmten Singsang dabei, von dem sich Cassie forttragen ließ. Kingis und Elaines Jungen, in weißen Hemden und Krawatten, standen dicht nebeneinander am Sarg und sangen inbrünstig und zart »Der Herr ist unser Hirte«. Dann trat Kingi an den Altar.

»Ich bin kein Mann großer Worte«, begann er. »Ich möchte nur sagen, dass Al ein guter Mensch und ein guter Freund war. Er war ein denkender Mensch, und es gab keinen, der Als Gedanken besser ausdrücken kann als Johnny Cash – also singe ich jetzt etwas für Al. Einen seiner Lieblingssongs.«

Als Kingi »Solitary Man« sang, zitterte die Luft vor Gefühl. Er öffnete alle Schleusen bei Cassie wie ein Regenzauberer. Als er endete, hörte man nur leises Schluchzen, unterbrochen von heftigem Schneuzen. Kingi wandte sich dem Sarg zu, und seine Stimme schallte durch die Kapelle: »*Ka hoa. Kua ngaro koe ti te po. E te kauri nui, takoto.* Mein Freund. Du bist an die

Nacht verloren. O großer *kauri*, ruhe in Frieden.« Er blickte auf die Menge hinaus und schwieg eine Weile. Schließlich fügte er hinzu: »Jeder, der etwas über Al sagen, eine Geschichte erzählen will, soll einfach heraufkommen und sie erzählen. Wir haben keine Eile.«

Ein Mann mit grauen Haaren um die sechzig humpelte zum Altar hinauf und stellte sich als Frank Sims vor. Er erzählte eine gut zurechtgelegte Geschichte, die mit drei mörderischen Tagen begann, in denen er mit seinem erstklassigen Truck Lasten den Staat hinauf und hinunter transportierte. In den frühen Morgenstunden kam er heim und döste für den Bruchteil einer Sekunde auf der berüchtigten Sebold Road ein, stieß mit einem Baumstumpf zusammen und überschlug sich. »Meine Schulter war kaputt, und Blut ist herausgeflossen. Überall war Blut. Meine Beine waren eingeklemmt, und mein linkes fühlte sich an, als wär's in einem Schraubstock. Al ist als Erster gekommen, dann die Ambulanz. Sie schätzten, dass sie mich rausschneiden mussten. Die Jungs haben die Asbesthaube vom Motor abgenommen, um die Funken von mir abzuhalten. Al hat die Rückseite der Fahrerkabine mit der Flex aufgeschnitten. Ich hab literweise Blut verloren – danach weiß ich nichts mehr. Al hat mir unterhalb des Knies das linke Bein amputiert mit seinem Messer. Wenn er nicht den Mumm dazu gehabt hätte, wäre ich gestorben. Das wollte ich nur sagen über Al Munro.«

Eine Frau in mittleren Jahren führte ein etwa sechs- oder siebenjähriges Mädchen die Stufen hinauf und blieb zögernd stehen. »Das ist Amber«, sagte sie mit vor

Aufregung und Rührung zitternder Stimme. »Meine Enkelin. Ihre Mum ist hier in der Stadt bei einem Unfall gestorben. Al hat Amber ...« Tränen liefen ihr übers Gesicht. »... ins Krankenhaus gebracht und ist bei ihr geblieben, bis die Polizei uns gefunden hat. Ich weiß, viele Leute halten nicht viel von Abschleppfahrern, aber für uns war Al ein Held.«

Plötzlich stand Tante Judith auf und ging zum Altar. Monique und Josie tauschten besorgte Blicke aus. Judith lächelte nervös, und Cassie sah, dass ihre Hände zitterten.

»Sie alle kennen mich, ich bin Josies ältere Schwester. Mehr als dreißig Jahre lang war ich Als Schwägerin.« Sie hielt inne, als fragte sie sich, worauf sie hinauswollte. »Unsere Mutter redete zehn Jahre nicht mehr mit Josie, nachdem sie Al geheiratet hatte. Sie hat zehn Jahre lang ihre kleine Enkelin nicht gesehen. Sie hat nicht erkannt, dass Al ein guter Mensch war. Und ein guter Dad. Wenn sie heute zu uns herunterblickt, hoffe ich, sie kann zugeben, dass sie sich in ihm getäuscht hat. Er war gut zu Josie, und ich weiß, dass er es keinen Moment lang bereut hat. Sie war die Liebe seines Lebens.« Sie küsste zwei Finger und drückte sie auf den Sarg.

Im Lauf des Nachmittags erzählten alle Versammelten in der Kapelle ihre Geschichten. Geschichten von Leben, Tod und Rettung gegen alle Widrigkeiten, die so aufpoliert wurden, bis sie glänzten und wie Familienerbstücke an die nächsten Generationen weitergegeben werden konnten. Schließlich stiegen Kingis Jungen zum Altar hinauf, hoben den Sarg hoch und trugen ihn den Mittelgang hinunter.

Die Kapelle stand auf den welligen Hügeln des Hinterlands mit einem klaren Blick auf die offene See im Osten und die lang gezogene, bis ins Unendliche reichende Bucht im Norden. Grabsteine reihten sich wie Zahnstümpfe aneinander bis zum Horizont. Mehrmals wechselten sich die Träger ab, um den Sarg an seine letzte Ruhestätte zu bringen.

Nur eine kleine Gruppe von Trauernden stand am Grab, da viele Leute das letzte Lebewohl der Familie und engen Freunden überlassen wollten. Die Brise von der See hatte aufgefrischt, vertrieb die schwüle Hitze und zerrte jetzt an Haaren und Kleidern. Am blauen Horizont türmten sich Wolken auf, und bald hing ein niedriger, schiefergrauer Himmel über ihren Köpfen. Aus der Ferne grollte Donner, und gelegentlich zuckte ein Blitz über den Horizont. Irgendwann zwischen dem letzten Gebet und dem Hinunterlassen des Sargs entluden sich die angeschwollenen Wolken. Die Trauergesellschaft löste sich schnell auf, einige hasteten in die Kapelle, während andere erkannten, wie sinnlos es war, Schutz zu finden, und einfach mit gesenktem Kopf den Hügel hinabgingen. Cassie blieb stehen, der Regen wusch ihre Tränen fort, spülte sie in den Boden, in die kalte, harte Erde, wo Al jetzt wahrhaftig ein einsamer Mann wäre.

Josie war eisern geblieben, dass es keinen Leichenschmaus geben sollte. Sie wolle bloß nach Hause gehen und allein gelassen werden, sagte sie. Doch während des Tages kam ihr langsam die ganze Tragweite von Als Tod zu Bewusstsein, und Kingi sah, dass sie Gesellschaft brauchte.

Am Ende kam es zu einer Art improvisiertem Leichenschmaus mit Kingis Familie, Monique, Jonathan und Bryan. Als es dunkel wurde, platzte das Haus trotz des einsetzenden Regens fast aus allen Nähten vor Leuten, die aufs Geratewohl vorbeikamen. Bier wurde ausgeschenkt, Gitarren herausgenommen, bald wurde gesungen, und es herrschte fröhliches Leben im Haus. Cassie konnte sich auf nichts konzentrieren. Nach einem Bier fühlte sie sich wirr und unbekümmert. Wenn sie redete, kam es ihr vor, als schwappten ihre Worte herum und suchten nach festem Grund. Mehrmals stellte sie fest, dass sie im Stehen einschlief. Kingi legte ihr schützend den Arm um die Schultern und führte sie auf die hintere Veranda hinaus. Er setzte sie in einen Plastikstuhl, zog sich einen anderen heran und setzte sich ebenfalls.

»Wie geht's dir, Mädchen?«

»Mir geht's gut«, antwortete sie schläfrig. »Es war so seltsam, all die Leute heute zu sehen.«

Kingi schwieg einen Moment. »Jose und ich haben uns unterhalten, Cass. Wegen dem Geschäft. Ich weiß nicht, wie lange du bleibst, aber ich könnte deine Hilfe brauchen bei der Abwicklung, beim Verkauf der Trucks und so weiter.«

Cassie war nicht sicher, wie lange sie brauchte, um zu antworten. Vielleicht fünf Minuten, vielleicht eine Stunde. »Ich bin hergekommen, um zu bleiben«, sagte sie schließlich. Eine Weile später fügte sie hinzu: »Ich werde die Leitung des Geschäfts übernehmen.«

Kingi warf den Kopf zurück und lachte. »Wie viel hast du getrunken, Mädchen?«

»Ich hab mich heute Nachmittag entschieden. Auf dem Hügel«, erklärte sie und versuchte, konzentriert zu bleiben.

»Was ist mit deinem Ehemann? Wie passt er in den Plan?«

»Es geht nur um mich. Und Mum.«

Kingi lehnte sich in seinem Stuhl zurück und kippte den Rest seines Biers runter. »Gütiger Himmel, du bist mir vielleicht eine. Du bist ein verdammt harter Brocken.«

»Ich meine es ernst, Kingi. Mein ganzes Leben steckt jetzt in zwei Koffern.«

Er dachte über ihre Eröffnung nach und beschloss, sich auf das Nächstliegende zu beschränken. »Cassie, warum glaubst du wohl, gibt's keine Mädels, die Abschleppdienste führen?«

»Ich bin kein Mädchen mehr. Und ich kenne mich ganz gut aus, was die Führung von Geschäften anbelangt ...«

»Du hältst keine Woche durch, Mädchen. Ich dachte, du hättest vielleicht ein paar gute Ideen, um uns aus dem Schlamassel zu helfen, bis Al wieder im Sattel ist. Aber die Leitung des Geschäfts? Nein. Bei allem Respekt, diese Typen arbeiten nicht für eine Frau. Niemals.«

Cassie erwiderte nichts, ihr Gesicht blieb ausdruckslos. Sie sah ihm in die Augen. Kingi wandte sich ab und starrte in die Dunkelheit. Er wirkte erschöpft. Die Party hinter ihnen wurde noch lärmender. Cassie griff in ihre Bluse und zog ihren Anhänger heraus. Sie nahm ihn ab und legte ihn in Kingis Hand. »Und was ist das?«

»Der *koru*«, sagte Kingi und lächelte müde. »Jesus, Mädchen. Du schaffst das nicht.«

Abschalten

Als Josie aufwachte, herrschte ein trüber Morgen. Vor dem Fenster tropfte Regen durch ein Loch in der Dachrinne. Sie zog sich das Kissen ums Gesicht, heulte hinein, ließ ihrem Schmerz freien Lauf, schluchzte, bis ihr der Kiefer wehtat und sie sich alt und ausgelaugt fühlte. Dann legte sie sich auf den Rücken, starrte ins Leere und spürte nichts als eine quälende Trauer, die wie ein Strom durch ihren Körper rann, als sei die Trauer das Einzige, was sie am Leben erhielt. Ihr Herz war zentnerschwer. Stundenlang lag sie so da. Entkräftet. Irgendwann spät am Nachmittag wusste sie, was sie zu tun hatte.

Sie saß lange Zeit auf der Bettkante, dann beugte sie sich hinüber und zog den Stecker heraus. Und das leise Geräusch, das ihr Leben so konstant begleitet hatte wie Al selbst, das Funkgerät, war still. Das Hintergrundrauschen von Als Leben hatte aufgehört. Schließlich kam der Schlaf.

Zigarettenpause

In der Teeküche redete Kingi, und zwei der drei Fahrer, Dean und Eddie, hörten zu. Cassie beobachtete Eddie, wie er sich in seinem Autositz zurücklehnte und Kingi anstarrte. Sein Blick glitt zuweilen eidechsenhaft zu ihr herüber und wieder auf Kingi zurück, ohne je dem ihren zu begegnen. Er trug eine arrogante Miene zur Schau, und um seine Lippen spielte ständig ein höhnisches Grinsen.

Sobald Kingi geendet hatte, ergriff Eddie als Erster das Wort. »Ich hab kein Problem damit, wenn die Missy hier rumhängt, solang sie nicht anfängt, sich überall einzumischen, bloß um sich wichtig zu machen.« Er trank einen Schluck Kaffee. »Und wenn wir hier schon so gemütlich zusammensitzen, kann ich dir gleich sagen, dass Bob Reed den Fahrern fünf Dollar die Stunde mehr bietet, plus einen Unfall-Bonus.«

»Ist das für Fahrer mit eigenem Truck? Oder verleiht er neue Trucks?«, fragte Kingi.

»Beides«, antwortete Dean und zupfte nervös an seinen dünnen Bartzotteln. »Er rechnet damit, dass er ein paar gebrauchte Trucks von unserem Fuhrpark übernehmen kann.«

»Aha – also haben wir ein bisschen geplaudert mit Reed, was?« Kingi funkelte beide böse an.

»Nein, das hab ich von Eddie«, erwiderte Dean schnell.

»Danke, Kumpel«, sagte Eddie. »Ich schuld dir was.« Er zog eine Schachtel Zigaretten heraus und zündete sich eine an.

»Wo ist Roddy? Ist er auch so drauf?«, fragte Kingi wütend.

»Hey, Jungs, Al ist gerade erst gestorben«, warf Dean ein. »Es wär ihm nicht recht, wenn wir hier streiten.«

»Ja, aber wie du gerade so richtig bemerkt hast, ist Al tot«, antwortete Eddie, und Cassie spürte, dass er sie testen wollte. Er wollte sehen, ob er sie knacken konnte, ohne sich große Mühe zu machen.

Aus dem Hof drang das Dröhnen eines Trucks herein. Der Motor wurde abgestellt, aber die Musik plärrte weiter, und sie hörten, wie Roddy mitsang. Dann fiel knallend eine Tür zu, und Roddy tauchte auf. »... this old heart of time ...« Er versuchte es in einer anderen Tonlage, aber es war zu hoch, und seine Stimme kiekste. Er versuchte es noch einmal tiefer. Die Leute in der Teeküche sahen sich verlegen an. Kingi zuckte zusammen, als Roddy den Refrain falsch sang. »Du erinnerst dich wahrscheinlich an Roddy, Cass. Er war in den Siebzigern bei den Green Beans.«

»Jetzt ist er bloß noch ein verdammter Oldie«, gab Eddie zum Besten, »der sich nicht mal mehr den Text merken kann.«

Kingi ging darauf nicht ein. »Er feiert gerade ein Comeback. Nächste Woche gibt er ein Konzert zu Ehren von Rod Stewart oben im Workies Club.«

»Leider ist er total Scheiße und hat bloß Mist im Kopf ...«, fügte Eddie hinzu, als Roddy in die Teeküche stürmte und fröhlich vor sich hin summte. Ganz so, als hätte er die Anwesenden gar nicht bemerkt, ging er zur Theke, gab drei Löffel Pulverkaffee und drei Zuckerstücke in einen Becher und goss mit heißem Wasser auf.

Obwohl Cassie wegen des Meetings ziemlich angespannt war, musste sie lächeln. Es war nicht zu übersehen, warum Roddy auf die Idee kam, sich an Stewarts Erfolg anzuhängen. Auch wenn er es nicht darauf angelegt hätte, war er Rod Stewart um 1974, bis in alle Einzelheiten. Mit über fünfzig strotzte er vor jungenhaftem Selbstbewusstsein und stellte die typische Gel-Frisur mit den blond gefärbten Haarspitzen und die hautengen Jeans zur Schau. Zu seinen von Gott gegebenen Gaben zählten die etwas teigigen Gesichtszüge seines Idols mit einem spitzbübischen Grinsen, das ein Backenbart davor bewahrte, anzüglich zu wirken.

Roddy nahm einen Schluck von seinem Kaffee und seufzte zufrieden. »Was für ein Morgen!«, rief er den Versammelten zu. »Hab gerade einem Typen geholfen, der einen Motorbrand mit zwei Dutzend Bierdosen aus dem Kofferraum löschen wollte! Mit der alten Schüttel-und-Spritz-Technik. Er war total panisch. Wirklich saukomisch. Verdammt, hab ich gelacht. Was für 'ne Verschwendung!« Er sah sich im Raum um. »Was ist denn mit euch los? Jemand gestorben?« Plötzlich bemerkte er Cassie, und ein verdutzter Ausdruck trat auf sein rotes Gesicht. »Sie kommen mir irgendwie bekannt vor ...«, begann er.

»Wir haben uns auf Dads Beerdigung gesehen«, antwortete Cassie. »Letzte Woche?«

»Oh, Mist! Tut mir leid, Süße.«

»Jetzt setz dich doch, verdammte Scheiße, und hör auf zu quasseln«, befahl Eddie.

»Pass auf, was du sagst, mein Freund. Es ist eine Dame im Raum«, erwiderte Roddy.

»Sie wird sich daran gewöhnen müssen. Avril beklagt sich nicht«, antwortete Eddie.

»Genau genommen kann man Avril nicht wirklich als ...«, begann Roddy.

»Ich hab mich auch nicht beklagt«, unterbrach ihn Cassie und stand auf. »Hört zu, ich bin keine Jungfrau in Nöten und auch kein Diktator, der hier alles ändern will, aber ein paar Dinge werden sich ändern müssen, wenn das Geschäft wieder ins Laufen kommen soll.« Niemand fand ihre Aussage komisch.

Eddie starrte sie einen Moment lang an und schnaubte. »Oh«, sagte er und ahmte ihre englischen Vokale nach. »Und kriegen wir unseren jährlichen Mitarbeiterurlaub in Port Douglas – wie üblich?«

»Halt's Maul, Eddie«, sagte Roddy. »Du bist ein Blödmann. Wenn Cassie das Geschäft am Laufen halten will, was ist verkehrt dabei?«

»Wo ist Avril überhaupt? Ich sagte doch, jeder soll herkommen.«

»Sie hat gestern ein Date gehabt – vermutlich eine Bettgeschichte«, gab Dean zum Besten.

»Im Rinnstein – nachdem sie aus einem fahrenden Auto geschmissen wurde«, stieß Eddie prustend hervor. »Liegt's nur an mir, oder wird sie immer noch fetter? Ihr Arsch sieht aus, als würden sich zwei Hunde in einem Sack balgen.«

»Nur zur Klarstellung«, unterbrach ihn Cassie. »Kingi ist der Boss, aber ich werde nach dem Rechten sehen. Und ich werde versuchen, euch so gut wie möglich nicht in die Quere zu kommen.«

»Nicht nötig, Süße. Richten Sie sich häuslich ein und stellen Sie so viel klar, wie Sie wollen«, erklärte Roddy großzügig.

»Ich glaube, es wäre besser, wenn Sie mich Cassandra nennen würden«, antwortete sie.

Brüllendes Gelächter brach aus. Roddy zwinkerte ihr zu, schürzte die fleischigen Lippen zu einem Kussmund, während Eddie, die Finger zu Klauen gebogen, mit der Hand durch die Luft fuhr und wie eine Katze miaute.

Cassie zog sich in Als Büro zurück, wo sie sich an den Schreibtisch setzte und so tat, als würde sie Rechnungen sortieren, obwohl sie innerlich schäumte vor Wut. Kingi kam herein und lehnte sich an die Tür. »Das ist doch ganz gut gelaufen«, fand er.

»Scher dich zum Teufel«, erwiderte sie, ohne aufzublicken.

»Hey! Ich will dich nicht anmachen, Cass. Ich versuch bloß, dich aufzuheitern. Ich bin auf deiner Seite.«

»Wirklich? Ich hab nicht den Eindruck, als ob irgendjemand auf meiner Seite wäre. Was mache ich denn so verkehrt?«

»Deinen Freunden zu sagen, sie sollen sich zum Teufel scheren, zum Beispiel. Trotzdem ist es schön, dass dein alter Elan wieder zurück ist.« Er grinste.

»Tut mir leid. Ich stehe einfach furchtbar unter Druck. Dieser schreckliche Eddie ... und dieser ganze Papierkram hier ...«

»Cass, den Papierkram müssen wir machen, egal, was passiert. Avril ist hier – komm mit, wir unterhalten uns mit ihr. Sie wird auf deiner Seite sein. Genau wie ich.«

Der Duft einer überreifen Frucht, den Cassie inzwischen mit Avril assoziierte, erfüllte das Büro. Ihre Nase befand sich nur ein paar Zentimeter vom Bildschirm entfernt, und ihr Kinn lagerte auf ihren Armen, deren Farbe und Konsistenz an frisch aufgegangenen Teig erinnerte.

»Avril?«, sagte Kingi, als sie eintraten.

Schuldbewusst hämmerte sie auf die Tasten ein und drehte sich zu ihnen um. »Tut mir leid, ich bin zu spät gekommen«, sagte sie und griff nach ihrer Zigarettenpackung.

»Avril kümmert sich um ihre Mum – sie ist ein Pflegefall«, erklärte Kingi. »Avril, Cassie wird hier arbeiten, für eine Weile ...« Er führte den Satz nicht zu Ende, was sein mangelndes Vertrauen in den Plan ziemlich deutlich machte.

»Ja?« Avril schlug die Beine übereinander und zog an ihrer Zigarette. Den Rauch stieß sie aus dem Mundwinkel aus. »Und was kann ich für dich tun, Schätzchen?«

Cassies freundliches Lächeln fühlte sich wie eingefroren an. »Ich frage mich, ob du mir schnell beibringen könntest, wie das System im Moment funktioniert?«

Avril sah sie vorsichtig an. »Okay«, erwiderte sie zögernd. »Es ist ziemlich einfach. Hier haben wir den Polizeifunk, also hören wir ständig, was die Cops reden. Ihr Geplapper interessiert uns größtenteils nicht, bloß die MFUs – die Motorfahrzeugunfälle. Die gebe ich über Funk an die Jungs durch. Aber wie du wahrscheinlich weißt, kann sich jeder in den Funkverkehr einschalten. Alle hören zu. Aber das kennst du ja – alles wie gehabt.«

»Auf dem Computer haben wir dann ein Verteilersystem. Der Straßendienst gibt einen Abschleppfall durch, sagen wir eine Panne, und ich muss antworten. Muss sie wissen lassen, was damit geschieht. Also heißt der Code BS: ›bestätigt‹, oder UW: ›unterwegs‹, oder VO: ›vor Ort‹. ET bedeutet ›erledigt‹, der Job ist getan. Sie geben dir Punkte dafür, wie lange du brauchst, den Job anzunehmen und abzuschleppen. Wenn du unter eine bestimmte Punktzahl fällst, hast du ziemlich schlechte Karten, wenn der Vertrag erneuert werden soll.«

Avril drückte ihre Zigarette in einem überfüllten Aschenbecher aus. »Heutzutage hat jeder ein Handy, und die Aufträge sollen fair von den Cops verteilt werden, aber wir fahren noch immer zu jedem Unfall, von dem wir hören. Könnte ja was rausspringen dabei.«

»Manches hat sich nicht geändert. Reed ist mit einem oder zwei von den Cops verbandelt, also ist es immer noch ziemlich mühsam«, fügte Kingi hinzu. »Aber das Geschäft ist übersichtlicher geworden. Abschleppunternehmer brauchen heute eine amtliche Lizenz für den Job. Wenn man vorbestraft ist, kriegt man die nicht. Angeblich. Ein paar der übelsten Burschen sind allerdings nicht mehr im Geschäft.«

»Reed ist immer noch da«, sagte Cassie.

Avril sah Cassie scharf an. »Ja, er ist immer noch da. Und man kann kaum glauben, dass er keine Vorstrafen hat. Aber was immer die Cops wegen dieser Mistkerle auch unternehmen, die Al zusammengeschlagen haben, Reed bleibt ungeschoren. Er war sicher nicht persönlich dabei. Bloß im Geist.«

Das Telefon klingelte, und Avril meldete sich verblüffend professionell. »Es ist Mrs Vannas. Sie ist wieder von ihrer Einfahrt abgekommen und im Garten gelandet«, erklärte sie Kingi.

»Schon unterwegs«, antwortete Kingi grinsend. »Sie wird ein bisschen hektisch, wenn sie was getrunken hat«, sagte er zu Cassie gerichtet. »Avril kümmert sich um dich. Tschüss.«

Avril nahm ihr Headset ab, und sie und Cassie sahen sich an. »Warum willst du das alles überhaupt wissen?«, fragte sie plötzlich argwöhnisch. »Willst du die Firma übernehmen?«

Cassie nickte knapp. »Deswegen hatten wir heute Morgen das Meeting. Ich muss alles vom Geschäft verstehen, um herauszufinden, was man besser machen kann.«

»Besser machen?« Avril überlegte einen Moment und sah Cassie scharf an. »Wie wär's mit 'ner Klimaanlage fürs Erste?« Sie zog eine weitere Zigarette heraus und suchte nach dem Feuerzeug. »Was machst du eigentlich in England? Doch sicher nichts mit Abschleppdiensten, wette ich.«

»Nein, mit Abschleppen hat das nichts zu tun. Aber mit der Autobranche. Ich habe für einen Mann namens Mr Hassem gearbeitet, und zwar als seine persönliche Assistentin. Ihm gehören drei Autohäuser in London.« Sie hielt inne und fragte sich, wie viel sie Avril erzählen sollte. »Ich hab fünf Jahre für ihn gearbeitet, und er war oft im Ausland, also ...« Sie lächelte. »Habe ich viel über die Leitung eines Betriebs gelernt.«

»Also willst du rauskriegen, wie mein Job funktioniert, damit du mich ersetzen kannst?« Avril versuchte sich den Anschein zu geben, als würde ihr das nichts ausmachen, was ihr allerdings nicht ganz gelang. Cassie spürte plötzlich, wie verletzlich diese zähe Frau war. Einen Moment lang stand ein hilfloser Ausdruck in ihren Augen, und Cassie entdeckte, dass sich hinter den vielen Fettschichten ein ganz kleines Mädchen verbarg, das sich vor etwas wegduckte. Vor heftigen Schlägen, die ihr das Herz, aber nicht die Knochen gebrochen hatten. Cassie fragte sich, was ihr passiert war.

»Natürlich nicht, Avril. Ich brauche dich hier«, antwortete sie. Aber sie sah das Misstrauen in den Augen der Frau, und fragte sich, wie lange sie es zusammen aushalten würden.

Cassie kam am frühen Abend nach Hause, und im Haus war es dunkel. Es fühlte sich leer und verlassen an. Ein Gefühl, als wäre es feucht und würde nie wieder trocken und gemütlich werden.

Sie fand Josie im Bett, wo sie ins Leere starrte. Im Raum war es merkwürdig still. »Mum?« Sie setzte sich auf die Bettkante. »Alles in Ordnung?«

Josie antwortete mit einer fast unmerklichen Bewegung des Kopfes, um anzuzeigen, dass es nicht so war.

»Mum, komm und sieh dir *Passion* an. Ich mach uns was zu essen.«

Josie drehte sich weg, und eine Träne lief in das Gewirr aus goldenen und silbernen Haarfäden auf dem Kissen. Cassie nahm ihre Hand und wünschte sich, sie wüsste, was sie sagen sollte. »Ich mach dir eine Tasse Tee, Mum«, sagte sie.

Cassie stand am Küchenfenster und wartete, bis das Wasser kochte. Der Himmel war ein Aquarell aus dunklen Farben. Pfeilschnelle Silbernadeln aus Regen fingen das letzte Tageslicht ein. Die Straße war leer, abgesehen von einer Frau, die mit einem Regenschirm und einer Einkaufstasche vorbeieilte. Hinter ihr ein kleines Mädchen in glänzenden Turnschuhen und einem rosafarbenen Tutu, das im Regen herumhüpfte, die Zunge herausstreckte und seiner Mutter zurief, sie solle schauen. Die Mutter blieb einen Moment stehen, um mit ihr zu schimpfen. Sie zog das Mädchen unter ihren Schirm und legte einen Teil ihres Regenmantels wie einen Flügel um sie. Cassie beobachtete die beiden, bis sie außer Sichtweite waren. Es war ein Schnappschuss aus einem anderen Leben. Sie hatte das Gefühl, als hätte sich jeder schmerzliche Moment der letzten Wochen zu diesem Berg aus Qualen aufgetürmt. Es fiel ihr schwer, sich vorzustellen, dass ihr Herz noch schwerer werden könnte, ohne sie zu zermalmen, die Last der Trauer noch bedrückender, ohne sie zu ersticken, die Tiefe ihres Leids noch tiefer, ohne darin zu ertrinken. Alles war weg. Dem war nicht zu entkommen.

Ihr Telefon begann zu klingeln. »*Walk on through the rain, though your dreams be tossed and blown* ...« Sie sah nach, wer anrief. Es war Dan. Kummer packte sie. Das Bedürfnis, seine Stimme zu hören, war unerträglich. Nur noch einmal ...

»Baby, ich vermisse dich. Bitte komm heim. Ich liebe dich.« Er klang verzweifelt. Als hätte er einen großen Verlust erlitten.

»Dan, bitte. Bitte ...«, schluchzte sie, ohne zu wissen, was sie von ihm wollte.

»Ich brauche dich, Liebling«, sagte er tränenerstickt. »Bitte komm heim. Es tut mir leid. Ich verspreche es. Ich verspreche es. Ich *verspreche* es. Ich sehe nie mehr eine andere Frau an. Das schwöre ich bei meinem Leben. Ich bin so einsam ohne dich.«

Cassie schwieg, aber irgendwo in ihrem Innern war ein Heulen eingesperrt. Während die Dunkelheit hereinbrach, atmete sie Dunkelheit ein, ertrank in Dunkelheit. Sie sank auf die Knie und unterbrach mit letzter Kraft die Verbindung.

Sie saß auf dem Boden und schluchzte in ein Küchentuch, bis jemand das Licht andrehte. Josie stand da und sah sie an. Sie beäugten sich wie zwei Tiere in der Wildnis, die einzuschätzen versuchten, was das ungewöhnliche Verhalten des anderen zu bedeuten hatte. Josie entschied sich für beiläufige Normalität. »Wann ist denn der Tee fertig?«

Sie machten den Tee gemeinsam wie zwei tatterige alte Frauen, die der Aufgabe kaum gewachsen waren. Josie trug ihre Tassen ins Wohnzimmer und drehte das Licht an. Cassie schaltete den Fernseher ein. *Passion* hatte bereits angefangen. Sie nahmen ihre Plätze ein und sahen mit ganz neuer Hingabe zu. Es war ein Fluchtweg, der ihnen erlaubte, sich in einer Welt zu verlieren, die von unwirklich schönen Männern und Frauen bewohnt war, deren tiefste Gefühle sich in hochgezogenen Augenbrauen, sehnsüchtigen Blicken und gelegentlich einer kleinen Träne äußerten.

»Also, wann will Dan denn rüberkommen?«, fragte Josie während einer Werbepause.

»Mum, Dan trifft sich mit einer anderen«, antwortete Cassie, ohne ihre Mutter anzusehen.

Josie nahm die Fernbedienung und schaltete den Fernseher aus. Sie wandte sich Cassie zu. »Bist du sicher?«

Cassie nickte. »Es ist eine Frau, mit der er arbeitet – die Tochter seines Chefs.« Sie hielt einen Moment inne. »Aber es ist nicht nur sie.«

»Wer noch?«

»Auch Julia.« Die Worte blieben ihr im Hals stecken.

»Und andere.« Sie versuchte die Tränen zurückzuhalten. »Es ist aus zwischen uns. Absolut aus.«

»Ach, Cassie, das tut mir so leid«, sagte Josie weinend, als sie sich herüberbeugte, um ihre Tochter zu umarmen. Dann wurde sie zornig. »Dieser Mistkerl. Dieser elende Mistkerl. Wie kann er es wagen, dir das anzutun! Wenn ich ihn in die Finger kriege, bring ich ihn um!«, rief sie und massierte ihre zarten Knöchel wie ein Preisboxer.

Cassie musste lachen. »Womit? Mit dieser gefrorenen Lammkeule?« Ihr fiel auf, wie fragil ihre Mutter im Lauf der letzten Wochen geworden war. Ihr Gesicht wirkte eingefallen, ihre Haut durchsichtig. Josie lächelte sie matt an. Milchiger Sonnenschein an einem grauen, regnerischen Tag.

Verbrannter Toast

Kurz nach Mitternacht, während er total erschöpft nach Hause fährt, fällt Kingi der glänzende schwarze HSV Maloo mit den getönten Scheiben auf. Seit dem Abend, als er Cassie vom Flughafen abholte, hat er ihn nicht mehr gesehen, obwohl er ständig Ausschau nach ihm hält.

Doch da ist er jetzt, keineswegs überraschend in einem dünn besiedelten Teil der Stadt, wo demnächst Ferienwohnungen gebaut werden sollen. Überall mit Graffiti besprühte verlassene Läden und leere Wohnungen darüber. Die Hälfte der Straßenbeleuchtung funktioniert nicht. Er ist ein ganzes Stück vor ihm, fährt ruhig und langsam dahin, als würde ihm die Nacht gehören. Bremslichter brennen rote Punkte ins Dunkel, als er am Straßenrand stoppt. Kingi schaltet seine Scheinwerfer ab und hält ebenfalls an. Eine Zigarette glüht in einem Hauseingang. Eine Gestalt taucht am Fenster des Fahrers auf und zieht sich gleich darauf wieder in die Schatten zurück, der Handel ist abgeschlossen.

Kingi lässt seinen Truck an und schaltet die Scheinwerfer wieder ein. Der Maloo fährt schnell vom Straßenrand weg. Inzwischen hellwach, folgt ihm Kingi dicht auf den Fersen. Sie stoppen an einer roten Ampel. Kingi lacht über die Ironie, dass die Gesetzlosen die Gesetze beachten, aber bevor er nach dem stählernen Baseballschläger unter dem Sitz greifen kann, springt eine Gestalt, einen Tomahawk schwingend, an die Beifahrerseite, zertrümmert die Windschutzscheibe von Kingis Truck und rennt zu dem wartenden Fahrzeug zurück.

Kingi packt eine Decke vom Beifahrersitz, wickelt sie um die Faust und schlägt ein Loch in die Windschutzscheibe. Gelbe Ampel, rote Ampeln, nichts hält den schwarzen Maloo jetzt mehr auf, nachdem ein zorniger Mann in einem Abschleppwagen ihn jagt. Kingi hat keine Ahnung, wie weit er sie verfolgen kann oder was er mit ihnen tun will, wenn er sie eingeholt hat. Er wirft einen Blick auf die Benzinanzeige und schätzt, dass es mindestens für hundert Kilometer reicht.

Sie machen es ihm so leicht, dass er fast enttäuscht

ist. Um, wie sie glauben, ihn auszutricksen, rasen sie über die Bordkante und schwenken in die schmale Gasse ein, die bis zur alten, längst stillgelegten Brauerei von Bilkara führt. »Kaaahhh«, brummt er angewidert. »Ein Kinderspiel, verdammt.« Er nimmt den Fuß vom Gaspedal und schaltet gerade rechtzeitig das Fernlicht ein, um zwei Gestalten zu sehen, die es sichtlich eilig haben, über den erst kürzlich errichteten Maschendrahtzaun zu klettern und in die Nacht zu flüchten.

Der Weg ist nicht breit genug, um umzukehren, also schlingt er eine Kette um die Hinterachse des Maloos, hakt sie vorn an seinem Truck fest und zieht ihn rückwärts raus. Auf der Straße löst er schnell die Kette wieder ab, nimmt eine Kneifzange, reißt die Nummernschilder von dem Maloo ab und befestigt die Abschleppvorrichtung um die Hinterräder.

Mit stetem Tempo fährt er in südlicher Richtung aus der Stadt hinaus und drosselt die Geschwindigkeit nur, als er den Fluss überquert, um die Schilder von der Brücke zu werfen. Dann fährt er weiter bis Gulgully und hält vor dem Autofriedhof an, wo platt gedrückte, aufgestapelte Wagen auf den Transport in die Recycling-Fabrik warten. Hunderte von Holdens, Fords, Mazdas, Mercedes, BMWs. Einst Premium-Klasse, jetzt Abfall, am Ende alle gleich. Altmetall, das still vor sich hin rostet, ein Lager aus zerbrochenen Leben und kaputten Träumen.

Kingi kramt in seinem Werkzeugkasten, bis er einen Metallstift findet. Er braucht keine Minute, um die beiden Vorhängeschlösser zu öffnen. Dann schiebt er die

Tore auf, fährt hinein und stellt das Auto vor dem zerschundenen Bulldozer ab. Er zieht den Wagenheber heraus, bockt den Maloo auf und entfernt mit seinem eigenen Werkzeug alle fünf Räder, die er zu einem schwarzen Berg aus alten Reifen hinüberrollt. Die Schlüssel des Bulldozers stecken im Zündschloss. Wieder alles viel zu leicht. Er lässt ihn an, legt den niedrigsten Gang ein, fährt auf den Maloo zu, rollt über die Kühlerhaube und zerquetscht das Fahrzeug unter sich. Nach ein paar Wiederholungen, als es so platt gewalzt wie möglich ist, nimmt er es wieder an den Haken und schleppt es den Weg zwischen den Wrackstapeln zum hinteren Teil des Lagerplatzes, wo er es wie ein großes Stück verbrannten Toasts gegen ein paar andere Fahrzeuge lehnt.

Gegen halb sechs liegt er zusammengerollt in seinem Bett und schläft den traumlosen Schlaf eines zufriedenen Mannes.

Ausreißer

Ich pfiff nicht gerade aus dem letzten Loch, als ich Dan kennenlernte. Aber weit davon entfernt war ich nicht. Nach dem Unfall und allem, was dann folgte, nach Mariannes Tod, konnte ich nicht mehr in Bilkara bleiben. Ich konnte Mack nicht gegenübertreten. Ich konnte nicht in die Schule zurück. Ich hielt es nicht einmal mehr in meinem eigenen Zimmer aus. Zu viele Erinnerungen. All die Nächte, als Marianne hier geschlafen und wir manchmal bis zum Morgen geredet hatten. Wir redeten über Filme, die Schule,

Jungen, Kleider und unser Leben. Über die Orte, an die wir fahren wollten. Wie berühmt wir werden würden. Manchmal lachten wir, bis uns schwindlig wurde, bis wir uns fast in die Hosen machten. Manchmal, wenn wir im Bus saßen und jemanden mit einer bestimmten Frisur oder buschigen Augenbrauen sahen, bedurfte es nur eines Blicks, und wir steckten uns mit prustendem Kichern, mit ausgelassener Heiterkeit an. Manchmal baten wir uns gegenseitig um eine Atempause. In den paar Jahren unserer Freundschaft lachte ich mehr als in all den Jahren danach.

Der »Reigen Seliger Geister« war unsere Privatreligion geworden. Wir führten verschiedene Interpretationen des Stücks auf, eine lockere Parodie aus freiem Ausdruckstanz, bei dem fliegende Schals, Handtücher oder sogar Unterwäsche zum Einsatz kamen, während wir durch den Raum hüpften. Jemanden als »Seligen Geist« zu bezeichnen, war die höchste Form des Lobs, er hatte all unsere Kriterien erfüllt und genoss unsere uneingeschränkte Anerkennung.

Jetzt kann ich über Marianne nachdenken, mich an sie erinnern. Aber damals bemühte ich mich sehr, nicht an sie zu denken. Die leiseste Erinnerung gab mir das Gefühl, innerlich zu sterben. Manchmal konnte ich kaum sprechen vor Schmerz. Und vor Schuldgefühlen.

All meine Träume sind mit Mariannes Träumen gestorben. Ihre Träume hatten sich alle um ihre Schönheit gedreht. Ich besaß diese Gabe nicht, aber ich freute mich für sie, dass sie die Schöne war. Ich gab mich damit zufrieden, die Schnelle und Schlaue zu sein. Die talentierte Fotografin. Die Kehrseite der Schönheit hatte ich bereits kennen-

gelernt. Die Boshaftigkeit anderer Mädchen. Die peinliche Dämlichkeit, die sie bei Jungen unseres Alters auslöste. Sie zog auch die Aufmerksamkeit von Raubtieren auf sich: die älterer Jungen und unappetitlicher Männer. Sie machten mir eine Gänsehaut, aber sie lachte über sie. Sie hatte keine Hemmungen und verhielt sich gegenüber Männern jeden Alters unbekümmert. Sie liebte Dramen, hielt Verabredungen nicht ein und brach Herzen. Gelegentlich machte ich mir Sorgen, sie würde nicht in der Vogue *enden, sondern in einem der in Plastik eingeschweißten Magazine, die hinter der Theke im Eckladen lagen. Ich bewunderte sie, aber ihre Wildheit machte mir Angst. Ich war im Vergleich zu ihr nachdenklicher und vorsichtiger. Als Tochter eines Abschleppunternehmers war mir vielleicht bewusster, welche Desaster aus einem Moment der Unaufmerksamkeit oder einer spontan gefällten falschen Entscheidung entstehen konnten.*

Kündigung

Eddie schlich sich herein und stand, die Daumen in den Bund seiner Jeans gehängt, vor Cassies Schreibtisch. »Ich kann nicht für 'nen Appel und 'n Ei arbeiten«, sagte er und saugte an seinen Zähnen.

Cassie blickte kühl zu ihm auf. »Soll ich das so verstehen, dass Sie kündigen wollen?«

»Ich hau ab, wenn's das ist, was Sie meinen.«

»Gut. Sie können heute aufhören, sobald Sie Ihr Kündigungsschreiben eingereicht haben.«

»Was? Ich bleib bis zum Zahltag, danke.«

»Was halten Sie davon, wenn ich Ihnen den Lohn für zwei Wochen bezahle und Sie gehen gleich?«

»Was ist mit den Überstunden?«

»Wie viele Überstunden machen Sie denn?«

»Eine Zehnstundenschicht: acht Stunden regulär, zwei Überstunden bei Bedarf.«

»Ich leg einen Hunderter drauf für ausgefallene Überstunden.« Eddie nickte widerwillig, und Cassie schob ihm ein Stück Papier hin. »Schreiben Sie hier, dass Sie heute – am 15. April – gekündigt haben und unterschreiben dann.«

Eddie krakelte mühsam ein paar Minuten lang und reichte ihr dann das Papier zurück. Darauf stand: »Ich geh weg, ich komm nicht wieder.« Unterschrift: Eddie Walters.

»Jetzt holen Sie Ihre Sachen aus dem Truck, bringen mir die Schlüssel, und ich gebe Ihnen Ihren Scheck. Nehmen Sie nichts, was Ihnen nicht gehört. Sie haben fünf Minuten. Danach ziehe ich Ihnen für jede Minute fünfzig Dollar ab.« Cassie zog die Papiere und den Taschenrechner zu sich und sah ihm in die Augen. »Die Zeit läuft ab jetzt.«

Eddie machte den Mund auf, aber nachdem er kurz nachgedacht hatte, machte er auf dem Absatz kehrt und verließ den Raum. Seine Abschiedsworte hallten von den Werkstattwänden wider.

»Bring uns eine Tasse Tee mit, wenn du gerade draußen bist«, rief Dorothy von ihrem Sessel aus, als würde sie dies normalerweise selbst tun.

Avril brachte den Tee, stellte ihn auf den Beistelltisch und ließ sich in ihren eigenen Sessel fallen. »Eddie Walters ist heute gegangen«, sagte sie.

»Ach? Wo will denn ein Idiot wie der einen anderen bezahlten Job finden?«

Avril dachte einen Moment darüber nach, warum es ihre Mutter interessierte, ob andere Leute eine gut bezahlte Anstellung fanden. Vielleicht war sie von der Außenwelt inzwischen so abgeschnitten, dass sie sich außerhalb des Abschleppgeschäfts keine anderen Arbeitsmöglichkeiten vorstellen konnte.

»Ich war total erledigt heute, weißt du«, sagte Dorothy. »Marg hält es jetzt für chronische Müdigkeit. Meine Beine sind wund. Und meine Knie – es dauert nicht mehr lang, dann sitz ich im Rollstuhl.«

»Ein erstrebenswertes Ziel«, murmelte Avril. Sie ließ die Fernbedienung von der Sessellehne ihrer Mutter verschwinden und drehte die Lautstärke höher, um die Abendnachrichten anzusehen. Dorothy schwieg ausnahmsweise, vermutlich deshalb, weil sie über ihre Zukunft im Rollstuhl nachdachte.

Es kam ein Beitrag über die anstehenden Wahlen, ein weiterer über die Buschfeuer und dann etwas über einen Spieler der Broncos, der bei einer Pub-Schlägerei verletzt wurde. Avril hörte nur halb zu, da sich ihre Gedanken bereits ums Essen drehten, als Dorothy plötzlich aufsprang und durchs Wohnzimmer schoss wie ein barfüßiges Kind über heißen Sand und schrie, als wäre ihr der Herr erschienen: »Jesus! Jesus! Jesus! Sie ist es! Sie ist es!«

Avrils Hände klatschten auf die Sessellehnen, als sie sich hochrappelte und in Bewegung setzte. Schwerfällig schleppte sie sich durch den Raum bis zu der Stelle, wo ihre Mutter vor dem Bildschirm kauerte, schob eine Kassette in den Video-Player und drückte auf Record, um die letzten Sekunden des Interviews aufzunehmen.

Gemeinsam knieten sie vor dem Fernseher, und das flimmernde Licht des Bildschirms fiel auf ihre Gesichter, während sie das Band zurückspulten. Es war Kristy. Daran bestand kein Zweifel. Sie trug eine Pferdeschwanzfrisur und der herzförmige Haarwirbel umrahmte ihr Gesicht. Sie rieb sich sogar die Unterlippe, wie sie es immer getan hatte, wenn sie nervös war. Immer und immer wieder sahen sie sich das Band an, ohne die Geschichte über die Schlägerei mit dem Football-Star zu verfolgen, die Kristy als Bedienung mitbekommen hatte, und waren völlig hingerissen von ihrem Anblick. Sie nahmen die halb vergessenen und doch so vertrauten Züge in sich auf und lauschten ihrer Stimme. Tränen rollten über Dorothys zerknitterte Wangen.

Als sie sich endlich wieder eingekriegt hatte, schrieb sich Avril den Namen des Pubs auf, in dem Kristy arbeitete. Sie stand unter Schock. In den paar Minuten hatte sich ihre Welt verändert. Wenn sie Kristy fänden, könnte sich alles ändern. Alles wäre möglich. Dieser Gedanke allein machte sie hungrig.

Dorothy stand auf. Sie ging zu ihrem Sessel zurück. »Ich kann es nicht glauben«, sagte sie immer wieder. »Ich kann es nicht glauben.« Daher blieb sie sitzen, bis sie es glaubte. Dann sagte sie: »Also gut. Wir müssen nach Brisbane rauffahren. Zu diesem Pub. Und das müssen wir bald tun. Bevor sie weiterzieht. Ich denke, wir fahren morgen.«

Avril zog eine Augenbraue hoch. »Also brauchen wir im Moment noch keinen Rollstuhl?«

Cassie legte den Hörer auf und zog eine Grimasse in Kingis Richtung, der in der Bürotür stand. »Das war Avril. Sie kommt heute nicht.« Sie seufzte. »Verdammter Mist.«

»Wieso Mist?«

»Wahrscheinlich sucht sie sich einen neuen Job.«

Kingi zuckte die Achseln. »Was hat sie gesagt?«

»Irgendein wirres Zeug über ihre Schwester? Im Fernsehen?«

Kingi pfiff und riss vor Staunen die Augen auf. »Heiliger Himmel«, sagte er, sichtlich beeindruckt von der knappen Information. »Das ist ein Ding.« Er zog sich einen Stuhl an Cassies Schreibtisch, rieb sich ausgiebig die stoppeligen Wangen und wusste nicht recht, wo er anfangen sollte. »Die Schwester ist seit Jahren verschwunden, seit ihrem vierzehnten oder fünfzehnten Lebensjahr«, begann er. »Der alte Mann hat nichts Gutes im Sinn gehabt. Sie hat es sattgehabt und ist fort.«

»Und Avril?«

»Ja. Avril. Sie hat auch Probleme mit ihm gehabt, aber sie ist dageblieben. Sie war etwa zwölf, denke ich. Der Mutter, Dottie, hat was gedämmert, als Kristy fort war. Sie muss wohl eine Nachricht zurückgelassen haben oder so was. Ich kenn die Einzelheiten nicht. Ja, ich denke, es muss wohl eine Nachricht gegeben haben, weil Dottie ausgeflippt und mit dem Messer auf ihn losgegangen ist. Man muss schon ziemlich sicher sein, was passiert ist, wenn man mit dem Messer auf jemanden losgeht. Sie hat ihn nicht umgebracht, aber fast. Dot ist ein paar Jahre in den Knast gewandert – vier oder fünf? Avril kam zu irgendwelchen religiösen Irren in Pflege. Sie redet nie darüber.« Er stöhnte auf. »Braucht sie auch nicht in dieser Stadt.«

»Und die Schwester ist nie zurückgekommen?«

»Nein, sie blieb verschwunden.«

»Wie schrecklich«, sagte Cassie.

»Was? Wegrennen, ohne jemandem Bescheid zu sagen?«, fragte Kingi und tat überrascht.

»Ich habe angerufen. Und geschrieben. Und ich habe mich entschuldigt.«

Er nickte zustimmend, um anzudeuten, dass das Thema jetzt erledigt war. Aber für wie lange?, fragte sich Cassie.

»Im Fernsehen, ja? Wahnsinn«, fügte Kingi nachdenklich hinzu.

Als er gegangen war, griff Cassie zum Telefon und wählte eine Londoner Nummer.

»Mrs O'Connor. Wie schön, von Ihnen zu hören. Endlich. Selbst zu dieser Nachtstunde. Und noch dazu aus dem fernen sonnigen Australien«, sagte Mr Hassem mit einer Stimme so süß wie Honigseim. »Ist es üblich bei Ihnen, sich einfach um den Erdball davonzumachen, ohne ein Wort zu sagen?« Er fuhr fort und gefiel sich in seiner Rolle als verlassener Arbeitgeber. »Ist Ihnen bewusst, dass es bei Arbeitsverhältnissen bestimmte Vereinbarungen gibt, meine antipodische Freundin?«

»Nun, ich ...«, begann Cassie.

»Cassandra. Ich habe sechzehn Leute im Verkauf, vier Feinkonstrukteure, drei Fahrer, drei Putzleute und zwei Bürokräfte, aber falls es Ihnen entfallen sein sollte, habe ich nur *eine* persönliche Assistentin – die mir in *Australien* nichts nützt.« Mr Hassems Stimme hob und senkte sich melodisch. »Also, alles in allem, Sie haben mich im Stich gelassen.«

Cassie wartete, bis er fertig war, wie sie es im Lauf der Jahre gelernt hatte. »Mr Hassem. Es tut mir wirklich leid. Aber ich bin nicht fort, ohne ein Wort zu sagen, oder?«

»Sie wissen, wie sehr ich SMS-Nachrichten hasse. Ich kann mir keine Welt vorstellen, wo Angestellte ihren Job hinschmeißen – fristlos kündigen – per SMS.« Seine Stimme wurde eine Oktave höher vor Ärger. Cassie erwiderte nichts. Sie saßen an zwei verschiedenen Enden der Welt und schwiegen sich eine Weile an. »Ich weiß, dass Sie nicht zurückkommen, selbst wenn ich nicht ganz verstehe, warum. Dennoch nehme ich es hin«, fügte er seufzend hinzu. »In Ihrer Welt scheint nicht alles zum Besten zu stehen. Wie ich höre, haben Sie

Ihren grässlichen Ehemann verlassen. Der hat sicher genügend Schandtaten auf dem Kerbholz, um ihm einen kostenlosen Transport nach Australien zu garantieren. Oder wird das heute nicht mehr gemacht?« Er hielt einen Moment inne und fragte dann: »Gibt es irgendetwas, was ich für Sie tun kann, meine Liebe?«

Cassie spürte, wie ihr die Tränen kamen. Sie fühlte sich jedes Mal überrumpelt, wenn Mr Hassem nett war.

Es war später Nachmittag, als Cassie einen Anruf von Avril erhielt.

»Ist Kingi in der Nähe?«, fragte sie unwirsch. »Kann ihn auf dem Handy nicht erwischen.«

»Vielleicht ist er außerhalb des Funknetzes«, antwortete Cassie.

»Mist.« Avril klang, als wäre sie den Tränen nahe. »Mist.«

»Kann ich dir helfen?«

Es folgte ein langes Schweigen, während Avril überlegte, dann sagte sie. »Glaub ich kaum. Wir sind auf halber Strecke nach Brisbane, und bei dem Suzuki ist ein Dichtungsring geplatzt. Mum dreht total durch. Verdammte Scheiße. Tut mir leid.«

Cassie hörte sich wenig überzeugend sagen: »Ich könnte ja kommen und euch helfen. Wenn du willst.« Am anderen Ende war ein verblüfftes Schweigen zu vernehmen. Also fügte sie entschiedener hinzu: »Ich komme und fahre euch zu deiner Schwester.« Cassie hörte, wie jemand im Hintergrund wie wahnsinnig tobte.

»Entschuldige einen Moment«, sagte Avril. Cassie hörte eine gedämpfte Diskussion und möglicherweise ein Handgemenge.

»Hallo? Hier ist Dorothy, Avrils Mutter.«

»Hallo, Dorothy.«

»Du bist ein gutes Mädchen. Avril wird dir sagen, wo wir sind. Ich geb sie dir wieder.«

Cassie notierte sich die Adresse und rief Josie an. Sie hatte bereits entschieden, nicht Als Truck zu nehmen. Abgesehen von allem anderen würden sie dort nie reinpassen, wenn Dorothy Avrils Umfang hatte. Also würde sie um der Bequemlichkeit willen den Cadillac und um der Gesellschaft willen ihre Mutter mitnehmen.

Gefangene

Es gab sehr wenig zu essen an der Tankstelle, aber Avril geriet nicht in Panik. Sie hatte eine Packung Vanillecreme-Kekse gehabt, zwei Mars-Riegel, eine Tüte Chips und einen großen Milchkaffee. Das alles wurde zum Soundtrack der heftigen Missbilligungsäußerungen ihrer Mutter verzehrt, dennoch fühlte sie sich immer noch hungrig. Essen war im Moment eine Überlebensfrage für sie. Gefühle sprangen in ihr auf wie widerspenstige Matratzenfedern. Sie brauchte etwas Solides, das sie im Zaum hielt. Ihre Euphorie angesichts der Möglichkeit, Kristy zu finden, hatte sie von ihrer Mutter geerbt, wie sie jetzt feststellte. Wie ein Kleidungsstück, das ihr nicht passte oder nicht stand. Tatsache war, dass Kristy sie verlassen hatte, und genau das hatte sie in den Augen ihrer Mutter irgendwie zu einer Heiligen erhoben. Avril war der zurückgelassene Trümmerhaufen. Ihr anfänglich aufflackernder Optimismus war durch die Erkenntnis gedämpft worden, dass sich die Dinge immer zum Schlechteren wenden können. Die Aussicht, ihre Schwester nach all den Jahren wiederzusehen, flößte ihr panische Angst ein.

Nun sieht sie, wie der pinkfarbene Cadillac auf sie zufuhr wie eine Galeone unter vollen Segeln, und ihr wird klar, dass sich die Dinge bereits zum Schlechteren gewendet hatten.

Aber Dorothy schien sich ganz prächtig zu amüsieren. Sie schäumte geradezu über und war bester Dinge. Obwohl Josie angeboten hatte, sich zu ihr in den Fond zu setzen, damit Avril den Stadtplan lesen konnte, wenn sie Brisbane erreichten, machte sie ziemlich deutlich, dass sie nicht die Absicht hatte, sich mit ihrer Sitznachbarin anzufreunden. Sie rückte von ihr ab und blickte aus dem Fenster.

Ohne sich um Josies mangelndes Interesse zu kümmern, beglückte Dorothy sie mit Geschichten aus ihrer Gefängniszeit, in denen Insassen die Hauptrollen spielten, die sie liebevoll als »echte Charaktere« beschrieb, und Cassie vermutete, dass die Geschichten nicht nur nicht wahr, sondern einige ihrer Anekdoten sogar direkt aus der TV-Serie *Prisoner* abgekupfert waren.

»Da gibt's was zu lachen, wisst ihr«, sagte Dorothy. »Wirklich was zu lachen. Manchmal denk ich mir, ich wär lieber wieder dort, als daheimzusitzen und zuzusehen, wie Avril immer fetter wird. Die einzige Abwechslung ist, sich zu fragen, was sie sich als Nächstes in den Rachen schiebt.«

Josies vernichtenden Blick ignorierte Dorothy, während sie munter über dasselbe Thema weiterschwadronierte. Cassie sah zu Avril hinüber und wunderte sich, warum sie es zuließ, dass ihre Mutter so verächtlich über sie redete. Avril starrte vor sich hin und tat so, als hätte sie nichts gehört, aber Cassie bemerkte, wie eine Zornesröte ihren alabasterfarbenen Hals hinaufkroch.

Plötzlich lag die Stadt vor ihnen, und Avrils Rolle als Stadtplanleserin war ausschlaggebend. Dorothy schwieg inzwischen, während sie Über- und Unterführungen passierten und sich mit Einbahnstraßen und versteckten Verkehrszeichen abmühten. Cassie war überrascht von Avrils Selbstsicherheit, mit der sie sie souverän durch die Stadt dirigierte, um schließlich beim Duck & Goose Hotel anzukommen.

Cassie fand einen Parkplatz, der groß genug war, um den Cadillac in der Seitenstraße neben der Eckkneipe abzustellen. Die vier Frauen blieben sitzen und zögerten, die Geborgenheit des Wagens aufzugeben, jede aus ihren eigenen Gründen.

»Ah, wie machen wir's jetzt, Schätzchen?«, fragte Dorothy, und Cassie – und Avril – brauchten einen Moment, um sich klarzumachen, dass sie ihre Tochter ansprach, die sie während der ganzen Fahrt so verächtlich behandelt hatte. In ihrer Stimme lag Angst.

Cassie blickte zu Avril hinüber und sah, dass die ganze Struktur ihres Gesichts plötzlich zusammenfiel – als

Folge eines emotionalen Erdbebens. Sie legte die Hände aufs Gesicht und schluchzte. Die drei Frauen waren sprachlos. Dorothy wirkte zutiefst bestürzt.

Josie fand Papiertücher in ihrer Handtasche und reichte sie nach vorn. Der Sturm der Seelenqual ließ allmählich nach, aber Avril schien es nicht für nötig zu halten, mit irgendwelchen Erklärungen aufzuwarten. Sie wischte sich das Gesicht ab und starrte störrisch aus dem Fenster.

»Ich schlage vor«, meinte Josie, »dass Cassie in den Pub geht und die Lage sondiert. Wir sollten erst mal sehen, ob sie überhaupt da ist, bevor wir uns so aufregen.«

Ein bisschen zu spät dafür, dachte Cassie. Avril und Dorothy wirkten beide schon jetzt ziemlich aufgeregt. »Ja, das mache ich«, sagte Cassie. »Ich schätze, das reicht schon, um sie umzuhauen.« Sie schaffte es, ein trübes Lächeln aufzusetzen, auf das keiner reagierte.

»Wir warten hier«, sagte Josie. »Nur keine Eile.« Dorothy nickte stumm. Es war, als wäre all die heiße Luft verpufft, und ihr Körper und ihr Gesicht blieben schlaff zurück. Josie legte beruhigend die Hand auf Dorothys Schulter. »Cassie ist sehr gut in solchen Sachen. Sie hat jahrelang in der Autoindustrie gearbeitet«, fügte sie als Erklärung hinzu.

Avril, die etwas niedergeschlagen aussah, schaffte es, eine grobe Beschreibung von Kristy zu liefern.

Das Hotel hatte früher einmal ganz deutlich englische Züge getragen, mit Eichenpaneelen und grünen filzbezogenen Türen, aber es hatte seine Seele dem Mammon verkauft, und jetzt übertönte das Rasseln von

Münzen und Würfeln das Geräusch der Stimmen. Ein riesiger Bildschirm, ein Schrein für die Höhepunkte der National Rugby League, wachte wohlwollend über die Spieler. Cassie blieb einen Moment stehen und nahm die Szene in sich auf. Von Kristy, wie man sie ihr beschrieben hatte, war nichts zu sehen. Sie dachte über den Job nach, den sie hier erledigen sollte, und kam zu dem Schluss, dass es wichtig war, sich alle Optionen offenzuhalten und sich nicht allzu schnell in die Karten schauen zu lassen. Sie erwog die Möglichkeit, dass Kristy ihren Namen geändert hatte, und dass sie einen Vorwand finden müsste, um sich nach ihr zu erkundigen. Sie wünschte, sie wüsste mehr über sie. Der kleinste Anhaltspunkt hätte schon geholfen.

Ein Mann mit kurz geschnittenem Haar in einem schmuddeligen weißen T-Shirt, in dessen Ärmel eine Zigarettenpackung steckte, servierte an der Bar. Cassie gab sich einen Ruck und ging auf ihn zu. »Hi«, sagte sie und sah sich um, als würde sie nach Kristy Ausschau halten. Sie ließ es auf einen Versuch ankommen. »Ist Kris hier?«

»Nein, sie hat um Viertel vor vier Schluss.«

»Ah ja, ist ja schon vier. Wir wollten uns auf einen Kaffee treffen.« Cassie lächelte entschuldigend. »Ich hab mich ein bisschen verspätet.«

Der Mann sah sie argwöhnisch an und gab ihr zu verstehen, dass sie bereits einen Fehler gemacht hatte. »Sind Sie Journalistin?«, fragte er.

Cassie war so überrascht, dass sie lauthals auflachte. »Nein, natürlich nicht.«

Er sah sie an, als glaubte er ihr fast. »Sie holt um vier ihre Kinder ab.«

Es war eine Sackgasse, und sie wusste nicht, wie sie von hier aus weitermachen sollte. Ein Gast kam an die Theke, und sie trat zurück, um ihre Gedanken zu ordnen, während er Bier bestellte. Als er fort war, trat sie wieder zu dem Barmann und sagte: »Hören Sie, ich bin keine Journalistin, ehrlich. Ich bin bloß eine Freundin. Wenn ich einen Zettel mit meinem Namen und meiner Nummer hinterlasse, könnten Sie sie bitten, mich anzurufen?«

»Sicher«, antwortete er mit einem gleichgültigen Achselzucken.

Sie schrieb ihren Namen und ihre Nummer auf ein Stück Papier und reichte es ihm. Er steckte es hinter das Telefon an der Wand und machte mit seiner Arbeit weiter. Cassie dankte ihm, ging hinaus und um die Ecke zu dem Cadillac und fürchtete sich davor, den drei wartenden Frauen sagen zu müssen, dass sie nichts erreicht hatte.

Sie setzte sich auf den Fahrersitz. Alle sahen sie gespannt an. Sie erklärte, was passiert war, und erstaunlicherweise wirkte Dorothy irgendwie versöhnlich gestimmt. »Kinder, ha? Mein Gott, ich bin Oma!« Selbst Avril schien die Nachricht aufzumuntern. Sie saßen im Wagen und diskutierten die Möglichkeiten, die sie hatten. Sie konnten direkt in den Hof des Pubs sehen, und es dauerte nicht lange, bis der Barmann herauskam, sich auf ein Stahlfass setzte und eine Zigarette rauchte. Da er ihre Blicke auf sich spürte, sah er zu ihnen herüber. Im nächsten Moment war er neben dem Wagen und klopfte ans Fenster.

Avril kurbelte ihr Fenster herunter. »Gehört der Ihnen?«, fragte er.

Cassie beugte sich vor, um zu antworten. Sie wollte sagen, er gehöre ihrem Dad, entschied sich dann aber für: »Er gehört Mum.« Sie deutete auf Josie im Fond, die freundlich winkte.

»Fleetwood, ja?«

Da sie eine neue Chance witterte, stieg Cassie aus, ging ums Auto herum und stellte sich neben ihn auf den Fußweg. »1956er Fleetwood. Hat meinem Dad gehört.«

»Originalpolsterung?«, fragte er und trat seine Zigarettenkippe aus.

»Original Elascofab aus dem Werk.«

»Ersatzteile sind schwierig zu kriegen, was?«

»Ich hab mich eine Weile nicht damit beschäftigt, aber mein Dad hatte einen Kontakt in Des Moines, der alles, was er wollte, liefern konnte. Er brauchte bloß darauf zu warten. In Sydney gab's auch einen Typen, der mit amerikanischen Ersatzteilen gehandelt hat. Möchten Sie mal einen Blick unter die Motorhaube werfen?«

Der Mann nickte. Cassie öffnete sie für ihn. Er lachte über deren schiere Größe. »Mann, was für ein Monster.« Er steckte eine Weile den Kopf darunter und trat dann befriedigt zurück.

Ganz spontan und weil sie die gute Stimmung nutzen wollte, beschloss Cassie, sich auf ein Wagnis einzulassen. Sie schloss die Haube, machte mit dem Kopf ein Zeichen auf ihre Mitfahrer und sagte: »Kristys Mum. Und ihre Schwester. Wollten einen Überraschungsbesuch machen.«

Er warf einen Blick in den Wagen und versuchte, sich einen Reim auf das Ganze machen. »Ah, ja.« Er sah Cassie abschätzend an, offensichtlich traute er ihr immer noch nicht recht. »Das hätten Sie gleich sagen sollen. Meistens geht sie mit ihren Kindern nachmittags in den Park an der Ecke Mitchell Road und Patrick Avenue.« Er sah auf seine Uhr. »Vielleicht erwischen Sie sie noch, wenn Sie sich beeilen.«

Cassie bedankte sich und stieg schnell ein. »Der Park – Ecke Mitchell und Patrick«, rief sie, ließ den Wagen aufheulen und fuhr auf die Straße hinaus. Avril blätterte wie wild den Stadtplan durch. Dorothy fluchte heftig, ein wüster Ausbruch angestauter Ängste. Cassie erhaschte einen Blick von ihrer Mutter im Rückspiegel. Sie war sehr gedämpft seit der Beerdigung – langsam begann sie zu begreifen, dass Al tatsächlich nicht mehr da war. Noch immer kamen ihr die Tränen, wenn sein Name erwähnt wurde. Aber jetzt wirkte sie lebendig und aufgeregt, was nicht nur an Dorothys endlosem Repertoire an Kraftausdrücken lag. Sie amüsierte sich trotz alledem.

Sie brauchten weniger als fünf Minuten bis zum Park. Sie fuhren die ruhige Straße hinunter, die daran entlangführte, und bogen auf einen Parkplatz gegenüber dem Spielplatz ein.

»Da ist sie!«, rief Avril aus. Eine Frau saß auf einer

Parkbank, trübsinnig nach vorn gebeugt und eine Zigarette rauchend, während sie die Kinder auf dem Klettergerüst beobachtete. Cassie konnte nicht glauben, dass dies Avrils Schwester sein sollte. Ihr fehlte so gut wie jegliche Körpermasse. Aus der Ferne sah sie aus wie ein dürrer Teenager.

Bevor jemand ein Wort sagen konnte, machte Avril ihre Tür auf, stieg aus und ging mit ruhigem Schritt auf ihre Schwester zu. Dorothy beugte sich vor, hielt sich am Vordersitz fest und atmete schwer in Cassies Ohr, während sie Avrils mächtigem Körper nachblickte, der sich in gerader Linie auf sein Ziel zubewegte.

»Was wird sie tun?«, fragte Dorothy, womit sie aussprach, was alle dachten. Niemand machte sich die Mühe zu antworten.

Avril setzte sich neben Kristy auf die Bank. Sie sagte kurz etwas, und sie sahen, wie sich Kristy vor Überraschung aufrichtete. Sie stand auf, trat von der Bank zurück und setzte sich dann wieder. Die Hände und die Köpfe der Schwestern berührten sich zögernd. Es war schmerzlich, ihre offenkundige Qual mit anzusehen. Kurz darauf wandten sie sich dem Klettergerüst zu, und Kristy deutete auf etwas. Im pinkfarbenen Cadillac folgten drei Augenpaare ihrer Geste in Richtung der zwei Jungen in grauen Uniformen. Dorothy begann zu schniefen.

Jetzt blickte Kristy in Richtung des Wagens. Sie stand auf und kam auf sie zu. Cassie sah den Kummer in ihrem Gesicht. »Mum! Mum!« Dorothy kletterte aus dem Auto, und die beiden fielen einander in die Arme. Kristy drückte das Gesicht an den Hals ihrer Mutter, und Dorothy begann so laut zu heulen, dass mehrere Mütter, ein schlimmes Unglück befürchtend, zu ihren Kindern rannten.

Cassie weinte. Josie weinte. Aber Avril blieb auf der Bank sitzen und starrte in schweigender Verwunderung auf die beiden Jungen.

Danny Boy

Es war sicher nicht Nanas Idee, dass ich nach dem Unfall zu ihr nach Bengara ziehen sollte. Ihr schien das noch weniger zu behagen als mir, obwohl ich den Umzug nur deswegen hinnahm, um dem Klatsch zu entgehen. Die Hauptprobleme mit Nana – soweit sie mich betrafen – bestanden darin, dass sie ein Leben lang damit verbracht hatte, die beiden komplementären Künste, nämlich im Recht zu sein und das letzte Wort zu haben, zu perfektionieren. Ihr wahres Genie jedoch bestand in der Fähigkeit, eine unnötige Bemerkung obendrauf zu setzen, was den gleichen Effekt hatte, als streute man Chili auf einen ohnehin schon wunden Gaumen – die Augen begannen zu tränen. Sie hatte zu allem eine Meinung: Weltereignisse, Lokalpolitik, die gefühllose Behandlung ihrer Bowling-Partner durch deren Kinder, junge Leute im Allgemeinen, Mode, moderne Musik und nicht zu vergessen, die zahlreichen Schwächen der Reichen und Berühmten auf dieser Welt. Egal, ob lokal oder global, Nana kannte keine Nachsicht und ohne irgendwelche mildernden Umstände gel-

ten zu lassen, konnte man davon ausgehen, dass sie selbst anders – und besser – gehandelt hätte. Auf andere einzudreschen, gehörte zu ihrer Lebensart.

Bei ihr zu wohnen, war ungefähr so, als lebte man in einer Anstalt mit Regeln und Vorschriften, die sie rigoros durchsetzte. »Spül diese Tasse und räum sie weg«, »Zieh die Schuhe draußen aus«, »Das Telefon ist nicht zu deiner Bequemlichkeit da, sondern zu meiner.« Nachts sperrte sie mich sogar in meinem Zimmer ein. Wenn ich hätte abhauen wollen, hätte das sicherlich bei Tag sein müssen. Ich glaube, sie hatte mehr Angst vor mir als um mich.

Mum und Dad rief ich nur an, wenn Nana es mir befahl. Sie kamen mich oft besuchen, aber ich hatte ihnen kaum etwas zu sagen. Anderen allerdings auch nicht. Der Schrecken von Mariannes Tod stand zwischen uns. Jede Unterhaltung führte zu dieser unausweichlichen Tatsache zurück, und sie rangen um Worte, um mich zu trösten. Auch Kingi kam ein paarmal. Nana lehnte ihn so gründlich ab, dass sie mich keine Minute allein mit ihm ließ. Wir saßen gerade so lange wie wir es aushielten zu dritt im Wohnzimmer, dann ging er. Ich war erleichtert, als er seine Traurigkeit mit sich fortnahm. Meine Schulzeit war vorbei. Nach einer Weile, und unter dem Druck von Nana, sah ich mich nicht sonderlich entschlossen nach Arbeit um und schaffte es, einen Job als Kellnerin in einem Café am Quai zu ergattern.

Dan war der gut aussehende Junge mit dem gewinnenden Lächeln, der auf einen Kaffee hereinkam und praktisch den ganzen Tag blieb. Am nächsten Tag kam er wieder. Seine Aufmerksamkeit schmeichelte mir, und seine

Hartnäckigkeit beeindruckte mich, aber ich ließ ihn abblitzen. Obwohl ich kaum an ihn dachte – kaum wagte, an ihn zu denken –, hielt ein Teil von mir treu zu Mack, dessen blasses, gequältes Gesicht ich zum letzten Mal im Untersuchungsgericht gesehen hatte. Abgesehen davon fehlte mir der Optimismus, der für eine Romanze nötig ist.

Dan war aus England und besuchte eine Freundin in Sydney. Ein Mädchen, das er in London kennengelernt hatte. Er hatte einen Wagen gemietet und verbrachte seine letzte Woche damit, die Küste hinaufzufahren. Allein. Also hatte es wahrscheinlich nicht geklappt mit ihr.

Am dritten Tag stimmte ich zu, mit ihm auszugehen. Am fünften Tag stimmte ich zu, mit ihm nach London zu fliegen. Ich lachte, als er mir den Vorschlag machte. Ich hielt es für unmöglich, meinem Leben zu entrinnen, aber er brachte mich ins Reisebüro und kaufte mir ein Ticket. Dennoch hielt ich es immer noch für unmöglich. Aber in dieser Nacht wachte ich in den frühen Morgenstunden auf und hatte das Gefühl, mir sei eine große Last abgenommen worden, und wusste sofort, dass meine Unpässlichkeit vorbei war. Mein Kopf fühlte sich klarer an, ich spürte eine kribbelnde Vorfreude. Ich konnte wieder fühlen. Vielleicht konnte ich ein neues Kapitel in meinem Leben aufschlagen.

Ich war nicht so verliebt in Dan, wie er behauptete, in mich verliebt zu sein, aber ich war dankbar, dass mich jemand lieben konnte, und liebte ihn schließlich auch. Ich fühlte mich leichter mit ihm. Wieder jung. Ich hatte das Gefühl, es war irgendwie meine Pflicht, mit ihm zu gehen, wenn er es wollte. Er brachte mich wieder auf Trab auf dem Höhepunkt meiner Labilität. Erst jetzt im Rückblick kann ich erkennen, wie ähnlich er Marianne war. Hübsch, unzuverlässig und rücksichtslos. Glücklicherweise hatte ich bereits einen Pass – aufgrund einer Reise nach Neuseeland ein paar Jahre zuvor. Ich schmuggelte meine Kleider aus Nanas Haus und floh mit ihm. So einfach war das.

Heute erscheint es mir unglaublich, wie ich Mum und Dad und Kingi – alle – verlassen konnte, ohne mich wenigstens zu verabschieden. Ohne Nana mitzuteilen, wohin ich gegangen war. Grausam. Ich kann es nicht erklären. Ich war gerade achtzehn geworden, wollte aber unbedingt, dass sich jemand um mich kümmerte. Ich sah in Dan eine Chance, neu anzufangen, ohne die ganzen alten Lasten. Ich wollte mich an die neue Leichtigkeit klammern, die ich spürte, mich einfach von ihr forttragen lassen. Ich sagte mir, ich wollte die Kontrolle über mein Leben übernehmen. Dann übergab ich seltsamerweise die Kontrolle an Dan. Es war, als hätten mich alle meine Selbsterhaltungsinstinkte verlassen und ich wäre der Gnade eines jeden ausgeliefert, der sich kümmerte.

Großmutterfreuden

Avril bat um eine Woche Urlaub. Sie brachte Dorothy nach Brisbane zurück, um die Woche mit Kristy und ihrer Familie zu verbringen. Sie hatten ihren Mann Tim noch nicht kennengelernt und die beiden Kinder nur aus der Ferne gesehen. Kristy hatte gesagt, sie brauche Zeit, um über alles nachzudenken und mit Tim zu reden. Aber nach ein paar Tagen rief sie an und lud sie ein. Tim wollte sie kennenlernen. Seine eigenen Eltern lebten in Adelaide, und die Jungs waren gespannt, ihre neue »andere« Großmutter kennenzulernen. Avril fragte sich insgeheim, ob sie mit Dorothy nicht mehr bekamen, als sie sich ausgerechnet hatten.

Aber Avril musste zugeben, dass sich die Dinge gebessert hatten. Dorothy beklagte sich zwar ab und zu über irgendwelche Wehwehchen, aber irgendwie nur halbherzig. Sie fand es schwierig, sich auf ihre Gebrechen zu konzentrieren, und wenn sie ihre Schwester Marge anrief, suchte sie nicht nach neuen Diagnosen, sondern lieferte stattdessen lieber eine hochdramatische Version der Wiedervereinigung. Dorothy verlangte, ins Shopping-Center gebracht zu werden, und genoss den Besuch so sehr, dass sie schwor, regelmäßig dorthinzugehen. Sie kaufte Spielsachen für die Kinder und neue Kleider für sich selbst. Nachdem sie, solange Avril denken konnte, nichts anderes als Männerpyjamas und formlose Jogginghosen getragen hatte, erstand Dorothy jetzt ein Großmutterkleid mit weißblauem Blumenmuster. Sie wirkte sanftmütiger darin, irgendwie weicher. Sie kaufte auch neue Unterwäsche und ein Paar weiße Lederschnürschuhe. Avril hatte den Eindruck, ihre Mutter habe in der Großmutterschaft eine neue Berufung gefunden. Sie ging auch aufrecht. Es war, als wäre sie endlich auf etwas gestoßen, woran sie glauben konnte. Und Avril hatte Angst um sie. Sie konnte den Gedanken nicht ertragen, Kristy, Tim oder die Kinder könnten sich in die endlose Reihe der Menschen einfügen, die ihre Mutter im Leben enttäuscht hatten.

Nach der Wiedervereinigung fühlte sich Avril aus dem gewohnten Gleis gebracht, als hätte sie eine Art systemischer Verdauungsstörung. Essen verschlechterte ihren Zustand nicht, machte ihn aber auch nicht besser. Irgendetwas nagte an ihr, aber sie fand einfach nicht heraus, was es war. Nicht einmal, ob es etwas Schlechtes war.

Carte blanche

»Ach Gott, dein Vater war ein unordentlicher Bursche«, war Josies einziger, trauriger Kommentar zum Zustand von Als Büro. »Ich kann mich nicht mehr erinnern, wann ich zum letzten Mal hier gewesen bin, aber so schlimm war es damals nicht.«

Cassie war überrascht und freute sich, als Josie sich einverstanden erklärte, während Avrils Abwesenheit im Büro auszuhelfen. Cassie glaubte an die heilsame Wirkung von Arbeit, die sie von ihrem eigenen seelischen Leid ablenkte. Gelegentlich war sie immer noch schockiert und konnte es nicht fassen, wieder zu Hause zu sein – allein. Was sie am meisten bedauerte, waren die vergeudeten Jahre mit Dan und ihr Glaube, Al würde immer da sein. Bei der Arbeit konnte sie das vergessen, aber es bedrückte sie, am Abend heimzukommen und festzustellen, dass Josie den ganzen Tag weinend vor dem Fernseher verbracht und praktisch nichts gegessen hatte. Die Wiedervereinigung von Dorothy und Avril mit Kristy schien Josie auf ein anderes Gleis geklickt zu haben. Und obwohl sie kein genaues Ziel vor sich hatte, nahm sie Geschwindigkeit auf.

Das Ablagesystem ihres Vaters entzog sich Cassies Verständnis, aber Josie verfügte über älteres Wissen und erklärte, dass die herumliegenden Plastiktüten tatsächlich Ordner seien, von denen jede Unterlagen über einen bestimmten Monat des Jahres enthalte und mehrere Jahre zurückreiche. Der anstehende Besuch des Steuerberaters und das unangenehme Interesse, das die Steuerbehörde an dem Betrieb zeigte, waren für Cassie genügend Anlass, Ordnung zu schaffen.

Cassie setzte Josie an Als Schreibtisch und zeigte ihr, wie man die Zahlen in den Laptop eingab. Sie war eine willige Schülerin, wenn auch ziemlich angespannt. Sie saß über die Tastatur gebeugt und suchte nach einer unverdächtigen Taste, auf die sie drücken konnte. Am ersten Tag rief sie etwa alle zehn Minuten: »Cassie! Cassie! Ich glaube, da stimmt was nicht mit dem Computer.« Am zweiten Tag arbeitete sie schneller und gab nur zwei- oder dreimal die Stunde diesen Kommentar ab. Am dritten Tag wurde ihr Zwei-Finger-System schneller. »Es ist ja genauso wie Tippen«, sagte sie. »Ich weiß gar nicht, warum ich mir Sorgen gemacht habe.« Diese Erkenntnis munterte sie ungemein auf, trotz der Tatsache, dass sie nie tippen gelernt hatte. Am Ende der Woche stellte Cassie niedergeschmettert fest, dass die ganze Unternehmung nur dazu geführt hatte, gerade mal die Rechnungen von zwei Wochen einzugeben.

Positiv zu vermerken war jedoch, dass nach Eddies Weggang eine unbeschwertere Atmosphäre im Betrieb herrschte. Cassie fühlte sich ohne seinen negativen Einfluss sicherer und mehr Herr der Lage. Sie ließ einen großen Container kommen, und jeder, der nicht gerade unterwegs war, musste helfen, die riesigen Mengen Unrat aus dem Hof und der Werkstatt zu entsorgen. Dann setzte sie eine Anzeige in die Lokalzeitung, um neue Fahrer für Eddies und Als Trucks zu finden.

Roger Bexley, der seit der Geschäftsgründung Als Steuerberater war, kam am Freitagmorgen und triefte vor Liebenswürdigkeit. Er war ein robust aussehender Mann, aber die guten Dinge des Lebens hatten deutliche Spuren bei ihm hinterlassen. Er war, wie Cassie entschied, entweder zu geizig, um sich neue Kleider zu kaufen, oder er hatte so schnell Gewicht zugelegt, dass er nicht dazu gekommen war, sie ändern zu lassen, jedenfalls war jede Naht bis zum Zerreißen gespannt.

Was Cassie jedoch am meisten an ihm störte, war seine ganz und gar nicht steuerberaterhafte Weigerung, sich auf Details einzulassen – er zog es lieber vor, großzügig über die Einzelheiten hinwegzugehen. Laut Finanzamt waren sie mit den Steuererklärungen drei Jahre und mit der Bezahlung der Steuern fünf Jahre im Verzug. Laut Roger war dies leicht zu lösen. »Es besteht doch keinerlei Hoffnung, den Betrieb hier in Gang zu halten«, sagte er mit einer wegwerfenden Geste, die das ganze Geschäft einzuschließen schien. »Die Schulden sind zu hoch und stehen schon zu lange an. Das Finanzamt kommt vielleicht langsam in die Gänge, aber wenn es mal in die Gänge kommt – bingo! –, dann geht's ruckzuck. Verkaufen Sie Ihre Vermögenswerte, bezahlen Sie sie aus, und stecken Sie alles, was bleibt, in ein hübsches Nagelstudio – das ist es, womit man heute Geld verdient.«

»Aber warum sind wir mit den Steuern so im Verzug?«, beharrte Cassie. »Ich kann mir nicht vorstellen, dass Dad einfach keine Steuern bezahlt hat.« Bexley schürzte die Lippen und stieß ein »puh-puh« aus, ein Lieblingsausdruck von ihm. »Das ist inzwischen alles kalter Kaffee, meine Liebe. Ihr Vater hat mir für seine Geschäfte Carte blanche gegeben, und ich habe mich nach bestem Wissen und mit all meinen Fähigkeiten für ihn eingesetzt.«

Cassie blickte aus dem Fenster in den Hof hinaus. Der gelbe Container stand zwischen dem Unkraut und quoll fast über vor Abfall und verrosteten Wagenteilen. Sie sah auf Roger zurück, der einen Moment lang selbst einem verrosteten Wagen glich.

»Nun, Roger«, sagte sie ruhig. »Vielleicht sind es Ihre Fähigkeiten, die hier infrage stehen. Wenn wir alles geordnet haben, bestelle ich einen unabhängigen Wirtschaftsprüfer und finde heraus, was hier wirklich los ist.« Sie beugte sich über den Tisch. »Und ich habe einen ziemlich starken Verdacht, dass hier tatsächlich einiges im Argen liegt. Das kann ich in Ihren Augen sehen.«

Er blinzelte vor Überraschung und lachte. »Viel Glück.«

»Ich brauche kein Glück, sondern einen anderen Steuerberater.«

»Das ist nicht, was Al gewollt hätte. Wir sind dreißig Jahre lang befreundet gewesen.« Er versuchte, sich lässig zu geben und die Beine übereinanderzuschlagen, musste aber feststellen, dass ihm das nicht mehr gelang. Stattdessen stand er auf. »Nun, junge Dame, Sie waren schon immer ein eigensinniges Mädchen, das weiß ich. Sie können sich natürlich umtun und einen anderen Steuerberater suchen, aber es wird ziemlich peinlich sein, wenn Sie dann wieder bei mir angekrochen kommen. Ich kenne dieses Geschäft in- und auswendig.« Er zog den Bauch ein, während er seine Aktentasche nahm und zur Tür ging. »Tatsache ist, dass Sie nicht die geringste Chance haben, diesen alten Kahn wieder flottzukriegen – Sie werden sinken und untergehen.« Er schenkte ihr einen Blick, als würde er dabei gern die Rolle des Gastgebers spielen, bevor er verärgert den Gang hinunterstapfte.

Am Freitagnachmittag wurde Cassie durch das Auftauchen einer Frau überrascht, die nach Haltung und Frisur, Gestalt und Größe ein Double der Queen hätte sein können. Sie stand in der Tür und sah Cassie mit Augen an, die träge in tellergroßen Brillengläsern schwammen. Cassie fragte sie, ob sie ihr helfen könne, und die Frau stellte sich als Mrs Malloy vor. »Ich mache die Lohnabrechnung«, sagte sie und hielt zum Beweis ihre Aktentasche hoch. »Ich hab gehört, Sie führen den Betrieb jetzt.«

»Oh, ich hab gar nicht gewusst, dass *überhaupt* jemand die Lohnabrechnung gemacht hat«, antwortete Cassie. Mrs Malloy erwiderte darauf nichts. »Ja, nun, wahrscheinlich sollte ich Ihnen sagen, dass Eddie weg ist«, fuhr sie fort. Mrs Malloy nickte beifällig. »Außerdem hab ich Roger Bexley, den Steuerberater, gefeuert.« Mrs Malloy zog die Augenbraue hoch, nickte aber erneut beifällig. »Also gut«, sagte Cassie nachdenklich. »Eddie habe ich ausbezahlt.«

»Ich habe gesehen, dass für Mr. Walters keine Überstundenliste eingereicht wurde«, sagte Mrs Malloy. »Ich muss die Schlussabrechnung prüfen und den Lohnscheck abbuchen, den ich für ihn ausgestellt habe. Darf ich den Computer einen Moment benutzen?«

Cassie nickte. Mrs Malloy setzte sich an den Rechner. Ihr schweifender Blick beruhigte sich und richtete sich auf den Bildschirm, während ihre Finger über die Tasten flogen. Als der Drucker ansprang, zog sie eine Lohntüte aus der Aktentasche. »Ich habe eine Notiz auf die Abrechnung gemacht, dass dieser Betrag auf die Bank einbezahlt wird.«

Cassie lächelte. Mrs Malloy antwortete darauf mit einem Lächeln, das fast majestätisch war.

Doughnut-Rebellion

Kristy und ihr Mann Tim wohnten in einer kleinen Doppelhaushälfte in einer mit Bäumen gesäumten Straße. Tim war Maurer mit Footballer-Schultern und einem jungenhaften Lächeln. Er behandelte Dorothy mit der

Hochachtung eines wohlerzogenen Knaben, und Dorothy verhielt sich entsprechend. Mit den beiden acht- und neunjährigen Enkeln – Joel und Brad – ging sie sehr zögerlich um, aber Avril vermutete, dass ihre Mutter so wenig mit Kindern zu tun gehabt hatte, seitdem ihre eigenen erwachsen waren, dass sie kaum wusste, wie sie mit ihnen reden sollte.

Die beiden Jungen hatten ihr Zimmer für die neu gefundene Großmutter und Tante geräumt und schliefen auf einer Matratze im Schlafzimmer ihrer Eltern. Avril war nicht besonders scharf darauf, das Zimmer mit ihrer Mutter zu teilen, da sie von ihren verschiedenen Emissionen, seien sie nun verbaler oder anderer Natur, schon mehr als genug abbekommen hatte. Aber da lagen sie nun Seite an Seite in schmalen Betten mit Spiderman-Überzügen, umgeben von Postern mit Pokemon-Figuren, Plastikkörben voller Plastikspielzeug und einer Tabelle ihrer Körpergröße, die sie daran erinnerte, wie viel sie vom Leben der Jungen bereits verpasst hatten.

Avril kickte in dem kleinen Hinterhof einen Fußball herum, und die Jungen spielten höflich mit. Doch als sie die beiden bat, ihr die geheimnisvolle Welt der Pokemons zu erklären, nahmen sie ihre Bitte sehr ernst und legten Dutzende von Karten auf ihrem Schlafzimmerboden aus. Schnell wurden aus den scheuen Jungen Rivalen, die sich unterbrachen und widersprachen, um ihr die schwierige Bedeutung und die verschiedenen Figuren zu erklären. Avril hörte aufmerksam zu und verstand nichts, fühlte sich aber geehrt von ihrem Interesse. Es dauerte allerdings nicht lange, bis sich die beiden in die Haare bekamen und begannen, sich wüst zu beschimpfen. »Das ist doch Quatsch! Kyogre ist viel stärker als Groudon, du *Idiot*! Lass es mich erklären!«, schrie Joel, der jüngere.

»Halt's Maul! Das ist doch egal! Rayquaza ist ohnehin besser als Kyogre. Du bist ein verdammter Idiot!«

»Du bist ein *dummes blödes SCHWEIN*!«, brüllte Joel, als er sich auf seinen älteren Bruder stürzte und ihn auf dem Bett in den Schwitzkasten nahm. Avril trennte die beiden und beruhigte sie. Sie fühlte sich wie ein Familienmitglied, und dafür war sie ungemein dankbar.

Kristy gingen die Jungen oft auf die Nerven und konnte ihre rowdyhafte und launische Art nicht ausstehen. Es genügte schon der Hauch eines unangenehmen Geruchs, um gespielte Ohnmachten auszulösen, bei denen sie sich die Nasen zuhielten und »Wer's zuerst gerochen, dem ist's aus dem Arsch gekrochen« riefen, was sofort mit »Wer's leugnet, der ist's selbst gewesen« gekontert wurde. Lautstarke Beleidigungen flogen über den Esstisch hin und her, bis jemandem, gewöhnlich Kristy, der Geduldsfaden riss. Tim jedoch war geduldig mit den Jungen und verhielt sich ausnahmslos liebevoll seiner Frau gegenüber. Er kochte große, deftige Mahlzeiten für sie, Lammbraten war seine Spezialität. Ruhig ermunterte er seine Frau zum Essen. Avril bemerkte den ängstlichen Blick, den Kristy auf jeden Teller vor ihr warf, und fragte sich, was ihre Schwester sah und sie nicht.

Avril entging nicht, dass Tim und Kristy kein traumhaft schönes Leben hatten und kein perfektes Paar waren. Aber trotz allem hatten sie ein Leben, das weitaus besser war als alles, was sie selbst erlebt hatte. Und sie liebten sich.

Jede Nacht bevor Avril einschlief, spürte sie ein paar Gewissensbisse, wenn sie sich vorstellte, wie Tim seine großen muskulösen Arme um sie legte. Für sich selbst erfand sie eine zierlichere Ausgabe ihrer Person in dieser Rolle. Er küsste sie. Liebevoll. Sie sahen sich tief in die Augen, während sie selbst in tiefen Schlaf hinüberglitt.

Dorothy redete mit Kristy bei endlosen Tassen Tee. Avril hoffte, sie erzählte ihr keine Schauergeschichten aus ihren Gefängnistagen und lieferte ihr keine medizinischen Bulletins, angefangen von ihren Warzen bis hin zu all ihren anderen Leiden. Ansonsten war es gleich, worüber sie sprachen. Avril wollte einfach nur, dass die Sache klappte. Sie war erleichtert, als sie feststellte, dass sie keinen Streit mit Kristy hatte. Ihre Schwester hatte getan, was sie tun musste. Sie war damals schließlich noch ein Kind gewesen. Ihre Beziehung schien wieder dort anzuknüpfen, wo sie damals unterbrochen worden war, und wenn ihre Mutter ziellos vor sich hin schwafelte, war es schön, mit Kristy ein verstohlenes Lächeln auszutauschen, wie nachsichtige Eltern es tun.

Als sie eines Morgens im Hinterhof Wäsche aufhängten, sagte Avril: »Ich bin froh, dass du Jungs hast. Unsere Kindheit würde ich keinem wünschen.«

»Das kann trotzdem passieren, weißt du«, erwiderte Kristy mit zitternder Stimme.

»Nicht, solange ich aufpasse«, antwortete Avril. »Oder du oder Tim – von Mum ganz zu schweigen.«

Kristy lächelte, als sie ein weiteres Laken aus dem Korb nahm, und als sie das Gesicht in die helle Morgensonne hielt, die gerade in den kleinen Hof schien, sah Avril einen Moment lang ihre Schwester aus glücklicheren Tagen. Sie sah, wie sie Fangen spielten oder sich an kalten Tagen unter der Bettdecke anzogen, wie sie sich zu Tode ängstigten, wenn sie nachts allein »Mord im Dunkeln« nachspielten oder heimlich nächtliche Fressorgien abhielten, die immer kurz vor dem Zubettgehen stattfanden.

»Ich wünschte, Dad wäre tot, weißt du«, sagte Kristy plötzlich. »Ich hasse ihn so sehr. Mir wird immer noch schlecht, wenn ich an diese Fotos denke. Sie an seine widerlichen Kumpane im Pub zu verkaufen ... einfach abscheulich.«

»Ich weiß. Aber ich würde mir deswegen keine Sorgen machen. Niemand würde uns jetzt wiedererkennen.«

An diesem Morgen wachte Dorothy vom Lachen ihrer Tochter auf und fand, es sei der schönste Klang, den sie je gehört hatte.

Die drei Frauen gingen allmählich lockerer miteinander um. Sie spürten, dass ihr Leid, das sie früher getrennt hatte, sie schließlich vereinte. An ihrem letzten gemeinsamen Nachmittag brachten sie die Jungen zu dem Spielplatz, wo sie sich wiedergefunden hatten. Die Jungen liefen zu den Schaukeln, schwangen sich in die Luft und wetteiferten, wer es am höchsten hinauf schaffte.

»Es kommt mir vor, als wär's hundert Jahre her, dass wir so geschaukelt haben«, sagte Avril seufzend, während sie eine Tüte mit Zimt-Doughnuts herumreichte. Kristy nahm nichts davon, Dorothy genauso wenig.

Dorothy sah Avril angewidert an. »Und das dauert wahrscheinlich noch mal hundert Jahre – bei deinem Arsch. Sie trägt bereits Unterhosen so groß wie Windsäcke«, erklärte sie Kristy.

»Mum«, erwiderte Kristy ruhig, »sprich nicht so über Avril. Sprich nie mehr so über sie. Sie hat nichts Falsches getan. Und du hast allen Grund, ihr unglaublich dankbar zu sein.« Kristys Stimme zitterte vor Erregung, und sie kämpfte mit den Tränen. Doch statt zu weinen, beugte sie sich hinüber, nahm mit trotzigem Ausdruck einen Doughnut aus der Tüte und biss hinein.

Einen Moment lang sah es aus, als würde Dorothy gleich in Tränen ausbrechen, und Avril fühlte sich plötzlich ein wenig leichter.

Der Koffer

Der Sonntag war ein langer Tag für Cassie. Josie war mit Monique die Küste hinauf zum Surfers Paradise gefahren, um eine Hochzeitsausstellung anzusehen. Sozusagen als Entschädigung, sagte sie, für Jonathans mangelndes Interesse an diesem jährlichen Ausflug. Cassie räumte das Haus ein bisschen auf und trödelte herum. Sie schaffte Josies Bücher aus ihrem Zimmer, verstaute sie in Kisten und brachte sie in den Lagerraum über der Garage. Ihre Koffer hatten den meisten Platz eingenommen, aber sie empfand immer noch Widerwillen, sie auszupacken. Sie sah ihre alte Garderobe durch. Das Kleid von ihrem Abschlussball hing immer noch dort. Bodenlang, blassblauer Satin mit schmalen Trägern. Sie ertrug es kaum, es anzusehen. Es war von einer ganz anderen Person getragen worden als der Frau, die jetzt traurig den seidigen Stoff betastete.

Im obersten Regal des Schranks lag ein großer, weicher, schwarzer Koffer, der sich beim Herunternehmen als schwerer erwies, als sie erwartet hatte. Sie legte ihn aufs Bett und zog den Reißverschluss auf. Sie zuckte zusammen, als Marianne ihr von einem Schwarz-Weiß-Foto entgegenstrahlte. Cassie zwang sich, es anzusehen, wenigstens einen Moment lang. Zögernd blätterte sie die Fotos durch, als gehörten sie jemand anderem. Zu einem anderen Leben. Als seien es Freunde von jemand anderem. Lächelnd blickte sie auf ein Porträt, das sie von Mack gemacht hatte. Er gab sich geheimnisvoll und melancholisch für die Kamera. Marianne sagte immer, er habe die Augen eines Poeten oder Philosophen, aber Cassie hatte das verhaltene Feuer in seinen Augen eingefangen, das von irdischeren Dingen sprach. Ein Blick, den sie gut kannte. Josie hatte ihr vor einigen Jahren gesagt, dass er ein hiesiges Mädchen geheiratet habe. Cassie fragte sich, ob er glücklich war.

Sie merkte nicht, wie die Zeit verging, bis es so dunkel im Raum wurde, dass sie das Licht anschalten musste. Das Bett war inzwischen mit Bildern übersät: der Cadillac auf Hochglanz poliert mit dem Strand im Hintergrund; Josie und Al in steifer Haltung mit einem eingefrorenen Lächeln auf dem Gesicht; Kingi schlafend in seiner Hülle aus Schafpelz. Al und Kingi lachend in ihren Liegestühlen unter dem Jacaranda-Baum; Marianne. Marianne. Marianne. Mit finsterem Blick, lachend, den Finger gebieterisch erhoben, um die Fotografin zu bewegen, sie aus einem günstigeren Winkel aufzunehmen.

Damals hatte Marianne bereits begriffen, dass Modeln nicht so einfach war. Sie hatte die Porträts, die Cassie von ihr gemacht hatte, an Agenturen in Sydney und Brisbane geschickt. Einige erklärten sich bereit, sie in ihr Angebot aufzunehmen, und in der 10. Klasse bekam sie bereits gelegentlich Aufträge für Kataloge. Mit ihrer älteren Schwester, die als Anstandsdame fungierte, nahm sie den Zug nach Brisbane für die Shootings während der Schulferien. Obwohl sie oft versprochen hatte, ihre Gage zu sparen, vergeudete sie sie für Make-up und Schuhe in der großen Stadt. Sie liebte das Leben und träumte von New York und anderen Orten.

Cassies Handy klingelte. Sie nahm ab. Dan rief von seinem Handy an. »Was?«

»Ich will dich wiederhaben. Ich möchte rüberkommen«, stieß er hervor. »Wir lassen uns in Australien nieder. Du und ich. Alles, was du willst. Ein Wort von dir, und ich nehme das nächste Flugzeug.«

»Was ist mit Fiona?«

»Fiona? Das war eine Affäre, Cass. Das hab ich dir doch gesagt.« Er begann sich wirklich reumütig anzuhören. »Sie ist nicht wie du, Cass. Sie ist launisch. Sie schnappt absolut über.«

»Wirklich?« Cassie musste fast lachen über die neue Masche, die er probierte.

»Sie hat mit einem Weinglas geschmissen ... der Fuß ist in der Wand stecken geblieben! Wirklich. Sie ist verdammt gefährlich.«

»Dann habt ihr also Spaß zusammen?«

»Es ist alles Scheiße«, erwiderte er wütend, und sie hörte den Liverpooler Akzent, in den er immer verfiel, wenn er sich nicht mehr unter Kontrolle hatte. »Ich hab ihr gesagt, dass ich fertig mit ihr bin. Ich hab den Job aufgegeben. Es ist vorbei. Ich hab meine Lektion gelernt. Das schwöre ich. Ohne dich hab ich gar nichts.«

Sie fühlte sich von seinem Zauber eingefangen wie ein Geist, der in eine Flasche gesogen wurde. Jeden Moment säße sie in der Falle. Sie sagte nichts. Aber sie legte auch nicht auf.

»Ich liebe dich, Cass.«

Es entstand eine lange, angespannte Stille. Man hörte den Verkehr im Hintergrund. »Ich muss jetzt los«, sagte er schließlich. »Schick mir eine SMS. Sag einfach ja, Liebling. Ja.«

Wie viele Male hatte sie ihn am Telefon gesehen – im Gang, neben seinem Auto auf der Straße – und hatte sich gefragt, mit wem er telefonierte. Jetzt war sie es. Und sie fragte sich, wer ihn beobachtete.

Alles auf Sieg

Als ich mein Zuhause, meine Familie und jeden, den ich kannte, hinter mir ließ, geschah dies auf ziemlich beiläufige Weise. Ich tat es, ohne wirklich genau darüber nachzudenken. In gewisser Hinsicht ist mir das Ausmaß der Entscheidung gar nicht bewusst geworden. Andererseits konnte ich nicht wissen, dass ich erst nach fast vierzehn Jahren wieder zurückkommen würde.

Anfangs war das Leben in London so befreiend, dass es meine kühnsten Träume übertraf. Allein die schiere Menge der Menschen, und die Stadt selbst, die mir wie ein riesiges Monopoly-Brett mit vertrauten Straßennamen vorkam, die plötzlich reale Gestalt annahmen. Dazu das Gefühl der Anonymität und die Chance, mich neu zu erfinden. Ich besuchte Galerien und Museen. Dan führte mich ins Theater im West End, in Weinlokale und gemütliche Pubs. Das alles war nicht nur Welten von Bilkara entfernt – es war eine andere Galaxie.

Eigentlich hatte ich erwartet, bei Dan einzuziehen, doch obwohl dies geplant war, gab es endlose Verzögerungen. Fast sechs Monate lang wohnte ich in einem möblierten Zimmer in Shepherd's Bush, das leicht nach Gas und Katzen stank, dazu ein undefinierbarer »alter« Geruch, den ich später ganz allgemein mit Londoner Wohnungen assoziierte. Es war Mitte der Achtzigerjahre, aber das Braun-in-Braun-Dekor des Zimmers verwies stark auf die Siebziger, was ich aus irgendeinem Grund tröstlich fand. Das Badezimmer jedoch, das ich mir teilen musste, war ein Relikt aus der Vorkriegszeit, ohne Dusche, aber mit einem Heiß-

wasserboiler, der mit einem Streichholz angezündet werden musste, um das Wasser für die Wanne zu erhitzen.

Ich fand einen Job in einem Café in der Nähe, wo man bar auf die Hand bezahlte und keine weiteren Fragen stellte. Es war eher ein Imbiss als ein Café – wir verkauften Schinkensandwiches und Becher mit heißem Tee an Laufkundschaft. Ich verdiente nicht viel, und die Leute gaben auch kein Trinkgeld, außer sie hatten vielleicht beim Buchmacher nebenan gewonnen. Aber Dan war großzügig mit seinem Geld, und wie es schien, hatte er genug davon. Er bezahlte meine Miete und lud mich in teure Restaurants ein. Wir fuhren übers Wochenende in schicke Landhotels, aber abgesehen davon blieb er selten über Nacht bei mir.

Dans Familie, die O'Connors, stammte ursprünglich aus Irland, lebte aber seit Generationen in Liverpool. Es war eine Familie mit ziemlich festgefahrenen Gewohnheiten. Seine Großeltern hatten seit ihrer Hochzeit in der gleichen Sozialwohnung gelebt. Seine Eltern waren durch Parkhäuser zu Geld gekommen, und als ich ihn kennenlernte, besaßen sie zwei in Liverpool und eines in Leeds. Dan fand es widerwärtig, aber gleichzeitig amüsant, dass sie keinen Grund sahen, aus dem winzigen Haus auszuziehen, in dem sie ihr ganzes Eheleben verbracht hatten und wo es den Pub an der Ecke gab, der ständig mit alten Freunden gefüllt war. Er verachtete sie wegen ihrer Unterschichtenhaltung und ihrer beschränkten Ansichten und machte sich über ihren Akzent lustig. Doch in seinen Adern floss echtes Liverpooler Blut, und er und sein Dad verpassten nie ein Heimspiel ihrer Fußballmannschaft. Aber trotz der regelmäßigen Besuche in seiner Heimatstadt lud er mich nie ein, seine Eltern kennenzulernen. So, wie er von ihnen sprach, nahm ich an, er schämte sich vielleicht für sie. Als ich mir jedoch überlegte, dass er mich auch noch nie in seine Wohnung mitgenommen hatte, musste ich mich der Tatsache stellen, die auf der Hand lag: Dan war kein ungebundener Mann.

Ich hatte allmählich mein Selbstvertrauen wiedergewonnen und begann das Abenteuer meines neuen Lebens zu genießen. All das Schlechte war auf der anderen Seite der Welt zurückgeblieben, und es gelang mir, ohne zu viel Mühe, nicht mehr daran zu denken. Aber die Vorstellung, Dan zu verlieren, war für mich fast noch schlimmer als der Kummer und der Schmerz bei dem Gedanken, ihn womöglich mit einer anderen teilen zu müssen. Sechs Monate sind keine lange Zeit in einem neuen Land, und London ist keine freundliche Stadt – Dan war alles, was ich hatte.

Ich durchwühlte seine Brieftasche. Ich wartete heimlich vor seiner Wohnung. Ihr Name war Rebecca. Sie arbeitete in der City und hatte langes, glänzendes, blondes Haar und wunderschöne Kleider. Ich fühlte mich hundeelend und hatte auch Mitleid mir ihr. Ich war am Boden zerstört, wegen des Betrugs an uns beiden.

Dan war ein Fremder, stellte ich fest. Mein fremder Geliebter, der mir Geschichten aus seiner Jugend erzählte, mich in die Einzelheiten seines Tagesablaufs einweihte, aber die Schere des Zensors stand nie still – und hatte bereits all die Teile herausgeschnitten, die ich nicht wissen durfte.

Von dem Moment an, als mir klar wurde, dass ich nicht seine einzige Herzensdame war, und mich zu fragen be-

gann, wie ernst ich seine Liebesschwüre nehmen durfte, fühlte ich mich einsam. Entsetzlich einsam. Mir wurde kalt. Ich spürte die Entfernung. Ich vermisste Bilkara. Ich vermisste Mum und Dad und Kingi und Mack. Mein ganzes Leben dort. Nacht für Nacht träumte ich, ich sei wieder zu Hause. Ich träumte von dem Licht und dem Gesang der Rieseneisvögel bei Sonnenaufgang. Schließlich trauerte ich um alles, was ich zurückgelassen hatte, als ich mein Leben dort aufgab.

Während ich versuchte, mich mit Dans Betrug abzufinden, durchlief ich alle Stadien, die mir inzwischen als Teil des Schmerzes bekannt sind. Der Schmerz über den Tod eines jungen Liebestraums. Die Einsicht, dass nichts so ist, wie es scheint. Nachdem ich so lange alles geleugnet hatte, verlegte ich mich jetzt schnell aufs Feilschen. Dann wachte ich eines Morgens wütend auf. Hinnahme und Vergebung waren ausgeschlossen.

In der Hitze des Zorns warf ich ein paar Kleider über, lief zur Telefonzelle hinunter und rief das Café an. Ich schniefte theatralisch und schilderte verschiedene Symptome, um mich ein paar Tage krankzumelden. Dann rief ich einen Schlüsseldienst an und bat, sofort mein Schloss auszuwechseln. Er kam noch am selben Nachmittag, und die neuen Schlüssel, die er mir aushändigte, hatten sowohl etwas Beängstigendes wie Befreiendes an sich. Schlüssel zu meinem Leben, die nur ich besaß.

Ich packte eine kleine Tasche, warf meine warme Daunenjacke über und ging zur U-Bahnstation an der Euston Street. Dann kaufte ich mir aus einem Grund, der mir entfallen ist, ein Ticket für den Nachtzug nach Edinburgh.

Während ich in bitterer Morgenkälte durch die leeren Straßen dieser düsteren Stadt wanderte, fand ich ein Café wie das, in dem ich arbeitete, und schätzte mit einem Mal die Küche, die dort angeboten wurde. Ich schlief den ganzen Tag in einem billigen Hotelzimmer, dessen Einrichtung schmuddelig und abgenutzt war. So verbrachte ich drei elende Tage, und am vierten, genau um 5 Uhr nachmittags, rief ich Dan bei der Arbeit an.

Falls er über mein Verschwinden schockiert war, schockierte ihn mein Ultimatum noch mehr. Während dieser langen, kalten und entsetzlich einsamen Tage war ich zu dem Schluss gekommen, dass ich entweder alles wollte oder nach Hause fahren würde. Ich musste nur stark bleiben. Ich gab ihm vierundzwanzig Stunden Zeit, es sich zu überlegen. Und am fünften Tag bat er mich, ihn zu heiraten. Ich sagte Ja und vergab ihm.

Lauf, Mädchen!

Es schüttete wie aus Kübeln, als Josie und Cassie am Montag zur Arbeit fuhren. Avril saß bereits an ihrem Schreibtisch, den Blick auf den Bildschirm gerichtet. Cassie warf ebenfalls einen Blick darauf und erwartete, die Dating Site würde schnell verschwinden, wie üblich. Ein leuchtend roter Wimpel am oberen Bildschirmrand identifizierte die Website als »Toys4Boys«. Avrils Interessen hatten eine Wendung zum Makabren genommen.

»Pokémon«, sagte Avril, ohne aufzublicken. »Frag nicht. Es ist so kompliziert, dass nur ein Neunjähriger es verstehen kann.« Sie lehnte sich zurück. »Alle sind draußen. Unfälle im ganzen Stadtgebiet.«

»Willkommen zurück«, sagte Cassie. »Wie war's?«

Avril blickte grinsend auf. »Gut. Wirklich gut.«

Cassie setzte sich an Avrils Schreibtisch. »Avril, ich weiß, es geht mich nichts an, aber ich habe mich gefragt, was denn eigentlich mit Dorothy los ist?«

»Ah ja, das ist auch ein Gegenstand endloser Spekulation bei uns zu Hause.« Avril sah sie scharf an. »Was glaubst du denn?«

»Wie meinst du das? Schlägt sie wild um sich?«

Avril zog skeptisch eine Augenbraue hoch und antwortete: »Ich will mal so sagen, an dem Abend, als wir Kristy im Fernsehen gesehen haben, hätte Mum dem Typen von Riverdance einen harten Wettkampf geliefert.«

Cassie brach in brüllendes Lachen aus. Avril zuckte bescheiden die Achseln, hob aber plötzlich abwehrend die Hand, als sie sich wieder dem Bildschirm zuwandte. »Unfall – Vierrad-Antrieb, ein Fahrzeug auf der Bennet's Bridge«, verkündete sie. »Was soll ich machen – zusehen, ob ich einen der Jungs anderswo abziehen kann? Oder die Sache sausen lassen?«

Cassie hörte sich sagen: »Ich fahr hin.«

Avril lachte. »Du machst Witze?«

»Die Brücke muss frei gemacht werden. Die Leute wollen um diese Tageszeit zur Arbeit«, antwortete Cassie, halb hoffend, es würde ihr ausgeredet werden.

»Reed hat genug Leute, um die Brücke frei zu machen«, sagte Avril. »Überlass es ihm.«

Cassie ging den Gang zum Lagerraum hinunter und zog einen Regenmantel und eine grün fluoreszierende Sicherheitsweste heraus. Sie nahm Als Truckschlüssel vom Haken, warf den Mantel über den Kopf und ging hinaus, bevor sie der Mut verließ. Gerade als sie den Truck anließ, tauchte Avril in einem leuchtend gelben Zwei-Dollar-Plastikponcho auf dem Beifahrersitz auf, der sich um sie bauschte. »Du brauchst vielleicht einen Navigator«, sagte sie. »Josie hält inzwischen hier die Stellung.«

Sobald sie auf den Southern Highway eingebogen waren, sahen sie, dass der Verkehr bereits ins Stocken kam, weil die Brücke gesperrt war. Cassie bog in eine Seitenstraße ab, fuhr mehrere Schleifen und hielt sich parallel zum Highway, während ihr Avril den Weg wies. Drei Straßenzüge vor dem Fluss waren die Parallelstraßen zu Ende, und sie hatten keine andere Wahl, als auf den Highway zurückzukehren. Der Verkehr staute sich, so weit sie sehen konnten. Cassie parkte den Truck auf dem Gehweg.

»Du musst zu Fuß weiter«, sagte Avril und schlug schnell den Block mit den Formularen in ein Stück Folie ein, das sie am Boden fand. »Uups!« Sie deutete aus dem Fenster. Einer von Reeds blutroten Trucks hielt gerade auf der anderen Seite des Highways. Der Fahrer, mit einem Clipboard in der Hand, stieg aus und zog sein Regenzeug über. Es war Eddie.

Cassie nahm ihre Sicherheitsweste, packte den Block von Avril, sprang aus dem Truck und lief in Richtung Brücke. Eddie blickte auf, registrierte, dass sie es war, und blieb vor Überraschung wie angewurzelt stehen. Sie bog auf die Straße ein und begann zwischen den beiden Reihen stehender Fahrzeuge entlangzurennen. Eddie rannte in einem Affenzahn den Gehsteig entlang.

Es nieselte immer noch, und Cassies leichte Baumwollhose war bald durchnässt. Es war lange her, dass sie so gerannt war. Seit Jahren war sie kein Rennen mehr gelaufen. Doch wegen Dans Aversion gegen übergewichtige Frauen hatte sie regelmäßig ein Fitness-Studio besucht, auf dem Laufband gejoggt und auf dem Cross-Trainer trainiert. Sie war ziemlich gut in Form, und die Tatsache, dass sie heute Turnschuhe trug, war ein besonderer Glücksfall. Sie lief weiter und spürte plötzlich, wie sie in die langen Schritte ihres legendären Laufstils fiel. Allmählich begann alles um sie herum zurückzuweichen, abgesehen vom Geräusch ihrer Schritte, so regelmäßig wie ein Herzschlag, und ihres ruhigen, gleichmäßigen Atems. Der Regen sprühte ihr ins Gesicht, aber die Brücke war vor ihr, und sie wusste, sie konnte es schaffen. Sie wagte es nicht, sich umzudrehen und nachzusehen, wo Eddie war – der um sein Leben rannte.

Nach und nach wurden die gelangweilt wartenden Fahrer auf das Drama aufmerksam, das sich auf dem Highway abspielte, und ein paar ließen die Fenster herunter, um sie anzufeuern. »Los, Mädchen!«, rief jemand.

Eddie entschied jetzt, dass er auf dem Gehsteig nicht schnell genug vorankam, und sprang auf die Straße, wo er mit dem Rückspiegel eines Wagens kollidierte.

Der Fahrer hupte ihn wütend an. Sekunden später taten es ihm Dutzende anderer Fahrer gleich, bloß weil es Spaß machte.

Das Hupkonzert wurde immer lauter und hörte sich an, als kündigten Trompetenstöße ein mittelalterliches Turnier an. Cassie hätte laut gelacht, wenn sie ihre Atemluft nicht zum Rennen gebraucht hätte. Ihre Füße waren patschnass, die Brücke nur noch weniger als hundert Meter entfernt, Eddies keuchender Atem irgendwo rechts neben ihr. Sie lief schneller. In diesen letzten Minuten überschritt sie die Grenze zu jenem anderen Ort, den sie schon ganz vergessen hatte. Sie flog geradezu, glitt anmutig in Zeitlupe dahin. Es war genauso mühelos wie in all den früheren Jahren. Um sie herum herrschte absolute Stille, die physische Welt war nur ein Vorbeiziehen verschwimmender Farben, während ihr Geist sich von ihrem Körper löste und neben ihr her flatterte, leicht und frei und wie ein Vogel.

Neben dem Wagen stand ein Polizist, der mit dem Fahrer redete. Cassie legte alle Kraft in ihren Endspurt, rutschte auf einem Ölfleck aus und landete flach auf dem Rücken zu Füßen des verblüfften Fahrers. Keuchend blickte sie zu ihm auf und erinnerte sich an den Spruch ihres Vaters: »Kann ich Sie abschleppen, Sir?«

Der Mann brach in schallendes Gelächter aus.

Als sie sich hochgerappelt hatte, war Eddie neben ihr, der sich vorbeugte und, die Hände auf die Knie gelegt, versuchte, wieder zu Atem zu kommen. »Reg«, keuchte er zu dem Polizisten gewandt. »Reg. Sie hat keine Lizenz. Sie kann nicht abschleppen. Sie hat verdammt keine Ahnung, was sie da tut.« Er trat auf den Fahrer zu. »Schöner Wagen, der muss sachgerecht abgeschleppt werden, Sir. Die da ...«, er deutete mit dem Daumen in Cassies Richtung, »hat keine Lizenz, ist nicht berechtigt ...«

Reg sah auf Eddie und wieder auf Cassie zurück. »Sind Sie Als Tochter?«

Cassie nickte.

»Tut mir leid wegen Ihres Vaters«, sagte Reg. »War ein prima Typ. Ähm ... Aber ich weiß nicht – Eddie hat irgendwie recht.« Er wandte sich an den Fahrer. »Es liegt an Ihnen – wir müssen den Wagen von der Brücke kriegen, *sofort.*«

Der Fahrer machte mit dem Kopf ein Zeichen in Cassies Richtung. »Ich nehm das Mädchen.«

Cassie reichte ihm stolz den Vertrag zur Unterschrift. Eddie schnaubte wütend und zog Reg beiseite, um das Thema allein mit ihm zu besprechen.

Die hupenden Fahrer hatten während des Vorgangs auf der Brücke das Interesse verloren, doch als Cassie zum Truck zurückjoggte, rief jemand: »Wer hat gewonnen?« Sie hielt die Rolle mit den Papieren hoch, lief an den Autoreihen entlang und gab sich als Siegerin. Leute ließen die Fenster herunter und riefen ihr zu. Ein Mann reichte ihr einen Zettel mit seiner Telefonnummer. Der Regen auf ihrer Zunge schmeckte wie Champagner. Durchnässt und lachend hüpfte sie in den Truck, warf Avril die Papiere in den Schoß und ließ den Motor an.

»Meine Güte«, sagte Avril bewundernd. »Du kannst vielleicht rennen.«

»1979 Juniorenmeisterschaft 400 Meter«, erwiderte Cassie grinsend und bog auf den Highway ein.

Die Autos fuhren zur Seite, um den Mittelstreifen frei zu machen, damit sie zur Brücke durchkam. »Oh, Mist«, sagte Cassie. »Ich bin mir nicht sicher, ob ich noch weiß, wie man ihn anhängt. Zudem ist es auch noch ein Vierradantrieb.«

»Ist er beschädigt?«

»Die ganze rechte Vorderseite ist eingedrückt. Aber der Typ ist okay.«

»Wir nehmen die Abschleppstange und den Dolly-Wagen mit den Stützrädern. Mach dir keine Sorgen, ich hab das schon ein paarmal gesehen.«

Mit einiger Mühe kehrte sie den Truck um und fuhr an den Wagen heran. Avril zeigte ihr, wie man die Auslegerstange unter den Vorderrädern anbrachte und sie auf den Wagen mit den Stützrädern hob. Cassie bot dem Fahrer an, ihn mitzunehmen, vergaß aber, dass Avril den Platz von zwei Leuten einnahm. Es war eng.

Als sie abfuhren, beugte sich der Fahrer vor, um Cassie anzusprechen. »Cassandra Munro, nicht? Ich kenne Sie.« Cassie ging es im Moment mehr darum, sein Fahrzeug sicher zu transportieren, als über alte Zeiten zu plaudern. Im Rückspiegel sah sie, dass der Verkehr wieder langsam über die Brücke zu rollen begann. »Sie waren bei dem Unfall dabei. Am Strand. Vor Jahren«, fuhr er fort.

Cassie blickte gerade nach vorn. Avril neben ihr versteifte sich leicht. Der Truck fühlte sich langsam und schwer an mit dem zusätzlichen Gewicht. »Wie kommen Sie darauf?«, fragte Cassie.

»Ich bin Macks Bruder. Murray.«

Cassie warf schnell einen Blick auf ihn und dann wieder auf die Straße zurück. »Oh.« Sie zögerte. »Und wie geht's Mack?«

Murray seufzte auf. »Der hat's ziemlich schwer gehabt, um ehrlich zu sein. Hat eine von den Bradley-Schwestern geheiratet, Dawn. Sie haben ein kleines Mädchen, Rose, die gerade zehn geworden ist. Dawn ist vor sieben Jahren gestorben, an Brustkrebs. Seitdem ist er, offen gesagt, ziemlich von der Rolle.«

Der Regen war in Nebel übergangen, und auf den Straßen lag ein stahlgraues Morgenlicht. Cassie spürte, wie sie sich innerlich zurückzog. Wie es schien, lag irgendwie der Schatten des Todes über dieser Stadt. Jeder schien eine traurige oder tragische Geschichte zu haben, und sie wollte davon nichts mehr hören. Sie wollte nicht dazugehören.

Als hätte er ihre Gedanken gelesen, sagte Murray: »Niemand in der Gegend erinnert sich noch an den Unfall, wissen Sie. Nur die Familien, die davon betroffen waren. Für uns war es aber ein ziemliches Ding, nicht wahr?«

Sie spürte einen Anflug unerwarteter Dankbarkeit gegenüber diesem Mann. Es war tatsächlich ein ziemliches Ding – *für uns.* Für uns alle. »Ja, es war ein ziemlicher Schlag.« Sie schenkte ihm ein schmales Lächeln.

»Lassen Sie mich irgendwo hier aussteigen – ich bin ohnehin schon furchtbar spät dran für meinen Termin. Hier hab ich meine Nummer aufgeschrieben, die Werkstatt soll mich anrufen, und ich kläre das mit der Versicherung.« Cassie fuhr zu dem Fußweg hinüber. »Möchten Sie Macks Nummer haben?«, fragte Murray.

Sie zögerte. Er blickte sie so hoffnungsvoll an. »Nein, nein, danke.« Er zuckte die Achseln, und als er ausstieg, griff sie hinüber und zog ihn am Ärmel. »Ähm ... meinen Sie, Mack würde sich freuen, von mir zu hören?«

Er sah sie lange an, als wollte er ihre Beweggründe einschätzen. »Ja, ich glaube schon.« Er zog einen Stift aus seiner Jackentasche und schrieb eine Nummer auf den unteren Rand des Vertrags.

Cassie wischte sich die Hände an der Hose ab und schüttelte seine ausgestreckte Hand. Plötzlich schien er Avrils Anwesenheit wahrzunehmen und schüttelte auch ihr die Hand.

Als sie abfuhren, sagte Avril: »Hmm, du bist eine ziemliche Berühmtheit, was?«

Cassie lächelte. »Vielleicht, aber nicht im positiven Sinn. Es war bloß dieser Unfall, der ...«

»Ich weiß von dem Unfall«, unterbrach sie Avril.

»Ah ja«, antwortete Cassie.

Kingi stieg gerade aus seinem Truck im Hof, als Cassie vor dem Tor hielt. Sie beugte sich aus dem Fenster. »Hey, ich hab Eddie im 400-Meter-Lauf geschlagen – ist das nicht toll?«, rief sie hinaus.

»Hey, du strahlst ja übers ganze Gesicht«, rief Kingi zurück. »Ist ja mal ganz was anderes«, fügte er leise murmelnd hinzu, als er zu ihr hinüberging.

»Wo soll ich den Wagen hinbringen? Ich kann bloß vorwärtsfahren«, sagte Cassie.

»Vorwärts ist gut. Bring ihn den Hügel rauf zu Armstrong.« Er lehnte sich ins Fenster. »Spring raus, Avril. Ich fahr mit ihr.«

Avril stieg widerstrebend aus, und Kingi setzte sich auf den Beifahrersitz. Er brummte etwas, um sein Unbehagen auszudrücken, nur Beifahrer zu sein, blieb aber ruhig sitzen, als Cassie den Gang einlegte und den Hügel hinauffuhr, der nicht mehr als eine kleine Steigung war.

»Cass, du musst dich jetzt in Acht nehmen vor Eddie, weißt du. Wenn du so rumfährst wie jetzt ... er ist genauso ein Schurke wie Reed. Pass auf, wenn du tankst – bleib nahe beim Laden, achte drauf, dass der Tankwart dich sieht. Beschaff dir Pfefferspray oder so was, das du immer in der Tasche hast.« Er griff unter den Sitz und holte einen stählernen Baseballschläger, einen Wagenheber, ein Stück Kette und einen Baseball heraus. »Das ganze Zeug liegt hier, wenn du es brauchen solltest«, erklärte er und schob es wieder unter den Sitz zurück.

»Was? Soll ich ihn mit dem Ball abschießen? So gut kann ich nicht zielen«, antwortete sie lachend.

Kingi schüttelte ungläubig den Kopf. »Ein Schläger ohne Ball ist eine tödliche Waffe, Mann. Ich dachte, das wüsstest du. Da oben links ist Evan Armstrong. Halt an davor, ich zeig dir, wie man rückwärts reinfährt. Evan ist ein netter Typ. Ein Kiwi.«

Cassie lächelte. Sie wusste aus vergangener Erfahrung, dass »Kiwi« nicht immer ein Ausdruck der Hochachtung bei ihm war. Je nach Intonation konnte es »Du kannst ihm dein Leben anvertrauen« bis hin zu »Zähl dein Wechselgeld und pass auf, was von hinten kommt« heißen.

Als Cassie ins Büro zurückkam, berichtete Avril ziemlich erfreut, dass eine Nachricht von Eddie eingegangen sei. »Nun, es war eigentlich eher eine Art Todesdrohung. Ich würde mir nicht die Mühe machen, zurückzurufen. Er war ziemlich aufgewühlt.«

»Kein Wunder«, antwortete Cassie und sah die Post auf Avrils Schreibtisch durch. »Geschieht dem Schwein ganz recht.« Avril nahm ihr Headset ab. »Cassie?«

Etwas in ihrem Tonfall ließ Cassie aufhorchen.

»Lass mich fahren. Gib mir Eddies Truck.«

Cassie lachte beinahe laut auf. »Avril ... Möchtest du wirklich Abschleppfahrerin werden?«

»Du hast es getan. Dir hat's gefallen. Ich langweile mich zu Tode hier. Du weißt doch, was Al immer gesagt hat, es gibt keinen besseren Job, als Leute zu retten ...«

»Das hab ich ein oder zwei Mal gehört«, gab Cassie zu.

»Ich muss raus. Ich kann das. Ich weiß, dass ich es kann.«

Cassie wusste nicht, was sie sagen sollte. »Ich muss mit Kingi darüber reden ...«

»Ich dachte, du bist jetzt der Boss«, beharrte Avril.

»Ich rede mit Kingi«, wiederholte Cassie. »Wir müssen einen Ersatz für dich finden.«

»Lass es mich versuchen. Gib mir eine Chance«, drängte Avril und erhob sich schwerfällig.

Cassie fühlte sich unter Druck gesetzt. »Ich schätze, Mum könnte deinen Job übernehmen ... Mrs Malloy macht jetzt die Buchhaltung. Du müsstest dir allerdings eine Lizenz besorgen.«

»Ich arbeite Josie ein. Ich bring ihr alles bei.«

Cassie fragte sich, was »alles« für Avril bedeutete.

Rose

Obwohl sie sich bemühte, ging ihr nach der Begegnung mit Murray Mack nicht mehr aus dem Kopf. Sie musste zugeben, dass sie neugierig war.

Nach vielen Regentagen ließ die Sommerhitze allmählich nach, und nachts herrschte herbstliche Kühle. Eines Abends, als sie nach einer Ausrede suchte, um den Klängen von *Passion* zu entgehen, die durchs Haus schallten, machte sich Cassie zu Fuß auf den Weg zum Supermarkt, um etwas fürs Abendessen zu besorgen. Es war das erste Mal seit ihrer Rückkehr, dass sie ihre Straße hinunterging. Alle Häuser waren ihr so vertraut wie Kindheitsfreunde. Damals hatten hauptsächlich alte Leute darin gewohnt, aber jetzt gehörten sie offensichtlich jüngeren Paaren, die genügend Energie und Interesse aufbrachten, sie zu renovieren. Viele waren frisch gestrichen, manche hatten neue Holzterrassen, auf denen bunt glasierte Töpfe mit rotem Flachs oder Sukkulenten standen. Fahrräder und Spielzeug lagen auf dem vorderen Rasen, und auf den Veranden standen Trampolins. Zeichen von Leben. Familienleben.

Sie bog in die Hauptstraße ein. Inzwischen herrschte wenig Verkehr. Alle waren zu Hause, sahen sich die Nachrichten an und aßen zu Abend. Auf dem Parkplatz standen bloß ein paar Autos und ein oder zwei Leute an den Kassen. Es gab ihr einen Stich, und sie vermisste plötzlich den vertrauten Safeway-Laden und den Deli an der Ecke ihrer Londoner Wohnung. Dieser Supermarkt hatte etwas Düsteres an sich, als würde zu viel helles Licht die Kunden Dinge sehen lassen, die sie lieber nicht sehen sollten.

Sie blieb ein paar Minuten stehen und betrachtete die Auswahl an tiefgefrorenen Nudeln. Ein Mann und seine Tochter standen unentschlossen herum und sahen in das Kühlregal mit den Kuchen. Das Mädchen hatte eine wilde dunkelblonde Mähne und trug Shorts und ein T-Shirt, aus denen sie schon lange herausgewachsen war. Sie hatte das schlaksige Aussehen eines Doggenwelpen mit großen Füßen, die in zerschlissenen Turnschuhen steckten. Der Mann trug eine grüne Militär-Weste. Er trat unruhig von einem Bein aufs andere.

»Ich zahle die Hälfte, okay?«, sagte das Mädchen.

»Womit?«, fragte ihr Vater.

»Nanny hat mir ein bisschen Geld für den Strom gegeben.«

»Ich verstehe. Heb's lieber für den Strom auf.«

»Biiitte, Dad.«

»Nein, ich hab gerade genug fürs Abendessen dabei«, antwortete er und suchte nach Geld in seinen Taschen.

Cassie zögerte einen Moment. Dann ging sie zu ihnen hinüber. »Mack?«

Er hörte auf, in seinen Taschen zu kramen, und starrte sie an. Er sah aus, als sei dies ein Moment, vor dem er sich schon immer gefürchtet hatte. »Cass? Wann bist du zurückgekommen?« Unbewusst legte er den Arm um Roses Schulter.

»Vor ein paar Monaten ...«

Er nickte. »Tut mir leid wegen deinem Dad. Ich hätte zur Beerdigung gehen sollen. Ich hab aber nicht gewusst, ob ...« Er brach verlegen ab. Er sah noch fast genauso aus – ein bisschen älter, das Gesicht ein bisschen schmaler, aber die Augen hatten sich verändert. Wenn sie früher offen in die Welt geblickt hatten, wirkte ihr Blick jetzt abwehrend. Zornig sogar.

»Letzte Woche hab ich Murray getroffen, komischerweise«, sagte Cassie.

»Richtig«, erwiderte er beklommen. »Kleine Stadt.« Cassie lächelte und zuckte kleinmädchenhaft die Achseln. Dann wandte sie die Aufmerksamkeit dem Kind zu. »Du musst Rose sein? Ich bin Cassie. Dein Dad und ich sind zusammen zur Schule gegangen.«

Rose sagte lächelnd hallo.

Cassie bemerkte einen Verband an ihrem Bein. »Was hast du dir denn getan?«

Mack sah aus, als wäre er ebenfalls an der Antwort interessiert.

»Es tut bloß manchmal ein bisschen weh«, sagte Rose. Sie starrte Cassie einen Moment lang an, und nachdem sie ihr Gegenüber taxiert hatte, fragte sie: »Möchtest du mal zum Abendessen zu uns kommen?«

Mack lachte verlegen. »Es ist bei uns alles ein bisschen durcheinander im Moment.«

»Wir können doch aufräumen, Dad. Ach komm. Ich koche.«

»Sie kocht eine mickrige Schale Kellogs Krispies«, sagte Mack. »Vielleicht. Manchmal.«

»Biiitte ...«

»Rose ist ein harter Brocken, wenn sie sich was in den Kopf gesetzt hat«, sagte Mack entschuldigend. »Bist du noch eine Weile hier?«

»Ja, noch mindestens ein paar Monate«, antwortete Cassie.

»Ich brauch etwas Zeit, um meine Sachen auf die Reihe zu kriegen – vielleicht ...«

»Sicher, wir hören voneinander«, erwiderte Casie und trat zurück.

»Komm am Freitag!«, sagte Rose mit einem Anflug von Dringlichkeit in der Stimme. »Um ... ähm ... um sechs.«

Cassie fühlte sich in der Falle. »Hör zu, ich hab eure Nummer – wie wär's, wenn ich euch gegen Ende der Woche anrufe?«

Mack nickte. »Okay«, sagte er. Rose hängte sich bei ihm ein und lächelte glücklich, als hätte sie schon erreicht, was sie wollte.

Kingi saß in der Küche und trank mit Josie ein Bier, als Cassie mit Nudeln und Soße heimkam. »Da ist sie«, lallte Josie und salutierte beschwipst. »Unsere kleine Unternehmerin. Unser zukünftiger Boss.«

Kingi wirkte nicht glücklich. »Für mich geht alles ein bisschen zu schnell. Ich dachte, du hast gesagt, ich soll den Betrieb leiten. Und jetzt erfahr ich, dass Avril sich um eine Lizenz bewirbt ...«

»Tut mir leid, ich wollte es dir sagen«, antwortete Cassie und nahm sich ein Bier aus dem Kühlschrank. »Ich finde, es ist einen Versuch wert, Kingi. Was haben wir schon zu verlieren?«

»Avril?«, warf Josie fröhlich ein.

»Das stimmt«, brummte Kingi. »Tippse in einem Büro zu sein, ist eine Sache, aber die Arbeit draußen auf der Straße was ganz anderes!«

»Kingi, weißt du, was ich letzte Woche rausgefunden habe? Männer arbeiten offensichtlich nicht gern für mich, Avril aber schon. Auch Mrs Malloy. Sogar Mum. Wir haben zwei Trucks rumstehen, die uns Geld kosten, bis wir Fahrer finden – wer sagt denn, dass das Männer sein müssen?«

»Sie hat recht, es ist an der Zeit, mit der Tradition zu brechen«, fand Josie und stürzte den Rest ihres Biers hinunter.

»Josie, das hat nichts mit Tradition zu tun«, antwortete Kingi und mahlte mit den Zähnen vor Ärger. »Avril könnte aus dem Hinterhalt überfallen, angegriffen werden – nicht nur möglicherweise, sondern ganz sicher –, alles Mögliche könnte ihr passieren. Diese Typen agieren im Verborgenen wie Buschräuber. Reeds Schlägertypen sind Biker. *Böse Biker.* Was glaubst du denn, wie Biker ihren Lebensunterhalt verdienen?«

Josie runzelte nachdenklich die Stirn, aber Kingi hatte die Antwort schon parat. »Mit Schnee zum Beispiel.«

»Ich kann mir nicht vorstellen, dass damit viel Geld zu verdienen ist ...«, begann Josie.

»Ich spreche von Crystal Meth, nicht von Eiswürfeln, Jose. Kokain. Ecstasy. Warum denkst du denn, dass Reeds Typen mitten in der Nacht ein Autowrack über die Grenze nach Queensland schleppen? Die Sache wird in ganz großem Stil betrieben.«

»Bist du dir ganz sicher, Kingi?«, fragte Cassie. Kingi nickte grimmig. »Wenn Reeds Geschäft bloß als Tarnung dient ... warum ist er dann hinter dem Straßenservice-Vertrag her, wie du gesagt hast?«

»Für seine dunklen Geschäfte braucht er die saubere Fassade. Sein Leben wäre bedeutend einfacher, wenn er die ganze Gegend hier unter seiner Kontrolle hätte. Wir fahren hin, wo er hinfährt. Wir beobachten ihn viel genauer als die Cops es können – oder tatsächlich tun –, und er weiß nie, wie viel wir wissen.«

»Welche Wahl bleibt uns dann, Kingi?«, fragte Cassie. »Entweder geben wir auf und überlassen ihm das Ganze, oder wir machen weiter und gehen anders vor. Vielleicht sind Frauen viel verlässlicher als du denkst?«

Kingi saugte verdrossen an seiner Bierdose. »Ich höre mich nach ein paar Fahrern um – männlichen Fahrern. Es muss doch jemand geben hier. Ich hab ein paar Typen gehabt, die waren interessiert, aber die hatten

Vorstrafen wegen Körperverletzung oder solchen Mist und würden keine Lizenz kriegen.«

»Ich denke, wir sollten uns darauf einstellen, einen Truck zu verkaufen, um die Mittel aufzubringen, den Laden überhaupt am Laufen zu halten«, sagte Cassie. »Warum geben wir nicht eine Anzeige für Eddies Truck auf?«

Kingi und Josie sahen sich an.

»Was?«, fragte Cassie.

»Da ist immer noch ein Leasingvertrag auf seinem Truck«, erklärte Kingi.

»Ah, ich verstehe.« Sie und Kingi sahen sich feindselig über den Tisch hinweg an. »Kingi, ich hab verstanden, was du gesagt hast, aber weißt du, Avril ist ein großes Mädchen, und ich finde, sie kann auf sich selbst aufpassen. Ich möchte ihr eine Chance geben.«

Josie schenkte Kingi einen mitfühlenden Blick. Sie beugte sich vor und tätschelte seine Hand. »Und ich auch.«

Pizza

Am Mittwochnachmittag bekam Cassie einen Anruf von Rose. »Ähm ... ich und mein Dad«, begann sie, »ähm, wir dachten, vielleicht hättest du Lust am Freitag zu uns zu kommen? Es gibt Pizza.«

»Weiß dein Dad, dass du anrufst?«

»Ja, sicher. Er arbeitet heute.«

»Ich komme gern. Wann denn?«

Es folgte eine Pause, die Cassie zweifeln ließ, ob Rose

die Sache überhaupt mit Mack besprochen hatte. »Ähm, um welche Zeit isst du denn sonst zu Abend?«, fragte Rose.

»Sagen wir gegen sieben?«

»Okay.« Es folgte wieder eine Pause, offensichtlich überlegte sie. »Trinkst du Wein?«

»Sicher, soll ich welchen mitbringen?«

Rose seufzte erleichtert auf. »Ja, das wäre schön. Bis dann«, säuselte sie.

»Rose! Wo wohnt ihr denn?«

»Oh, wir wohnen in Nannys altem Haus in der Carinya Street.«

Es war komisch, sich Mrs McWilliam als »Nanny« vorzustellen. Sie war damals sehr bekannt in der Stadt und führte einen Kleiderladen oder eine »Boutique«, wie sie ihn lieber nannte. Sie fuhr immer zu Einkäufen nach Melbourne oder Sydney und kam mit der neuesten Mode zurück, die an anderen nie ganz so schick aussah. Cassie erinnerte sich vage, dass sie sich erfolglos um das Amt des Bürgermeisters beworben hatte.

Josie war im Supermarkt gewesen und kam mit Tüten voller Lebensmittel zurück, die jetzt über alle Arbeitsflächen verstreut waren. Sie wanderte mit einer Tüte Reis in der einen und einer Tüte Mehl in der anderen herum und sah aus, als befände sie sich in einer fremden Küche und hätte keine Ahnung, wo die Sachen hinkamen.

»Was ist mit Mrs McWilliam passiert, Mum?«

»Ach, diese alte aufgetakelte Ziege ... Sie ist nach Melbourne gezogen. Sie hat ein paar Läden dort, in Sydney auch. Ich glaube, sie verkauft Designer-Klamotten –, alles furchtbar schick. Im Gegensatz zu uns anderen hatte Denise eben richtigen Geschäftssinn.«

»Ah ja, sie war eine deiner Rivalinnen beim Schönheitswettbewerb, nicht?«

»Wohl kaum eine Rivalin, Schätzchen«, erwiderte Josie schnippisch. »Eine Zweitplazierte.« Sie schüttete den Reis und das Mehl sorgfältig in die dafür vorgesehenen Behälter.

»Ich gehe am Freitag zu Mack zum Abendessen«, sagte Cassie.

»Ah ja«, antwortete Josie in so gleichmütigem Tonfall, dass Cassie sich zu ihr umdrehte und sah, wie ihr Tränen in die Augen stiegen. Sie seufzte. »Er war ein reizender Junge.«

Von einer Rose geküsst

Es dämmerte schon, als Cassie in der Carinya Street eintraf, und selbst im schwindenden Licht war der verwahrloste Zustand des McWilliamschen Hauses ein Schock. Es hatte die verblichene Würde einer hochmütigen Dame, über die schlechte Zeiten gekommen waren, die aber dennoch den Kopf hochhielt.

Ein schmiedeeisernes Tor hing schief an einem verrotteten Pfosten ohne Zaun, der offensichtlich weggerissen worden war, damit Autos auf den Rasen fahren konnten. Verrostete Überreste von Zaun und Auto lagen im hohen Gras verstreut. Cassie ging vorsichtig den

Weg entlang und die Stufen auf die breite Veranda hinauf, auf der Laub und zerbrochene Möbelstücke herumlagen. Sie klopfte an die Tür und hörte Schritte, die sich schnell in die andere Richtung entfernten. Sie wartete ein paar Minuten, bevor sie erneut klopfte. Endlich ging die Tür auf.

»Dad! Es ist Cassie!«, Rose strahlte sie an.

Irgendwo im Hintergrund hörte sie ihn »Mist!« sagen.

Rose lächelte. Sie wirkte angespannt. Cassie schwenkte die Weinflasche, als wäre sie eine Puppe, und wollte etwas Lustiges sagen, um die Peinlichkeit zu überspielen. »Hallo, ich hab Wein mitgebracht.« Rose trat von der Tür zurück, um sie eintreten zu lassen. Die Diele war nicht viel ordentlicher als die Veranda, obwohl Cassie sah, dass sich jemand die Mühe gemacht hatte, zusammenzukehren. Vielleicht Rose, da der Besen mitsamt dem Kehricht in der Ecke lag.

Mack erschien im Wohnzimmer und trug schmutzige Jeans und Arbeitsstiefel, in der Hand hielt er eine Bierdose. Er sah verwirrt aus. »Ähm ... erwarten wir dich?«

Rose rannte geschäftig an ihm vorbei die Diele hinunter in die Küche. »Ich bestelle eine Pizza, Dad.«

»Ach nein«, sagte Cassie. »Ich bin gerade vorbeigekommen. Ich hatte diese Weinflasche. Und ...«

»Oh ... ich verstehe. Rose hat dich eingeladen.«

»Nein, nein, obwohl sie irgendwas gesagt hat, dass heute Abend Pizza-Nacht sei, also dachte ich, es sei in Ordnung.«

Mack strich sich durchs Haar. »Mir ist aufgefallen, dass sie aufgeräumt hat, das kleine Miststück. Komm rein.« Er führte Cassie ins Wohnzimmer und deutete aufs Sofa. Er wirkte verloren. »Hör zu, ähm ... ich dusch mich vielleicht schnell«, erklärte er und ging unbeholfen rückwärts aus dem Raum.

Kurz darauf kehrte Rose mit einem Flaschenöffner und zwei Weingläsern zurück, und Cassie kam sich allmählich wie bei einer Schulaufführung vor, wo jeder einmal auf der Bühne erscheinen muss und alle mit dem Text kämpfen. Ihr fiel auf, dass Rose den Verband abgenommen hatte.

»Geht's deinem Bein besser, Rose?«

Rose nickte froh.

Cassie öffnete den Wein und goss sich ein Glas ein. Sie lehnte sich auf dem Sofa zurück und trank einen Schluck. »Nun, junge Dame. Was willst du eigentlich?«

Rose lächelte und zuckte die Achseln. »Dad hat gesagt, dass du vor langer Zeit weggegangen bist.«

»Ja, ich lebe schon seit Jahren in London. Einmal habe ich in Blackheath gewohnt, das ganz in der Nähe von Greenwich ist, wo die Zeit beginnt.«

»Cool. London ist in England, richtig?«

»Richtig.«

Sie plauderten über die Schule und Roses Freundinnen, wer wen und warum nicht mochte. Mack tauchte wieder auf, in einem verblichenen, aber sauberen T-Shirt und mit nassem, zerzaustem Haar, und fast im gleichen Moment klopfte der Pizza-Lieferant an die Tür. Mack nahm die Pizza entgegen, und sie gingen ins Esszimmer.

Der Tisch war zu diesem Anlass offensichtlich abgeräumt worden, denn Cassie entdeckte einen Stapel Zeitungen und Rechnungen in der Ecke liegen. Es gab ihr einen Stich, wenn sie sah, wie viel Mühe das kleine Mädchen sich gegeben hatte, um den Abend zu etwas Besonderem zu machen. Der glänzende Tisch, den Mrs McWilliam Mack offensichtlich zurückgelassen hatte, war mit Platzdeckchen, Tellern und Besteck gedeckt. In der Mitte stand ein Silberleuchter mit nicht zusammenpassenden Kerzen und ein Marmeladenglas mit einem Strauß aus Blumen und Unkraut.

Sie aßen ihre Pizza bei Kerzenschein, und Rose gab sich die größte Mühe, die Unterhaltung in Gang zu halten. Auf Macks Bitte erzählte sie Cassie die Geschichte von ihrem Freund Wan, der ein Ein-Personen-Stück mit dem Titel »Todesshow« erfunden hatte. Er konnte den Tod durch Strangulieren, Erschlagen oder Erschießen darstellen. Er ging auch auf Vorschläge des Publikums ein. Rose stand auf, um ihre Lieblingstodesart zu demonstrieren – die Qualen des Todes durch Schlangenbiss – und brachte sie beide zum Lachen. »Er konnte kein Wort Englisch, als er in die Schule kam«, erklärte sie. »Jetzt ist er richtig beliebt – wenn es nichts zu tun gibt, stehen wir alle um ihn herum und rufen ›Todes-Show, Todes-Show‹ ... und dann macht er sie, und alle klatschen und johlen.«

»Wan ist ein ungewöhnlicher Name. Wo ist er denn her?«, fragte Cassie.

»Keine Ahnung. Er ist Asiate. Die kommen aus Sydney, nicht?«

Cassie und Mack schafften es, auch mit ein paar Schulgeschichten aufzuwarten, aber selbst eine Zehnjährige merkte, dass sie nicht mit dem Herzen dabei waren. Rose räumte den Tisch ab und wünschte, offensichtlich bemüht, die beiden allein zu lassen, eine gute Nacht. Sie gab Mack einen Kuss auf die Wange, und, als wäre es die natürlichste Sache der Welt, küsste sie auch Cassie. An der Tür blieb sie stehen. »Gute Nacht. Ich hoffe, du kommst bald wieder«, sagte sie mit einem herausfordernden Blick an ihren Vater. Er sollte jetzt übernehmen, und sie wollte nicht hören müssen, dass er alles vermasselt hatte. Cassie spürte ihre Verzweiflung, aber konnte nicht entscheiden, ob es Mack war, den sie retten wollte, oder sich selbst.

Mack wandte sich an Cassie. »Ich muss was rauchen. Möchtest du einen Moment mit rauskommen?«

Da kein Möbelstück auf der Veranda intakt wirkte, setzte sich Cassie auf die Stufen. Mack setzte sich neben sie und rollte einen Joint. Er stellte eine halb leere Flasche Brandy und zwei Gläser zwischen sie und bot ihr etwas zu trinken an, aber sie schüttelte den Kopf. Er bot ihr auch den ersten Zug von dem Joint an, aber sie lehnte erneut ab. Nachdem er sich ein ordentliches Glas eingeschenkt hatte, nahm er einen Schluck und starrte trübsinnig in die Nacht hinaus. Cassie war müde. Sie wollte die Atmosphäre auflockern, widerstand dem Drang aber.

»Sie hat mein ganzes Leben verdorben, diese Nacht«,

sagte Mack plötzlich. »Das hab ich erst begriffen, seit Denise gestorben ist.«

»Du kannst nicht alles darauf schieben«, sagte Cassie, die sich nichts mehr wünschte, als diesem Gespräch aus dem Weg zu gehen.

»Doch, das kann ich.« Er hörte sich jetzt fast kampflustig an, als hätte er nur auf jemanden gewartet, um darüber zu streiten. »Und ich wette, sie hat dir auch dein Leben verdorben.« Er sah sie von der Seite an.

»Ich möchte wirklich nicht darüber reden. Ich versuche nicht daran zu denken.«

Er goss sich Brandy nach. »Das versuche ich auch. Aber ich möchte darüber reden. Ich hab niemanden gehabt, mit dem ich darüber reden konnte, seit du fort bist.«

Cassie goss sich ein paar Tropfen Brandy in ihr Glas, schwenkte sie hin und her und überlegte, wie sie sich diesem Gespräch entziehen könnte, ohne grob und rücksichtslos zu sein. »Wie kannst du sagen, dein Leben sei durch den Unfall kaputtgegangen? Du hast doch jemanden gefunden und hast sie genügend geliebt, um sie zu heiraten. Das muss doch gut gewesen sein. Du hast eine süße Tochter, dieses Haus, ein bisschen Land ...«

»Ja, nach außen hin hat alles gut ausgesehen. Außer dass wir nicht das glückliche junge Paar waren – was allein an mir lag. Sie war ein reizendes Mädchen, und ich hab sie verdammt unglücklich gemacht. Das Haus und alles darin gehört Mum. Rose ist ...« Er hielt inne und fügte mit bewegter Stimme hinzu: »Ich bin ein verdammt schlechter Vater.«

»Es hört sich an, als hättest du Schuldgefühle, weil du am Leben bist ...«

»Erspar mir die Schuldkomplexanalyse, Cass. Ich suhle mich schon seit Jahren in Selbstmitleid. Das ist die Wahrheit. Mein Knöchel war total zertrümmert. Jetzt hab ich Arthritis in dem Bein. Seit dem Unfall ist kein Tag vergangen, an dem ich keine Schmerzen gehabt hätte – mein ganzes Leben lang. Ich könnte Reed jedes Mal umbringen, wenn ich ihn sehe. Dir hat er die Jugend gestohlen. Ich bin ein alter Mann geworden, bevor ich überhaupt erwachsen war.« Er stand auf und ging zum Tor. Sie konnte ihn leise weinen hören.

Sie wollte ihn trösten. Doch sie wollte auch selbst getröstet werden. Aber dafür war es auch zu spät. Alles war zu spät. Wut und Schuldgefühle hatten sich unentwirrbar ineinander verstrickt. Sie ging nach drinnen und holte ihre Jacke und ihre Tasche. Sie stand auf der Vordertreppe. »Ich gehe jetzt lieber.«

»Ja, wahrscheinlich eine gute Idee.« Er wischte sich mit dem Ärmel übers Gesicht. »Alles scheint den Bach runterzugehen – ich kann nicht sehen, dass sich irgendwas zum Besseren wendet«, sagte er mit einem bösen Lachen.

Als Cassie zum Tor ging, trat er beiseite, aber plötzlich stürzte er auf sie zu und packte ihren Arm. Sie blieb stehen, spürte aber keine Angst. Selbst dieser Mack, der vernichtet und ausgehöhlt war, würde ihr niemals wehtun. »Tut mir leid, Cass. Gewöhnlich bin ich nicht so unmöglich. Ich hab niemanden, mit dem ich über die Sache reden kann. Du bist die Einzige, die weiß ...« Er brach ab und ließ ihren Arm los. Sie blieb schweigend und geduldig neben ihm stehen. Er sah in die Nacht hinaus, und die eingeätzten Schatten in seinem Gesicht wurden im Licht der Straßenlaterne sichtbar. »Ich hab das Gefühl«, begann er, »ich hab das Gefühl, als wäre diese Nacht der Gipfel meines Lebens gewesen, weißt du – wie ein Boxer, der die Weltmeisterschaft gewinnt, um dann festzustellen, dass es der letzte Kampf seines Lebens war. Wir hatten so viele Möglichkeiten. Das ganze Leben steckte voller Möglichkeiten. Du und ich – was hätte aus uns werden können? Von dem Moment an, als wir uns kennenlernten, dachte ich wirklich, wir seien füreinander bestimmt. Ich dachte, ich würde auf die Uni gehen, Architekt werden. Du wärst Fotografin geworden. Denk doch nur. Wie es hätte sein können ...«

»Mack, wir sind am Leben. Vergiss das nicht.« Sie küsste ihn kurz auf die Wange und ging zum Tor hinaus.

Aufgewühlt fuhr Cassie Macks Straße hinunter. Es war noch nicht spät, erst kurz nach neun, aber sie fühlte sich erschöpft. Sie hatte keine Ahnung, was sie sich von dem Treffen erhofft hatte, außer vielleicht, dass sie einen Freund brauchte, und Mack war früher einmal einer gewesen. Aber die Unterhaltung hatte sie völlig durcheinandergebracht. Es war, als hätte Mack all das Bedauern über die Vergangenheit in ihr aufgewühlt, über die sie nie mit jemandem gesprochen hatte. Sie war tief in Gedanken versunken und fuhr zusammen, als plötzlich der Klingelton ihres Handys einsetzte. *Walk on, walk on with hope in your heart ...* Sie hielt an, kramte in ihrer Tasche und nahm ab, ohne nachzusehen, wer anrief. »Hallo?«

»Cass?«

»Wer ist da?«

»Ich bin's, Dan. Cass, bist du dran?«

»Ja.«

»Du vermisst mich, nicht?«

Sie machte den Mund auf, um etwas zu sagen, aber ihr Finger handelte eigenmächtig und drückte auf NEIN, und die Verbindung wurde unterbrochen.

Haka

Am Samstagmorgen bekam Cassie einen Anruf von Kingi. Er sei am Flussufer und würde mit seinen Jungs ein bisschen fischen. Sie solle doch herkommen. Als sie dort ankam, saß er in seinem Truck, die Türen standen weit offen, und er lauschte dem Polizeifunk und den Sportergebnissen, während seine Söhne vom Ufer aus fischten.

»Was gibt's?«, fragte er, als er ihren Gesichtsausdruck registrierte, während sie auf den Beifahrersitz kletterte.

»Hab Mack getroffen gestern Abend.«

»Aha. Nicht gut.« Er dachte eine Weile über diese Neuigkeit nach und fügte hinzu: »Pass auf, Cass. Junkies fressen dich auf und spucken dann die Knochen aus.«

Sie saßen da und schauten so lange durch die Windschutzscheibe hinaus, bis beide wussten, dass das Thema erledigt war. »Kingi, tue ich das Richtige, wenn ich versuche, den Betrieb am Laufen zu halten?«

»Nein, das hab ich dir schon gesagt. Wenn Al noch am Leben wäre, würde ich Ja sagen. Aber ohne ihn ... ist es besser, du verkaufst alles. Das ist mein Rat, aber du willst ja nicht auf mich hören.«

»Vielleicht sollte ich Dads Truck verkaufen ...«

»Mann, das ist doch auch bloß 'ne halbgare Lösung – du verkaufst die Gans, wo kriegst du dann die Eier her? Wenn du's machen willst, bleibt dir keine Wahl, als dich mit Haut und Haaren reinzustürzen. Dich richtig reinzuhängen.«

»Ich hab da so eine Idee ...«

»Warte mal. Ich muss schnell die Fische in die Kühlbox legen.« Kingi stieg aus und ging gemächlich zum Fluss hinunter, wo er die Fische aus den Kübeln der Jungen nahm und sie anschließend in die Box unter den Bäumen warf. »Heut Abend ist schwer was los«, sagte er, als er wieder einstieg. »Die Wallabies kriegen von den Kiwis richtig eins drüber, und mein Bruder und seine Gang kommen rüber aus Hay. Wir schmeißen das Spiel auf 'ne Großleinwand. Und machen einen *hangi*. Die Jungs haben den Erdofen schon gegraben. Hey, warum kommst du nicht auch rüber?«

»Danke, Kingi, aber ich bin nicht so scharf auf *hangi*-Fleisch. Soweit ich mich erinnere, schmeckt alles nach Rauch.«

»Das ist es ja gerade, was wir daran mögen!«, erwiderte er gespielt empört. »Du kennst doch den Song ›Smoke on the Water‹? Über einen besonders denkwürdigen *hangi* ...?«

»Um auf meine Idee zurückzukommen, ich hab über Reed nachgedacht. Und wie wir professioneller werden könnten als sein Laden. Als Erstes müssen wir professioneller aussehen. Alle unsere Trucks brauchen eine Verschönerung – abgesehen von dem hier«, fügte sie schnell hinzu und tätschelte das Armaturenbrett.

Kingi nickte weise, allerdings nur halb interessiert, und hob ab und zu den Kopf, um nachzusehen, ob noch weitere Fische gefangen worden waren. Ihr war klar, er glaubte nicht, dass sie ihm etwas erzählen konnte, was er nicht schon wusste.

»Vergiss doch einen Moment lang die blöden Fische, ja?«, zischte Cassie. Er zuckte zusammen und verlegte sich wieder auf freundliches Nicken, während sie ihren Plan darlegte. »Also nochmal, was die Verschönerung anbelangt. Wir haben doch fünf Werkstätten in der Stadt, die Unfallinstandsetzung machen, richtig? Und ich hab mir gedacht, wir bieten jeder an, einen unserer Trucks zu sponsern.« Kingi hörte ihr jetzt mit gerunzelter Stirn aufmerksam zu. »Jede kriegt einen Truck zum Lackieren als Werbung für ihre Arbeit – sie dürfen machen, was sie wollen. Zeit und Material wird kostenlos von ihnen gestellt.«

Die Fische waren plötzlich nicht mehr interessant. Auf Kingis Gesicht spiegelte sich angestrengte Konzentration. »Also würde ihr Name draufstehen?«

Cassie nickte. »Ja, irgendwo schon, aber der springende Punkt dabei ist, dass die Trucks eine Art wandelnde Reklame für ihre Arbeit wären.«

»Es wird nicht leicht sein, denen eine neue Idee zu verkaufen – die sind ziemlich schwer von Begriff, wenigstens ein paar von ihnen.«

»Du hast es aber ziemlich schnell kapiert«, antwortete Cassie grinsend.

»Mein Gott, Mädchen, du bist ganz schön ausgekocht.« Er beugte sich aus der Tür. »Vergesst die Fische, Jungs! Wir haben prima Aussie-Steaks daheim.«

»Wir haben bloß fünf Trucks, also können wir jeder Werkstatt einen anbieten. Wir könnten vielleicht einen Wettbewerb daraus machen. Vielleicht schaffen wir's sogar, dass in der Lokalzeitung darüber berichtet wird.«

»Ein paar werden wahrscheinlich ablehnen. Aber Evan Armstrong macht sicher mit. Er hat einen Typen im Betrieb, der wirklich klasse Arbeit macht. Übrigens kommt Evan heut Abend«, fügte er grinsend hinzu. »Du solltest lieber auch kommen. Vielleicht kannst du ihn in einem schwachen Moment überreden.«

Niemand war zu Hause, als Cassie zurückkam. Auf dem Anrufbeantworter war eine Nachricht.

»Hier ist Rose McWilliam«, sagte eine nervöse Kinderstimme. »Cassie? Ich wollte dir nur sagen, dass Dad heute das Gartentor repariert hat. Für den Fall, dass du wiederkommst. Es geht jetzt leichter auf.« Es folgte eine lange Pause, während sie überlegte, was sie als Nächstes sagen sollte, dann ertönte ein Klicken. Sie hatte aufgelegt.

Cassie duschte und zog sich um. Da es aussah, als sei Josie irgendwo unterwegs, machte sie sich um sechs auf den Weg zu Kingis und Elaines Haus. Am Straßenrand und in der Einfahrt parkten ziemlich chaotisch einige Wagen, einschließlich Roddys und Deans Trucks, als hätten es die Fahrer gar nicht erwarten können, nach drinnen zu kommen. Die beiden Querfeldein-Vehikel standen verlassen in der Mitte des Geländes, wo sie vermutlich zusammengebrochen waren, kein Benzin mehr hatten oder bloß einfach keinen Spaß mehr machten.

Im Haus war es still, aber von der Rückseite drang lauter Lärm herüber. Cassie ging zum Hinterhof, wo geschäftiges Treiben herrschte. Ein *hangi* war vor dem Tor in den Boden gegraben, und kleine Rauchschwaden stiegen ins Zwielicht auf. Elaine saß da, trank Bier und unterhielt sich mit ein paar Frauen, die Cassie nicht kannte. Kingi hatte eine alte Badewanne mit Eis und Bier gefüllt, er rannte herum, befahl den Jungs, beim Aufstellen des Projektors und der Leinwand zu helfen, und schleppte alle möglichen Sitzgelegenheiten heran.

»Diese verdammte Wäscheleine muss weg!«, rief er Elaine zu, die ihn ignorierte. »Das will ich schon seit Jahren tun«, sagte er zu Cassie gewandt. »Ruiniert die ganze Atmosphäre.« Seine Aufregung war ansteckend. »Ich hab dir doch gesagt, mein Bruder Wally kommt heut Abend. Auch ein paar von meinen Cousins, die ganze Gang. Hab sie seit zwei Jahren nicht mehr gesehen. Wir essen, singen ein paar Songs, lassen's uns gut gehen. Große Party! Hey, Jungs! Wir müssen das Feuer in Gang bringen ...« Und schon war er fort und rief seine Söhne, die Holz bringen sollten, um in der Mitte des Hofs ein Feuer zu machen.

Cassie ging hinüber, um Dean und Roddy zu begrüßen, die gerade ein paar Biere aufmachten. »Hast du vor, heute Abend was zu singen?«, fragte sie.

»Ja«, antwortete Dean und nuckelte an seiner Flasche. »›Do Ya Think I'm Sexy‹ hat letztes Mal ganz groß eingeschlagen. Ich hab so gelacht, dass ich fast in die Hose gepinkelt hätte.«

»Das war meine ›Liberace trifft Peter Allen‹ Version. Vor einem Haufen Maori-Schafscherer würd ich mich das nicht trauen, Mann – könnt sein, dass sie mir das Fell über die Ohren ziehen«, antwortete Roddy.

»Wie wahr. Ein bisschen Diplomatie ist schon erforderlich heut Abend, damit die herzlichen Beziehungen zu unseren Kiwi-Cousins keinen Schaden nehmen«, sagte Dean zu Cassie. »Andere Themen, die unbedingt vermieden werden müssen, sind bestimmte Wurftechniken beim Cricket, am besten man vermeidet den Namen Chappell überhaupt ...«

»Oder wer Phar Lap, den Renngaul, vergiftet hat«, schlug Roddy vor.

»Ganz zu schweigen von dem legendären Rugby-Match mit dem berühmten ›Gregan-Tackling‹«, fügte Dean hinzu.

»Kingi!«, rief Elaine und sprang plötzlich vom Tisch auf. »Was zum Teufel machst du da?«

Cassie drehte sich um und sah, dass der Wäschepfosten der Hills, der unten abgesägt worden war, über den Zaun nach draußen gehoben wurde. Kingi breitete die Arme aus, um das neue Ambiente zu umarmen. »Na, ist das vielleicht nicht besser? Man kann doch unter 'ner Wäscheleine keine Gäste bewirten, Frau.«

Kingis Handy begann zu klingeln, und er riss es aus der Tasche. »Ja, ja, parkt einfach auf dem Gelände neben dem Haus – wir sind da.« Er klappte es zu, machte Elaine ein Zeichen und stieß einen scharfen Pfiff aus, um seine Söhne aufmerksam zu machen. »Raus vors Haus, Jungs!«

Alle gingen zur Vorderseite des Hauses. Im Zwielicht war eine Staubwolke zu sehen, die den Weg herunter auf sie zukam, dann hörte man das Geräusch von Motoren. Die Kavalkade bestand aus drei Motorrädern, dahinter zwei Geländewagen, in jedem drei Leute dicht aneinandergedrängt. Sie bogen durchs Tor auf das Gelände ein, während sich Kingis Familie vor dem Haus versammelte. Nacheinander stiegen die Reisenden aus oder ab und legten ihre Schutzkleidung in den Kofferraum der Geländewagen. Cassie sah jetzt, dass es acht Männer und drei Frauen waren. Kingi und seine Familie standen ruhig wartend da und machten keine Anstalten, sie zu begrüßen. Es herrschte eine unheimliche Stille, als die Besucher von ihrem Parkplatz aufs Haus zugingen.

Plötzlich erhob sich ein Schrei, eine durchdringende, schrille und fast geisterhaft hohe Stimme. »*Hāeremai rā, e te whānau e. Hāeremai, hāere ma rā*«, rief Elaine den Besuchern entgegen.

Alles war still, als sich die beiden Gruppen im Abstand von ein paar Metern gegenüberstanden. Kingi und sein Bruder traten vor, legten vorsichtig die Stirn aneinander, dann umarmten sie sich, stießen lauthals eine Flut von Begrüßungen aus, klopften sich auf den Rücken und umarmten sich erneut mit Rufen wie »Bruder, du gehst ja immer mehr in die Breite statt in die Länge!« und »Schau dir diesen Typen an, den hätt ich bei 'ner Gegenüberstellung im Leben nicht erkannt!« Die übrigen Gäste waren vergessen, als die Neuankömmlinge vereint mit Kingis Familie als ein Clan in den Hinterhof gingen.

Cassie, Roddy und Dean standen an der Hintertür wie drei Mauerblümchen, die warteten, bis sie jemand zum Tanzen aufforderte. »Riesenkerle, was?«, bemerkte Dean.

Kingis Bruder Wally sah am furchterregendsten von allen aus, mit einem Tattoo, das sich von der Brust über den Hals hinaufschlängelte, und dichtem, grau gesträhntem Haar, das zu einem Pferdeschwanz gebunden war. Doch wenn er lächelte, hatte er das gleiche schelmische Grinsen wie Kingi, und heute Abend gab es eine Menge, worüber sie sich freuen konnten.

Noch mehr Leute trafen ein. Weiße Rauchwolken in die kalte Nachtluft ausatmend, saßen sie eng gedrängt um das lodernde Feuer, das tanzende Lichter auf ihre Gesichter warf. Die Musik wurde lauter, über der sich noch lauter die Stimmen erhoben. Kingis Lachsalven waren nicht zu unterscheiden von denen seines Bruders.

Kingi führte Wally zu Cassie herüber, um ihn vorzustellen. »Du erinnerst dich doch an die kleine Cassie, Bruder? Cassandra jetzt.«

Wally wirkte verblüfft. »Der kleine Wildfang?« Er gab ihr die Hand und schüttelte den Kopf. »Ganz schön mutig, sich mit Abschleppfahrern abzugeben. Die sind schlimmer als Schafscherer.«

Cassie zuckte die Achseln. »So schlimm sind sie auch wieder nicht.«

Er sah sie lange an, dann wandte er sich ab und ging langsam mit Kingi weg.

Dean blickte zu Roddy hinüber. »Noch 'ne schlechte Bemerkung über Abschleppfahrer und wir geben's ihnen, Alter?«

»Nach dir, Alter«, antwortete Roddy gut gelaunt und machte ein weiteres Bier auf. »Ich trink noch fünf Bier und lass mich besoffen in die Arme dieser knusprigen Maori-Jungfrau sinken, die mir schon zuzwinkert, seit sie hier angekommen ist. Guck sie dir an, die hat eine Haut wie Samt und Seide. Ich hoff bloß, heut Abend fährt keiner wo gegen. Mir würd nichts fehlen, wenn ich heut nicht irgendeinen Mistkerl aus einem Wrack zerren müsst. Ich will noch hier sein, wenn sie ›Ten Guitars‹ singen. Wie stehen die Chancen dafür?«

Schließlich entschied Kingi, dass es an der Zeit sei, den *hangi* zu öffnen. Die Männer versammelten sich um die Grube, und jemand hielt ein Licht, als sie Erdklumpen von dem Ofen abnahmen. Rauchwolken stiegen in die Nachtluft auf, als ein Metalltablett nach dem anderen herausgehoben wurde. In Folie oder Blätter eingewickeltes Essen wurde zu den Tischen getragen, wo Elaine und ihre Freundinnen es auswickelten und die Gäste zu Tisch riefen.

Roddys Handy klingelte. Wie erstarrt blieb er mit einem Teller in der einen und einem Bier in der anderen Hand stehen. »Ich geb dir fünfzig, wenn du den Anruf annimmst«, sagte er zu Dean. »Das ist mein zweites Bier.«

»Hundert«, antwortete Dean ungerührt.

Roddy drehte sich um, damit Dean an seine Gesäßtasche kam, wo er Roddys Brieftasche herauszog und dann sein Handy nahm. »Bar im Voraus«, sagte er zu Roddy. »Abschleppen ... ja, ja, bin schon unterwegs.« Er nahm seinen Hunderter und gab Roddy das Telefon zurück. »Bleib nüchtern – das wird eine von diesen Nächten«, rief er über die Schulter nach hinten, als er zu seinem Truck ging.

Der Tisch war mit Tabletts voller Bratkartoffeln, Kumara, Schweinefleisch und Fisch beladen, dazu gab's Schüsseln mit gepfeffertem Kohl und eine Bäckertüte voller Brötchen. Kingi jedoch gönnte sich kaum einen Moment der Entspannung. Weil er sich mit seinen Gästen aufgehalten hatte, war er spät dran, um alles für den Anfang des Spiels vorzubereiten. Eine große Leinwand war in genügender Entfernung vom Feuer am hinteren Zaun aufgezogen worden, und auf einem Stapel Milchkisten stand ein Projektor neben dem Haus. Kingi scheuchte seine Jungs herum wie Roadies, und sie hängten ein Paar schwarze Lautsprecher auf und machten eine Soundprobe. Gerade rechtzeitig, bevor die Spieler aufs Feld liefen, donnerten die Lautsprecher los, was von den Anwesenden erleichtert aufgenommen wurde. Die Klänge von »Advance Australia Fair« und »God Defend New Zealand« dröhnten durch die Nacht, während sich die Versammelten durch die Texte der beiden Hymnen mühten.

Jetzt war ihre Zeit gekommen, und die Brüder, Cousins und Söhne stellten ihr Essen weg und traten vor die große Leinwand. Mit Blick auf die übrigen Gäste rief Wally: »*Ka mate, ka mate! Ka ora, ka ora!*« Der Boden zitterte unter ihren Füßen, als sie auf die Erde stampften. Sie schlugen sich auf die Unterarme und sangen: »*Tūnei te tangata, pūhuruhuru!*« Selbst die Luft schien zu erzittern. Hemi, der jüngste Krieger, der allerdings den wildesten Gesichtsausdruck hatte, stand in der vordersten Reihe, und Cassie sah, dass er vor Stolz fast platzte.

Als das vorbei war, senkte sich Stille über die Menge im Stadion wie über die Versammlung im Hinterhof von Bilkara. Einen Moment lang standen sie fast ehrfürchtig da, bevor sie in frenetisches Klatschen ausbrachen.

Im Gegensatz zu den meisten Parties, die im Lauf des Abends immer lauter werden, war es hier relativ ruhig. Gelegentlich wurde ein Witz gemacht, und schallendes Gelächter brach aus, Spieler wurden angefeuert durch zusammengebissene Zähne, und dazwischen immer wieder ein frustrierter Aufschrei, wenn eine Chance vergeben wurde. Die Spannung stieg, als sich ein Spieler zur Mallinie durcharbeitete, und laute Beifallsbekundungen ertönten bei einem Touchdown. Als es vorbei war und die All-Blacks gesiegt hatten, war die Stimmung in Kingis Hinterhof so aufgeheizt, als hätten die Männer selbst gespielt.

Vermutlich bemerkte Elaine, dass dies nicht unbedingt Cassies Vorstellung von einem schönen Abend entsprach, denn sie stellte sie ein paar ihrer Freundinnen vor und ließ sie an dem großen Tisch gegenüber von Wally Platz nehmen, der eindeutig der Ehrengast war und inzwischen ein Dauergrinsen im Gesicht hatte.

»Du und Kingi, habt ihr euch nie bei den All-Blacks beworben?«, fragte ihn Cassie.

Wally lachte, danach schien sein Lächeln wegzurutschen. »Wir waren vier, Kingi war der jüngste.« Er warf einen Blick zu seinem Bruder hinüber, der am Lagerfeuer stand. »Er war derjenige mit dem Talent. Er hat keine Angst gekannt. Heutzutage haben die Jungs die ganze Ausrüstung und allen Scheiß, und Mum und Dad stehen daneben und klatschen ... Unser Dad ist nie zu einem unserer Spiele gekommen. Der Pub war ja offen am Samstagnachmittag. Dagegen kamen wir nicht an. Mum hat uns durch die Kirche gebrauchte Stiefel besorgt, aber sie ist auch nie zu einem Spiel gekommen«, sagte er eher sachlich als verbittert.

Kingi setzte sich neben Cassie. »Warum ziehst du so eine Flappe, Bruder? Ich hab gedacht, du wärst ganz aus dem Häuschen über den Sieg.«

»Hab gerade Cassie erzählt, wie's war, als wir Kinder waren.«

»So schlecht ist's gar nicht gewesen«, sagte Kingi.

»Abgesehen davon, dass unser Vater ein Dreckskerl war. Wir Kinder sind ganz gut zurechtgekommen.«

»Ja, wenn man die erste Hälfte seiner verdammten Kindheit in einer Karre vor dem Pub verbringt und die nächste Hälfte damit, mit dem Alten fünf Runden zu boxen – kann man's ein trautes Familienleben nennen.«

»Es gab Höhen und Tiefen«, stimmte Kingi philosophisch zu.

»Unser älterer Bruder hat sich dem Schwarzen Mob angeschlossen, als er sechzehn war. Und hat jeden von uns reingekriegt. Du warst vierzehn, Kingi, als du da reingegangen bist?« Kingi nickte. »Vier Jungs im Mob. Mum ist durchgedreht, als er da hinging.« Er schürzte neckisch die Lippen. »Mummys kleiner *pepe.*«

»Was war denn so reizvoll daran?«, fragte Cassie.

»Alles«, antwortete Kingi grinsend. »Die Bruderschaft. Große Bikes, Alkohol, Drogen, Geld, Macht, Respekt. Der Anführer sagt was, und die Leute parieren ziemlich schnell.«

»Unser Alter hat immer gesagt, wir seien elende Nervensägen. Also dachten wir, wir könnten eine Karriere daraus machen«, fügte Wally hinzu.

Kingi lachte, aber Cassie spürte noch etwas anderes. »Und was ist dann passiert?«

Kingi und Wally sahen sich über den Tisch hinweg an, jeder wollte, dass der andere es sagte. Schließlich antwortete Kingi: »Einer unserer Brüder kam in den Knast. Fünfzehn Jahre für bewaffneten Raubüberfall. Der andere wurde bei einem Kampf niedergestochen.

Tot. Mit einundzwanzig.« Er hob das Kinn in Richtung eines der Schafscherer, der mit Kingis ältestem Jungen herumalberte. »Das ist sein Sohn. Er hat ihn nicht aufwachsen sehen.«

»Irgendwie dachten wir, wir seien es Mum schuldig, ein nützlicheres Leben zu führen«, sagte Wally. Nachdenklich nahm er einen Schluck Bier. »Ich geb dem alten Mann aber keine Schuld«, fügte er hinzu.

»Ah ja?«, sagte Kingi sichtlich überrascht.

»Vergiss nicht, in welcher Zeit er aufgewachsen ist. In den Dreißiger- und Vierzigerjahren waren die Maori nicht mehr wert als Abfall im Rinnstein. Er hat in dem verdammten Krieg für sein Land gekämpft, und als er zurückkam, war er wieder ein Stück Scheiße. Er hat allen Grund gehabt, stinksauer zu sein.«

»Er war ein ganzes Stück älter als Mum, und sie hat sich irgendwann mit den Mormonen eingelassen. Ständig hat sie gebetet, der Herr möge uns erretten«, sagte Wally. »Also haben wir ihre Gebete erhört und sind hier rübergekommen.«

»Dann ist also alles Gott zu verdanken«, sagte Kingi. »Okay, jetzt haben wir lang genug ins Bier geflennt. Wie wär's mit ein bisschen Singen und Tanzen!« Er drehte sich um und hielt nach jemandem Ausschau, der ihn wieder in Partylaune versetzte. Als er Evan Armstrong entdeckte, der sich mit Roddy unterhielt, erinnerte er sich wieder, warum Cassie eigentlich hergekommen war. Er packte sie und brachte sie zu Evan hinüber.

»Na«, sagte Evan, »bringen Sie mir wieder ein paar Blechschäden vorbei? Ich geb Ihnen 'nen Hunderter für

’nen Mercedes oder ’nen BMW. Wirklich toll, dass ich nichts mehr mit den hässlichen Mistkerlen zu tun hab.«

Cassie lachte über das Kompliment. »Das war eine einmalige Sache. Ich wollte eigentlich mehr im Hintergrund bleiben und das Geschäft aufbauen.«

Evan nickte und musterte sie. Wie skeptisch er war, konnte sie in seinen Augen lesen. Trotzdem skizzierte sie kurz ihren Vorschlag für ihn. Dass er nichts erwiderte, sondern ihr mit verschränkten Armen und entschieden teilnahmslosem Gesichtsausdruck zuhörte, irritierte sie ein wenig, aber sie ließ sich nicht aus dem Konzept bringen, bis sie gesagt hatte, was sie auf dem Herzen hatte. Roddy wirkte einfach nur verwirrt. »Sicher, gut«, sagte Evan schließlich.

»Wirklich?«, fragte Cassie.

»Sicher. Bringen Sie Als Truck am Montag zu mir rauf, und mein Lackierer sieht ihn sich an. Er lackiert heiße Schlitten und alles so was.«

»Reed wird das nicht gefallen. Könnte sein, dass er dir keine Arbeit mehr gibt«, sagte Roddy.

Evan zuckte die Achseln. »Ich werd’s überleben.« Er dachte einen Moment nach, dann sagte er zu Cassie: »Wissen Sie, Sie sollten eines tun – Sie sollten die Runde machen und sich bei allen Sprayern vorstellen. Sie brauchen die mehr als umgekehrt.«

Im Moment schien dies für fast jeden in ihrem Leben zuzutreffen, dachte Cassie. Abgesehen von Rose vielleicht.

Am Montagmorgen war Josie früh auf den Beinen, summte und klapperte in der Küche herum und machte Kaffee und Toast. Cassie setzte sich im Pyjama an den Küchentisch und freute sich, dass ihre Mutter so fröhlich war. »Hast du einen Liebhaber?«

»Als würde ich mich mit einem begnügen«, antwortete Josie. »Ach wo, überhaupt nicht. Ich hatte bloß ein sehr produktives Wochenende.« Sie drohte mit dem Finger in Cassies Richtung. »Wie du bald sehen wirst.«

Selbstzufrieden saß sie im Cadillac, als sie zur Dunbar Street fuhren, und sobald Cassie in den Autohof einbog, sprang Josie heraus und verschwand nach drinnen. Cassie machte sich sofort daran, Als Truck zu Evan raufzubringen, bevor er es sich anders überlegte.

Armstrong stellte ihr Harrison, den Spray-Künstler, vor. Er war ein junger Mann mit rasiertem Kopf und einem geflochtenen Rattenschwanz im Nacken, der ihm halb über den Rücken hinabhing. Seine Haut war eine wahrhafte Tattoo-Galerie, die Leinwand für die Kunst eines anderen. Die Vorstellung, völlig freie Hand bei der Bemalung des Trucks zu haben, warf ihn sichtlich um. Während er um das Fahrzeug herumlief, redete er leise mit sich selbst, und sein Gesicht glühte vor Aufregung. Nachdem er ein paarmal seine Runden gedreht hatte, blieb er vor Cassie stehen und fragte: »Irgendwelche Vorlieben?«

Cassie überlegte sich nicht zum ersten Mal, worauf sie sich eingelassen hatte. »Na ja, vielleicht möglichst wenig nackte Frauen.«

Armstrong lachte, als er sie zum Büro zurückbegleitete. »Ich hab bloß Bedenken wegen der Zeit. Es könnte ja eine Weile dauern. Ich kann's mir nicht leisten, deswegen andere Arbeit abzulehnen.«

»Nun, wir haben noch keine Fahrer für Dads oder Eddies Trucks. Avril wartet auf ihre Lizenz ...«

»Heiliger Strohsack, Avril beschafft sich eine Lizenz? Die Cops nehmen ihr doch sicher gleich die Fingerabdrücke ab?«, stieß Armstrong hervor und lachte brüllend.

Cassie sah ihn kühl an. »Sie scheint nicht dieser Meinung zu sein.«

»Ich mach bloß Scherze. Tut mir leid. Es ist mir eine Ehre, Als Truck zu lackieren. Er war in jeder Hinsicht ein feiner Kerl. Er hat sich damals ganz wunderbar um meine alte Dame gekümmert, als sie auf dem Rückweg vom Bingo-Abend ihren Wagen zu Schrott gefahren hat. Überlassen Sie nur alles uns.«

Sie schüttelten sich feierlich die Hand, als wäre eine bedeutende Einigung erzielt worden. Armstrong bot ihr an, sie zum Autohof zurückzufahren, was Cassie annahm.

»Noch was sollten Sie bedenken«, begann er und nahm das Gespräch vom vorigen Abend wieder auf, als sie den Hügel hinunterfuhren, ich weiß nicht, ob Ihnen das schon jemand gesagt hat, aber die Versicherungen machen Verträge mit verschiedenen Firmen, Autospenglereien vor allem, aber auch mit Abschleppbetrieben. Al hat ein sauberes Geschäft geführt, was den Versicherungen gefällt. Sie wollen keine Verbindung mit irgendwas, was ihnen anrüchig vorkommt – was ihren Hauptkonkurrenten aus dem Rennen werfen könnte.«

»Anrüchig?«

»Von Grund auf verdorben. Aber von mir haben Sie das nicht«, fügte er mit einem Zwinkern hinzu.

Das vordere Büro des Bilkara-Abschleppdiensts hatte lange Zeit als Abladeplatz für Akten, Ersatzteile und ausrangierte Möbelstücke gedient, daher war es verwirrend, diesen Raum zu betreten und ihn verändert vorzufinden. Die Kisten und der Müll waren weggeschafft, die Wände weiß und der Schreibtisch limonengrün gestrichen worden. Überall standen üppige Pflanzen in purpurroten und orangefarbenen Töpfen, und vor dem schmutzigen Fenster, das auf den hohen Sicherheitszaun hinausging, hing eine frische grünweiß gestreifte Jalousie.

Josie saß am Computer mit dem Headset auf dem Kopf und gab sich betont nonchalant.

»Hast du das alles gemacht, Josie Munro«, fragte Cassie, unfähig ihre Verblüffung zu verbergen.

Josie sah ihre Tochter über den Rand ihrer Brillengläser hinweg an. »Ach das? Das hab ich neulich schnell hingebastelt. Monique hat geholfen, und Elaine. Ich wollte alles bloß ein bisschen herrichten, weißt du, damit der Laden professioneller aussieht. Um dich moralisch ein bisschen zu unterstützen.« Sie wandte ihre Aufmerksamkeit wieder dem Bildschirm zu. »Melde dich, Roddy. Panne auf der Calvin, Ecke Wesley. Weißer Nissan, Vierradantrieb. Alpha Foxtrot Oscar Fünf Neun Drei«, erklärte sie präzise.

Kingi kam herein und krümmte sich vor unterdrücktem Lachen. Avril, direkt hinter ihm, stieß einen kleinen Schrei aus.

»Mum, du hast großartige Arbeit geleistet«, sagte Cassie und sah sich um. »Einfach fantastisch.«

Kingi erholte sich wieder so weit, um sprechen zu können. »Du musst einen Hauch von einem Maori-Mädchen in dir haben, wenn man sich die Farben anschaut. Du musst unbedingt zu uns rüberkommen und unser Haus renovieren.«

Avril war sprachlos. Schließlich brachte sie heraus: »Nun, wenn Josie den Laden schmeißt, hat Kingi gesagt, könnte ich bei ihm mitfahren, und er bringt mir ein bisschen was bei.«

Kingi zuckte die Achseln. »Also, so gern ich da draußen auch rumfahr ...«

Avril folgte Kingi zu seinem Truck hinaus. Als er sich in die Fahrerkabine setzte, drehte er sich zu ihr um. »Hier drinnen stinkt's wie die Pest.«

Avril fuhr ihn wütend an. »Soll ich dir vielleicht ein paar Schlägertypen ans Bett schicken, ha?«, brüllte sie und bediente sich aus dem großen Repertoire der wüsten Drohungen ihrer Mutter. »Jetzt fahr los, verdammt noch mal. Und behalt deine saublöden Bemerkungen für *dich.*«

Die ungeheure Wucht ihrer Wut ließ Kingi einen Moment lang erstarren. »Was ist denn los mit dir?«, fragte er ruhig.

»Die Leute reden mit mir, als wär ich ein dumpfes Stück Fleisch ohne jedes Gefühl! *Was glaubst du denn?«*

»Alles klar«, antwortete er. »Hab's kapiert.« Er ließ den Truck an.

Besänftigt von seiner Antwort nahm sich Avril vor, nicht mehr so viele Ananas zu essen.

Kommen und Gehen

Cassie trat um die Mittagszeit ins vordere Büro, wo sie Tante Judith auf der Kante von Josies Schreibtisch sitzen sah, die von ihrer Mutter allerdings geflissentlich übersehen wurde.

»Hallo, Liebling«, sagte Judith, stand auf und breitete die Arme aus. »Mir tut es so leid, dass wir uns seit der Beerdigung nicht mehr gesehen haben. Also dachte ich mir, ich schau mal vorbei und seh nach, wie's dir geht.«

Cassie umarmte sie kurz. »Du siehst wundervoll aus, Tante Jude. Ganz anders ...«

Josie schenkte ihrem Gast weiterhin keine Beachtung. Mit dem Headset fest auf dem Kopf sagte sie mit ihrer neuerworbenen präzisen Funker-Stimme: »Zu Ihrer Information, nochmal die Nummer: A für absurd, G für grotesk, und L für lächerlich mit sechzig.«

»Ganz der liebe kleine Schatz, nicht?«, bemerkte Judith.

»Mum«, sagte Cassie flehentlich. »Bitte. Mit wem redest du überhaupt?«

»Mit jedem, der mir zuhört«, antwortete Josie grimmig.

Judith verdrehte theatralisch die Augen und zog Cassie beiseite. »Ich weiß, dass du das Geschäft wieder in Gang bringen willst, und ich wollte dir in jeder nur erdenklichen Hinsicht meine Unterstützung anbieten.«

»Vielen Dank, Tante Jude. Ich suche Fahrer, wenn du jemanden weißt, der Arbeit sucht. In erster Linie Frauen.«

»Weibliche Abschleppfahrer? Ich häng eigentlich nicht mit Lesben rum, trotz allem, was deine Mutter denkt«, erwiderte sie und ein wenig eingeschnappt.

»Nein, nein, ich wollte damit sagen ...«, versicherte Cassie hastig. »Ganz und gar nicht. Tatsächlich möchte ich deine neue Partnerin gern kennenlernen. Sie tut dir offensichtlich gut. Du hast nie glücklicher ausgesehen.«

Judith umarmte sie und sagte, sie würde sich umhören.

Sobald sie fort war, riss sich Josie das Headset herunter. »Na?«, fragte sie. »Worüber habt ihr denn getuschelt?«

»Mum – du und Judith, ihr verhaltet euch wie Dreizehnjährige. Was ist denn eigentlich euer Problem?«

»Es ist abstoßend. Peinlich. Anormal.«

»Und wenn du dich einfach entscheiden würdest, es *normal* zu finden? Würde das einen Unterschied machen?«

»Nein. Weil das nicht Judith ist. Das ist einfach nicht

meine Schwester. Und ich kann es nicht akzeptieren«, zischte Josie, setzte ihr Headset wieder auf und begann wütend auf die Tasten einzuhacken.

Dean tauchte am Nachmittag mit nachdenklichem Gesicht auf und ging direkt in Cassies Büro. Sie sah, dass er aufgewühlt war, noch bevor er etwas sagte. »Hör zu, ich weiß, dass es ein schlechter Moment ist, aber ich hab mich entschlossen zu kündigen«, begann er.

Cassie legte den Kopf in die Hände. »Oh, nein, warum? Ich dachte, es läuft gut bei dir ...«

»Dieser Auftrag, den ich am Samstag für Roddy übernommen hab? Das war eine Falle. Ich bin angegriffen und an die Abschleppvorrichtung am Truck gekettet worden. Die Cops haben mich um zwei Uhr früh losgemacht.«

»Warum hast du mir das nicht schon früher gesagt? Gestern zum Beispiel?«

Er machte den Eindruck, als fühle er sich unbehaglich. »Ich wollte dich nicht stören am Wochenende.«

»Du wolltest mich nicht stören?«, fragte Cassie ungläubig.

»Du weißt schon ... dich nicht aufregen. Ich hab heut Morgen noch mal aufs Revier gehen müssen. Sie kommen ohnehin bei dir vorbei.«

Cassie versuchte, ihre Frustration unter Kontrolle zu halten. »Dean, setz dich einen Moment.« Er setzte sich auf die Stuhlkante wie ein kleiner Junge, der Arrest erwartet.

»Geht's dir gut? Du bist nicht verletzt worden?«

»Ein paar Beulen und blaue Flecken«, antwortete er und wich ihrem Blick aus.

»Hatte er eine Waffe?«

Dean zögerte, sah aber keine Möglichkeit, sich herauszuwinden. »Tomahawk.«

»Du meine Güte. Wie sah er denn aus?«

»Er hatte hier ein Tränen-Tattoo.« Er deutete auf den Wangenknochen unter dem Auge. »Das sag ich dir, aber den Cops sag ich das nicht. Ich hab keine Lust, vor der Zeit ins Gras zu beißen.«

»Das ist lächerlich.«

»Du kapierst das nicht wirklich, was?«, sagte Dean eindringlich und zog seinen Stuhl an den Schreibtisch heran. »Diese Typen arbeiten für Reed. Das sind keine Junkies oder irgendwelche kleinen Shit-Dealer, die stehen auf seiner Gehaltsliste. Dieser Typ hat behauptet, der Maloo von seinem Boss wird vermisst. Schwarz mit Queensland-Kennzeichen. Wie's aussieht, hat er gedacht, wir hätten damit was zu tun.«

»Und haben wir das?«

Dean sah zur Tür und beugte sich zu ihr vor. »Du hast es nicht von mir, aber hier gibt's *tatsächlich* gewisse Leute, die nichts gegen ein bisschen harte Selbstjustiz haben. Jemand, gar nicht so weit weg von hier, weiß offensichtlich, wie man einen Wagen verschwinden lässt? Ich hab keine Ahnung – aber sagen wir mal, es ist möglich.«

»Also gehst du nicht weg, um für Reed zu arbeiten?«, fragte Cassie.

»Für wen hältst du mich? Nein, ich steig ganz aus,

denk ich. Mir wird's einfach zu heiß hier.« Er stand auf blickte sehnsüchtig zur Tür. »Hör zu, ich bleib noch eine oder zwei Wochen. Ich weiß, du bist jetzt sauer«, fügte er hinzu und schob sich umständlich zur Tür hinaus.

Als er fort war, rief Cassie Kingi an, um ihm die Neuigkeit mitzuteilen. Sie hörte ihn seufzen, doch weil er möglicherweise ihre Verzweiflung spürte, riss er sich schnell zusammen. »Hör zu, fahr mal zu Jimmy Spears Werkstatt rüber. Er hat einen wahnsinnig tollen Sprayer an der Hand. Frag ihn, ob er Deans Truck machen will. Sag ihm, Armstrong macht Als Maschine. Der alte Evan hatte mal was mit Jimmys Frau, das könnte den Kampfgeist vielleicht ein bisschen anstacheln.«

»In der Zeit, als Evans Frau beim Bingo war, oder?«, fragte Cassie.

»Ach herrjeh – das hat ja vielleicht die Runde gemacht«, sagte Kingi.

»Meine Augen und Ohren sind überall.«

»Dann musst du vorsichtig sein, wo du hinsiehst, Mädchen«, antwortete Kingi.

Heut' Nacht bin ich dein

Monique quetschte sich in ihren Mini Cooper und fuhr mit dem Sitz so weit nach vorn wie möglich. Es war furchtbar eng mit vier Mitfahrerinnen, vor allem mit solchen, die ihren Fingernägeln so hohe Bedeutung beimaßen. Es gab viel Kreischen und Rucken, als sich die Nagelpflegerinnen auf den Weg zum Workies Club machten, wo sie vor der Show noch etwas trinken wollten.

Ein Spruchband über der Front des Gebäudes kündigte in meterhohen Buchstaben die Show *Tonight I'm Yours* an mit einem Bild von Roddy, dessen blonde Haarspitzen und eingefrorenes Grinsen ihm das Aussehen einer dementen Eule im Smoking verliehen. Die Besatzung des Mini stieß schrille Schreie aus, als sie durch das Tor zum Parkplatz auf der Rückseite fuhren, wo alle ausstiegen und fröhlich plaudernd zum Hintereingang des Treffpunkts stöckelten.

Es war fast dunkel, als Monique den Wagen absperrte und sich umsah, ob sie Jonathans Auto irgendwo auf dem Parkplatz entdeckte. Sie hoffte, er hatte sich dem Anlass entsprechend angezogen und würde sie nicht blamieren, vor allem, weil auch Cassie heute Abend hier wäre. Als sie sich umdrehte, um zu dem Gebäude zu gehen, stieß sie fast mit einem Mann zusammen, der aus dem Auto direkt hinter ihr stieg. Sie taumelte, und er packte ihren Arm, damit sie nicht stürzte. Sie blickte zu ihm auf, entschuldigte sich und ging schnell weiter, aber für den Bruchteil einer Sekunde fiel das Innenlicht auf den Fahrer. Es war Roger Bexley, der Steuerberater.

In der Garderobe ging Roddy nervös auf und ab und rang die Hände vor Lampenfieber. Draußen im Theaterraum hatten Jonathan, Dean und Kingi die besten Plätze an der Bar eingenommen. Cassie, Josie und Elaine hatten sich einen Tisch direkt an der Tanzfläche gesichert, wo sie sich jetzt eine Flasche Champagner teilten. Monique nahm den Champagner-Cocktail entgegen, den Jonathan für sie organisiert hatte, und ging zum Tisch der Nagelpflegerinnen hinüber, deren wenig damenhafte Ausgelassenheit bereits die Aufmerksamkeit der Männer an der Bar auf sich zog.

Um neun, als die Show beginnen sollte, war der Raum bis auf den letzten Stehplatz mit Frauen aller Altersgruppen gefüllt, die feiern wollten. An der vorderen Ecke der Bühne hatte sich ein Sicherheitsmann aufgestellt, um aufzupassen, falls es Schwierigkeiten geben sollte. Für Cassie wirkte er wie jemand, der Schwierigkeiten wahrscheinlich begrüßen würde, um sich die Langeweile des Wartens zu verkürzen. Mit dem Ausdruck eines Mannes, der mit der ganzen Welt im Clinch lag, blickte er über die Menge hinaus und suchte nach jemandem, dem er die Schuld dafür geben konnte.

Die Band, ohne Roddy, trat, ohne viel Aufhebens zu machen, auf die Bühne. Nach einigen Diskussionen einigten sie sich und spielten die Anfangsakkorde von »Some Guys Have All The Luck«. Die spielten sie drei Mal, und gerade als es aussah, als würde er überhaupt nicht mehr auftreten, schoss Roddy auf die Bühne und bekam solchen Beifall, dass er fast aus den Socken kippte. Der geliehene Smoking war ein bisschen speckig, das weiße Hemd ein bisschen grau, und die schwarze Fliege hing ein bisschen schlaff am Kragen, aber gemeinsam mit den glänzenden Kunstlederschuhen und der aufgesprühten Bräune ergab alles zusammen den echten Las Vegas Look.

Angeheizt von der Begeisterung des Publikums schlüpfte Roddy voller Leidenschaft in seine neue Rolle. Seine Stimme triefte vor Schmalz, als er »Maggie May« und »Mandolin Wind« schluchzte. Mit »Tonight's the Night« haute er dann alle um als wiederauferstandener Herzensbrecher – er war so frech wie Rod Stewart, so verführerisch wie George Clooney und so eindeutig sexy wie Tom Jones.

Er schwang den Mikrofonständer herum, drehte und wiegte sich und stolzierte die Bühne entlang. Sein eindringlicher Blick ließ das Publikum nicht aus den Augen, das sich wie ein Körper mitbewegte und mit einer Stimme mitsang.

Cassie bemerkte, dass inzwischen auch der Sicherheitsmann nicht mehr anders konnte, mit dem Fuß wippte und eine Spur weniger sauer wirkte. Ihr wurde bewusst, dass diese Frauen – in lebensgefährlichen Highheels, mit zu viel Rouge auf den Wangen, die riesigen Hinterteile in hautenge Jeans gepresst, über denen der Hüftspeck zitterte, und die sich mit wabbeligen Armen umschlungen hielten – ihre Leute waren. Ihr Stamm. Das waren die Frauen von Bilkara. Frauen, die hierher gehörten und die das auch wussten. Und sie beneidete sie, wünschte sogar, sie könnte eine von ihnen sein. Wünschte sich die Sicherheit dieses Dazugehörens und die Akzeptanz.

»*Total geil*«, sagte Kingi, der immer noch an der Bar saß, als die letzte Zugabe vorbei war. »Er war der Wahnsinn heut Nacht, was? Langsam kriegt er sogar die Texte hin.«

»Bis zu einem gewissen Grad«, korrigierte ihn Dean. »Ich bin ziemlich sicher, dass Maggie May sein Bett *ruiniert* und nicht in sein Bett *uriniert* hat.«

Jonathan und Kingi lachten so sehr, dass ihnen die Tränen kamen.

Auf Tournee

Der Montag begann höchst unüblich mit einem Anruf von Monique. Sie und Cassie begrüßten sich kühl, dann sagte Monique nervös: »Hör zu, ich weiß, dass wir keine Freundinnen sind. Und auch nie welche werden. Und es geht mich eigentlich auch nichts an, aber ich wollte es lieber dir als Tante Jose sagen. Ich bin mir nicht sicher, was es zu bedeuten hat ...«

»Sprich weiter«, sagte Cassie.

»Am Freitagabend hat Dean Jonathan erzählt, dass er letzte Woche von einem Typen mit einem Tomahawk angefallen wurde. Er sagte, der Typ hätte ein Tränen-Tattoo gehabt.«

»Ja?«

»Also, ich hab den Mann am Freitagabend vor dem Club gesehen.«

»Und weißt du, wer er ist?«

»Ähm ... nein«, antwortete sie abwehrend. »Aber er ist aus einem Wagen gestiegen, der hinter mir parkte.«

»Und?«, fragte Cassie.

»Roger Bexley saß in dem Wagen.«

Cassies Ungeduld war sofort verflogen. Ihre Kopfhaut begann zu prickeln. »Bist du sicher? Kennst du Roger?«

»Cassie, du bist vielleicht jahrelang weg gewesen, aber ich war die ganze Zeit hier. Er war bei Familienfeiern. Er war ein Freund von deinem Dad. Natürlich *kenne* ich ihn. Er war es.«

Cassie dankte ihr und legte auf. Es war schwer, sich vorzustellen, welche Verbindungen es da geben mochte. Warum sollte Bexley mit diesem Mann in einem Wagen sein? Dean hatte etwas von Reed und vermissten Autos erzählt. Warum wurde gerade Dean überfallen? Oder war eigentlich Roddy das Ziel gewesen? Aber Roddy statt Dean zu überfallen, ergab auch nicht mehr Sinn. Als wäre er auf telepathischem Weg herbeigerufen worden, erschien Roddy in der Tür. »Hast du einen Moment Zeit, Süße?« Er drehte einen Stuhl herum und legte ein Bein darüber.

Sie wollte ihm gerade von Dean erzählen und fragte sich, ob er bereits Bescheid wusste. Doch sie sah, dass er so glücklich war, dass es ihm schwerfiel, nicht ständig zu grinsen wie ein Irrer, also ließ sie es für den Augenblick bewenden. »Tolle Show, Rod. Ein Riesenerfolg, nicht? Wirklich großartig.«

»Einfach Wahnsinn«, erwiderte er und versuchte, ernst zu klingen. »Zwischen Freitag und Sonntag haben die Telefondrähte geglüht. Ich hab Angebote von Clubs von hier bis rauf nach Mackay. Die ganze letzte Nacht hab ich's mit den Jungs aus der Band besprochen. Tut mir leid, Süße, aber wir müssen's machen. Mit der

Show auf Tournee gehen. Ich muss Ende des Monats kündigen.«

Cassie holte tief Luft. Dann holte sie noch einmal tief Luft. Schließlich sagte sie: »Schön für dich. Ehrlich. Ich wünsche dir allen erdenklichen Erfolg.«

Sie hielt die Tränen zurück und sah zu, wie sein Truck aus dem Hof hinausfuhr.

Frank und Diane

Ich lernte Mack an dem Abend kennen, als ich Diane Arbus entdeckte. Marianne hatte mich gefragt, ob ich Lust hätte, zu einer Weihnachtsfeier zu kommen, die von Freunden ihrer Eltern gegeben wurde. Alle Freunde der van Hootens, hatte ich inzwischen festgestellt, gehörten zu der Sorte von Leuten, die Nana als »Erste Sahne« bezeichnete, mein Dad hingegen war ein »Aufsteiger« für sie. Sie wohnten im hübschesten Vorort von Bilkara und genossen den Meerblick durch die Panoramascheiben ihrer modernen Häuser. Ich fand sie nicht einschüchternd, bloß interessant. Eine andere Spezies.

Ich hatte den ganzen Sonntag bei Marianne zu Hause verbracht, also lud sie mich zu der Weihnachtsfeier ein und bestand darauf, dass ich mir von ihrer älteren Schwester Ingrid, die etwa meine Größe hatte, etwas zum Anziehen lieh. Es passiert etwas Seltsames, wenn man die Kleider von jemand anderem trägt – man nimmt zwar nicht dessen Persönlichkeit an, aber man fühlt sich auch nicht mehr wie man selbst. Ingrid war ernsthaft und gebildet.

Sie studierte Psychologie an der Universität von Canberra. In ihren gediegenen Kleidern – einer weißen Bluse und einem dunkelblauen Rock, kam ich mir wie eine Bibliothekarin oder Lehrerin vor.

Marianne hingegen trug ein umwerfendes schwarzes Kleid und wurde gleich, als wir zur Feier kamen, von einer Gruppe Mädchen ins Gespräch gezogen, die offensichtlich nicht bemerkt hatten, dass wir gemeinsam gekommen waren. Wie so oft, wenn man plötzlich zum Mittelpunkt der Aufmerksamkeit wird, vergaß Marianne alles andere und damit auch mich.

Da ich mir selbst überlassen war, wanderte ich herum und fand schließlich abseits des großen Wohnzimmers eine Art Bibliothek. Sie war nicht nur von oben bis unten mit Büchern bestückt, sondern hatte auch einen breiten Fenstersitz mit Blick auf die Landspitze. Es gab mehrere Bände über Fotografie, aber einer über Diane Arbus, die New Yorker Doku-Fotografin aus den Sechzigern mit ihren ungewöhnlichen Bildern von Zwillingen und Schaubuden-Freaks, nahm mich gefangen. Ich verstand sofort ihre Faszination an der Schönheit und dem Stolz, aber vor allem an der herzanrührenden Würde des Hässlichen und Grotesken. Ich sah sofort die Poesie ihrer Lichtsetzung und Perspektive. Es war eine Offenbarung.

Vollkommen versunken in dieses Buch merkte ich nicht einmal, dass jemand ins Zimmer gekommen und sich in den großen Sessel gesetzt hatte. Als ich aufblickte und ihn sah, war er so schön, dass sein bloßer Anblick mich erröten ließ. Sein Haar war dunkel und etwas lang. Er hatte ein sensibles Gesicht mit hohen Wangenknochen und nach-

denklichen Augen, eine Ernsthaftigkeit, die gleich durch ein offenes, strahlendes Lächeln weggewischt wurde. Mack besaß dieses wundervolle Lächeln, bei dem man das Gefühl hatte, es sei etwas Einzigartiges, ein Zauber, der nur für einen selbst gemacht war. Ich wusste sofort, dass er ein Seliger Geist war, wenn es denn überhaupt einen geben sollte.

Er fragte mich, was ich las, und ich sagte es ihm. Die Unterhaltung war nur ein paar Momente lang verlegen, und normalerweise hätte ich erst gar nicht versucht, jemandem zu erklären, welche Wirkung diese Bilder auf mich hatten, aber er hörte genau zu und stellte einsichtige Fragen. Wir wandten unsere Aufmerksamkeit einigen anderen Büchern aus der Sammlung unserer Gastgeber zu. Mack interessierte sich für Architektur und fand ein Buch über die Ikonen der Fünfzigerjahre. Er erzählte mir von einem Architekten namens Frank Lloyd Wright und zeigte mir ein Bild eines berühmten Hauses, das er entworfen hatte und »Falling Water« hieß. Dann sagte er plötzlich: »Eines Tages besuchen wir es zusammen.« Dabei lächelte er nicht. Er meinte es vollkommen ernst.

Ich war siebzehn Jahre alt, und die süßlich kitschigen Liebesromane hatten bereits jeglichen Reiz für mich verloren, vielleicht als Reaktion auf die Sucht meiner Mutter. Dennoch saß ich hier und zeigte die gleichen Symptome wie die Heldinnen in *Herz auf Abwegen* und *Der Lavendelliebhaber*. Ich hatte feuchte Hände, einen trockenen Mund und ein heftig klopfendes Herz.

Mack rief mich am nächsten Morgen an und fragte, ob ich Lust hätte, am Nachmittag zum Strand zu gehen. Er holte mich im Wagen seiner Mutter ab. Es war ein klarer, *aber kühler, windiger Tag, und der Strand praktisch verlassen, außer ein paar unerschrockenen Typen, die ihre Hunde ausführten. Wir zogen die Schuhe aus und gingen die Bucht entlang. Wir setzten uns auf die Steine und steckten die Füße in warme Pfützen im Fels. Wir redeten nicht über die üblichen Dinge – welche gemeinsamen Bekannten wir hatten, was wir in der Schule machten –, wir redeten über die Welt außerhalb von Bilkara. Über Ideen und Kunst und die Orte, die wir sehen wollten. Ich erzählte Mack von dem Tag mit Melanie und der Flöte und wie ich mich fühlte, als ich diese Musik hörte. Ich erzählte ihm Dinge, die ich nur Marianne im Schutz der Dunkelheit erzählt hatte. Später am Nachmittag legte sich der Wind, und die Welt wurde still und ruhig. Das Licht wurde goldfarben, spann Himmel und Meer zu flüssigem Honig, während wir ineinander verschlungen, in unsere eigene Welt versunken, in den Dünen lagen.*

Die Kälte im Innern

Josie schien die Nachricht ziemlich kaltzulassen, dass sie schon wieder einen Fahrer verloren hatten und nur noch Kingi und möglicherweise Avril einsatzbereit waren. Cassie vermutete, dass dies daran lag, weil sie selbst jetzt der Steuermann im Leben ihrer Mutter war und alle Hindernisse für sie umschiffen sollte, genau wie ihr Vater es getan hatte.

Eines Abends, nachdem Josie zu Bett gegangen war, drehte Cassie die Lichter aus und sperrte ab, als es an der Tür klopfte. Sie spähte durchs Fenster und sah Macks Geländewagen in der Einfahrt stehen. Sie öffnete die Tür. Mack stand auf der Treppe.

»Suchst du eine Party?«, fragte sie.

»Ich dachte, wir könnten eine machen«, antwortete er, ohne sich zu rühren.

»Wo ist Rose?«

»Schläft bei einer Freundin.«

»Aha.«

»Ich möchte, dass du mit mir kommst«, sagte er.

»Wohin?« Sie hatte eine dunkle Vorahnung – sie kannte die Antwort bereits.

»Blackwood Beach.«

»Nein«, sagte Cassie und schüttelte den Kopf. »Ich will nicht, Mack. Wirklich nicht.« Sie machte die Tür langsam zu, aber er trat vor und klemmte den Fuß dazwischen. Er war einen Kopf größer als sie und roch nach frischem Schweiß und Mundspray.

»Es ist wichtig, Cass. Ich glaube, es könnte uns beiden helfen. Bitte. Bitte komm mit.« Er nahm ihre Hand und drückte sie leicht. »Komm mit. Bitte.«

Sie blieb stur und ließ sich nicht überzeugen.

»Ich bin völlig nüchtern. Alles ist cool. Wirklich.« Er schenkte ihr ein betörendes Lächeln.

Widerstrebend steckte sie den Hausschlüssel in die Tasche, trat hinaus und schloss die Tür hinter sich. Die Nachtluft war warm, fast balsamisch für Mai. Sie setzte sich auf den Beifahrersitz des Geländewagens und schnallte sich an.

Mack ließ den Wagen an. Cassie nagte unglücklich

an der Unterlippe und sah zu ihm hinüber. Ihr Herz machte einen kleinen Sprung, und einen Moment lang war sie wieder die verlegene Siebzehnjährige. Er fuhr zielstrebig durch die dunklen leeren Straßen und dann hinunter zu der alten Pfadfinderhalle am Strand. Die Halle war ein hässlicher Zementbau, die früher nur von einem eingezäunten Gelände umgeben war. Jetzt standen Ferienhäuser auf dem Grundstück, aber das Gebäude, das früher einmal der einzige Ort für Tanzveranstaltungen in Bilkara war, war immer noch eine Pfadfinderhalle nach all den Jahren.

Mack parkte vor der Halle. Er drückte auf den Knopf des CD-Players und Van Morrisons »Moondance« erfüllte den Wagen mit Erinnerungen. Es gab Erinnerungen an jene Nacht, die sie hochhielt. Auf seltsame Weise kam sie sich idiotisch vor, weil sie sich am Beginn der Nacht so glücklich fühlte. Als wäre alles, was später folgte, die Strafe für ihr Glücksgefühl gewesen. Es war jetzt schwer zu glauben, dass dieser am Ende unglückliche Mann neben ihr derselbe war, der sie so glücklich gemacht hatte.

Sie saßen im Dunkeln, und keiner wusste, wo er anfangen sollte. Keiner wollte anfangen. Aber Mack war entschlossen, sich auf diese Reise zu begeben. »An wie viel erinnerst du dich noch?«, fragte er leise.

»Ich weiß nicht. Ich lass nie Gedanken darüber zu.«

»Ich möchte, dass wir uns gemeinsam daran erinnern!«

»Mack, ich glaube nicht, dass ich das kann. Es ... es macht mir schon Angst, hier zu sein. So nah, als würde hier alles auf mich warten ...« Plötzlich glaubte sie, Tränen in den Augen zu spüren.

»Komm runter zum Strand mit mir, und ich verspreche, ich *verspreche* dir, wenn du es nicht aushältst, bringe ich dich sofort nach Hause.«

Cassie blieb noch einen Moment in der Sicherheit des Wagens sitzen. Mack stieg aus, ging zu ihrer Wagenseite herum und bemühte sich, sein Hinken zu verbergen. Er machte ihre Tür auf und half ihr heraus. Er nahm ihre Hand und führte sie zur Vorderseite der Pfadfinderhalle. Sie blickten auf die Doppeltüren, wo eine Kette durch die Griffe gezogen war. Über der Tür stand in abblätternder Farbe der Name der Pfadfindereinheit. »Du hast an dem Abend einen goldenen Satin-Minirock und ein schwarzes schulterfreies Top getragen. Und ich glaube, du hattest kleine schwarze Tanzschuhe an?«

Cassie lächelte. »Sehr gut.«

»Dein Haar ist auf deine Schultern gefallen ...«

Sie fühlte sich unwohl unter seinem Blick, trat beiseite und sah den dunklen Weg neben der Halle hinunter.

»Du und ich standen hier auf den Stufen.« Mack ging die Treppe hinauf und stellte sich dorthin. »Bob kam den Weg dort herunter. Und ich glaube, er hat dir was zugerufen?«

Cassie nickte. »Er fragte mich, wo Marianne war, er sagte, er sei mit ihr verabredet. Und ich ging los, um sie zu holen. Als wir zurückkamen, machte er den Kofferraum seines Wagens auf, und der war voller Champagner.«

»Marianne war ganz aufgeregt und hüpfte herum. Sie ist zu ihm in den Wagen gestiegen«, sagte Mack.

»Wir wollten nicht mit ...«

»Nein«, stimmte Mack zu. »Wir wollten nicht.«

In Gedanken versunken humpelte Mack den breiten Sandweg zum Blackwood Beach hinunter. Cassie folgte ihm, jeder Schritt machte ihr Angst. Heute war er mit einer Schranke versperrt, um Leute zu hindern, auf den Strand zu fahren. Früher war der Strand ein Ort für alle möglichen Aktivitäten. Der Sand in Bilkara war ein feiner weißer Puder, der bei Ebbe ganz hart wurde, und mit dem Auto über den Strand zu fahren, war allgemein üblich. Es war der Ort für nächtliche Partys, und mit Treibholz wurden Feuer gemacht. Leute campten wild in den Dünen und schlugen sich beim Frühstück aus frischen Dickkopf-Makrelen den Sand aus den Kleidern. Jetzt gab es überall Verbotsschilder für derlei Vergnügungen.

Als sie auf den Strand traten, nahm die Brise zu. Der Mond war eine Goldmünze, die in einem auberginefarbenen Himmel hing. Leuchtend weiße Gischtwogen schlugen ans Ufer. Cassie zog die Schuhe aus. Der Sand fühlte sich kalt und feucht an ihren Füßen an. Die salzige Luft und das laute Tosen der Brecher bereiteten ihr Herzklopfen. Mack ging entschlossen in Richtung der Felsen am Ende der Bucht.

Sie protestierte lauthals, aber ihre Worte gingen im Wind unter. Sie konnte nicht dorthin gehen. Sie begann ihm nachzurennen und stolperte und rutschte im Sand aus. Er kam nur langsam voran, sie schaffte es, ihn einzuholen, und packte ihn am Ärmel. »Können wir uns einen Moment hinsetzen?«

»Sicher.« Mack ließ sich unbeholfen auf dem Sand nieder, und sie setzte sich neben ihn. »Okay«, sagte er. »Wir sind hier am Strand. Und alles ist okay. Obwohl ich einen Drink oder einen oder zwei entspannende Joints vertragen könnte ...«

»Ja, schon kapiert«, antwortete Cassie gereizt.

Plötzlich schrillte der Klingelton ihres Handys: *Walk on, walk on with hope in your heart ...* Leise fluchend kramte sie es aus ihrer Tasche heraus. Es war Dan. Es war immer Dan. Der nach ihr griff. Sie wieder runterzog. Sie sprang auf, rannte auf den dunklen Ozean zu, und während die Flut um ihre Fesseln spielte, schleuderte sie das Telefon so weit sie konnte in die Nacht hinaus.

Mack sah verwirrt aus, als sie sich wieder neben ihn auf den Boden fallen ließ. »Du kannst auch einfach einen anderen Klingelton runterladen, wenn du ihn nicht magst, weißt du.« Cassie musste gegen ihren Willen lachen. »Du warst immer ein bisschen extrem«, fügte er mit einem Anflug von Bewunderung hinzu.

Cassie sah ihn verwundert an. »Du kennst mich überhaupt nicht. Ich bin so weit davon entfernt, extrem zu sein, dass es erbärmlich ist.«

Er wandte sich ab von ihr. »Du könntest wohl kaum erbärmlicher sein, als ich es bin.«

Cassie streckte sich auf dem Sand aus, der sich an den nackten Füßen kalt anfühlte. Sie starrte in die Dunkelheit und beobachtete, wie ein Stern nach dem anderen herauskam. »Mack ...«

Mack legte sich neben sie. »Ja, hier.«

»Es gibt etwas, was du nicht weißt über diese Nacht.«

»Es gibt eine Menge, was ich nicht weiß«, erwiderte er bitter.

Sie lag schweigend neben ihm und suchte nach einer Möglichkeit, es ihm zu sagen, es so auszudrücken, dass es leichter zu verkraften war. Schließlich stieß sie die bittere Wahrheit hervor, die sie so lange gequält hatte. »Ich war es. Ich bin gefahren. Ich war es.«

Es folgte ein langes Schweigen, dann ein Schluchzen, und sie hörte den Schmerz in seinem schweren Atmen.

»Es tut mir leid«, sagte sie. »Es tut mir so leid.« Sie schloss die Augen, während die Tränen in ihr wirres Haar fielen.

»Es ist nicht, was du denkst«, sagte er schließlich. »Ich dachte, ich sei's gewesen.«

»Wie bist du denn darauf gekommen?«, fragte sie ungläubig. »Ist es das, worum es dir geht?«

»Wir sagten, Reed sei gefahren, aber ich wusste, dass etwas nicht stimmte. Ich dachte, ich könnte gefahren sein. Vielleicht hatte ich es verdrängt. Ich wünschte bloß, ich könnte mich erinnern. Aber alle Einzelheiten sind wie weggeblasen. Es ist wie ein Film, den ich vor Jahren gesehen habe, und ich kann mich bloß an ein paar vereinzelte Bilder erinnern – aber nicht an die Geschichte. Ich habe alle Details vergessen.«

Sie lagen eine Weile nachdenklich schweigend da, dann sagte Cassie: »Ich war neulich Abend nicht ganz ehrlich zu dir. Ich weiß, was du damit gemeint hast, unsere Jugend sei uns genommen worden. Ich hatte damals den Eindruck, ich würde mich zu genau der Person entwickeln, die ich eines Tages sein wollte, aber meine Entwicklung ... ich weiß nicht ... ich bin nicht die Person geworden, die ich hätte sein können. Ich hab mich feige davongestohlen, andere Leute die Verantwortung für mich übernehmen lassen.«

Es dauerte lange, bis Mack antwortete. »Du hast den Schmerz und die Schuld gespürt, und ich auch. Und wir fühlten uns allein damit. Jetzt sind wir zusammen, und es hat sich nicht verdoppelt, sondern halbiert. Vielleicht ist es so erträglicher?«

Sie lagen nebeneinander, Sternenlicht fiel in ihre Augen, das Meer pulsierte in ihren Körpern, und dann war es Cassie, die die Distanz zwischen ihnen überwand und ihre Hand in seine legte. Er hielt sie fest und drückte sie an die Brust. Und sie spürte, wie ein winziger Splitter von etwas Hartem und Schmerzhaftem, der sich vor langer Zeit in ihrem Herzen festgesetzt hatte, ein wenig weicher wurde.

Teil III

Moondance

Ich erinnere mich an alles von jener Nacht. An jedes kleinste Detail.

Bob Reed hatte schon oft sein Glück bei Marianne versucht, aber es herrschte eine gnadenlose Konkurrenz. Marianne war ein absoluter Hingucker, und sie wusste um den Wert ihrer Schönheit, die ihr Herzen und Türen öffnete. Sie flirtete und flatterte herum, und wo immer sie beschloss, sich niederzulassen, blendete sie alle mit ihrem Glanz. Wenn wir allein waren, kreischten und prusteten wir vor Spaß und machten uns fast in die Hose, aber draußen in der Welt beschränkte sich Marianne auf ein zartes, glockenhelles Lachen. Es wurde durch die Gegenwart von Jungen ausgelöst und von anderen Mädchen oft imitiert.

Bod Reed kam ihr kaum je nahe genug, um ihr Lachen zu hören. Er konnte Mariannes Aufmerksamkeit nicht erringen mit seiner sauren Miene und seinem berechnenden Blick. Er war eine Klasse über uns, der Schulhofbuchmacher, der Wetten auf alles annahm, angefangen von Pferden bis hin zu Examensnoten. Er betrieb einen Schwarzmarkt mit Ausweisen für minderjährige Trinker, und manche sagten, er könne jede nur mögliche Droge besorgen. Aber das waren bloß Gerüchte. Zu seinen verab-

scheuungswürdigsten Diensten zählte vielleicht seine Fähigkeit, jeden Jungen mit den entsprechenden finanziellen Mitteln von der Last seiner Unschuld zu befreien. Es wurde behauptet, auch wenn das keiner von uns glaubte, er könne für hundert Dollar sogar den Kapitän der Basketballmannschaft unserer Schule kaufen.

Obwohl also Bob der bezaubernden Marianne nie nahegekommen war, hatte er im Jahr zuvor die Schule verlassen, womit sein Ansehen in ihren Augen um ein paar Grad gestiegen war. Für Marianne konnte seine Anziehungskraft nur darin bestehen, dass er immer Geld hatte, und zwar eine ganze Menge. An diesem bestimmten Abend, nach einem tödlich langweiligen Silvesterball im Pfadfindersaal von Blackwood, verfügte er zudem über einen Wagen mit einer Kiste Champagner im Kofferraum.

Marianne träumte von einem Leben, in dem Männer mit Champagner und Rosen um sie warben. Sie wollte unbedingt der schäbig spießigen Strandkultur Bilkaras entkommen. Es fiel Bob nicht schwer, sie zu überreden, zu seinem Wagen herauszukommen, indem er sie mit dem geheimnisvollen Inhalt seines Kofferraums lockte. Da wir Reed nicht trauten, gingen Mack und ich ihr nach. Wir standen auf der Betonveranda, während Marianne mit Bob flirtete und ihn zu überzeugen versuchte, ein paar Flaschen rauszurücken und dann den Ball in Schwung zu bringen. Ich konnte seine Antwort nicht hören, aber zu meinem Erstaunen kletterte Marianne plötzlich auf den Beifahrersitz, und Bob Reed setzte sich mit einer Miene kaum verhohlenen Triumphs hinters Steuerrad.

Marianne nahm an, wir würden auch mitkommen, und

rief uns zu, wir sollten uns beeilen. Etwas zögernd, aber ohne viel nachzudenken, stiegen Mack und ich auf den Rücksitz. Bob fuhr rückwärts aus der Einfahrt, und ich erinnere mich deutlich an meine bösen Vorahnungen, als das helle, von Lärm erfüllte Gebäude, wo unsere Schulkameraden zu »Crocodile Rock« herumhüpften, immer kleiner wurde und wir über die Kuppe des Sandhügels in die Dunkelheit des Strands hinunterfuhren.

Der Vollmond leuchtete am Horizont und warf ein schimmerndes Lichtband über den Ozean zu uns herüber. Die Stimmung im Wagen hob sich. Es herrschte eine bestimmte Erregung angesichts des Zaubers der Nacht und vielleicht ein Gefühl der Vorfreude auf das neue Jahr, in dem Marianne, Mack und ich achtzehn werden und in die Welt der Erwachsenen eintreten würden.

Der Wagen schlitterte ein wenig, als Bob langsam von dem weichen auf den härteren Sandstreifen fuhr, den die Morgenflut zurückgelassen hatte. Nach etwa zehn Minuten hielt er bei ein paar Felsbrocken an der Biegung der Bucht an und holte zwei Flaschen Champagner heraus. Wir öffneten die Türen und ließen die salzige Seeluft und das Rauschen des Meeres in den Wagen dringen. Die Nacht war warm und die Brise wie eine sanfte Liebkosung. Bob legte ein Band von Van Morrison ein und drehte laut auf. Er knipste die Innenbeleuchtung an und zog eine schwarze Tasche unter seinem Sitz heraus. Er hielt sie heimlichtuerisch fest, kramte darin herum und zog schließlich einen kleinen Plastikbeutel heraus, dessen Inhalt er in seine Hand kippte: vier weiße Tabletten.

»Ein Smartie?«, fragte er Marianne.

»Ah, vielen Dank, Sir«, antwortete Marianne und streckte die Handfläche hin. Lachend steckte sie die Tablette gleich in den Mund und spülte sie mit einem Schluck Champagner aus der Flasche hinunter.

Bob tat das Gleiche. Dann drehte er sich um und bot die restlichen beiden an. Mack nahm beide und hielt sie fest. »Was ist das?«, fragte er.

»E«, sagte Bob.

»E für Eksta-a-a-se«, sagte Marianne.

Mack legte den Arm um mich und fragte flüsternd: »Hast du schon mal Ecstasy genommen?«

Ich schüttelte den Kopf, hatte aber keine Angst. Ich hatte Leute darüber reden hören und wusste, Marianne hatte es schon ausprobiert.

»Es ist unglaublich ... ich möchte es dir ja nicht einreden, aber wenn du ...«, begann Mack.

Ich nahm die Tablette aus seiner Hand und legte sie auf die Zunge. Es war schließlich eine magische Nacht. Marianne reichte den Champagner herum, Bob drehte die Musik lauter, und wir warteten. Eine Weile passierte gar nichts. Bob trank immer weiter und schien finster entschlossen, bei der gleichgültig wirkenden Marianne voranzukommen. Nach einer Weile machte es den Eindruck, als driftete ihr Gespräch weg, während sich der Wagen allmählich zur Größe eines Zimmers ausdehnte. Mack und ich saßen in unsere Ecke gedrängt. In unserer eigenen kleinen Welt aus anhaltenden Küssen, die nach Pfirsich und Passionsfrucht schmeckten, und gemurmelten süßen Nichtigkeiten, die Liebeslieder waren. Ich spürte, wie meine Knochen sich auflösten. Wir waren nicht nur ineinander verschlungen, sondern zu einem Wesen verschmolzen. Zu einem Geist, einer Seele, die sich im Glück emporschwang.

Van Morrison ging schwungvoll in »Moondance« über, und Marianne begann mitzusingen. Ich war zutiefst berührt, dass diese herrliche, zauberhafte Nacht ihren eigenen Soundtrack hatte. Mariannes Stimme hob und senkte sich mit der Van Morrisons, verflocht sich und harmonierte mit ihr. Es war der schönste Klang, den ich je gehört hatte. Ich hatte das Gefühl, mein Körper sei ein Musikinstrument oder ein Verstärker – ich konnte tatsächlich spüren, wie die Musik durch meine Adern rann. Große Glückstränen kullerten wie Quecksilber über meine Wangen. Ich spürte Macks Lächeln auf meiner Wange, als er meine Tränen wegleckte, mein Glück trank.

Marianne hatte ihre nackten Füße aufs Armaturenbrett gelegt, der feine blonde Flaum auf ihren Schultern glänzte wie Platin im Mondlicht. Mir war bewusst, dass Marianne und Bob miteinander redeten, und ich stellte fest, dass ich plötzlich die Gabe besaß, die Bedeutung jenseits der Worte zu verstehen. Ich hörte die Feindseligkeit in seiner Stimme und das Feilschen in ihrer, und ich begriff zum ersten Mal, dass Worte die Bedeutung verstellen konnten, ohne wirklich zu verstehen, warum. Ich verstand, dass wenn Bob Reed den Arm um die Lehne legte und fragte »Wer will fliegen lernen?«, er einfach gelangweilt war. Gelangweilt von der Einsicht in die Vergeblichkeit seiner Bemühungen. Gelangweilt von Marianne.

»Ich fliege«, murmelte Mack in mein Haar.

Marianne stieß ein verrücktes Lachen aus, das sich anhörte, als wäre es aus ihr herausgequetscht worden. Ich *spürte ihr Unbehagen, ihr Bedürfnis zu entfliehen. »Ich, ich will es lernen«, sagte sie.*

»Okay«, erwiderte Bob träge. »Wer noch?«

Wie Schlafwandler kletterten wir aus dem Wagen, und dann half Bob Marianne aufs Dach. Die Lautsprecher vibrierten, als Van mit seiner nächsten Nummer begann. Marianne steppte auf dem Wagendach und schrie aus voller Kehle »G-L-O-R-I-A«. »Kommt, ihr beiden!«, brüllte sie. »Seid keine Frösche. Kommt rauf und tanzt mit mir!«

Mack und ich kletterten aufs Wagendach. Mir war seltsam schwindlig, als ich dort oben stand und beobachtete, wie die Wellen mit unglaublicher Kraft und Geschwindigkeit auf uns zukamen. Es lag etwas Unheimliches in der Art, wie sie an den Strand schlugen, schwindelerregend heftig. Ich sprang wieder auf den Sand hinunter, kletterte auf den Rücksitz und fühlte mich desorientiert. Niemand schien zu bemerken, dass ich fort war, und Bob setzte sich hinters Lenkrad und ließ den Wagen an. Er fuhr langsam an, und vom Dach ertönte kreischendes Gelächter. »Hey du, Cassie – bist du's?«, fragte er und drehte sich plötzlich zu mir um. »Ich bin ein bisschen sauer. Komm, setz du dich hierher und fahr du.«

»Du lässt mich fahren?«

»Du bist doch alt genug, oder?«

»Ich denke ...« Dad hatte zu viele tote Anfänger gesehen und nicht die Absicht, mich hinters Steuer zu lassen, bevor ich achtzehn war, aber das sagte ich Reed nicht.

»Na los, komm her«, sagte er abrupt. Er blieb stehen und rutschte auf den Beifahrersitz hinüber, während ich nach vorn kletterte. Ich kurbelte das Fenster herunter und

war erneut überwältigt von der Geschwindigkeit, mit der die Wellen übereinanderstürzten, als wäre die ganze Welt beschleunigt worden. Oben auf dem Dach sangen sie »Warum bleiben wir stehen? Waaaruum bleiben wir stehen?«

»Alles klar?«, fragte Bob. Er stellte die automatische Schaltung auf »Fahren«.

Der Wagen schien über den Sand zu gleiten wie ein Schiff übers Meer. Es gab nichts als die zwei Strahler der Scheinwerfer, die durch die Dunkelheit drangen. Ansonsten nur leere Schwärze. Ich stellte mir Marianne und Mack als Engel vor, die mit ausgebreiteten Flügeln und an silberne Taue gebunden über mir flogen, und eine Weile machte es Spaß. Ich konnte nicht sagen, ob ich schnell oder langsam fuhr, das Wasser schien mich wie ein Magnet anzuziehen, und aus dem Augenwinkel nahm ich ab und zu die weiße Gischt auf den Brechern wahr.

»Du willst uns wohl ins Wasser fahren, was?«, fragte Bob und drehte einen Joint. Er zündete ihn mit dem Zigarettenanzünder an, und als er den würzigen Rauch ausstieß, setzte er sich plötzlich auf. »Bist du verrückt, du ersäufst uns ja alle. Dreh um! Dreh um!«

Verwirrt und nervös riss ich das Steuer herum und trat zufällig gleichzeitig aufs Gas. Erschrocken darüber, was ich getan hatte, riss ich das Steuer in die andere Richtung, um meinen Fehler zu korrigieren. Vom Dach ertönten Schreie. Glückliche, lachende Rufe? Ich wusste es nicht. Ich sah nichts als schwarze Nacht vor mir, und blinde Panik packte mich. Der Wagen selbst schien gleichsam in der Luft zu schweben. Jemand schrie mir immer wieder »Mist!« ins Ohr. Unsere Welt schien sich seitwärts zu neigen und ins

Kippen zu geraten, ein hilfloses Gefühl, dass die Schwerkraft regierte, das mich seitdem tausendmal in Träumen verfolgte. Der Wagen schlitterte und drehte sich, während sich die Reifen in den nassen Sand am Wasserrand gruben. Ein roter Blitz tauchte auf, als Mariannes Kleid am Fenster vorbeiflog. Meine Engel waren zarte, fragile Körper, die wie Glassplitter durch die Luft flogen. Es gab so viel Geschrei, dass ich glaubte, die Luft sei voller Möwen, die über mir kreisten. Dann war alles still und ruhig.

Etwas Schweres drückte mich in die Dunkelheit. Mein Kopf wurde auf nassen Sand gepresst. Allmählich dämmerte mir, dass der Wagen auf der Seite lag. Das Gewicht auf mir begann, sich zu bewegen und zu strampeln, die Innenbeleuchtung ging an, und ich bemerkte, dass es Bob war. Ein rasender, völlig außer sich geratener Bob, der fluchte und wie wahnsinnig nach allem griff, was im Wagen durcheinandergeflogen war. Schließlich griff er nach seiner schwarzen Mappe, kurbelte wortlos das Fenster herunter und zwängte sich aus dem Wagen.

Ich hatte Schwierigkeiten, das Ganze zu begreifen. Ich rief zuerst nach Mack und dann nach Marianne, mir zu helfen, bekam aber keine Antwort. Ich wusste, ich musste wie Bob aus dem Fenster auf der Beifahrerseite klettern. Ich hatte kaum die Kraft, mich zu rühren. Geschockt und verwirrt richtete ich mich auf und kroch hinaus. Ich lag auf dem Sand und rief nach Bob, aber der gab auch keine Antwort. Ich blickte mich um und sah den Strahl einer Taschenlampe, der sich den Strand hinaufbewegte. Er war fortgegangen. Bald würde Hilfe kommen. Dad würde kommen. Kingi würde kommen. Man würde uns retten.

Taumelnd ging ich um den Wagen herum, der auf der Seite lag, wie ich erst jetzt wirklich begriff. Im Licht der Scheinwerfer fand ich Mack, der bewusstlos dalag, aber atmete, und dessen Bein unter dem Vorderrad eingeklemmt war. Marianne war verschwunden. Mit Bob gegangen, wie ich annahm. Plötzlich wurde ich wütend, weil sie ohne ein Wort abgehauen war, ohne mir und Mack zu helfen.

Mack rief meinen Namen. Ich kniete mich neben ihn und begann, wie wild zu graben. Ich habe keine Ahnung, wie lange ich gegraben habe, aber ich hatte das Gefühl, dass ich nur die ganze Nacht graben müsste, dann wäre er irgendwann frei, und Dad und Kingi würden kommen, und wir würden von dort weggehen. Alles wäre gut. Dann spürte ich kleine Wasserwellen unter meinen bloßen Füßen. Minuten später waren es keine kleinen Wellen mehr, und das Wasser schob den Sand in das Loch zurück, das ich gegraben hatte. Mack hatte bis jetzt fast keinen Laut von sich gegeben, aber inzwischen bemerkte auch er, dass wir in Schwierigkeiten steckten, und versuchte, trotz seiner offensichtlichen Schmerzen sein Bein herauszuziehen. Vor Angst und Schmerz schluchzend, sagte er: »Sieh nach, ob im Kofferraum ein Spaten oder so was ist!«

Ich stolperte auf die Rückseite des Wagens und öffnete den Kofferraum. Dabei ging das Licht darin an, und ich sah, dass er voller zerbrochener Champagnerflaschen war. Es gab eine Taschenlampe und eine Picknickdecke, aber nichts zum Graben. Ich nahm die Taschenlampe und die Decke, und als ich mich umdrehte, spürte ich die Flut an meinen Beinen, die auf den Wagen zuschwappte. Etwas

Festeres als Wasser spielte liebkosend um meine Fesseln. Ich knipste die Taschenlampe an und sah langes silbriges Haar im Wasser treiben, und während ich wie gebannt hinsah, zog sich die See zurück und ließ das Haar auf dem nassen Sand zurück. Es war irgendwie an den Wagen gebunden. Oder etwas lag darunter eingeklemmt. Ich hörte Mack von weit her rufen, als ich auf die Knie sank und spürte, wie Mariannes silberne Haarsträhnen durch meine Finger glitten.

Geheimnisse

In den frühen Morgenstunden fuhr Mack Cassie von Blackwood Beach nach Hause. Als er in die Einfahrt bog und den Motor abstellte, sagte er: »Cass, wir müssen nicht mehr über den Unfall sprechen, wenn du nicht willst. Ich bin dir dankbar, dass du heute Nacht mitgekommen bist.«

»Es ist irgendwie eine Erleichterung. Dass ich jemandem die Wahrheit gesagt habe«, gab sie zu. »Und nicht nur irgendjemandem.« Sie lächelte und berührte kurz seinen Arm.

»Unser kleines Geheimnis«, antwortete er. Er dachte einen Moment lang nach und fragte dann hoffnungsvoll: »Glaubst du, dass wir irgendwelche anderen kleinen Geheimnisse haben werden, du und ich?«

»Ach, Mack. Mein Leben ist ein Scherbenhaufen.«

»Es geht mich ja nichts an, aber ... ich hab mir immer vorgestellt, du hättest es irgendwie auf die Reihe gekriegt. Obwohl ich nicht wirklich *weiß*, wie das passiert ist.«

Cassie überlegte eine Weile und erwiderte dann ruhig: »Ich habe herausgefunden, dass Dan mich belogen und betrogen hat ...« Sie holte tief Luft. »... möglicherweise die ganzen vierzehn Jahre lang, die wir zusammen waren.«

Mack pfiff durch die Zähne. »Mein *Gott.* Und ich dachte, ich sei ein Mistkerl.«

»Auf keinen Fall möchte ich mein Leben noch komplizierter machen, als es schon ist. Und, ehrlich gesagt, bei dir läuft's ja auch nicht so glänzend, soweit ich sehen kann.«

»Ich kann's in Ordnung bringen. Jetzt, wo du wieder da bist. Das ist der Antriebsfunken, den ich brauche. Du wirst schon sehen.«

Cassie legte die Hand auf den Türgriff und wollte plötzlich schnell aussteigen. »Ich hab nichts dagegen, zuzuschauen, Mack«, sagte sie freundlich. »Aber aus sicherer Entfernung.«

»Rose hofft, dass du wieder zum Essen kommst. Sie hat den Nachbarn überredet, dir zu Ehren das vordere Tor zu reparieren. Ich weiß nicht, warum sie mich nicht darum gebeten hat, aber wie auch immer, es ist repariert.«

Cassie lachte. »Lass mir eine Woche Zeit. In einer Woche komme ich.« Sie gab ihm einen flüchtigen Kuss auf die Wange, stieg aus und ging in das dunkle Haus.

Das Dunkel dahinter

In den Tagen und Wochen nach dem Unfall fühlte ich mich so leer und hohl, wie sich ein menschliches Wesen nur fühlen kann. Mein Geist war taub und meine Welt zu Asche geworden. Vollkommen abgelöst von allem um mich, lebte ich wie unter Wasser oder in einer Blase. Ich konnte sehen und hören, was um mich herum geschah, aber es drang wie aus großer Entfernung zu mir, über einen Abgrund hinweg, der zwischen mir und dem Rest der Menschheit bestand, den ich nicht überbrücken konnte, nicht überbrücken wollte. Dinge und Geräusche wurden wahrgenommen, aber bedeuteten mir nichts. Marianne war tot. Und ich war verantwortlich. Es war unbegreiflich. Unvorstellbar. Mein ganzes Denken war zu einem schmerzhaften Knoten zusammengepresst, ineinander verflochtene endlose Gedanken über den Tod, Mariannes und meinen Tod, unentwirrbar ineinander verheddert. Ich hatte jedes Gespür für mein physisches Selbst verloren, ganz so als wäre mein innerstes Sein verflüssigt und auf den Boden geschüttet worden. Mein leeres, zerbrochenes Selbst. Wenn ich einer Sache sicher war, dann der, dass mein Leben zu Ende ging. Der Gedanke, dies durch eigenes Zutun zu beschleunigen, kam mir täglich, aber das schien zu einfach zu sein. Der Tod selbst erschien so sinnlos wie das Leben.

Mir wurden die nackten Tatsachen dessen bewusst gemacht, was jetzt unser »Fall« geworden war. Reed hatte keine Hilfe geholt, sondern war einfach nach Hause gegangen, um in nichts verwickelt zu werden. Fairerweise muss man sagen, er wusste nicht, dass Marianne eingeklemmt war, als er wegging. Aber er hatte auch nichts getan, um das herauszufinden. Nur Dad, Kingi und ich – und natürlich Bob Reed – kannten die Wahrheit über diese Nacht. Dad instruierte mich, nichts zu sagen. Kingi erinnerte mich, mir nichts anmerken zu lassen. Es war nicht schwierig. Ich spürte nichts. Am Ende erwiesen sich Bob Reed und das fragwürdige Alibi durch seine Mutter und seinen Bruder als die Ablenkungen, die den Fall verwirrten, was mich schließlich rettete und dazu verdammte, das Geheimnis meiner Schuld ein Leben lang für mich zu bewahren.

Während der gerichtlichen Anhörung kam heraus, dass der Wagen, der voll mit Champagner beladen war, dem Manager des Getränkeladens des Bilkara Pubs gehörte. Am Ende entschied der Untersuchungsrichter, vielleicht weil er unsere selbst auferlegten lebenslänglichen Strafen vorhersah, dass die Beweise nicht ausreichten, um den Fall gegen uns zu eröffnen. Und damit war zumindest dieser Teil abgeschlossen.

Bei den wenigen Gelegenheiten, wenn unsere Wege sich später kreuzten, konnten Mack und ich uns kaum in die Augen sehen. Wenn wir damals hätten zusammen sein können – um unsere Scham und unsere Trauer zu teilen –, hätten wir uns vielleicht schneller erholen können. Aber wir schlugen verschiedene Wege ein, meiner ging nach draußen, seiner nach innen. Nur die Zeit wird zeigen, welcher der am meisten zerstörerische war.

Gerüstet

Als Avrils Lizenz von der Behörde mit der Morgenpost kam, hielt sie dies für einen der ehrenvollsten Momente in ihrem Leben, das bislang nur sehr wenige ehrenvolle Momente gekannt hatte. Ihr kam es als so große Ruhmestat vor, dass sie sich wünschte, sie hätte eine Mütze, die sie in die Luft werfen oder einen Menschen, mit dem sie feiern könnte. Die Lizenz trug ihren Namen und ein Foto, auf dem sich ihr Aussehen geheimnisvollerweise verbessert hatte und jetzt überraschend vorteilhaft wirkte. Dies war ihre neue Identität: Avril Adams, Fahrerin eines Abschleppwagens. Sie ging in den Lagerraum und fand eine grüne, fluoreszierende Sicherheitsweste, auf der in großen Lettern ABSCHLEPPDIENST stand, zog sie an und wanderte in der Hoffnung, jemandem würde dies auffallen, durchs Gebäude. Aber im Moment gab es praktisch niemanden, dem es auffallen konnte. Kingi war die meiste Zeit unterwegs, Josie bediente das Telefon und vertiefte sich zwischen den Anrufen in ein ziegelsteindickes Buch. Cassie verbrachte ihre Zeit in Als altem Büro, wo sie sich mit dem unerledigten Papierkram abmühte, und heute, am Dienstag, würde ihre neue Freundin Mrs Malloy zu ihr stoßen. Im Hof herrschte die schönste Ruhe, nachdem es keinen Männerclub mehr gab und Eddie, Dean und Roddy für immer das Weite gesucht hatten. Was Avril nicht bedauerte.

Auf ihrer verzweifelten Suche nach Aufmerksamkeit steckte sie den Kopf durch die Tür von Cassies Büro. »Meine Lizenz ist gekommen.«

Mrs Malloy ignorierte sie, wie sie es immer tat, aber Cassie blickte auf und schenkte ihr ein vages Lächeln. Sie wandte sich wieder ihrer Arbeit zu, aber dann schien sie Avrils Aufregung zu registrieren und streckte die Hand aus. »Glückwunsch, Avril.«

Avril schüttelte ihr dämlich grinsend die Hand. »Was meinst du, was ich jetzt tun soll?«

»Jetzt im Moment?«, fragte Cassie sichtlich verblüfft. »Nun, du könntest bei Evan Armstrong fragen, wie's mit der Lackierung von Dads Truck läuft ... Das wird dein Truck, wenn er fertig ist. Aber in der Zwischenzeit könntest du Roddys Truck nehmen, schätze ich, und auf die Straße rausfahren.« Sie sah Avril lange an. »Ist es in Ordnung für dich, allein rauszufahren?«

Avril nickte und nahm mit zitternden Händen die Schlüssel von Roddys Truck. Strahlend vor Stolz und mit einem aufgeregten Kribbeln im Bauch ließ sie sich auf den Fahrersitz fallen. Die Fahrerkabine stank nach Axe Aftershave, genau wie Roddy es getan hatte, aber sie mochte diesen Harte-Männer-Duft. Sie befestigte ihren Ausweis am Armaturenbrett, stellte das Radio an und sang aus voller Kehle den ganzen Weg zu Armstrong hinauf mit, wo sie mit wiegendem Gang ins Büro stolzierte.

Harrison, der Sprayer, saß im vorderen Büro und arbeitete sich durch verschiedene Pasteten hindurch, die er zum Verzehr vor sich aufgereiht hatte, während er gleichzeitig in die neueste Ausgabe des *Model Railroader* vertieft war. Schon seit einiger Zeit befand er sich in einem quälenden Dilemma, ob er von der H0 zur

N-Spur wechseln sollte. Die Zierlichkeit der schmaleren Spur faszinierte ihn zwar, andererseits gefiel ihm die Robustheit der H0. Er fragte sich, wie es sein Vater wohl finden würde, wenn er eine zweite Gleisanlage im Haus verlegte. Der alte Mann beklagte sich schon jetzt endlos über die immer größere Ausdehnung des Nachbaus einer deutschen Fachwerkstadt, die inzwischen das ganze Wohnzimmer blockierte, und schimpfte bei seinen grauköpfigen Motorradkumpeln, dass er gezwungen worden sei, seine ständig zerlegte Triumph Bonneville gemeinsam mit dem Fernseher ins Esszimmer zu schaffen – das sie ohnehin nicht mehr benutzten, seitdem das alte Mädchen fort war. Harrison überlegte, ob er sich auf ein duales System einlassen sollte, oder ob vielleicht ein Schuppen die Lösung wäre.

Plötzlich überlagerte ein köstlicher, nach reifen Sommerfrüchten riechender Duft das Aroma von Rindfleischstücken, und Harrison blickte auf, um das prachtvollste Weib zu sehen, das ihm je vor Augen gekommen war. Der schwarze, seidige Helm des Haars, die cremefarbene Haut und die Rosenknospenlippen weckten Kindheitserinnerungen an ein Bild von Schneewittchen, das auf den erlösenden Kuss seines Prinzen wartete. Aber dieses Schneewittchen hatte alle drei Dimensionen – vielleicht noch mehr – und sah groß, stark und tröstlich aus. Die Art von Frau, in die man tatsächlich die Zähne schlagen konnte. Lecker. Und als ihre Blicke sich trafen, sah er Herzschmerz und Humor in ihren haselnussbraunen Augen. Er sah eine Einsamkeit, die seine eigene widerspiegelte. Eine Zartheit, die sein Herz berührte. Er wurde rot, stand auf und wischte sich kräftig mit seinem tätowierten Arm über den Mund.

Avril stellte sich vor und erklärte, dass sie wegen des Trucks gekommen sei, und erst jetzt dämmerte ihm, dass sie unten beim Bilkara-Abschleppdienst arbeitete. Er versuchte, sich wieder einzukriegen, und sagte: »Es ist alles fertig und bereit. Ich versuch bloß noch ... ähm ... mir über das Design klar zu werden. Ich hab mich bloß ... ähm ... noch nicht entschieden.« Er stockte, als er bemerkte, dass sie eine Sicherheitsweste trug. »Sind Sie die Fahrerin?«, fragte er verwundert, und Avril nickte bescheiden.

»Wahnsinn«, sagte er maßlos beeindruckt.

Avril lachte, und er stellte fest, dass er sie wie ein Idiot angrinste. Er führte sie in die Werkstatt hinaus, wo Als Truck halb zerlegt, die Farbe abgeschliffen und die Fenster abgeklebt waren. Avril fühlte sich befangen unter Harrisons unverhohlen taxierendem Blick. Ihr T-Shirt und ihre Jeans fühlten sich zu eng an, ihre Füße heiß und übel riechend, und die hochgeschätzte Weste drückte schwer auf ihren Rücken. Er war ein bisschen jünger als sie. Mitte zwanzig vielleicht? Er sah zäh aus mit dem kahlen Kopf, dem Pferdeschwanz und den Schlangen, die sich um seine Arme wanden. Aber sein Lächeln brachte seine Liebenswürdigkeit zum Vorschein. Und er konnte kaum den Blick von ihr wenden.

»Mir kommen gerade ein paar gute Einfälle. Jetzt, nachdem ich Sie kennengelernt habe«, sagte er und wurde bei der Anspielung prompt ein bisschen rot.

Avril ebenso, und sie strahlten sich bewundernd an, bis Harrison mit erstickter Stimme hervorstieß: »In einer Woche bin ich fertig.«

Exodus

Reeds Abschleppdienst verfügte über vier Trucks: zwei Ford F350, einer wurde von Eddie gefahren, der andere von Reed selbst. Dazu kam ein alter Holden-Eintonner, den Reeds Schwager Bruce, der Metzger, fuhr. Bruce war der harmloseste der Fahrer, ein schwabbeliger Typ mit fettiger, schulterlanger Mähne und Hängebacken, die ihm das Aussehen einer kampflustigen Bulldogge verliehen, aber ohne Biss. Doch das wirkliche Arbeitspferd der Flotte war ein Fünftonner-Kipper, der alles heben konnte, einschließlich Trucks oder schweres Gerät, und gewöhnlich von Reeds Bruder John oder JR gefahren wurde. John hatte die gleichen Laborrattengene geerbt wie sein älterer Bruder. Seine Angewohnheit die ganze Zeit Nüsse zu knabbern, was seine Bakelit-Zähne in ständiger Bewegung hielt, lud zu weiteren Ungeziefervergleichen ein. Alle zusammen, vorausgesetzt sie befanden sich außer Hörweite, waren als Bobbys Engel bekannt.

Als Bob Reed seinen neuen Sattelschlepper geliefert bekam, nahm Kingi dies persönlich. Er schien es als eine Art Betrug aufzufassen. Reed fuhr in der ersten Woche demonstrativ ein paar Mal an ihrem Hof vorbei. Kingi, der an einer schweren Form von Sattelschlepperneid litt, stürmte in Cassies Büro und drängte sie, ans Fenster zu gehen, um unbeobachtet die Vorbeifahrt anzusehen. Für Cassie sah der Truck wie ein großer, roter, angeberischer Schlepp-Panzer aus.

Jeder Muskel in Kingis Körper zuckte vor Ärger über das ungeheuerliche Ausmaß ihrer Unwissenheit. »Das ist ein Exodus 500, Frau«, stöhnte er. »Der verdammt beste Truck, den man für Geld kriegen kann! Er hat sich das Ding extra bauen und mit Schifffracht aus den USA kommen lassen. Sieh dir diese LED-Scheinwerfer an, den auf Maß gefertigten Werkzeugkasten, die *Lederpolsterung.* Wenn der Dreckskerl vorbeifährt, kann ich den Achtzylinder wie einen Kirchenchor summen hören.« Fast den Tränen nahe beobachtete er, wie die Rücklichter die Dunbar Road hinunter verschwanden.

»Na schön, ich schätze, dass es ein guter Truck ist, aber warum muss man dafür bis in die USA gehen?«

Kingi zuckte betrübt die Achseln. »Vielleicht schulden ihm irgendwelche Leute in Übersee Geld. Vielleicht will er bloß auf sich aufmerksam machen. Wer weiß? Aber er meint's ernst. Er spielt jetzt auf höherem Level.«

»Vielleicht bin ich's, die Bob langsam ernster nimmt«, spekulierte Cassie.

»Soll ich dir ein Aspirin holen, meine Liebe? Ich glaub, du hast Fieber«, erwiderte Kingi und legte ihr die Hand an die Stirn. »Du kannst Reed nicht einschüchtern. Unmöglich. Eddie, Brucey, JR – die sind stumpf wie Tiere. Die fühlen gar nichts. Wenn sie was wollen, gehen sie dich einfach so lange an, bis sie's kriegen.«

»Vielleicht – aber sie scheinen sich ziemliche Sorgen

zu machen wegen des schwarzen Malloos, der ihnen abhandengekommen ist. Heute Morgen waren die Cops bei mir, weil sie ein kleines Schwätzchen mit dir halten wollten.«

Kingi setzte einen interessierten Blick auf. »Ach, wirklich?«

»Nun?«

»Ein schwarzer Maloo?«, fragte Kingi verblüfft.

»Es war doch ein schwarzer Maloo, der uns damals an dem Abend, an dem ich ankam, von der Straße abdrängen wollte. Also tu nicht so, als wüsstest du nichts davon.«

Kingi behielt noch einen Moment lang seine Miene unschuldiger Verblüffung bei, dann gab er auf. »Ich hab tatsächlich nicht gewusst, dass er Reed gehört hat. Musste wohl neu gewesen sein.«

»Was hast du damit gemacht?«

»Ach, Cass – du weißt doch, was auf der Straße passiert, was auf der Straße liegen bleibt ...«

»Kingi!«

Er zögerte einen Moment. »Hab ihn recycled. Meinen Teil dazu beigetragen, den Planeten zu retten.«

»Recycling ist für Sachen, die Leute *nicht mehr brauchen*«, zischte Cassie. Sie ging durch den Raum, knallte die Tür zu und drehte sich zu Kingi um. »Das war ein nagelneues Auto mit einem Wert von ungefähr 65 000 Dollar. Das ist absolut nicht die Art und Weise, wie ich ein Geschäft führen will, Kingi!« Dann kam ihr ein furchtbarer Gedanke. »Es war doch hoffentlich niemand in dem Wagen zu dem Zeitpunkt?«

Eine flammende Botschaft

Als Kingi am Ende des Tages das Tor ansah, überkam ihn ein unbehagliches Gefühl. Irgendetwas stimmte nicht heute Abend. Das konnte er förmlich auf der Haut spüren. Der Teufel sollte ihn holen, aber er hatte keine Ahnung, was es war. Er sperrte das Vorhängeschloss wieder auf, ging in den Hof zurück und fluchte leise wegen seiner blühenden Einbildungskraft, oder war es sein sechster Sinn – er wusste nie, wo da der Unterschied sein sollte. Er prüfte, ob die Türschlösser und Fenster verschlossen waren. Das einzige Fahrzeug im Hof war Roddys F350, der schnellste Truck in der Flotte. Avril hatte ihn während der Tagesschicht gefahren, schien es aber vorzuziehen, ihn für die Nacht einzusperren und mit ihrem kleinen Barina heimzufahren. Fast eine Woche lang war sie jetzt ohne Vorkommnisse auf der Straße unterwegs gewesen, und Kingi hatte irgendwie das Gefühl, dass die Zeit reif war für Reed, der Leute gewöhnlich ziemlich schnell warnte, wenn sie eine seiner vielen Grenzlinien überschritten. Normalerweise beschränkte sich Reed nicht auf herkömmliche Kommunikationsweisen, und wie die Dinge im Moment standen, musste er den Eindruck haben, dass sie auf dem letzten Loch pfiffen und nur noch einen kleinen Schubs brauchten, um endgültig erledigt zu sein.

Kingis Atem bildete eine Wolke in der kalten Nachtluft, als er leise fluchend um das Gebäude herumging und an sein Abendessen und an das warme Haus dachte, das auf ihn wartete. Er zog sein Handy heraus und rief Elaine an. »Hallo. Alles okay bei dir?«

»Sicher«, antwortete sie.

»Was gibt's zum Essen?«

»Chili con carne. Bist du schon auf dem Weg?«

»Ja. Sind die Jungs brav? Haben sie ihre Hausaufgaben gemacht?«

»Nein. Ich hab sie mit 'ner Peitsche und 'nem Stuhl verdroschen. Dann hab ich ihnen rohes Fleisch hingeworfen, an dem sie rumnagen können – deshalb ist es so ruhig.«

Kingi lachte. »Hauptsache, sie nagen nicht aneinander rum. Bis gleich, Baby.«

Er schloss das Tor wieder zu und stieg in seinen Truck. Er drückte auf die Tube und fuhr über den Highway nach Hause, nur für den Fall, dass es noch einen kleinen Unfall mitzunehmen gab. Im Moment zählte wirklich die kleinste Einnahme.

Als er hinausfuhr, sah er einen größeren Unfall. Ein Motorrad, das von einem Auto gestreift und in die Spur eines anderen geschleudert worden war: Motorradfahrer tot, Autofahrer verletzt. Bis der Highway geräumt, der Krankenwagen abgefahren und der Unfallhergang von der Polizei aufgenommen war, war es fast Mitternacht.

Kingi hievte das zerquetschte Motorrad auf die Ladefläche, hängte das beschädigte Auto an seinen Truck und fuhr in den Hof zurück, wo er beide die Nacht über einschließen würde, bis am nächsten Morgen der Sachverständige zur Untersuchung kam.

Er roch den Rauch, als er die Dunbar Road herauffuhr, und als er vor dem Tor hielt, sah er Roddys Truck bereits in Flammen stehen. Er sprang heraus, drückte die Notruftaste und packte den Feuerlöscher, der hinten auf dem Truck lag. Schnell sperrte er auf, schob das Tor auf, lief zu dem Fahrzeug und sprühte es mit trockenem Pulver ein.

Als die Feuerwehr eintraf, hatte Kingi alle Hoflichter angedreht, die das verkohlte Wrack beleuchteten. Drei Feuerwehrmänner suchten das Gelände nach anderen Brandherden ab, der vierte machte Notizen auf einem Clipboard. Kingi kannte ihn von früheren Unfällen, außerdem war er seit einem TV-Auftritt in *Verkauf des Jahrhunderts* in der Stadt gut bekannt. Kingi versuchte sich zu erinnern, was er gewonnen hatte, aber es fiel ihm nicht ein. Turner. Malcolm Turner.

»Hey, Mal. Worauf tippen Sie?«

Turner ignorierte ihn. Nachdem er einen kurzen Blick auf den Truck geworfen hatte, steckte er den Kopf durch das zertrümmerte Fenster, zog ihn dann wieder heraus und sah Kingi scharf an. »Und wann sind Sie am Brandort erschienen, mein Freund?«

»Vor zehn Minuten. Auf die Minute genau. Sie können die Cops fragen. Ich war bei einem tödlichen Unfall auf dem Highway.« Er machte mit dem Kopf ein Zeichen auf die Fahrzeugwracks an seinem Truck. »Brandstiftung?«, fragte er.

Turner zog ein Formular heraus und begann es auszufüllen. Ohne aufzublicken, sagte er schließlich: »Kein Hightech. Üblicher Allerwelts-Brandstoff, ein Wort, das natürlich aus dem Lateinischen *incendiarius,* anzünden, kommt. Populäre Terminologie: Molotow Cocktail, nach Wjatscheslaw Molotow benannt, der, wie Sie zweifellos wissen, zwischen 1939 und 1956 russischer Außenminister war.« Er schenkte Kingi ein überlegenes Lächeln.

Kingi verspürte den überwältigenden Wunsch, den Mann mit einem Hochdruckschlauch abzuduschen. »Wirklich. Mein Gott, ich dachte, er sei nach diesem Wichser Malcolm Molotov benannt ...«

Turner tippte mit seinem Stift auf das Clipboard. »Wann, sagten Sie noch mal, sind Sie hier angekommen?«

»Fünf nach zwölf. Ich hab das Feuer gelöscht, Mann.«

»Die Polizei und die Versicherung werden das sicherlich überprüfen wollen.«

»Kein Problem«, erwiderte Kingi. »Seid ihr Jungs fertig? Ich muss abschließen und heimgehen. Meine Lady hält mir schon geschlagene fünf Stunden mein Chili warm.«

Obwohl er wegen des Trucks total sauer war, spürte Kingi, dass sich die unheimliche Vorahnung verflüchtigt hatte, als er heimfuhr, und er stellte fest, dass er den Rückschlag schon seit Wochen befürchtet hatte. Er fühlte sich fast erleichtert, dass es vorbei war. Es war bloß ein Truck, nicht der ganze Hof, der in Flammen stand. Vielleicht waren sie ohne den Truck ohnehin besser dran, er war zehn Jahre alt, und mit dem Geld von der Versicherung konnte man möglicherweise das andere Zeug kaufen, das Cassie wollte, neue Computer etwa, die ihn nicht interessierten, aber sie für eine Weile glücklich machen würden. Bis er ein paar neue Fahrer auftrieb, die bei ihnen arbeiteten.

Take-aways

Dienstag war ein schlechter Tag für Cassie. Er begann mit der Feststellung – als sie schließlich die Plastiktüte mit den Versicherungspolicen fand –, dass die Police für den verbrannten Truck abgelaufen war. Und während diese Information dazu führte, dass die Polizei ihre Vermutungen aufgab, Kingi könnte mit dem Brand etwas zu tun haben, spürte Cassie keinerlei frischen Elan bei den Cops, den Missetäter zu finden. Tatsächlich hatte sie den Eindruck, der Fall würde zu den Akten gelegt.

Detective Sergeant Darren Blake war mit dem Fall beauftragt worden. Er kam herunter, um den ausgebrannten Truck zu inspizieren und eine Aussage von Kingi aufzunehmen. Während sie im Hof neben dem Wrack standen, erklärte er, dass es sich um eine schnelle und simple Straftat gehandelt habe: Jemand hatte eine Benzinflasche mit einem angezündeten Lappen über den Zaun geworfen. Da es keine Zeugen gebe, würden sie sich auf die Motivlage konzentrieren. Als Cassie ihn eindringlich auf den Überfall auf Dean hinwies, reagierte er gereizt. »Hören Sie«, sagte Blake, »wenn ihr Jungs außerhalb des Gesetzes operieren wollt, müsst ihr die Konsequenzen tragen. In der einen Minute bricht Reed Türen ein, um seinen schwarzen

Maloo zu finden, dann haben wir plötzlich einen Abschleppfahrer, der an die Winde gekettet ist, und einen brennenden Truck. Man braucht ja keine Intelligenzbestie zu sein, um zu wissen, dass alles miteinander zusammenhängt. Das ist selbst *uns* klar. Keine Seite gibt offen zu, was sie getan hat. Es geht immer bloß um ›Wie du mir, so ich dir‹. Seit Jahren geht das schon so.« Er gähnte und sah auf seine Uhr. »Ehrlich gesagt, ging's hier weitaus friedlicher zu, wenn einer von euch den anderen aus der Stadt jagen würde.«

»Deshalb haben Sie also keinerlei Fortschritte gemacht, herauszufinden, wer für den Tod meines Dad verantwortlich ist?«, fragte Cassie.

Blake wirkte unangenehm berührt. »Noch mal, wir haben das Problem, dass es keine Zeugen gibt. Es könnte jeder gewesen sein, der irgendeinen Groll hegte.«

»Vor zwei Minuten haben Sie mir gesagt, es sei alles eine Sache unter uns. Haben Sie Bob Reed je verhört? Was ist mit diesem Typen mit dem Tränen-Tattoo, der immer wieder auftaucht? Für wen arbeitet er? Meine Kusine hat ihn aus einem Wagen aussteigen sehen, den Roger Bexley fuhr.«

»Bexley, der Steuerberater? Seien Sie vorsichtig, haltlose Anschuldigungen zu machen.«

»Ich mache keine Anschuldigungen. Ich sage Ihnen, dass es einen Zusammenhang zwischen diesen Leuten, Reed und Dads Tod gibt. Ich bitte Sie herauszufinden, worin der besteht.«

»Überlassen Sie das mir«, antwortete er wenig überzeugend. »Und wenn Sie sich an irgendwas über den vermissten Wagen erinnern, wäre ich sehr interessiert.«

Als Cassie und Josie am Dienstagabend nach Hause kamen, lag Monique auf der Couch und sah fern. Ihre Kusine hatte sich in letzter Zeit auf Distanz gehalten, weshalb sie ihr neuerliches Auftauchen nicht so störte, wie es früher der Fall gewesen wäre. Tatsächlich empfand sie eine widerstrebende Dankbarkeit gegenüber Monique, weil sie zwei und zwei zusammengezählt und die Verbindung zu Bexley aufgedeckt hatte.

»Essen ist im Rohr«, sagte Monique. »Thai.«

»Ach, du bist ein Schatz«, flötete Josie, sichtlich erfreut, sie zu sehen.

Erstaunlicherweise drehte Monique den Fernseher ab und ging in die Küche voraus. Cassie und Josie setzten sich, während Monique wie eine Glucke herumhantierte und mit Josies buntscheckiger Kollektion aus angesengten Küchentüchern das Fertigessen aus dem Backrohr holte. »Hat also Kingi den Truck angezündet?«, fragte sie, während sie die Packungen öffnete und auf Teller legte. »Ich dachte, er würde ... diskreter vorgehen.«

»Monique, Kingi würde so etwas nicht tun«, sagte Josie mit einem Blick auf Cassie.

»Hat er nicht diesem Typen eine Kumara in den Auspuff gesteckt ...«

»Was für ein Unsinn. Wer sagt so was?«, fragte Josie. »Es war keine Kumara, sondern eine Kartoffel. Überhaupt war das was ganz anderes.«

»Wir stehen unter keinerlei Verdacht«, sagte Cassie. »Die Versicherung war abgelaufen.«

»Oh, *Mist«*, erwiderte Monique mit einigem Mitgefühl. »Es hätte ja auch ein unverhoffter Glücksfall sein können.«

»Das hätte es sein können«, räumte Cassie ein. »Wir wären das Finanzamt losgeworden.«

Aber Monique hatte bereits das Interesse an dem Thema verloren. »Also, ich hab ein paar gute Neuigkeiten, um euch aufzumuntern.«

»Ja?«, fragte Josie, sichtlich gespannt.

Monique sah von Josie zu Cassie und wieder zurück und kostete den Moment aus, als würde sie gleich eine Räumung des Hauses verkünden. Kurz bevor Cassie die Geduld zu verlieren begann, kreischte sie: »Ich bin schwanger!«

Hellauf begeistert, sprang Josie auf und warf die Arme um Monique. »Oh, Glückwunsch, Schätzchen! Ein Baby. Ein neuer Mensch. Wie wunderbar! Das ist *genau,* was wir brauchen.«

Cassie nahm alle Kraft zusammen, um auch etwas zu sagen. »Glückwunsch. Dann ist die Hochzeit also ausgemachte Sache?«

Monique kicherte. »In zwei Wochen auf dem Standesamt.«

»Ach, du meine *Güte«,* sagte Josie. »Wir werden diese kleinen Waldnymphen vermissen.«

Monique häufte sich Essen auf ihren Teller und wurde plötzlich pragmatisch. »Eine Hochzeit ist doch nicht alles im Leben, oder?«

»Nein«, simmte Cassie zu. »Das ist sie nicht.« Aber ihr war plötzlich der Appetit vergangen. Sie entschuldigte sich und ging auf ihr Zimmer. Sie legte sich aufs Bett und starrte lange an die Decke. Dann stand sie auf und begann mit der Leidenschaft eines Rockstars, das Zimmer auseinanderzunehmen.

In Stücke gerissen

Die Nachricht von Moniques Schwangerschaft setzte Cassie auf eine Weise zu wie nie etwas zuvor. Sie hatte Monique immer wegen ihrer spießigen Ansichten verachtet – sie war kleinkariert, albern und klatschsüchtig. Cassie wollte mehr und glaubte, sie würde mehr erreichen. Doch indem sie alles wollte, stand sie am Schluss mit leeren Händen da und hatte nichts mehr, woran sie glauben konnte.

Als sie an diesem Abend auf dem Bett lag und die tanzenden Schatten beobachtete, die sie als Kind geängstigt hatten, brach eine wahre Flut von Gefühlen über sie herein. Nichts konnte sie aufhalten. Schmerz, Leid, Zorn und Wut über alles, was passiert war, stürmte auf sie ein, und sie wusste, es gab keine Möglichkeit, dies aufzuhalten. Kein Ausweichen. Kein Wegducken oder Vorbeischlängeln. Ein wahnsinniger Wunsch packte sie, aus dem sicheren kleinen Ort auszubrechen, den sie sich geschaffen hatte. Ein Ort, der nur dann sicher war, wenn sie sich vorsichtig und achtsam verhielt. Trotz aller Verdachtsmomente im Lauf der Jahre hatte sie Dan schließlich nur verlassen, weil sie keine andere Wahl mehr hatte. Sie war das Opfer eines starrsinnigen Glaubens geworden, dass alle Männer so anständig wie ihr Vater und Kingi seien. Sie hatte Dan entschlossen als ihren Retter abgestempelt und musste jetzt erkennen, wie sehr dieses Bedürfnis sie geblendet hatte.

Und während sie das Zimmer verwüstete, Schubladen zerschlug und Kleider durch den Raum schleuderte, während sie den Koffer mit Fotos vom Schrank riss, ihn öffnete, den Inhalt zerfetzte und die Stücke in die Luft warf, sodass sie wie Konfetti herabregneten, erkannte sie, dass sie entgegen allem äußeren Anschein einen genauso hohen Preis bezahlt hatte für die paar Minuten ihres Fehlverhaltens wie Mack. Eine Strafe, die kein Ende zu nehmen schien.

Als sie vor Erschöpfung schließlich ruhiger wurde, stellte sie fest, dass sie das Bild von Mack in der Hand hielt, das sie vor all den Jahren aufgenommen hatte. Damals hatte er ein Leuchten in den Augen. Ein Leuchten, das ihm inzwischen abhandengekommen war. Und sie brachte es nicht über sich, das Bild zu zerreißen.

Sie kickte die Trümmer von der Tür weg, nahm, ohne Josies und Moniques neugierige Blicke zu beachten, den Schlüssel für den Cadillac und ging in die Nacht hinaus.

Sie jagte den Cadillac den Highway hinunter in Richtung Bengara, fand den Weg zu Nanas altem Haus und hielt davor an. Sie war nicht zu Nanas Begräbnis zurückgekommen. Seit dem Tag, als sie aus diesem kleinen Backsteinhaus weggelaufen war, hatten sie sich nicht mehr gesprochen.

Eine Familie mit kleinen Kindern lebte jetzt in dem Haus, was aus dem bunten Plastikspielzeug auf dem Vorrasen ersichtlich war. Durch die Stores konnte sie die Eltern sehen, die von Raum zu Raum gingen und vielleicht die Kinder ins Bett brachten.

Sie ließ den Cadillac an und fuhr zum Quai hinunter. Das Café, in dem sie Dan kennenlernte, gab es immer noch, aber es war renoviert worden und trug einen anderen Namen. So unbedeutend diese Dinge für den Rest der Menschen auch sein mochten, waren sie für sie doch die Wahrzeichen ihres früheren Lebens: die Bucht, wo das Glück sie verlassen hatte; das Haus, wo sie unter Nanas Aufsicht gelebt hatte; das Café, wo sie Dan kennengelernt hatte und dann weggeflogen war.

Es war spät, als sie bei Macks Haus ankam. Im Wohnzimmer brannte eine Lampe, und sie klopfte leise, um Rose nicht zu wecken. Mack kam an die Tür und wirkte erfreut und überrascht. Er führte sie ins Wohnzimmer, wo Rose ausgestreckt auf dem Sofa schlief. Mack bot ihr Tee an und ging hinaus, um das Wasser aufzustellen. Cassie folgte ihm in die Küche. Sie nahm das Foto aus ihrer Tasche und reichte es ihm.

Er schrak zusammen. »Das bin ich«, flüsterte er, als könne er es nicht glauben. »Sieh dir das an. Ich glaube nicht, dass ich das schon einmal gesehen habe.«

Cassie war verblüfft, als sie merkte, dass sich seine Augen mit Tränen füllten. Sie lächelte. »Du siehst sehr hübsch aus.«

Er sah sie an. »Ach, das gibst du also zu?«

Sie lachte.

»Aber jetzt nur noch innerlich?«, fragte er mit hochgezogenen Augenbrauen.

»Ich dachte, das Bild würde dir gefallen.« Plötzlich fühlte sie sich ein wenig verwirrt.

Er nahm ihre Hand und zog sie langsam auf die Füße. »Ich hab nie wirklich so gut ausgesehen. Du bist diejenige, die das in mir gesehen hat.« Er legte die Arme um sie und gab ihr einen langen, zärtlichen Kuss, der nicht nach süßen Erinnerungen, sondern nach Marihuana und Verzweiflung schmeckte. Aber dennoch spürte sie das Verschmelzen der Seelen, wie damals vor all den Jahren. Das Gefühl der Einheit. Sie machte sich frei und lehnte sich an die Küchentheke. Sie schlang die Arme um sich und starrte auf den Boden, weil sie das einsame Verlangen in seinen Augen nicht sehen wollte. »Ich hab ein solches Schlamassel aus allem gemacht, Mack. Jahrelang hab ich die ganze Sache von mir ferngehalten. Ich dachte, ich würde alles ganz nüchtern betrachten. Aber jetzt hab ich das Gefühl, in meinen Selbstvorwürfen zu ertrinken. Wenn ich doch nur nicht in diesen Wagen gestiegen wäre. Wenn ich doch Marianne nur zurückgehalten hätte. Wenn ich mich doch nur nicht ans Steuer gesetzt hätte. Wenn ich mich doch nur meiner Verantwortung gestellt und nicht davor davongelaufen wäre. Ich weiß, dass es nicht mehr ungeschehen gemacht werden kann, aber ...«

»Hey, Cass. Du bist nach langer Zeit wieder heimgekommen. Das ist alles. Wir werden wieder okay, wir beide. Das spür ich in meinen Knochen.« Er legte die Arme um sie. Sie spürte, wie sich ihr ganzer Körper gegen ihn lehnte, gegen ihn fiel. Wie sie von ihm umschlossen wurde. Sie hörte ihn immer und immer wieder ihren Namen murmeln, ein Lied des Verlangens, das hypnotisierend war. Seine Berührung war irgendwie vertraut, immer noch elektrisierend und weckte etwas in ihr auf. Sie wurde in die herrlichen, berauschenden, vergeudeten Stunden der Jugend zurückversetzt, in denen nichts als die Gegenwart zählte. Und während er sie vorsichtig auf die Theke hob, schlang sie die Arme um seinen Hals, die Beine um seine Taille und drückte ihren Mund auf den seinen.

Mack trug sie ins Schlafzimmer, und sie wälzten sich wie Hundewelpen auf dem ungemachten Bett, und keiner bemerkte den abgestandenen Schweißgeruch in den ungewaschenen Laken. Sie zupften und zerrten an Kleidern, bis sie süßes Fleisch fanden, das auf den Lippen zerging. Mack zu lieben in dieser Nacht fühlte sich an, als würde sie den Weg nach Hause finden. Blind, nur von Geruch und Tastsinn geleitet. Es war, als würden sie sich von allem erretten. Sich gegenseitig aus einem langen Schlaf erwecken, während die Nacht sie mit einem murmelnden, flüsternden Lied umhüllte.

Als die grelle Morgensonne in den Raum fiel, öffnete Cassie die Augen und fragte sich, was um alles in der Welt sie getan hatte. Mack lag friedlich schlafend neben ihr und sah zerstört, aber gleichzeitig irgendwie wiederhergestellt aus. Sie schlüpfte aus dem Bett und zog sich an. Das Haus war still, und sie fragte sich, ob Rose noch schlief. Wie sich herausstellte, war es fast zehn. Ein Glas *Vegemite*-Paste und eine Butterdose standen geöffnet auf der Küchentheke. Mack tauchte hinter ihr in der Tür auf und sah zerzaust aus. »Sie macht sich selbst fertig am Morgen«, sagte er eher entschuldigend als erklärend.

Cassie nahm eine heiße Dusche, während Mack Tee und Toast mit *Vegemite* für zwei machte. Sie setzten sich auf die hintere Veranda in die Morgensonne. Der junge Tag strahlte verheißungsvoll.

»Rose bleibt Freitagnacht bei Murray. Lass mich Abendessen für dich machen.«

Cassie wusste, dass es ein Dutzend Gründe gab, weshalb sie jetzt nicht hier sein, ganz zu schweigen zurückkommen sollte, aber als Mack sie sanft anlächelte und seine Finger in die ihren flocht, konnte sie sich nicht mehr erinnern, worin diese Gründe bestanden.

Frühstücks-Walzer

Am Freitagmorgen wachte Avril mit einem freudigen Ruck auf. Die ersten wachen Momente verbrachte sie damit, über dieses einzigartige Erlebnis nachzudenken, und tauchte in den köstlichen Tag ein, der vor ihr lag. Es war der doppelte Glücksfall, der ihn so aufregend machte. Eine aufregende Sache konnte immer schiefgehen, zwei hatten eine bessere Chance. Der erste Grund für die Aufregung war ein Anruf von Harrison letzten Abend, der ihr mitteilte, dass ihr Truck fertig sei und am Montag abgeholt werden könne. Der zweite eine Einladung zum Essen im Bigger Than Texas am Abend, die sie angenommen hatte.

Sie stand auf, tanzte im Shimmy-Shake den ganzen Weg ins Badezimmer und krähte unmelodisch unter der Dusche. Als sie herauskam, wappnete sie sich mental auf das unvermeidliche – aber hoffentlich kurze – Treffen mit Dorothy.

Dorothys Verhältnis zum Fernsehen war im Lauf der Jahre zunehmend komplexer geworden. Obwohl sie von der Glotze abhing, was Gesellschaft und Unterhaltung anbelangte, war sie weit davon entfernt, eine passive Zuseherin zu sein. Zwischenrufe waren ihre Lieblingsbeschäftigung, und ihr Zorn wurde von einem beständigen Groll auf Leute angefacht, die vermeintlich ein aufregenderes und glanzvolleres Leben führten als sie selbst, wie etwa Fernseh-Moderatoren. Jahrelang hatte ihr grüner Sessel als Wachturm gedient, von dem aus Gift und beißender Spott versprüht wurden, aber in jüngster Zeit war sie milder geworden und äußerte sich vergangene Woche sogar lobend über die Frisur einer Nachrichtensprecherin. Und heute dann das Undenkbare: Der Fernseher war still, der Schießstand leer.

Avril hastete in die Küche und fand ihre Mutter an der Theke, wo sie ein Stück Toast mit Butter bestrich. Es machte Avril immer noch nervös, wenn ihre Mutter im Haus herumstrich, Räume bewohnte, die sie normalerweise nicht betrat, und sich sogar gelegentlich selbst ein Essen machte. Gestern war sie sogar so weit gegangen, einige ihrer neuen Blumenkleider in der Waschmaschine zu waschen.

»Da bist du ja *endlich*«, sagte Dorothy und blickte auf. »Hab die Hoffnung schon aufgegeben, was zu essen zu kriegen, und mir einen Toast gemacht.«

»Schön für dich, Ma. Setz dir lieber die Zähne ein, bevor du da reinbeißt.«

Leise fluchend suchte Dorothy in der Tasche ihres Frotteebademantels, bis sie ihr Gebiss fand und es einsetzte.

Avril setzte das Wasser auf, während sie nach einem Thema suchte, das ihre Mutter von der üblichen Ausfragerei über den anstehenden Tag abhalten würde. Von all den Einzelheiten, die sie dem alten Mädchen nicht mitteilen wollte. Und da hatte sie das geeignete Ablenkungsmanöver auch schon gefunden: »Ah ja, dieser Mack McWilliam ist gestern in den Autohof gekommen, um Cassie zu besuchen. Mit Blumen.«

Dorothy stand da, den Toast halb in den Mund geschoben. »Stimmt das?« Sie überlegte einen Moment und fügte dann hinzu: »Er war doch bei diesem Unfall dabei, oder? Ihr alter Liebhaber. Also haben die beiden ein kleines Techtelmechtel, was?«, sagte sie genüsslich.

Avril zuckte die Achseln und bereute plötzlich, dass sie damit angefangen hatte, weil sie das Gefühl hatte, Cassies Privatsphäre für eine billige Ablenkung geopfert zu haben. »Er scheint aber ein ganz netter Typ zu sein.«

»Ach, du liebe Güte, seine Mutter, diese eingebildete Kuh, wie heißt sie nochmal, Denise, hat's nicht leicht gehabt mit ihm«, sagte Dorothy, verlor daraufhin aber das Interesse und biss in ihren Toast. »Ich hab mir überlegt, dass ich für ein paar Tage zu Kristy rauffahre. Ich hab sie gerade angerufen, und sie ist einverstanden. Du kannst mich nach der Arbeit hinbringen.«

»Nein, das kann ich nicht«, antwortete Avril und nahm eine Schale aus dem Schrank. »Hab schon eine Verabredung.«

»Du?«, fragte Dorothy. »Was denn für eine Verabredung?«

»Ich krieg den Nobelpreis für meine Dienste an verschrobenen alten Weibern mit multiplen eingebildeten Krankheiten.« Avril arrangierte fünf Weetbix-Getreidekekse symmetrisch in ihrer Schale und goss Milch darüber.

»Wirklich sehr witzig. Du kannst deine geheimnisvolle Verabredung auf morgen verschieben.«

»Nein. Das werde ich nicht. Nimm den Zug.« Avril löffelte sich glücklich Weetbix in den Mund.

»Den Zug? Du spinnst wohl. Ich krieg Klaustrophobie im Zug.«

»Wirklich? Wie seltsam, wenn man bedenkt, dass du die glücklichsten Tage deines Lebens angeblich in einer Gefängniszelle erlebt hast«, erwiderte Avril.

Dorothy warf ihr einen bösen Blick zu. »Na schön, ist es zu viel verlangt, mich zu dem verdammten Bahnhof zu bringen?«

»Ja, das ist es. Nimm ein Taxi«, antwortete ihre Tochter, als sie den Rest ihres Frühstücks verdrückte.

»Himmel, du bist ein echtes Miststück geworden, seit du diesen neuen Job hast«, bellte Dorothy. »Ich werde mit Kristy reden, dass ich länger bleiben will. Tatsächlich denken Kristy und Tim darüber nach, wieder hierherzuziehen. Dann wirst du dich am Riemen reißen müssen.«

Avril fiel die Kinnlade herunter. »Machst du Witze? Überlegen sie sich wirklich, wieder heimzukommen?«

Dorothy nickte widerwillig, verärgert über Avrils positive Reaktion auf die Neuigkeit. »Ich schätze, sie können es sich leisten, ein ordentliches Haus hier zu kaufen.«

»Das wäre ja *großartig!* Wir könnten jeden Tag die Jungs sehen! Ich könnte sie im Truck mitnehmen. Sie könnten bei uns übernachten.« Avril sprang von ihrem Stuhl auf, nahm ihre Mutter in die Arme und tanzte, trotz ihrer Proteste, Walzer mit ihr durch die Küche. Und da hatte sie den Eindruck, dass fünf Weetbix mehr waren, als sie vertragen konnte.

Der Kreuzzug

Mit der Erkennungsmelodie von *Passion* im Hintergrund packte Cassie hin- und hergerissen ihren Handkoffer. Mack hatte ein paar sehr schlechte Eigenschaften. Er übernahm keine Verantwortung für sein Leben, hatte keine geregelte Arbeit und bekam eine Behindertenrente. Der Mann war ein regelrechtes Wrack. Zertrümmert, verbrannt und immer noch schwelend. Gefährlich. Sein leichtfertiges Herz hörte nicht auf Vernunft.

Josie lag auf der Couch, las das *Trucking Torque* Magazin und verfolgte nur mit halbem Auge die Paarungen und Trennungen bei *Passion.* »Dieser neue Hino-Kipper kriegt hier ’ne gute Kritik«, erklärte sie, als sich Cassie auf die Armlehne der Couch setzte.

»Du hast ein Auge auf einen geworfen, nicht, Mum?«

»Ich denk bloß an die Zukunft ... du gehst wieder weg, ja?« Sie blickte erstaunt auf. »Und mit einem Handkoffer? Also ...?«

»Ich weiß nicht, Mum. Ich weiß einfach nicht. Ich lebe einfach von einem Tag zum anderen.«

»Wir alle leben von einem Tag zum anderen, Schätzchen«, antwortete Josie mit einem traurigen Lächeln.

Mack hatte den ganzen Tag im Haus gearbeitet. Es war sauber und ordentlich, mit Blumen aus dem Garten und dem Geruch von Putzmitteln. Er hatte Irish Stew gekocht und eine Flasche Merlot gekauft, um es runterzuspülen. Sie hatten kaum fertiggegessen, als er mit ihr durchs Wohnzimmer ins Schlafzimmer tanzte. Das Foto, das sie ihm gegeben hatte, war überm Bett angeklebt. Die Laken waren nagelneu, man sah noch die Verpackungsfalten. Die Nacht war lang und voller Zärtlichkeit, und es wurde schon hell, als sie einschliefen.

Am Sonntagmorgen holten sie Rose ab und brachten sie zu ihrem Fußballspiel in dem Park neben der Schule. Rose flitzte herum und sah gelegentlich herüber, um sicherzugehen, dass sie noch da waren, und strahlte übers ganze Gesicht, als sie feststellte, dass sie es waren. Sie war nicht die Einzige, die ihnen Blicke zuwarf. Die Fußball-Mums gaben sich wenig Mühe, ihre Neugier zu verbergen, als sie Cassie an Macks Seite auftauchen sahen. Der geheimnisvolle Mann war plötzlich interessant geworden.

Cassie lud Mack und Rose ins Bigger Than Texas zum Essen ein. Rose liebte das Lokal: die Böden mit Sägemehl, die Gruppentänze, das »Bootscooting«, und vor allem, dass Cassie und Mack im Schein des rosafarbenen Lampenlichts ständig ihre Blicke zu suchen schienen. »Bleibst du heute bei uns über Nacht?«, fragte Rose.

Cassie sah Mack an, der völlig ungerührt wirkte. »Was meinst du, Rosie-Schatz? Sollen wir Cassie einladen, bei uns zu übernachten?«

»Kannst du zu uns kommen und immer bei uns bleiben? Oder wäre dann deine Mum traurig?«, fragte Rose.

Cassie lächelte. »Du hast recht – meine Mum wäre einsam ohne mich.«

Rose nickte verständnisvoll.

»Aber ich übernachte bei euch«, fügte Cassie hinzu.

Rose zitterte vor Aufregung. »Dad wird das gefallen. Er ist auch einsam.«

Mack lachte. »Du kennst mich zu gut.«

Am Sonntagmorgen stand Cassie früh auf und machte Pfannkuchen zum Frühstück. Rose half ihr, und die Szene erinnerte an die herzerwärmenden Duos aus TV-Werbungen. Aber das fröhliche Geplapper von Rose kündete mehr von ihrem verzweifelten Bemühen zu gefallen. Bei Cassie begann sich allmählich die Wirkung von zwei schlaflosen Nächten zu zeigen. Sie fühlte sich nervös und zitterig. Die drei frühstückten zusammen und machten zögerlich Pläne für den bevorstehenden Tag. Aber Rose, die nicht erwartete, dass aus den Plänen etwas wurde, ging ins Wohnzimmer und schaltete den Fernseher an.

Mack sah so müde aus wie sich Cassie fühlte und ging nach dem Frühstück wieder ins Bett. Cassie nahm eine Decke mit in den Garten, breitete sie auf dem Gras aus und legte sich hin, um die Wintersonne zu genießen. Sie schloss die Augen und spürte, wie das Kreiseln in ihrem Kopf langsam nachließ. Rose musste ihr gefolgt sein, denn als Nächstes hörte sie ein Rascheln und Scharren, und als sie die Augen öffnete, sah sie, dass Rose ein Handtuch neben ihr ausgebreitet hatte und ruhig, aber erwartungsvoll mit einem Buch in der Hand dasaß. »Möchtest du, dass ich dir eine Geschichte vorlese?«, fragte sie.

»Das wäre schön. Was für eine Geschichte denn?«

»Es ist mein Lieblingsbuch, *Schweinchen Wilbur und seine Freunde.* Hast du das als Kind auch gelesen?«

»Ja. Es ist traurig, nicht?«

»Irgendwie schon. Aber ich denke, meine Mum ist ein richtig guter Mensch gewesen, wie Charlotte.«

»Erinnerst du dich überhaupt an sie?«

Rose zuckte die Achseln. »Ich bin mir nicht sicher, ob ich mich erinnere oder ob ich's mir nur einbilde.« Sie blätterte gedankenverloren durch das Buch, als wollte sie noch etwas sagen. Eine Weile saßen sie schweigend da, dann fügte sie hinzu: »Du kannst dich einfach entspannen, und ich lese dir vor.«

Cassie schloss die Augen und schlief nach wenigen

Minuten vom Singsang der Stimme des kleinen Mädchens ein. Als die Vordertür zuschlug und jemand etwas rief, wachte sie auf. Alarmiert lief sie zum Haus und sah, wie Rose, einen Ausdruck zwischen Angst und Erheiterung im Gesicht, mit dem Rücken die Tür zuhielt. Die Tür selbst bebte von den Schlägen, die ihr jemand von der anderen Seite versetzte.

»Wer ist das? Was ist los?«, rief Cassie, als sie den Gang hinunterrannte. Rose machte eine abwehrende Geste, als könnte sie Cassie überzeugen, dass es nichts zu bedeuten hatte. Aber plötzlich tauchte Mack auf, zog Rose beiseite und machte die Tür auf.

»Verdammtes Balg, hat mir die Tür vor der Nase zugeschlagen!«, brüllte der Mann, der auf der Veranda stand. Er trug eine schwarze Lederjacke, Motorradhelm und Sonnenbrille. Wütend starrte er an Mack vorbei und nahm mit argwöhnischem Blick Cassie aufs Korn. »Wer ist denn die Biene?«

»Tut nichts zur Sache«, erwiderte Mack, als er hinaustrat und die Tür hinter sich schloss. Cassie und Rose beobachteten durchs Wohnzimmerfenster, wie Mack den Mann zu seinem Motorrad begleitete, das am Gehsteig parkte. Die beiden Männer, die ihnen demonstrativ den Rücken zuwandten, unterhielten sich ein paar Minuten, dann steckte sich Mack mit einer kaum wahrnehmbaren Bewegung etwas in seine Jeanstasche.

Rose sah mit Tränen in den Augen zu, sagte aber nichts. Schließlich wandte sie sich ab, drehte den Fernseher wieder an und rollte sich auf der Couch zusammen, als hätte sie vergessen, dass Cassie da war.

Mack schlüpfte durch die Vordertür und schloss sie leise hinter sich. Cassie wartete in der Diele. »Wer war das?«

»Niemand, bloß ein alter Kumpel. Rose hasst alle Biker. Mach dir keine Sorgen ihretwegen.«

Er legte die Arme um sie und drückte den Kopf an ihren Hals, um ihren Blick zu vermeiden. »Wie wär's, wenn wir Wasser aufstellen und Tee machen, und dann gehen wir in den Park, wie ausgemacht?«

Cassie stellte den Kessel auf, machte Tee und trank ihn, bevor er mit einem schiefen Lächeln und glasigen Augen wieder in die Küche kam. »Ich denke, ich nehme lieber ein Bier«, erklärte er, ohne sich zu entschuldigen, als er den Kühlschrank öffnete und eine Dose herausnahm.

»Ich denke, ich geh nach Hause«, erwiderte Cassie und stand auf.

Mack erstarrte, bevor er den Verschluss aufgerissen hatte. Er machte erneut den Kühlschrank auf und stellte umständlich das Bier zurück. »Vielleicht noch ein bisschen früh dafür«, sagte er.

»Du hast mich schlichtweg angelogen, Mack.«

»Wegen ...«

»Dem Biker.«

»Ich hab ihm gesagt, er soll nicht mehr herkommen, okay?«

»Aber du hast die Lieferung angenommen.«

»Du traust mir nicht, stimmt's?«, fragte Mack, sichtlich bemüht, eine zusammenhängende Antwort zu geben. »Du denkst, ich kann mich nicht ändern.«

»Ich denke sehr wohl, dass du dich ändern kannst. Das weiß ich. Wir haben endlos darüber gesprochen. Entweder bleibst du clean oder du vergisst es. Du warst einverstanden, und jetzt bist du total zugedröhnt.«

»Ich liebe dich, Cass. Ich hab nie aufgehört, dich zu lieben.« Seine Qual nahm von Minute zu Minute zu. Cassie hörte, wie Rose leise die Wohnzimmertür schloss und den Fernseher lauter drehte, als hätte sie sich damit abgefunden, dass diese Szene ein schreckliches Ende nehmen würde. »Ich will es ja tun, ich will es ja«, versicherte sich Mack selbst. Er verließ die Küche und wanderte durchs Haus, wie er es oft tat, auf der Suche nach Trost und einem Ziel. Cassie folgte ihm in einigem Abstand und beobachtete ihn mit wachsender Sorge. Schließlich legte er sich auf sein Bett, faltete die Arme hinter dem Kopf und starrte an die Decke. Cassie blieb in der Tür stehen. Es fiel ihr schwer zu bleiben, aber genauso schwer zu gehen. »Geh noch nicht«, sagte er stockend. »Bitte.«

Cassie legte sich neben ihn, und er schlang die Arme um sie. Sie spürte, wie seine Brust bebte, und fühlte Tränen in ihrem Haar, als er leise zu sprechen begann. Er redete über Dawn, Roses Mutter, wie er sie kennengelernt hatte und wie einfach alles erschienen war. Dann plötzlich sei es schwierig geworden, aber zu spät gewesen, um auszusteigen. Er habe Verantwortung übernommen, was ihm nicht bewusst gewesen sei. Nach allem, was geschehen sei, habe er das Gefühl gehabt, der Situation nicht gewachsen zu sein. Er habe jemanden oder etwas gebraucht, auf das er sich stützen konnte. Zuerst sei es jemand und dann etwas gewesen. Jetzt hänge er fest bei dem Etwas.

»Du kannst dich auf *mich* stützen, Mack«, flüsterte Cassie. »Aber nicht, solange Drogen im Spiel sind. Du musst dich entscheiden.«

»Die Entscheidung hab ich schon getroffen«, antwortete er. »Sie ist getroffen.« Sie redeten noch eine Weile, dann schlief er ein. Cassie machte sich los, deckte ihn zu und ging weg, um Rose etwas zu essen zu machen.

Cassie setzte sich aufs Sofa, und Rose schmiegte sich an sie, während sie *Die Simpsons* ansahen und warteten, dass Mack auftauchte. Schließlich überraschte er sie beide, indem er in den Raum gestürmt kam, um sein Handy und seine Brieftasche zu holen. Er hatte einen Rucksack über die Schulter gehängt und hielt eine Schaumstoffmatte und einen Schlafsack unterm Arm. Cassie und Rose sahen ihn bestürzt an. Keine wollte ihn fragen, wohin er wollte, aber wie es schien, hatte er auch nicht vor, es von sich aus zu sagen. Also fragte ihn Cassie.

»Ich weiß nicht«, antwortete er. »Könntest du dich um Rose kümmern – nur für eine Weile? Für ein paar Tage vielleicht?«

»Mack, du musst mit Rose darüber reden. Wohin gehst du?«

»Rosie?«, sagte Mack und kniete vor ihr nieder. »Ich muss fort. Ist es okay für dich mit Cassie, nur für ein paar Tage?« Rose wirkte gequält, nickte aber, als würde sie ihn verstehen, und akzeptierte einen Kuss auf die Wange.

Cassie stand auf und hielt ihn am Arm fest. »Mack ...«

Er riss sich los und ging zur Tür. »Bitte. Tu das einfach für mich. Ich weiß, wie ich es machen muss.«

Sie folgte ihm, als er die Vorderstufen hinunter und zu seinem Geländewagen ging. »Ich muss wissen, wohin du gehst.«

»Da ist jemand, den ich finden muss«, rief er über die Schulter zurück. Er stand an seiner Wagentür und hielt das Foto hoch, das sie gemacht hatte, wie ein Mann, der zum Kreuzzug auszieht. »Diesen Typen«, sagte er und deutete auf das Bild. Er warf seine Ausrüstung auf den Rücksitz, stieg ein und fuhr weg.

Als sie ins Wohnzimmer zurückkehrte, waren ihre Gedanken, trotz ihrer Verwirrung, bei Rose.

»Dad macht manchmal komische Sachen, und Nanny sagt, dass ich sie einfach anrufen soll«, erklärte Rose, die nur zögernd die Sicherheit auf dem Sofa aufgab. »Manchmal kommt dann mein Onkel ... kennst du ihn?«

»Murray?«

»Ja, er kommt dann und holt mich. Und ich bleib bei ihm und meiner Tante Marie und meinen Cousins. Aber ...« Sie senkte den Kopf und betrachtete Cassie durch die Augenwimpern. »... ich würde lieber bei dir hier bleiben.« Sie wartete, damit Cassie sich an den Gedanken gewöhnen konnte, dann nahm sie den schmutzigen Verband aus ihrer Tasche und wickelte ihn sorgfältig um den Arm.

Cassie zögerte. »Wir wollen Nanny anrufen und hören, was sie meint.«

»Nanny hat zu Dad gesagt, dass er para-noid ist.«

»Wirklich? Weißt du, was das heißt?«

»Nein.«

»Möchtest du es wissen?«

Rose überlegte eine Weile und sagte dann mit der überdrüssigen Art eines Kindes, das bereits zu viel weiß: »Ja, schon.«

»Damit meint man jemanden, der glaubt, dass Leute hinter ihm her sind.«

»Dad hat gesagt, ich soll die Tür absperren, wenn er nicht da ist. Ist das paranoid?«

»Nein, das ist wahrscheinlich vernünftig«, antwortete Cassie, die sich fragte, wer außer Macks Biker-Kumpel an die Tür kam, wenn er nicht da war.

Manu

Eine Frau stand an den vorderen Sicherheitszaun des Autohofs in der Dunbar Street gelehnt. Sie hatte die Augen geschlossen und ließ sich, reglos wie eine Eidechse, von der Morgensonne bescheinen. Als Cassie und Josie mit dem Cadillac hereinfuhren, gingen ihre Augen auf, ohne dass sich sonst ein Muskel an ihr bewegte. Ihr dunkles Haar war mit einem blauen Band zusammengebunden. Sie trug Jeans und eine karierte Bluse, deren Ärmel an den Schultern abgeschnitten waren, wodurch kräftige, muskulöse Arme zum Vorschein kamen, die sie entspannt, aber resolut vor der Brust verschränkt hatte. Cassie erkannte, dass es sich um das schwarze Mädchen handelte, in dessen Armen Roddy bei Kingis *hangi* hatte landen wollen.

»Guten Morgen«, sagte Cassie und sperrte das Tor auf.

Die Frau sah sie von der Seite an. »Morgen. Ist das hier die Firma, wo Kingi arbeitet?«

Cassie nickte. »Ich weiß nicht, wann er kommt. Möchten Sie, dass ich ihn anrufe?«

Die Frau überlegte und sagte schließlich: »Nein. Ist schon gut.« Sie wandte sich zum Gehen.

»Kann ich Ihnen irgendwie behilflich sein?«

Die Frau blieb stehen und drehte sich kurz darauf zögernd um. »Ich hab gehört, Sie suchen Fahrer.«

»Das stimmt – sind Sie interessiert?«

»Ich war vor ein paar Wochen wegen dem *hangi* hier unten. Roddy hat mir davon erzählt. Mein Name ist Manu.« Sie streckte die Hand aus.

Josie parkte den Cadillac, während Cassie Manu in ihr Büro führte, wo sie sich an ihren Schreibtisch setzte. Manu nahm unsicher gegenüber von ihr Platz. »Ich war in Wally Tukapis Truppe.«

»Sind Sie Schafschererin?«, fragte Cassie eher aus Neugier als aus sonst einem Grund.

»Nein, ich hab an der Scherbank und der Wollpresse gearbeitet.«

»Und warum wollen Sie einen Abschlepp-Truck fahren?«

Manu lächelte breit, was wegen eines fehlenden Zahns im Oberkiefer ziemlich komisch aussah. »Ich möcht 'nen Typen kennenlernen und 'ne Familie haben. Schafscherer sind Zigeuner – man kann doch seine Kinder nicht ständig durchs ganze Land zerren.«

»Kinder?«

Manu zog fragend eine Augenbraue hoch. »Klar, ich werd doch Kinder kriegen.«

Von draußen ertönte das Dröhnen eines Trucks, der in den Hof fuhr, und das Knallen einer Tür. Kurz darauf stand Kingis massiger Körper in der Tür und versperrte das Licht. Manu stand auf. Kingi brauchte nur den Bruchteil einer Sekunde, um sie zu erkennen. »Manu!« Er warf die Arme um sie, und Cassie sah eine andere Manu, die hilflos kicherte und sich an ihn drückte.

»Was machst'n du hier, Mädchen? Warum bist du nicht zu uns rausgekommen?«

»Hab den Wagen stehen lassen müssen. Der hat heut Nacht um zwei mitten im Niemandsland den Geist aufgegeben. Ich hab zu Fuß bis von Barra herlaufen müssen. Bis um vier hab ich dafür gebraucht, dann hab ich vor der Stadt ein Nickerchen gemacht und bin dann hierhergekommen.«

»Ich ruf Elaine an, damit sie dir was kocht – du brauchst ein bisschen *kai* in deinen *puku,* was, Mädchen? Jetzt komm. Später holen wir dein Auto.« Kingi, das Handy in der einen und die Schlüssel in der anderen Hand, war schon halb aus der Tür, während ihm Manu, unsicher grinsend, folgte.

Cassie parkte den Cadillac ein paar Straßen weiter weg und ging zu Fuß den vertrauten Weg zu ihrer alten Schule. Als sie klein war, gab es nur drei Grundschulen in der Stadt: Bilkara Public, Bilkara South und Sacred Heart, das gemeinhin bei den unter Zwölfjährigen als Sacred Fart, Heiliger Furz, bekannt war. Heutzutage gab es eine Steiner-, eine Montessori- und eine neue Privatschule, aber Rose besuchte die Bilkara Public, genau wie Cassie früher.

Ihren Ranzen über die Schulter gehängt, kam Rose aus der Schule geschlendert und ließ sich Zeit, während die anderen Kinder auf ihre wartenden Mütter zustürmten. Als sie bei Cassie ankam, ließ sie ihren Ranzen auf den Boden fallen. »Ich will dir was zeigen«, sagte sie und umarmte Cassie scheu.

»Sicher«, antwortete Cassie. »Was ist es denn?«

»Komm mit.« Rose packte ihren Ranzen mit der einen und Cassie mit der anderen Hand und machte sich auf den Weg zur Aula der Schule zurück.

Abgesehen von ein paar zusätzlichen Klassenräumen im hinteren Teil hatte sich die Bilkara Public kaum verändert. Sie war ein bisschen schmuddeliger und der Spielplatz staubiger, als sie ihn in Erinnerung hatte, aber die Aula roch und sah noch genau so aus wie an dem Tag, als sie von hier abgegangen war.

Rose führte Cassie zum vorderen Teil der Aula und deutete sichtlich stolz auf die Holzschilder, die oberhalb der Bühne angebracht waren. Dort stand in Goldlettern

Cassandra Munros Name, der Gewinnerin der Regionalmeisterschaften im 400-Meterlauf von 1976 bis 1979. Damals war sie zwölf und wechselte bald darauf an die Bilkara-High.

Rose strahlte sie an, und Cassie war überrascht, wie sehr sie diese bescheidene, aber anhaltende Anerkennung für ihr früheres athletisches Können rührte. Sie hatte ganz vergessen, dass sie einen Ehrenplatz über der Bühne einnahm.

Sie gingen auf die Straße zurück und unterhielten sich angeregt über Roses Tag, bis sie den Caddy erreichten. »Wir haben so ein cooles Auto«, sagte Rose und blickte sich bedauernd um, weil niemand in der Nähe war, um dies mitzubekommen, während Cassie die Tür für sie aufhielt.

Als sie zum Haus in der Carinya Street fuhren, sagte Cassie so liebevoll wie möglich. »Rose, ich habe mit Nanny gesprochen, es ist ihr recht, dass ich bei dir bleibe, bis dein Dad zurückkommt. Aber, Rosie, du musst verstehen, dass ich nicht die Freundin von deinem Dad bin. Ich werde nicht deine neue Mum. Ich kümmere mich bloß um dich, bis dein Dad wieder da ist.«

Rose nickte und sah aus, als würde sie sich zusammenreißen. Sie zupfte an dem Verband an ihrem Arm, als suchte sie Trost bei dem Mullgewebe. Dann sagte sie mit belegter Stimme: »Könnten wir nicht einfach so tun? Für die Zeit, die du gesagt hast. Bloß um zu sehen, wie es ist?«

Cassie spürte, wie ihr die Tränen kamen, fühlte sich gleichzeitig aber auch in eine Falle gelockt. »Das halte ich für gefährlich, Rose. Wenn Dad zurückkommt und ich wieder heimgehe ... dann fühlst du dich ...« Cassie blickte zu ihr hinüber, und als sie sah, dass in den Augen des Kindes Tränen standen, fügte sie schnell hinzu: »Sehen wir einfach mal, wie wir zurechtkommen, ja?«

Sobald sie zu Hause angekommen waren, warf Rose ihren Ranzen in die Ecke, sich selbst auf die Couch und drehte den Fernseher an. Cassie machte sich eine Tasse Tee. Sie nahm einen Block und schrieb eine Liste. Dann bereitete sie einen Imbiss für Rose und rief sie in die Küche. Rose wirkte etwas verblüfft, als sie das Glas mit Fruchtsaft und das säuberlich in Viertel geschnittene Sandwich sah, aber sie setzte sich und begann zu essen. »Als deine zeitweilige Mutter«, begann Cassie, »habe ich ein paar neue Regeln aufgestellt.«

Rose strahlte glücklich.

»Die erste Regel lautet, dass du von jetzt an in deinem Bett schläfst. Nicht auf der Couch oder sonstwo. Und du gehst jeden Abend zur gleichen Zeit ins Bett, sagen wir um neun.«

»*Das geht nicht!* Um halb acht fängt *Akte-X* an!«

»Meine anderen Regeln lauten, dass du zwei Mal am Tag deine Zähne putzt ...«

»Zwei Mal?«

»Dich jeden Tag duschst ...«

»Das ist doch bloß Wasserverschwendung!«

»Und deine Hausaufgaben machst, wenn du aus der Schule kommst.«

»Die Lehrerin weiß, dass ich nie Hausaufgaben mache – ihr ist das egal!«, protestierte Rose mit vor Ärger roten Wangen. »Ich richte mich nicht nach deinen Regeln – die sind *blöd!«* Sie stand auf und schob heftig den Stuhl zurück. »Ich will sowieso keine Mutter, die mich mit dämlichen, blöden Regeln rumkommandiert.« Aber als sie aus der Küche rannte, sah Cassie, wie sich ihr Mund zu einem seltsamen Lächeln verzog.

Von morgens bis abends

Als Mack nach Norden fuhr, beherrschten drei Dinge seine Gedanken. Im Moment waren sie so klar und greifbar für ihn wie drei glitschige Silberfische, die sich im vielmaschigen Netz seines Lebens verfangen hatten, und er wusste, dass er sie wohl nur schwer zu fassen kriegen würde. Es gab Zeiten in seinem Leben, als er nicht an sein eigenes Überleben dachte. Es gab Zeiten, als er sich wünschte, einfach ins Dunkel hinüberzugleiten. Diese Zeiten, hoffte er – glaubte er –, lagen hinter ihm.

Sein erster Gedanke war, clean zu werden. Ein reiner, unverfälschter Mack. Um das zu erreichen, musste er fahren und immer weiterfahren. Er musste sich von allem und jedem, den er kannte, fernhalten. Er musste Abstand legen zwischen sich und den Pubs, den Baustellen und dem Strand. Bei seinen Fahrten musste er Städte, Orte mit Drogen, Hippies, Rucksacktouristen, Biker, Surfer und eine ganze Menge anderer Individuen meiden, die ihm schnelles Glück anboten. Es war eine Frage der Geografie, sich selbst nicht in Versuchung zu bringen. Er musste fahren, bis diese Leute ihn nicht mehr als einen der ihren erkannten und er nichts mehr brauchte, was sie anzubieten hatten.

Der zweite Gedanke war einer, der ihm immer dann durch den Kopf ging, wenn er nicht vollgedröhnt war: dass er mit seinem Gehirn etwas anstellen musste. Er brauchte Arbeit, die ihn interessierte, Arbeit, die keine zwei gesunden Beine erforderte. Er brauchte Arbeit, um sich von seiner verzweifelten Mutter, seinem frustrierten Bruder und seiner Schwägerin unabhängig zu machen, die ihn verachteten. Er brauchte eine Arbeit, die ihm Respekt eintrug.

Der dritte Gedanke war weniger ein Gedanke als ein unterschwelliges Gefühl, das ihn lockte und murmelnd und flüsternd zu ihm sprach. Es roch wie Roses Haar am Morgen. Es fühlte sich an wie Cassies warmer Körper an seinem. Es schmeckte wie Normalität. Es klang so einfach. Es konnte Glückseligkeit sein.

Jetzt wurde ihm klar, dass es mit seinem Leben von dem Moment an bergab ging, als er Dawn kennenlernte. Sie war ein Hippiemädchen der zweiten Generation, eine Aussteigerin, die in einer Kommune namens Tapestry im hügeligen Hinterland von Bilkara aufgewachsen war. Sie und ihre Schwester Dusk rauchten täglich Haschisch und waren Hobby-Astrologinnen, die einen kindlichen Glauben an die schützenden Kräfte des Kosmos teilten. Mack traf sie bei einer geheimen Rave Party im Busch in der Nähe der Landzungenspitze. Die Musik war laut, und es gab Unmengen verschiedenster Drogen. Sie tanzten barfuß zu Ethnoklängen und schliefen bedröhnt unter den Sternen. Das Leben mit Dawn und Dusk war eine Party, die von morgens bis abends an verschiedenen Plätzen stattfand. Dawn liebte ihn nicht nur, sie überschüttete ihn mit Liebe. Sie verbrachten ganze Tage und Nächte in der glorreichen Umarmung von Ecstasy. Manchmal gesellte sich Dusk zu ihnen, und sie schlangen voller Glück ein paar Stunden lang die Glieder ineinander. Mack brauchte sich nie wirklich um etwas zu kümmern. Das Leben war ein endloses Vergnügen. Er hatte ständig ein Lächeln im Gesicht, das er nicht ganz verstand, und dachte vermutlich, er sei glücklich.

Als Dawn ihm sagte, sie sei schwanger, änderte das für ihn nichts. Die Party würde weitergehen, dachte er. Als Dawn darauf bestand, barfuß am Strand zu heiraten, hatte er nicht die Kraft, sich dagegen zu wehren. Ohne sich zu sträuben, zog er das cremefarbene Hanfhemd an, das sie ihm genäht hatte. Seine Mutter trug hochhackige Schuhe und ein Stirnrunzeln. Sie fragte ihn, ob er sich diese Entscheidung reiflich überlegt habe, oder ob er wahllos Beziehungen eingehen und eine Schar Kinder in seinem Schlepptau hinterlassen wolle, wie sein Vater es getan hatte. Die letzten Worte stieß sie hervor, als quälten sie sie genauso so sehr wie ihn.

Aber Dawn teilte nicht die spießigen Einstellungen seiner Mutter, was Stabilität und Sicherheit angingen – oder gar Monogamie. Ihre Eltern hatten sich schon vor Langem getrennt und waren anderen Partnern gefolgt. Ihre Mutter nach Byron, ihr Vater nach Bali. Dawn und Dusk lebten in dem nie ganz fertig gewordenen Blockhaus, das ihre Eltern gebaut hatten und das sie inzwischen mit Rachel und Dom teilten – zwei abgelegten Liebhabern ihrer Eltern, die sich zusammengetan hatten.

Falls Mack ein leichtes Unbehagen spürte wegen der Richtung, die sein Leben mit Dawn eingeschlagen hatte, wurde dies von der tröstlichen Vorstellung überdeckt, dass er Teil einer Familie war. Wenn er die Wahl gehabt hätte, wäre er die Verpflichtung nicht eingegangen. Aber glücklicherweise hatte er sich nicht entscheiden müssen. Er und Dawn zogen in ein anderes halb fertiges Haus der Kommune ein, und fast über Nacht erklomm Dawn die nächsthöhere Stufe des Hippietums. Die Drogen-Diät wurde durch eine veganische ersetzt, das tröstliche Aroma von Marihuana durch den süßlichen Duft von Ylang-Ylang und Patschouli. Dawn baute sich ein Nest wie ein Laubenvogel, borgte und erbettelte sich Möbel, über die sie effektvoll indische Tücher und balinesische Sarongs drapierte. Überall standen Götterstatuen oder hingen Regen- und Traumfänger, und mit dem Umfang ihres Bauchs wuchs auch der Stapel geliehener Bücher über Hausgeburt und natürliche Schmerzmittel auf ihrem Nachttisch an.

Rachel war Hebamme, und sie und Dawn unterhielten sich stundenlang über Wasser-, Sonnen- und Erdgeburten –, die Mack allesamt weder praktisch noch hygienisch erschienen. Wenn er Dawns sonnenbraunen Bauch nicht mit Lavendelöl massierte, sang Rachel afrikanische Wiegenlieder in einen Papiermaché-Trichter, der wie ein Megaphon auf Dawns Bauch plaziert wurde.

Als der Geburtstermin näher rückte, wurde das Haus zu einem magnetischen Anziehungspunkt für alle Frauen der Kommune. Mack kam es vor, als würden sich die Frauen auf eine Belagerung einrichten. Sie kochten und nähten, massierten sich gegenseitig den Kopf, tranken zahllose Tassen Sojatee und äußerten ihre Klagen über die Männer und den Saustall, den sie aus der Welt gemacht hatten. Als es an der Zeit war, eine Liste mit möglichen Namen für das Baby aufzustellen, ließen sie sich von den Sternen und voneinander inspirieren, selten von Mack. Aber dies war etwas, das ihm sehr wichtig war. Etwas, wofür seine Mutter ihn verantwortlich machen würde. Ruhig, aber stur, lehnte er alle Namen ab, die von Dritte-Welt-Ländern, afrikanischen Wiegenliedern und Wetterbedingungen abgeleitet waren, und führte Dawn auf das sicherere Gebiet von Pflanzen und Blumen, bis sie schließlich auf Rose kamen.

Als der Geburtstermin bevorstand, spürte Mack, wie er aus dem Zentrum von Dawns Existenz irgendwo an die Peripherie gedrängt wurde, außerhalb ihres strahlenden Lichtscheins. An einen dunkleren Ort, wo seine Schatten lauerten. Und er begann, ihre Zufriedenheit übel zu nehmen.

Genau in dem Moment, als Rose mit weit offenen Augen zwischen Dawns Schenkel heraus in seine Hände glitt, erkannte er, dass er nicht bereit für sie war. Er weinte mit einem Gefühl verwirrten Erstaunens beim Anblick des neuen Lebens, das sie geschaffen hatten, und er weinte über die Gedankenlosigkeit ihres Tuns.

Als der Sommer von Roses erster Blüte vorbei war,

brach der Winter ein, und ein erbarmungsloser Wind pfiff durch die Ritzen des unfertigen Holzbaus. Wasser sickerte durch die Decke und tropfte an einer Küchenwand herab. Das Klima in den tiefen Tälern des Hinterlands war Äonen weit entfernt von den milderen Wintern am Küstenstreifen. Die Wintermorgen brachten klirrenden Frost gefolgt von nebligen, feuchten Tagen. Der Reiz des offenen Kamins mit der Umrandung aus roh behauenen Steinen und die romantischen Vorstellungen eines prasselndes Feuers wurden bald von seinem unablässigen Hunger nach Brennstoff und seiner Unfähigkeit getrübt, das Haus zu heizen. Sie schliefen auf einer verschimmelten Matratze vor dem Kamin. Dawn und das Baby waren ständig erkältet, und Nacht für Nacht wachte Rose mit Fieber auf und schrie bis Tagesanbruch.

Während dieser Monate verwandelte sich Dawns unbeschwert fröhliches Betragen in beinharte Vorwürfe und Ängste, mit denen sie Mack überschüttete. Sie verlangte immer dringlicher, dass er etwas unternehmen sollte. Sie wollte, dass er sie aus dem Elend errettete und sich nicht darin suhlte. Er wusste, dass er sich zurückzog, aber er wusste nicht wohin. Am Ende beschloss er, einfach den Anweisungen zu folgen. Sein Leben so zu sehen, wie Dawn es ihm vorgab. Auf ihre Bitte hin nahm er einen Job auf einer Baustelle an, und sie zogen in eine Mietwohnung nach Bilkara.

Das Leben mit einer Innentoilette und Zentralheizung war jetzt bequemer, aber Dawn, die nie einen Tag allein verbracht hatte, fühlte sich schrecklich einsam.

Ihre Freundinnen aus der Kommune besuchten sie unregelmäßig, da oft schon das Maß der dafür erforderlichen Organisation zu viel für sie war. Wenn Mack am Abend heimkam, redete sie auf ihn ein, bis ihm die Ohren dröhnten. Sie wollte über die Zukunft diskutieren – Pläne machen, sich in eine Kommune einkaufen, eine Firma für Kinderkleidung gründen und nach Byron in die Nähe ihrer Mutter ziehen. Jeden Tag war es etwas anderes, und mit der Zeit lernte Mack abzuschalten, sich mit einem Bier und einem Haschischpfeifchen zu trösten und sich ansonsten auf sich selbst zu konzentrieren. Er hatte keine Ahnung, wie er sie vor sich selbst retten konnte. Er hatte gedacht, Dawns Liebe könne ihn retten, ihn davor bewahren, welcher Mann er wurde. Aber langsam dämmerte ihm, dass sie nur ein Zwischenstopp war auf seiner Reise nach unten.

Als sie den Knoten in ihrer Brust feststellte, wusste er, dass es eine der psychischen Verhärtungen war. Ein kleiner Knoten aus Leid und Enttäuschung, der sich tief in ihr eingegraben hatte. Innerhalb eines Jahres war sie tot, und er blieb mit einer dreijährigen Tochter zurück, für die er sich nie die Zeit genommen hatte, sie kennenzulernen. Er war wie betäubt – von Dawns Tod und von der nagenden Angst, dass er für zwei Todesfälle und ein Leben verantwortlich war.

Er wünschte, Cassie und Rose wären jetzt bei ihm und würden mit ihm nach Norden fahren, um ein neues Leben zu beginnen. Die Vorstellung, wieder neu anzufangen, hatte ihm immer gefallen, obwohl er damit schon ein paarmal auf die Nase gefallen war. Der Gedanke, mit Cassie neu zu beginnen, lag außerhalb seiner kühnsten Träume. Er musste erst seine Arbeit erledigen.

Während er dahinfuhr, fühlte er sich von Minute zu Minute einsamer. Als die Scheinwerfer auf ein Schild nach Bush Turkey Bay fielen, gefiel ihm der Klang des Namens, und er bog vom Highway in Richtung Küste ab. Es war nach Mitternacht, als er auf einen leeren Parkplatz am Strand fuhr. Hier gab es nicht viel: Parkmöglichkeit für etwa zwanzig Wagen durch Dünen geschützt, einen während der Nacht geschlossenen Kiosk und einen kleinen Spielplatz, über den eine Großblättrige Feige wachte.

Mack fuhr den Geländewagen in eine Ecke des Spielplatzes, blieb lange hinter dem Steuer sitzen und starrte in die schwarze Nacht hinaus, zu müde und zu niedergeschlagen, um sich zu rühren. Schließlich stieg er aus, nahm seinen Schlafsack vom Rücksitz, warf ihn ins Gras und sich selbst darauf.

Es war Anfang Juni, und obwohl die Tage noch warm waren, herrschte in den Nächten schon winterliche Kälte. Macks erste Nacht war ein düsteres Erlebnis. Er wachte mehrmals auf und hatte das Gefühl, auf niedriger Temperatur zu sieden, er riss sich das Hemd herunter und zog den Reißverschluss des Schlafsacks auf, worauf er nur kurz danach feucht und mit steifen, schmerzenden Knochen erneut aufwachte. Sein Körper kribbelte vor tausend verschiedenen Sehnsüchten. Er schlief unruhig, seine Gedanken schienen an ihm zu zerren und in die verschiedensten Richtungen zu ziehen. Er fiel rückwärts durch sein eigenes Leben. Er hörte sich toben, mit den Fäusten gegen eine Tür schlagen. Dawns Weinen. Als er die Tür aufmachte, war es seine Mutter. Ihr Gesicht vor Schmerz verzerrt. Er spürte weiches, nachgebendes Fleisch unter seinen Fäusten und stellte fest, dass er wieder in die verwirrten Augen von Jeffrey Stevens blickte – des Jungen, für den sein Vater ihn verlassen hatte. Und noch während er eine grimmige Befriedigung über Jeffreys Schmerz spürte, wurde das Gesicht des Jungen zu seinem eigenen, geschockt von einem Schlag seines Vaters, der über ihm stand. Mack wachte schluchzend auf und sah, dass die Sonne hoch am Himmel stand und zwei kleine Kinder auf ihn hinabsahen, die mit ernsten Gesichtern Eis leckten.

Seine Kleider waren feucht, und er hatte einen schlechten Geschmack im Mund. Er kaufte eine Schoko-Milch und einen Hot-dog am Kiosk, den er heißhungrig verschlang. Er suchte sich eine Postkarte von Bush Turkey Bay aus und adressierte sie an Cassie und Rose: *Hübscher Fleck. Gibt nur einen Truthahn hier. Keine Spur von meinem lang verlorenen Freund, hab aber die Hoffnung noch nicht aufgegeben. Alles Liebe, Mack.* Auf seinem Weg Richtung Norden warf er sie ein.

Harrisons Himmel

Als Avril Cassie bat, mit zu Armstrong zu gehen, um ihren frisch gestrichenen Truck abzuholen, hatte Cassie keine Ahnung, was sie erwarten würde. Warum war sie überhaupt auf diese – vermutlich unnütze – Idee gekommen, abgesehen von der Tatsache, dass der Anblick ein bisschen Ablenkung bot, wenn das Fahrzeug nutzlos im Hof herumstand.

Als Evan Armstrong die beiden Frauen in sein Büro kommen sah, sah er ein bisschen verwirrt aus. Er wirkte wie ein Mann, der die Pointe, aber nicht den Witz verstanden hatte. Er führte sie in den Hof hinaus, wo der dürre Sprayer mit dem Rattenschwanz den letzten Malerkrepp von den Fenstern abzog und nervös aufblickte, als sie sich näherten. Cassie versuchte verzweifelt, sich an seinen Namen zu erinnern, was ihr jedoch nicht gelang. Sie blieb vor dem Truck stehen. Sprachlos und zutiefst verwundert ging sie darum herum und hielt an, um den Künstler genauer in Augenschein zu nehmen. Harrison hieß er. Eindeutig ein Mann mit verborgenen Talenten.

»Es ist ganz unglaublich«, sagte Cassie schließlich. Staunend blickte sie auf die glänzenden Seitenwände mit kunstvollen Szenen von Harrisons Version des Himmels: Wattewölkchen auf strahlend blauem Hintergrund, winzige Engel mit zarten Flügeln, dicke Cherubine mit rosigen Lippen, und gelegentlich Einblicke durch wehende, durchsichtige Vorhänge auf nackte, rubenshafte Frauen, die locker und verspielt auf quastenbesetzten, lavendelfarbenen Kissen ruhten. Diese Frauen, wie sie bei näherem Hinsehen bemerkte, hatten mehr als nur eine flüchtige Ähnlichkeit mit Avril.

Cassie drehte sich zu Avril um, die ebenfalls gebannt war von dem Truck. Sie schien ganz fasziniert zu sein.

Sie sah auch irgendwie anders aus. Die Art, wie sie sich hielt, war heute anders. Ihr Rücken war gerade, und ihr ausladender Busen streckte sich vor wie bei einer Gallionsfigur am Bug eines Schiffes. Als würde sie sich ins Leben hineinstürzen, nicht davor zurückschrecken. Ihre blasse Haut hatte einen strahlenden Glanz. Eine neue Seite von Avril war zum Vorschein gekommen, weich und sinnlich. Schön. Sie sah eindeutig umwerfend aus. Und dann dieses Lächeln. Es war genau wie Roses Lächeln – es ging vom Herzen aus und erblühte auf den Lippen wie ein Gesang.

Arabische Nächte

Es war fast einen Monat her, dass Cassie ihr Handy ins Meer geschleudert hatte, und seitdem hatte sie nichts mehr von Dan gehört. Die Erinnerung an ihn und seine Macht über sie begann etwas nachzulassen. Es schien durchaus möglich, dass sie nie mehr etwas von ihm hören würde. Umso mehr fühlte sie sich überrumpelt, als er sie eines Morgens im Autohof anrief. Josie stellte den Anruf mit betonter Neutralität durch.

»Cassie? Leg nicht auf«, sagte Dan.

»Was gibt's?«

»Cassie«, klagte er betrunken, »mein Leben ist total im Eimer ohne dich. Ich brauche dich. Bitte, *bitte,* komm heim.«

»Was ist denn das Problem?«, fragte sie wie ein überarbeiteter Hausarzt.

»Meine Verkäufe sind zurückgegangen, die werden mich rausschmeißen ...«

»Ich dachte, du hättest mir gesagt, dass du den Job aufgegeben hast?«

»Ich sagte, ich würde mir das *überlegen* – jetzt überlegen *sie* es sich. Ich kann mich nicht konzentrieren, wenn mich Fiona ständig belästigt ...« Er hielt einen Moment inne, um einen Schluck von einem Getränk zu nehmen, und fuhr mit einschmeichelndem Tonfall fort: »Ach, Kleines, du bist mein bester Kumpel, ich vermisse dich ...«

»Wohnt Fiona in unserer Wohnung, Dan?«

Es folgte eine bedeutungsvolle Pause, während er die Nachteile überlegte, wenn sie es herausfand. Sein Schweigen wurde schließlich ziemlich eindeutig für sie. Sie konnte ihn förmlich denken hören. »Nicht direkt«, antwortete er.

Ohne zu zögern, legte sie auf und rief sofort Mr Hassem an.

»Cassandra? Sind Sie es wirklich?«, fragte er mit säuselnder Stimme. »Haben Sie das braune Wüstenland endlich satt?« Seine überschwängliche Freude zeigte an, dass er ebenfalls ziemlich getankt hatte, und das Geräusch der Musik im Hintergrund, dass er sich gerade an seinem Lieblingstisch in dem arabischen Nachtclub befand, wo er sich seiner Neigung nach süßen Cocktails und sich windenden Bauchtänzerinnen hingab. Wesentlich nüchterner fügte er plötzlich hinzu: »Würde die Verdoppelung Ihres früheren Gehalts Sie verleiten können, in die Zivilisation zurückzukehren? Sie waren unterbezahlt. Das sehe ich jetzt ein. Ich hatte vier kleine Dummköpfe, seit Sie weg sind. *Vier* schwachsinnige Idioten.«

»So gern ich das täte, Mr Hassem, ich kann nicht zurückkommen. Eigentlich rufe ich Sie an, um Sie um einen Gefallen zu bitten ...« Cassie zögerte, weil sie eigentlich ihre eigenen Worte nicht hören wollte. »Ich brauche einen Scheidungsanwalt ...«

»Oh, natürlich brauchen Sie das. Ich hab genau den richtigen Mann für Sie. Er war ein Rottweiler in seinem früheren Leben, und seine Reinkarnation als menschliches Wesen kann weniger als Auf- denn als Abstieg auf der Entwicklungsleiter angesehen werden. Schicken Sie die Details per E-Mail an unseren Freund, und ich kümmere mich darum. Mit Vergnügen. Mit *Vergnügen.*«

Sturmwarnung

Tante Judiths zweites Erscheinen im Autohof wurde durch die Sirene angekündigt, die die Ankunft des Sandwich-Trucks signalisierte. Sie kaufte eine Reihe Sandwiches und pflanzte sich vor dem Schreibtisch ihrer Schwester auf. Josie funkelte sie kampflustig über den Rand ihrer Brille hinweg an.

»Ich hab Sandwiches gekauft, Josie«, sagte Judith und ließ sie verführerisch vor ihr baumeln. »Ich dachte, ich mache Mittag mit dir und Cass.«

»Ich kann wegen dem Mittagessen nicht von den Telefonen weg, Judith – wir sind im Druck«, erwiderte Josie, ohne den Blick vom Bildschirm abzuwenden.

Judith ging den Gang zu Cassies Büro hinunter, wo ihre Nichte sie freundlicher willkommen hieß als ihre Schwester. Cassie umarmte sie und bat Mrs Malloy, die Telefone zu übernehmen, während sie und Josie mit Judith im Teeraum zu Mittag aßen.

Sie unterhielten sich, bis Josie schließlich wie die rebellierende Tochter hereinkam, sich eine Tasse Kaffee machte und sich setzte. »Also, was soll das Ganze?«, fragte sie gereizt.

Judith schenkte ihrer jüngeren Schwester ein nachsichtiges Lächeln. »Abgesehen von der Tatsache, dass ich mit meiner Schwester und Nichte zu Mittag essen wollte, hab ich neulich zufällig eine Frau getroffen, die mit Cass und Monique zur Schule ging. Gail Marshall heißt sie.«

Cassie nickte und erinnerte sich nur noch vage an sie. »Sie war ein ziemlich zäher Brocken.«

»Sie ist Prostituierte«, erklärte Josie mit geschürzten Lippen. »Arbeitet an den Kaianlagen unten beim Terminal in Bengara.«

»Ja«, sagte Judith geduldig. »Das stimmt. Aber sie ist auch nicht mehr die Jüngste, das Geschäft läuft nicht mehr so gut, und sie interessiert sich für einen Fahrerjob. Sie hat die Anzeige in der Zeitung gesehen, und ich hab gesagt, dass ich mit dir darüber reden würde.«

»Warum hat sie nicht einfach angerufen?«, fragte Cassie.

Judith zuckte die Achseln. »Wahrscheinlich ist es ihr ein bisschen peinlich.«

Josie trank ihren Kaffee und sagte verächtlich: »Ich

weiß nicht, welche Art Frau so was tut, mit Matrosen. Sie ist doch nicht eine von deinen *lesbischen* Freundinnen, oder?«

»Mum, um Himmels willen, das geht dich nichts an«, sagte Cassie.

»Das weiß ich wirklich nicht, Jose«, erwiderte Judith. »Aber ich bezweifle es. Sie hat eine Reihe Kinder – alle von anderen Daddys. Also könnte man annehmen, sie genießt Freizeitbetätigungen mit Männern ebenso wie professionelle Kontakte.«

»Was hätte Mum wohl von all dem gehalten?«, fragte Josie, plötzlich vor Zorn bebend. »Nach all dem *Theater,* das sie mir gemacht hat, weil ich schwanger geworden bin und Al geheiratet hab ... Und jetzt unsere Miss Perfect, das Goldkind, wartet bloß, bis Mum tot ist, lässt ihren Ehemann fallen und tut sich mit 'ner *Frau* zusammen.«

Judith sah sie lange an und antwortete dann: »Josie, ich hab wohl kaum *gewartet,* bis Mum tot war. Es hat sich einfach so ergeben. Wie auch immer, ich bin nicht sicher, wie geschockt Mum gewesen wäre. Ich denke, das alte Mädchen hatte auch seine kleinen Geheimnisse.«

Josie reagierte empört. »Was, um alles in der Welt, soll das denn heißen?«

»Was war das denn damals, als Mrs Ashworth rüberkam und die beiden sich den Nachmittag über hingelegt haben? Bei verschlossener Tür?«

Josies indignierte Miene verschwand. »Das hatte ich vergessen. Das stimmt. Das war wirklich komisch.

Trotzdem ...« Ihre Hand schoss an den Mund, und sie sagte mit bestürztem Tonfall: »Sie hat monatelang geweint, als die Ashworths nach Sydney zogen.«

»Dann wurden wir gezwungen, mit den Taylor-Kindern zu spielen, während Mum und Mrs Taylor mitten im Winter lange Spaziergänge am Strand machten.«

»Das hat nichts zu sagen«, erwiderte Josie. »Sie waren einfach gute Freundinnen. Beste Freundinnen.«

»Ich hab sie eines Tages hinter dem Surf-Club gesehen.«

»Nein! Das ist nicht wahr. Das erfindest du bloß, um dein eigenes seltsames Betragen zu rechtfertigen. Gib's zu!«

Judith gab gar nichts zu, während die beiden Schwestern sich anstarrten. Cassie beobachtete sie und wartete. Obwohl sie sich auch gegen Judiths Beschreibung von Nana wehrte, nahm sie trotzdem an, dass sie zutraf. Und zum ersten Mal spürte sie ein gewisses Mitgefühl und Verständnis für Nana als Frau. Eine Frau mit einem Geheimnis, das sie vielleicht ihr Leben lang gehütet hatte. Schließlich gab Josie nach. »Ich sehe diese Taylors immer noch vor mir. Wir haben sie gehasst, nicht? Weißt du, Mum war ziemlich hart, aber nie ein maskuliner Typ. Vielleicht hat sie bloß mal einen schwachen Moment gehabt.«

Judith lächelte. »Sie war schon nicht übel. Hey, erinnerst du dich noch, als irgendein Typ was von der hinteren Veranda geklaut hat – dein Fahrrad, glaube ich – und Mum hat den Besen wie einen Wurfspeer geschleudert und ihn erledigt?«

Josie lachte. Nach kurzem Nachdenken fügte sie hinzu: »Ich erinnere mich auch, wie sie geweint hat, als Mrs Taylor nicht mehr kam. Ich fand das seltsam. Sie hat praktisch nie geweint. Sie musste sie wohl ...« Josie schenkte Judith ein verhaltenes trauriges Lächeln.

»Geliebt haben?«, schlug Judith vor.

»Es muss schwer gewesen sein«, sagte Josie.

Am nächsten Tag tauchte Gail im Autohof auf. Eine große, sommersprossige Blondine, die Cassie nicht sofort erkannte, aber nach einigen Minuten begann sie Ähnlichkeiten mit der Führerin des Basketballteams zu entdecken, die sie früher gewesen war. Sie war in der Schule als Mädchen bekannt gewesen, mit dem man Spaß haben konnte, aber die Zeiten des Spaßes lagen deutlich hinter ihr. Sie sah aus, als hätte ihr das Leben den Lebensfunken ausgelöscht. Jetzt saß sie auf der anderen Seite von Cassies Schreibtisch und erzählte ihr, dass sie Gelegenheitsarbeiten mache, in Nachtschicht, und günstigere Arbeitszeiten wolle, um ihre Kinder zu beaufsichtigen, die völlig aus dem Ruder liefen. Sie hatte keine Verkehrsstrafen und auch sonst keine Vorstrafen. Cassie heuerte sie vom Fleck weg an.

Als sie ging, sagte Gail: »Eine Kollegin von mir wäre interessiert, die Schichten mit mir zu teilen. Ihr macht's nichts aus, nachts zu arbeiten. Wenn das recht wäre. Sie hat einen Führerschein für schweres Gerät, sie fährt den Bulldozer oben bei der Müllkippe.« Plötzlich grinste Gail, und ihr sommersprossiges Gesicht verzog sich zu einem extrabreiten Lächeln. »Sie hat den Gestank und die Möwen satt. Sie heißt Jasmine. Jasmine Stevens.«

Wie üblich kam Kingi am Ende des Tages herein. Er steckte den Kopf durch die Tür und sah sich um.

»Komm rein«, sagte Cassie.

»Ich hab gedacht, diese Molloy-Biene is hier. Bei der krieg ich 'ne Gänsehaut.« Er lehnte sich an die Tür. »Was hältst du von Manu?«

»Ich denke mal, du glaubst, sie schafft es – obwohl sie eine Frau ist?«

Er hob das Kinn, was seine Form des Einverständnisses darstellte. »Es is gefährliche Arbeit für Mädels, aber, weißt du, wie sich rausgestellt hat, kann die alte Avril ziemlich gut mit den Leuten. Sie vertrauen ihr mehr. Sie hat Reeds Fahrer ein paar Jobs abgeluchst. Sogar Eddie.«

»Warum ›sogar‹ Eddie. Sie ist zehnmal schlauer.«

»Ah, du weißt schon, sie hat ein bisschen Angst vor ihm gehabt. Er ist ein widerlicher Typ. Sie hat früher gelegentlich schon mal seine Hand gespürt.«

»Stimmt das?«

Kingi trat einen Schritt vor, setzte sich auf die Schreibtischkante und sah sie abschätzend an. »Avril ist früher mal Eddies Freundin gewesen. Ich dachte, du wüsstest alles?«

»Wann war das?«

»Vor ein paar Jahren – Avril war damals vielleicht siebzehn oder achtzehn? Sie hat eine Weile mit ihm zusammengelebt. Dorothy war noch im Knast. Als Eddie sie rausgeschmissen hat, wollte er, dass Al ihr kündigt – was Al nicht getan hat.«

In Cassies Gesicht machte sich ein angewiderter Ausdruck breit. »Eddie muss doch fast fünfzig sein – wie alt ist Avril denn?«

»Sie ist auch nicht mehr die Jüngste. Das ist kein Babyspeck mehr, Mädchen. Sie geht auf die Dreißig zu.«

»Alles, was ich über Eddie erfahre, wird einfach immer schlimmer.«

Kingi nickte weise. »Dann weißt du auch über die Bilder Bescheid?«

Cassie wusste nicht Bescheid, wollte aber schnell das Thema wechseln. »Also kriegt die Sache mit Manu dein Okay?«

Er nickte widerstrebend.

»Nun, dann kannst du gleichzeitig unsere andere Fahrerin trainieren, Gail Marshall.«

»Doch nicht die Schlampe, die unten in den Docks arbeitet?«, lachte Kingi. »Diese Seemannsnutte?«

Cassie ging darauf nicht ein und fügte hinzu: »Und da ist noch eine Frau, Jasmine Stevens, die an der Müllkippe arbeitet. Die will sich die Schichten teilen. Sie hat offensichtlich einen Führerschein für schweres Gerät.«

»Lola?« Sein ganzer Körper zitterte vor Lachen. »Darauf wette ich!«, stieß er hervor, während er sich bog und sich auf die Schenkel klatschte. »Der verdammte Reed wird nicht wissen, wie ihm geschieht.« Er zog sein T-Shirt hoch, um sich die Tränen abzuwischen, und erwiderte Cassies ungläubigen Blick. »Gütiger Himmel, wo hast du bloß diese Anzeigen aufgegeben?«

Neben der äußerlichen Ähnlichkeit mit Ihrer Königlichen Hoheit, der Queen, besaß Mrs Malloy auch eine gewisse Würde und ein ausgeprägtes Pflichtgefühl, das man mit Monarchie in Zusammenhang bringt. Ohne sich zu beklagen oder irgendwelche Kommentare abzugeben, arbeitete sie zwei Tage die Woche in der Dunbar Street, ihre Finger flogen über die Tasten und ihre unsteten Augen konzentrierten sich auf den Bildschirm, während sie drei Jahrgänge schmieriger, zerknitterter Rechnungen eingab. Sie gehörte nicht zu den Frauen, die jemand verdächtigt hätte, ein geheimes Leben zu führen. Aber in den frühen Abendstunden bis spät in die Nacht hinein ging sie ihrer wahren Leidenschaft nach: dem Rechnungsprüfungswesen.

Mrs Malloy war eine verdeckte Ermittlerin, wie sich herausstellte. Tagsüber gab sie sich als zurückhaltende Buchhalterin, aber bei Nacht wurde sie zur Schnüfflerin Malloy, zur Privatdetektivin. Eines Morgens marschierte sie ins Büro und strahlte vor verhaltenem Triumph. Bemüht, ihre Aufregung zu zügeln, setzte sie sich an den Computer und rief eine Tabelle auf, um sie Cassie zu zeigen. »Ich hab jeden Cent und alle Verstecke gefunden. Ich *wusste,* dass er es war!«, krähte sie.

»Er?«, fragte Cassie.

»*Bexley!*« Sie spuckte seinen Namen aus wie einen Fluch. »Die Steuerschecks, die Al ausstellte, gingen an einen Treuhandfonds. Bexley hatte Unterschriftsvollmacht. Vermutlich hat er es Mr Munro als eine besondere Vorgehensweise verkauft, aber das Geld ging nie bei der Steuerbehörde ein.« Sie blinzelte, richtete den Blick wieder auf Cassie und fügte mit grimmiger Zufriedenheit hinzu: »*Veruntreut.*« Sie deutete mit dem Finger auf den Bildschirm. »Und hier haben wir *das.* Bexley hat jahrelang Geld an Firmen abgezweigt, die er gegründet hat.« Sie klickte ein paar Zahlen an. »Zahlung von 232,50 Dollar an Five Star Ersatzteile.« Ihre Augen rollten hinter den Brillengläsern hin und her, als sie Cassie durchdringend ansah. »Ich hab den Inhabernamen herausgefunden, und der Name der Firmendirektorin stimmt mit dem Mädchennamen von Bexleys Schwägerin überein. Die Geschäftsadresse ist im Caravan-Park. Ich hab jede Transaktion während der letzten fünf Jahre überprüft.« Sie klickte einen anderen Namen an. »Da – 154,50 Dollar an BB Anlagen- und Montagebau. Gefälschte Rechnung.« Sie wählte eine andere aus. »Bingo!« Immer schneller klickte sie Namen um Namen auf dem Bildschirm an, und ihre Stimme wurde immer lauter. »Bingo! Bingo! *Bingo!*«, rief sie und hörte sich an wie die glücklichste Zockerin im Spielsaal der Frauenvereinigung.

Cassie sah zu, wie die Zahlen über den Bildschirm rasten, und hatte Mühe mitzukommen. Es war schwierig, alles aufzunehmen. Mrs Malloys Augen glitzerten vor Aufregung, ihre starren Locken bebten. »Er hat nie gedacht, dass hier eine Rechnungsprüfung stattfinden würde. Im Lauf der letzten fünf Jahre hat er dem Betrieb über 80 000 Dollar gestohlen. Und wie er das angestellt hat – kleine Beträge, die kaum auffallen ...« Sie lächelte

Cassie zufrieden an. »Ich schätze, wir sind nicht die Einzigen.«

Cassie setzte sich. Sie hatte keinen Zweifel, dass Mrs Malloy recht hatte. Von Anfang an hatte sie Bexley nicht getraut. Aber was nützte ihnen das? »Glauben Sie, es besteht irgendeine Chance, das Geld zurückzukriegen?«

Mrs Malloys Lächeln verblasste. »Das bezweifle ich. Er ist ein Spieler. Sicher ist alles weg, und vermutlich hat er sogar noch Schulden.«

Die beiden Frauen dachten eine Weile schweigend nach, dann sagte Mrs Malloy: »Lassen Sie uns die Cops anrufen – das wird uns aufmuntern.«

Auffahrunfall

Avril war wie in Trance. Jeden Morgen, wenn sie vom Haus zu ihrem Truck ging, jubelte ihr Herz beim Anblick der pausbäckigen Engel, die so unbekümmert über die Kühlerhaube flogen, und, aber vielleicht bildete sie sich das auch nur ein, das Lächeln der liegenden Frauen – die genauso träge wie üppig waren – schien sich jeden Tag noch zu vertiefen.

Als sie sich heute Morgen hinters Steuer ihres Himmelswagens setzte, piepte ihr Handy. Eine SMS von Harrison. »Der Tag brach an, und mir brach das Herz, weil du fort warst, mein Liebling.« Sie schloss die Augen, gestattete sich einen süßen Moment der Erinnerung und spürte wieder die zärtlichen Küsse und

Liebkosungen, mit denen er sie die Nacht zuvor überschüttet hatte.

Ihre süßen Erinnerungen wurden vom Knistern der Funkanlage und Josies Stimme unterbrochen. »Meld dich, Avril. Ein Auffahrunfall für dich. Alex Road, die nächste Kreuzung ist Thomas Avenue. Ende.«

»Roger. Bin schon unterwegs. In zehn Minuten bin ich da«, antwortete Avril mit belegter Stimme. Ihr Selbstvertrauen hatte von Tag zu Tag zugenommen, seit den angstvollen ersten Wochen, als sie nicht wusste, was sie bei einem Unfall erwarten würde. Als sie sich Eddie und den anderen üblen Typen aus Reeds Truppe und ihren ständigen Einschüchterungen stellen musste. War die Drohung, ihr Haus abzufackeln und ihre Familie umzubringen, nicht schon anschaulich genug? Mussten sie immer noch eins draufsetzen und ihr schildern, welche persönlichen Torturen sie ihr angedeihen lassen wollten. Die ersten paar Male ließ sie sich in die Flucht schlagen, aber inzwischen setzte sie alles daran, als Erste am Unfallort zu sein, den Fahrer unterschreiben zu lassen und die Störenfriede auszuschalten. Aber abgesehen von den Streitereien mit den üblen Typen hatte sie immer Angst, wie sie mit der Situation umgehen sollte, wenn sie tatsächlich als Erste da war. Ob sie die technischen Aspekte von Karabiner- und J-Haken beherrschte und wusste, an welcher Stelle man die Fahrzeuge festmachte ...

Ihr zweiter Unfall war ein einzelnes Fahrzeug gewesen, das sich um einen Elektromast gewickelt hatte. Der Fahrer mit Anfängerplakette war eingeschlossen und schwer verletzt. Während sie auf die Ambulanz und die Rettungseinheit warteten, die ihn herausschneiden sollte, hatte sie sich hingesetzt und einen Plausch mit ihm geführt, ob es die Bilkara Tigers dieses Jahr in die Oberliga schaffen würden. Ein Thema, das eigentlich schneller abzuhandeln war – im Grund hoffnungslos, entschieden sie. Doch wie sich herausstellte, war es die letzte Unterhaltung, die der Junge führen sollte. Als sie ihn schließlich herausgeschnitten hatten, war er tot. Er war ein netter Typ gewesen, und sein Tod hatte sie anfangs völlig aus der Bahn geworfen. Aber später, nachdem sie darüber nachgedacht hatte, fühlte sie sich geehrt, dass sie für ihn da gewesen war. Jemand musste diesen Job ja machen, und es war besser, wenn er seine letzten Momente mit ihr statt mit dem grässlichen Reed verbrachte, der mit seinem dreckigen Daumennagel immer Nüsse aus den Zähnen puhlte. Oder mit Eddie.

Sie war bereits bei zwei Unfällen gewesen, bei denen sich Trucks überschlagen hatten, und letzte Woche hatte sie mit Kingi im Team gearbeitet, um einen ausgebrochenen Sattelschlepper aus einem wüsten Trümmerhaufen zu ziehen, der kurz zuvor noch das Haus von jemandem gewesen war. Allmählich begann sie Gefallen an dem Gedanken zu finden, dass sie einen schwierigen Job hatte, der einfallsreiche Lösungen erforderte.

Heute war es vergleichsweise simpel: Der Schuldige war ein alter blauer Mazda, der hinten in einen silbernen 7er BMW geknallt war. Die Besitzerin des Luxusschlittens war eine Frau in mittleren Jahren mit platinblondem Haar und verdrossener Miene, die neben ihrem Wagen Wache hielt.

Avril hielt vor den beiden Wagen an, und als sie ausstieg, fuhr Eddie vor sie hin. Er stürzte aus der Fahrerkabine und ging direkt auf den BMW zu, der mehr Profit versprach. Er sah Avril nicht an, aber im Vorbeigehen knurrte er aus dem Mundwinkel: »Ich hab genug von dir, also hau jetzt ab, du fettes Schwein.«

Avril drehte sich um und sah Reeds Exodus 500, der hinter den BMW fuhr, und aus dem Bob Reed persönlich ausstieg. Er warf ihr einen Blick zu, der allein aufgrund seiner Ausdruckslosigkeit schon unheilvoll war. Sie kapitulierte, was den BMW anging, und ging zu der jungen Frau im Gymnastikanzug, die mit den Füßen im Rinnstein an der Straßenkante saß und den Tränen nahe war. »Sind Sie okay, meine Liebe?«, fragte sie das Mädchen. »Gibt es jemanden, den ich für Sie anrufen soll – Ihren Freund? Dad?« Das Mädchen schüttelte unglücklich den Kopf. Avril streckte die Hand aus. »Ich bin Avril, ich bin hier, um Sie sicher nach Hause zu bringen.« Das Mädchen nahm ihre Hand, stand auf, begann sofort zu weinen und fiel in Avrils tröstende Arme. »Schon gut, schon gut«, beruhigte sie sie und führte sie zum Truck hinüber. »Sie steigen in meinen Truck, und ich hole Ihre Sachen aus Ihrem Wagen.«

Die junge Frau stieg in die Fahrerkabine, und Avril reichte ihr die Papiere, während sie mehrere Taschen aus dem Mazda holte. Sie sah zu dem BMW hinüber und bemerkte erschrocken, dass Reed und Eddie die Besitzerin praktisch gegen die Seite ihres Wagens drückten. Avril konnte nicht hören, was sie sagten, aber plötzlich rief die Frau mit schriller Stimme: »Hören Sie, *nein,* ich will meinen Wagen *nicht* nach Long Jetty rausschleppen lassen – das passt mir nicht.«

Avril legte schnell die Taschen in ihren Truck, packte eine Brechstange und ging zu dem BMW hinüber, wobei sie größtmöglichen Abstand zu Eddie hielt. »Entschuldigen Sie, Ma'am. Ich glaube, wenn wir den Kotflügel aufbiegen, der auf den Hinterreifen drückt, wären Sie in der Lage, wegzufahren.«

»Wirklich?«, fragte die Frau.

Eddie drehte sich mit wutverzerrtem Gesicht zu Avril um. »Hab ich dir nicht gesagt, dass du abhauen sollst?«

»Eddie ...«, warnte ihn Reed.

»Was für Leute sind Sie denn?«, fragte die Frau alarmiert und trat zurück. Dann kauerte sie sich nieder und begann mit ihren manikürten blassen Händen wirkungslos an dem Kotflügel zu zerren.

Avril ging seitlich an Eddie und Reed vorbei, die angriffsbereit dastanden – wenn sie nur gewusst hätten, was sie angreifen sollten – und schob die Brechstange unter den Kotflügel. Mit einiger Mühe konnte sie ihn langsam hochbiegen. Sie richtete sich auf und sagte: »Okay, Sie können losfahren, Ma'am.«

Ohne den Blick von den beiden Männern zu wenden, griff die Frau durch die Beifahrertür in den Wagen, suchte mit einem nervösen Lächeln nach ihrer Handtasche und drückte ein paar Scheine in Avrils Hand. Ohne ein weiteres Wort eilte sie zur Fahrerseite hinüber, sprang hinein und fuhr mit aufheulendem Motor davon, einen Geruch von verbranntem Gummi und ein fast perfektes Profil eines Pirelli-Reifens zurücklassend.

Außer sich vor Wut holte Eddie gegen Avril aus. Es war nicht das erste Mal, dass sich sein unbeherrschter Zorn gegen sie richtete. Es war nicht das erste Mal, dass sie seine Faust durch die Luft zischen hörte. Aber heute war es anders. Heute hatte sie ein Lied im Herzen, ein Lächeln auf den Lippen, und, was vielleicht noch wichtiger war, eine Brechstange in der Hand. Heute war sie vorbereitet auf ihn.

Legenden

Als sich Cassie am Montagmorgen schließlich mit ihrem Team neuer Fahrerinnen traf, war Avril bereits eine Legende. Rose war das Wochenende über bei ihren Cousins geblieben, während Cassie und Josie in Erwartung ihrer neuen Crew zwei volle Tage damit verbracht hatten, die Teeküche von zerbrochenen Autositzen, angeschlagenen Tassen, welligen Kalendern mit Bikini-Schönheiten und dem schmierigen Nikotinfilm zu befreien, der alle Oberflächen bedeckte. Sie strichen die Wände und die Decke. Josie brachte einen alten Perserteppich von zu Hause mit, um das zersprungene Linoleum zu verbergen, und Cassie holte ein halbes Dutzend nicht zusammenpassender, aber bequemer Sessel von der Heilsarmee.

Gail und Jasmine trafen als Erste ein, machten es sich sofort in der renovierten Teeküche gemütlich und plauderten bei mehreren Tassen Kaffee. Cassie machte sich Kaffee, während sie auf Manu warteten. Offensichtlich hatte die Geschichte schon die Runde durch die Pubs gemacht, dass Eddie mit gebrochener Nase und Kiefer in der Notaufnahme gelandet war, nachdem die Cops ihn blutüberströmt vorgefunden hatten, während Reed versuchte, die wütende, bewaffnete Avril zurückzuhalten.

»Mein Gott, dieser Eddie hat es aber auch herausgefordert, nicht?«, sagte Jasmine. »Ich hab gesehen, wie er im Pub auf jeden losgegangen ist. Der hätt sich mit 'nem Grizzlybär angelegt, wenn der ihn schief angesehen hätte.« Sie hatte ein raues Raucherlachen, das mit einem rasselnden Husten endete. Mit ihrem dichten rotbraunen Haar und den scharlachroten Fingernägeln war es ihr gelungen, alle Vorstellungen über den Haufen zu werfen, die Cassie von dem Typ Frau gehabt haben mochte, die Bulldozer fuhren.

»Er ist ein Widerling«, stimmte Gail mit finsterem Blick zu. »Und Avril hat eine Anzeige gekriegt? Mist, sie hätten ihr einen Orden geben sollen für einen guten Dienst an der Menschheit, finde ich.«

»Nein«, sagte Cassie, als sie sich zu den beiden Frauen setzte. »Die Fahrerin in Avrils Truck hat die Polizei gerufen. Sie hat alles mitgekriegt. Vom Logenplatz aus. Es war eindeutig Notwehr, also ist Eddie wegen tätlichen Angriffs angeklagt worden. Und wenn er verurteilt wird, verliert er seine Lizenz als Abschleppfahrer.«

»*Weiter so, Avril!*«, johlte Gail.

Manu stand in der Tür und sah die drei Frauen argwöhnisch an. Cassie erhob sich und stellte sie den anderen vor. »Wir haben gerade über Avril, die andere Fahrerin, geredet ...«

»Ja, Kingi hat's mir erzählt. Ist ja schon so was wie eine Legende«, antwortete Manu lächelnd. »Das macht die Straßen für den Rest von uns wahrscheinlich für 'ne Weile sicherer.« Sie ließ sich in einen Sessel fallen.

»Also, heute ist der Tag!«, sagte Cassie und sah sich lächelnd in der Runde neuer Gesichter um. »Ich hab eure Lizenzen, eure Bescheinigungen und eure Sicherheitswesten.« Sie zog einen großen Karton heran und nahm drei leuchtend pinkfarbene Westen heraus. »Avril und Kingi holen die Trucks aus den Lackierereien ab. Kingi hat euch ja schon die Grundbegriffe beigebracht, was die Fahrzeuge angeht, und Avril geht alles noch mal mit euch durch. Noch Fragen?«

»Kriegen wir Brechstangen?«, fragte Manu grinsend.

Auf Fischfang

Von dem Moment an, als die neuen Trucks (einer mit einem Unterwassermotiv, der andere eine Huldigung an die *Simpsons)* und ihre Fahrerinnen auf der Straße waren, standen die Telefone nicht mehr still. Ein Rasthaus auf dem Freeway rief an und wollte den Fahrerinnen kostenlosen Kaffee anbieten, wenn sie vor ihrer Anlage parkten. Eine der Lackierereien in der Stadt meldete sich und wollte wissen, warum man sie nicht eingeladen hatte, einen Truck zu bemalen. Mehrere

Sprayer riefen an, um ihnen zu den Bemalungen zu gratulieren – sowie eine Reinigung an einer Ecke und der Inhaber eines Getränkeladens, die über mehr als ein Jahrzehnt Geld für Unfallmeldungen eingenommen hatten.

Woolley Mary lud Cassie ein, sie und ihren Sohn Alfie zu besuchen. Mary war die langgedienteste Unfallmelderin, die schon über mehrere Jahrzehnte lang Anrufe machte, die möglicherweise in die Hunderte gingen, und Cassie nahm sich Zeit, am nächsten Tag hinzugehen.

Sie hatte Woll-Mary immer als Kind besucht, wenn Al von Zeit zu Zeit auf eine Tasse Tee bei ihr haltmachte. Als Junge hatte sich Alfie immer versteckt, wenn sie kamen, also war es heute das erste Mal, dass ihn Cassie tatsächlich zu Gesicht bekam.

Mary saß gern da und strickte, aber Häkeln war ihre wahre Leidenschaft und ihre Vorderveranda ein Tempel des Afghan-Häkelmusters. Jede Oberfläche war mit bunten Quadraten dekoriert, wild zusammengestückelt, ohne einen Moment der Überlegung, ob Gelb, Purpur und Pink wirklich zusammenpassten. Cassie sah an den Dutzenden hängender Pflanzenkörbe, in denen welke, vertrocknete Blumen hingen, dass es einen kurzen Ausflug in die Makramee-Arbeiten gegeben hatte, aber die Afghan-Häkelei hatte letztendlich doch die Oberhand behalten.

Mary und Alfie saßen neuerdings fast den ganzen Tag auf der Veranda. Mary brauchte die Straße nicht zu beobachten, Unfälle machten sich von selbst bemerkbar – sie konnte sie sogar hören, wenn sie ab und an nach drinnen ging, um sich Tee zu holen oder ein Gläschen zu kippen. Das Telefon hatte sie immer in ihrer Jackentasche. Der Notruf, Al und ihre Nichte in Taree waren die einzigen Nummern, die sie gespeichert hatte. Mary hielt sich für vom Glück gesegnet, an der Ecke einer so einträglichen Kreuzung zu wohnen, vor allem wegen des zusätzlichen Vorteils in Form eines schlecht platzierten Verbotsschilds für das Rechtsabbiegen und einer verborgenen Zufahrtsstraße, die viele Fahrer ins Verderben stürzte.

Die Häkelnadel sauste durch ihre Finger, während Trucks und Autos von der Kreuzung wegdröhnten. »Erinnerst du dich an Alfie? Und das ist seine Freundin«, sagte Mary ohne irgendwelche Höflichkeitsfloskeln, als Cassie auf die Veranda trat. »Nicole.« Vollkommen in seine eigene Welt versponnen, murmelte Alfie seiner Freundin Koseworte zu: einer Schaufensterpuppe mit schlimm abgesplitterter Nase, die ein verblüffend buntes Kleid mit einer keck schief sitzenden Mütze auf dem kahlen Schädel trug.

»Hallo, Alfie«, sagte Cassie, als sie sich neben Mary aufs Sofa setzte. »Und Nicole. Schön, dich kennenzulernen.« Sie musste die Stimme heben, um im Verkehrslärm und dem gelegentlichen Quietschen der Luftdruckbremsen von Lastwagen gehört zu werden.

Alfie war blass und schlaksig mit fettigem Haar und stechendem Blick. Cassie fragte sich, ob er dachte, sie mache sich lustig über ihn, indem sie Nicole begrüßte. Aber er beugte sich vor und sagte: »Sie beobachten dich jetzt von überall. Aus den Postkästen. Sogar aus den Briefkästen. Deswegen werden Briefkästen immer größer.«

Mary sah Cassie an und sagte ein wenig abwehrend: »Nicole hat ein paar Probleme. Sie lag nicht umsonst auf der Müllkippe.« Sie stellte ein weiteres Häkelquadrat fertig und warf es in einen Karton neben sich. »Afghanistan«, sagte sie zufrieden.

»Wie bitte?«, fragte Cassie.

»Decken für Waisen. Dein Vater ist immer auf ein Tässchen vorbeigekommen. Das hat mir gefallen. Und dieser fies aussehende Typ mit dem roten Truck hat uns besucht.« Sie sah Cassie mit einem abschätzigen Blick an. »Ich mag Männer lieber. Auf Frauen bin ich nicht so scharf.« Sie blickte zu Alfie hinüber, der jetzt entspannter wirkte, nachdem er seine Verschwörungstheorien losgeworden war. Er saß da und hielt Nicoles starre Hand fest, als befriedigte ihn die Berührung. »Nicole ist in Ordnung«, fügte Mary hinzu. »Quasselt nicht ständig wie manch andere.« Cassie hatte keine Ahnung, was sie darauf antworten sollte, da es so wenig Spielraum zu geben schien.

»Mir gefallen die Trucks mit den Bildern drauf«, fuhr Mary mit gackerndem Lachen fort. »Ich mag den einen mit den vielen Fischen drauf. Ich wollt immer schon mal zum Barrier Riff.«

Cassie lächelte. »Haben Sie den mit den Engeln gesehen?«

»Mir gefällt der mit den Fischen«, antwortete Mary gereizt.

»Na schön, wenn Sie anrufen, versuchen wir den mit den Fischen zu schicken.«

Mary gab keinen Hinweis, ob sie das gehört hatte, während ihre Häkelnadel die Schlaufen limonengrüner Wolle aufnahm. Schließlich sagte sie: »Ich mach dir einen schönen Teewärmer. Den kannst du mitnehmen, wenn du das nächste Mal kommst.«

Geschäftspost

Josie saß an ihrem Schreibtisch und starrte lange auf den Bildschirm des Computers. Sie nahm das Mahnschreiben auf ihrem Schreibtisch, las es noch einmal und hoffte, es stand nicht darin, was sie befürchtete. Sie klickte ein neues Fenster an. Verkauf. Dann ging sie auf »Kraftfahrzeuge« und dann auf »Oldies & Klassische Autos«. Dann gab sie »Cadillac Fleetwood, 1956. Berglorbeerpink« ein.

Brennende Nachrichten

Cassie schlug die Augen auf. Rauchgeruch. Der Morgen graute gerade. Sie sprang aus dem Bett und rannte in Roses Zimmer, wo das Bett leer und die Laken auf den Boden gezerrt waren. Wahnsinnig vor Angst raste sie zur Vordertür. Sie war noch immer von innen verschlossen. Sie drehte sich um und rannte zur Hintertür, die weit offen stand. Von der Treppe aus sah sie eine kleine Rauchfahne und Ascheflocken aus dem Gestrüpp am Ende des Gartens aufsteigen. Sie lief die Treppe hinunter und hastete mit großen Schritten durchs hohe Gras.

Ohne zu ahnen, welche Ängste sie ausgelöst hatte, stand Rose an einem provisorischen Verbrennungsofen, der aus einer alten Blechtonne bestand, redete vor sich hin, zündete mit einem Feuerzeug Papier an und beobachtete, wie die schwarzen Ascheflocken in den morgendlichen Himmel schwebten.

»Rose. Was *machst* du da?«

Erschrocken fuhr Rose herum und sah Cassie an. »Ich sende Nachrichten an meine Mum«, sagte sie.

Cassie brauchte einen Moment, bis sie begriff, was sie meinte. Sie ging zu ihr hinüber und legte den Arm um Roses Schulter. »Tut mir leid, ich hab mir Sorgen um dich gemacht.« Rose zuckte die Achseln. »Du musst deiner Mum eine Menge zu sagen haben.«

Rose nickte schweigend. Dann wandte sie sich um und zündete das letzte Papierstück an, das mit krakeliger Schrift und der Zeichnung einer Frau mit rotbraunem Haar bedeckt war. Es verbrannte schnell, und als es schwarz war, warf es Rose in den rosafarbenen Himmel hinauf. Danach wischte sie sich die Hände ab. »So, das wäre getan«, sagte sie pragmatisch. »Ich hab wahnsinnig Hunger.«

Cassie setzte Rose an der Schule ab und fuhr direkt zum Haus der van Hootens. Es gab etwas zu erledigen, was sie bereits viel zu lange aufgeschoben hatte. Sie stand am Tor und sah über den weißen Lattenzaun in den Garten. Sie erinnerte sich nicht, dass es früher hier einen besonderen Garten gegeben hätte, als sie herkam, um Marianne zu besuchen. Sie erinnerte sich an ein Rasenstück hinterm Haus, wo sie manchmal an Sommerabenden kreischend Federball gespielt hatten. Vielleicht hatte es damals ein paar Büsche gegeben. Aber dieser Garten war ein Kunstwerk, für den jemand Jahre gebraucht hatte, um ihn anzulegen. Sattgrüne Beete voller Blumen, die über Kieswege wucherten, und ein dichter Rasenteppich. Ein europäischer Garten mit Birken und Ulmen, Ringelblumen, Petunien, Fingerhut und Rosen.

Gedankenverloren stand sie da und wurde durch eine Bewegung aufgeschreckt, als eine Frau, die einen zerknautschten Stohhut trug, plötzlich aus dem Blätterwerk auftauchte. Sie drehte sich um und sah Cassie an. Einen Moment lang schien die Welt stillzustehen, und Cassie kam es vor, als sei alles, was sie Mrs van Hooten sagen wollte, in diesem Blick enthalten.

»Cassandra?«, sagte die ältere Frau, zog ihre Gartenhandschuhe aus und ließ sie zu Boden fallen. Sie kam zum Tor herüber und blieb sprachlos vor Cassie stehen, und Cassie hatte das Gefühl, dass ihre Gedanken zu dem Mädchen schweiften, das nicht hier war.

Mrs van Hooten öffnete das Tor, um Cassie hereinzulassen, und nahm ihren Arm, als sie zur Rückseite des Hauses gingen. Dort gab es einen mit Ziegelsteinen gepflasterten Patio und einen Holztisch mit Stühlen, die von Blumenkübeln umgeben waren. Chormusik drang durch die Schwingtüren aus dem Haus in den sonnigen Garten hinaus.

Mrs van Hooten rief, »Jed! Jed! Cassandra ist hier!«, als hätten sie all die Jahre auf sie gewartet.

Mr van Hooten erschien in der Tür. Er war ein großer, kräftiger Mann voller Energie und Humor gewesen, aber sowohl seine Größe wie sein Lebensmut waren geschrumpft. Einen Moment lang ließ sich seine Miene nicht deuten, dann sah sie, wie seine Mundwinkel zitterten und Tränen in seinen Augen glänzten. Er blinzelte sie weg und trat heraus, um sie zu begrüßen. Einen Moment lang blieb er vor ihr stehen und schloss sie dann in die Arme. »Wie mutig von dir zu kommen«, sagte er. »Wie mutig.«

»Du bleibst doch und trinkst Tee mit uns?«, fragte Mrs van Hooten, die ihren Besuch zu einem Stuhl führte und dann in die Küche verschwand.

»Es hat uns sehr leidgetan, als wir vom Tod deines Vaters hörten«, sagte Mr van Hooten, als er gegenüber von ihr Platz nahm. »Ist das der Grund, warum du heimgekommen bist?«

»Ich bin zu Dads Beerdigung heimgekommen, dann hab ich mich entschieden zu bleiben. Jedenfalls für eine Weile. Wie geht es Ihnen? Wie geht's den Mädchen?«

»Uns geht's gut, den Mädchen auch«, antwortete er. »Ingrid ist inzwischen Professorin an der Universität.

Sie hält sogar manchmal Vorlesungen in Europa. Kannst du dir das vorstellen?« Sein Stolz auf sein ältestes Kind war offensichtlich, während er über die Themen sprach, über die sie arbeitete und publizierte. Schließlich kam er auf die jüngere Tochter zu sprechen. »Und die kleine Elsie? Sie ist verheiratet. Sie hat drei Kinder und lebt mit ihrem Mann in Perth.«

»Wir fahren mehrmals im Jahr hin, um unsere Enkel zu sehen«, fügte Mrs van Hooten hinzu, als sie mit einem Teetablett und Keksen herauskam.

»Und Andrea?«, fragte Cassie. Sie nahm einen der angebotenen Kekse und legte ihn auf ihre Untertasse. Ihr Hals war trocken vor Aufregung, und ihre Hände zitterten.

Das Ehepaar sah sich an, als suchten sie nach einer Erklärung. Schließlich sagte Mr van Hooten: »Andrea ist in die Stadt gezogen. Wir hören nichts mehr von ihr. Vier Töchter, und wir sind wieder allein.« Er seufzte schwer.

Mrs van Hooten biss sich auf die Lippe. »Sie war so jung, als alles passierte. Sie hat den Tod ihrer älteren Schwester nie überwunden. Sie suchte jemanden, den sie dafür verantwortlich machen konnte.«

»Es sind immer die Eltern«, sagte Mr van Hooten ohne Bitterkeit.

»Vielleicht hat sie recht«, fügte seine Frau kleinlaut hinzu, als hoffte sie, Cassie könne sie von der Schuld freisprechen. »Wir haben die Kontrolle verloren. Marianne ist außer Rand und Band geraten.«

Cassie schüttelte den Kopf. Sie blickte in den Garten

hinaus. »Es war nicht Ihre Schuld. Das ist eigentlich der Grund, weshalb ich gekommen bin. Ich muss Ihnen etwas sagen.«

Mrs van Hooten machte eine abwehrende Geste. »Cassandra, du musst nicht …«

»Lass sie es uns sagen, Marion. Lass sie reden«, sagte Mr van Hooten.

Cassie blickte von einem zum anderen, der Boden gab unter ihr nach. Sie suchte nach Worten, aber sie wollten ihr nicht kommen. Schließlich jedoch brachen sie aus ihr heraus. »Ich bin gefahren. Ich bin in jener Nacht gefahren. Der Unfall war meine Schuld.«

Mr van Hooten sah Cassie einen Moment lang ruhig an, dann erwiderte er: »Ich wusste, dass du die Fahrerin gewesen bist.«

Mrs van Hooten begann leise zu weinen, und ihr Mann griff nach ihrer Hand, hielt aber den Blick auf Cassie gerichtet. »Ich bin Architekt und mich interessieren die Details. Räume, Größe, Gewicht. Ich will wissen, wie Dinge funktionieren. Ich habe ein Modell des Autos und der Insassen gebaut, um es mir begreiflich zu machen. Aber das hat mir dein Geheimnis nicht verraten.« Er hielt inne und sah sie eindringlich an. »Ich habe es in deinen Augen gesehen. Ich habe es an der Art gesehen, wie dein Vater und dieser Mann – Kingi? – dich geschützt haben. Dieser Reed ist bestens bekannt. Man sagt, er sei ein Drogen-Baron. Der Abschaum in dieser Stadt, alle arbeiten für ihn. Natürlich wollte er, dass du fährst. Er ist ein gerissener Typ. Du warst bloß ein unschuldiges kleines Mädchen.«

Ohne ein Wort stand Mrs van Hooten plötzlich auf und eilte ins Haus. Cassie wagte kaum, den Kopf zu heben, um Mr van Hooten in die Augen zu sehen.

»Ich habe nie mit Marion darüber gesprochen«, sagte er. »Es war nicht mein Geheimnis, das ich enthüllen musste. Es ist sehr mutig von dir, hierherzukommen und es uns zu sagen.« Er lächelte sie an. »Du bist hier, weil du ein intelligentes Mädchen bist. Du bist nicht jemand, der sich aufs Dach eines fahrenden Autos stellt. Marianne ist aufs Dach gestiegen. Sie hat das getan. Das war ihre Rolle in der Tragödie.«

Cassie suchte nach Worten, die beide davor bewahren würden, in schmerzlichen Erinnerungen zu versinken. »Wir haben nicht begriffen, dass uns etwas Schlimmes passieren könnte«, sagte sie leise.

Mr van Hooten nickte verbittert. »Das ist ganz natürlich, wenn man jung ist.«

Cassie stand auf, ihren Tee hatte sie nicht angerührt. Mr van Hooten brachte sie zum Gartentor, und als er es aufmachte, sagte er: »Wir müssen uns auf viele verschiedene Arten von denen verabschieden, die wir lieben. Der heutige Tag hat uns allen ein bisschen geholfen, denke ich.«

Cassie umarmte ihn, und als sie den Kopf an seine Brust legte, hörte sie etwas wie ein Seufzen in ihm, das viele Jahre dort eingesperrt gewesen und jetzt freigelassen worden war. Als sie auf die Straße hinaustrat, erhaschte sie einen Blick von Mrs van Hooten, als sie mit tief ins Gesicht gezogenem Hut in ihre Blumenfestung verschwand.

Ein Anruf von Manu kam übers Funkgerät. »Josie? Josie? Sind Sie da? Ende.«

»Roger«, antwortete Josie.

»Hab gerade eine Panne abgeschleppt, jetzt können die nicht zahlen. Was soll ich machen?«

»Wo ist das Fahrzeug?«

»In der Werkstatt auf der Ollie Street.«

»Lass dir die Kreditkartennummer geben.«

»Sie haben keine Kreditkarten. Gestohlen, schätzen sie. Es sind Touristen. Ein junges asiatisches Ehepaar.«

»Die Werkstatt gibt den Wagen nicht raus, bevor sie bezahlt haben.«

»Bleiben Sie dran, Josie.«

Josie drückte den Kopfhörer ans Ohr, um den erregten Wortwechsel am anderen Ende mitzukriegen. Sie nahm eine Reihe anderer Anrufe entgegen, alles Pannen, und gab sie an Gail und Avril durch. Schließlich meldete sich Manu wieder. »Sie werden's nicht glauben. Sie wollen den Wagen nicht. Es ist ein Pajero. Sie wollen, dass ich sie nach Brisbane fahre, damit sie ihren Flieger erwischen. Sie haben Karten für Kylie Minogue in Sydney heut Abend, und morgen fliegen sie nach Peking zurück. Ende.«

»Das ist lächerlich. Sag ihnen ...«

»Ich hab alles versucht, Josie. Sie haben's wirklich sehr eilig, zum Flughafen zu kommen. Sie wollen mir die Schlüssel und die Wagenpapiere geben. Ende.«

Kingis Stimme meldete sich über Funk. »Was wartest du noch, Frau. Fahr los!«

An jenem Nachmittag öffnete Josie in einem ruhigen Moment eine E-Mail, klickte auf »Antworten« und schrieb: Danke für Ihr Interesse an dem Cadillac. Leider muss ich das Verkaufsangebot zurückziehen. Eine Weile saß sie da und dachte nach, dann klickte sie *Verkäufe* an und sah die Angebote für gebrauchte Hino-Kipper durch.

Sich Einrichten

Im Laufe der Wochen spielte sich bei Cassie und Rose eine angenehme Routine ein. Mit Roses Hilfe begann Cassie, allmählich Ordnung in das Haus zu bringen und es gründlich zu reinigen. Aus Rücksicht auf Mack stellte sie die kaputten Möbel und die Kartons mit Sachen, die ihrer Meinung nach auf die Müllkippe gebracht werden konnten, in das leere Zimmer. Trotz der jahrelangen Vernachlässigung war es immer noch ein schönes Haus mit seinen hohen Decken, den großzügig bemessenen Räumen und Schiebefenstern.

Eines Samstags kam Kingi mit seinen beiden älteren Brüdern und einem Rasenmäher vorbei. Er mähte den Rasen, während sich die beiden anderen im hinteren Garten zu schaffen machten. Rose bot ihm eine Tasse Tee an, und obwohl er keinen Tee trank, nahm er ihn höflich an. »Sie erinnert mich an dich«, sagte er, als sie auf den Vorderstufen warteten. »Was hat dich denn eigentlich hierhergebracht, Mädchen?«

»Das würde ich auch gern wissen, Kingi. Aber es ist schon in Ordnung. Es ist gut.«

»Wie lange willst du denn hierbleiben?«

»Könnte schon noch eine Weile dauern. Mack ist über einen Monat fort und immer noch Richtung Norden unterwegs, wenn man den Postkarten Glauben schenken darf.« Kingis Miene sagte ihr, je weiter Mack nach Norden fuhr, desto besser.

»Wenn du unliebsame Gäste bekommst, rufst du mich an. Egal, ob bei Tag oder Nacht. Ja?« Nach einiger Überlegung fügte er hinzu: »Ich reparier mal lieber den vorderen Zaun für dich. Der sieht ja wirklich verboten aus.«

Der einzige regelmäßige Störenfried in ihrem Leben war Dan, der alle paar Tage in einem Zustand wachsender Hysterie in ihrem Büro anrief, seitdem sie die Scheidung eingereicht hatte. Sie hatte ausführlich mit dem Anwalt gesprochen, den Mr Hassem ihr vermittelt hatte, und sich entgegen seinem Rat, alles rauszuholen, was möglich war, für eine schlichte Teilung des gemeinsamen Vermögens entschieden. Sie wusste, dass Dan ohnehin wütend genug war, nachdem seine Eltern die hohe Anzahlung für ihre Wohnung geleistet hatten, aber sie hatte all die Jahre über die Hypothekenraten bezahlt und war entschlossen, sich ihren gerechten Anteil nicht entgehen zu lassen.

Dan hatte sein ganzes reichhaltiges Repertoire an Taktiken zur Anwendung gebracht, angefangen von Überredungskünsten bis hin zu Einschüchterung und flehentlichen Bitten: Seine Eltern seien wütend, er habe das Geld nicht, sie habe ihn verlassen. Schließlich winselte er bloß noch. Cassie gab nicht nach, und angesichts des Rottweilers, der bereits an der Leine zerrte, war Dan nicht so dumm, sich vor Gericht in Stücke reißen zu lassen. Seine Eltern, die die Sache zweifellos satthatten, wollten Cassies Anteil an der Wohnung übernehmen. Nachdem er es mehrere Monate lang hinausgezögert hatte, unterschrieb Dan plötzlich, und es war ausgestanden. Cassie fühlte nichts als Erleichterung.

Rose war es gewöhnt, alle paar Wochen bei ihrem Onkel Murray und ihren Cousins zu übernachten, damit Mack einen Abend ausgehen konnte. Diese Gewohnheit wurde beibehalten, aber Cassie fühlte sich an diesen Tagen einsam im Haus und ging zu Josie nach Hause. Doch ihre Mutter war in letzter Zeit selten daheim. Mit Kingis Hilfe hatte sie sich einen kleinen grünen Barina gekauft und sauste zu Besorgungen und Besuchen durch die Stadt. Gelegentlich nahm sie Einladungen zum Abendessen in Judiths und Angelas Haus an, und um ihre Schuldgefühle zu kompensieren, lud sie anschließend Bryan ins Kino oder zum Essen ein. Spontan erklärte sie sich auch einverstanden, Manu zur Gold Coast raufzufahren, um Roddy bei seinem bislang größten Auftritt im Twin Towns Veteranenclub zu sehen, und blieb angeblich die ganze Nacht auf, um zu feiern und sich beim Glücksspiel zu beteiligen. An einem Wochenende kam Cassie nach Hause und stellte fest, dass sie Gails vier ungebärdige Kinder hütete, während deren Mutter mit einem Marinesoldaten dessen dienstfreie Tage verbrachte. Selbst Monique musste sich in letzter Zeit bei Josie vorher anmelden, wenn sie kommen wollte.

Diese Monate mit Rose gehörten zu den glücklichsten, an die Cassie sich erinnern konnte. Obwohl Rose sie brauchte, bat sie nie um etwas. Sie war mit allem zufrieden, was Cassie ihr zu bieten hatte. Hauptsächlich schenkte ihr Cassie Zeit, aber Rose brauchte auch neue Kleider und Schuhe, und Cassie machte es Spaß, mit ihr einkaufen zu gehen. Rose liebte Bücher, wie sie feststellte, und da es im Haus nur wenige gab, nahm sie sie in die Bibliothek von Bilkara mit, wo sie in den Regalen nach Geschichten suchten, die Rose gefielen. Dabei handelte es sich ausnahmslos um eher altmodische Erzählungen, in denen es um ein liebenswertes Nagetier ging. *Der Wind in den Weiden* wurde ihr Lieblingsbuch, und abends kuschelte sie sich gern ins Bett und ließ sich vorlesen.

Eines Sonntagmorgens gab ihr Cassie ein paar Buntstifte und einen großen Zeichenblock, und Rose verbrachte den ganzen Nachmittag mit Malen. Sie lag auf dem Bauch am Boden ihres Zimmers, an dessen Tür ein buntes Schild mit der Aufschrift PRIVAT – NICHT EINTRETEN geklebt war. Ohne Unterbrechung arbeitete sie bis zum Abendessen, und nach dem Essen ging sie in ihr Zimmer zurück und machte weiter, bis es Zeit zum Schlafengehen war. Cassie war neugierig und klopfte an die Tür. »Bitte um Erlaubnis zum Vorlesen eintreten zu dürfen.«

»Warte noch einen Moment, ich bin fast fertig«, kam die gedämpfte Antwort. Sie hörte, wie Rose herumlief, dann ging die Tür auf. Etwa ein Dutzend Zeichnungen hingen schief an der Wand.

»Du fängst hier an«, erklärte Rose und deutete auf ein Bild, auf dem sich ein Brautpaar an den Händen hielt und von einer Brautjungfer begleitet wurde, die Roses goldenes Haar, aber winzige Füße hatte. Im nächsten Bild war die Familie größer geworden. Die Frau hielt jetzt ein Baby im Arm. Auf dem nächsten sah man eine Schaukel im Vorgarten, mehrere spielende Kinder und ein weiteres Baby. Und so ging es weiter. Es gab Feste und Hundewelpen, das Haus in der Carinya Street war mit allem versehen, wovon Rose je geträumt hatte, und auf jedem Bild strahlte das Mädchen mit dem goldbraunen Haar und den winzigen Füßen.

Cassie war zu Tränen gerührt von der idyllischen Zukunft, die sich Rose für sie alle ausgedacht hatte. Rose saß auf der Bettkante und wartete besorgt auf ihre Antwort. Cassie drehte sich lächelnd zu ihr um. »Es gefällt mir sehr«, sagte sie. »Alles. Danke dir.«

Weiße Weihnacht

Bilkara lag zu nah am Meer, um Frost zu kriegen, doch wenn die Temperaturen so schnell fielen wie in jenem späten September, bildeten sich in den grünen Hügeln des Hinterlands schneeweiße, mit Raureif bezogene Stellen und dichte Nebelschwaden. Abgesehen von der

Gefährdung durch Leute, die zu schnell fuhren, obwohl sie nichts sehen konnten, kam es zu Glatteis, das eine wahre Flut von Unfällen verursachte. Gefesselt – oder vielleicht abgelenkt – von den gelben Schildern mit den bildlichen Darstellungen, was Fahrern passierte, die mit zu hoher Geschwindigkeit über vereiste Straßen rasten, brachen die Fahrer durch Zäune, stürzten über Klippen oder wickelten ihr Auto um Bäume. Dieses Wetter war unter den einheimischen Abschleppdiensten als Weiße Weihnacht bekannt. Und an diesem Abend hatte Kingi mehr zu tun als der Weihnachtsmann an Heiligabend.

Kingi und Jasmine hatten sich die Nachtschichten geteilt, Avril und Manu die Tagschichten. Die arbeitsreichste Tageszeit waren die frühen Morgenstunden, wenn der Nebel sich zu lichten begann und die kalte Morgensonne das Eis leicht antaute und ein glitschiger Wasserfilm entstand.

Als Kingi nach dem Abendessen den Anruf entgegennahm, spürte er ein Kribbeln auf der Kopfhaut, das ihn immer besonders wachsam machte. Die Nachricht war ziemlich eindeutig: Eine Frau meldete, sie habe in einer Kurve die Kontrolle über ihren Wagen verloren, und er sei in der Nähe ihres Wohnorts in eine Schlucht gerutscht. Sie bat ihn, zu ihrem Haus zu kommen, und sie würde ihm zeigen, wo der Wagen sei. Kingi schlug vor, ihn am nächsten Morgen rauszuziehen, aber sie bestand darauf, dass es noch am selben Abend geschehen müsse. Sie brauche den Wagen am nächsten Tag, um zur Arbeit zu fahren, und sei bereit, eine Prämie zu bezahlen, wenn er sofort herausgezogen werde. Der Ort war ein Tal in einer abgeschiedenen Gegend des Hinterlands, die Kingi nicht besonders gut kannte. Die Beharrlichkeit der Frau und das kribbelnde Gefühl brachten Kingi dazu, etwas zu tun, was Al und er oft getan hatten, aber seit Als Unfall nicht mehr vorgekommen war. Er rief Jasmine an und erklärte ihr genau, wohin er fahren werde. Er bat sie, ihn in einer halben Stunde zurückzurufen, und wenn er sich nicht melde, die Cops zu benachrichtigen.

Mit steter Geschwindigkeit fuhr er über die kurvigen Straßen in das Tal. Es war schon spät, und nur in einigen Häusern brannte noch Licht. Er fand schließlich den Wassertank aus Beton, den die Frau beschrieben hatte, und bog in die Einfahrt zu dem Haus ein. Es war eine lange Auffahrt, das Haus verbarg sich hinter Bäumen und war nicht beleuchtet. Das war seltsam. Er fuhr in den Hof, griff unter den Sitz nach seiner Brechstange und stieg aus. Die Vordertür stand weit offen. Erneut spürte er das Kribbeln. Irgendwas stimmte nicht. Das Land hier war zu hügelig für Schluchten. Seit er von der Hauptstraße abgebogen war, hatte er keinen Wagen mehr gesehen. Die Abgeschiedenheit bedrückte ihn.

Vorsichtig ging er auf die Haustür zu und hielt die Brechstange fest umklammert. Ein heftiger Schmerz. Plötzlich lag er am Boden, und ein Seil oder ein Stück Tuch zog sich fest um seinen Hals. Er ließ die Brechstange fallen, um sich mit beiden Händen loszumachen. Blendendes Licht. Unerträglicher Schmerz. Absolutes Dunkel.

Als Kingi zu sich kam, stand Jasmine über ihm und leuchtete ihm mit einer Taschenlampe in die Augen.

»Irgendwas gebrochen, Mann?«, fragte sie und betastete vorsichtig seine Stirn.

Kingi drehte sich zur Seite und griff nach seinen Füßen. »Verdammte Scheiße«, knurrte er. »Wie bist du denn hergekommen? Hab ich dich gerufen?«

»Ich hab gedacht, du könntest Rückendeckung brauchen. Weibliche Intuition.«

Jasmine ließ den Strahl ihrer Taschenlampe über zwei Männer gleiten, die bewusstlos im Gras lagen. »Kennst du die?«, fragte sie und leuchtete für Kingi deren Gesichter an.

Einer war Bruce, der Metzger, Reeds Schwager. Den anderen kannte er nicht.

»Gib mir die Taschenlampe, Jeff«, sagte Kingi.

»Jasmine«, erwiderte die Stimme aus der Dunkelheit entschieden.

»Ah, tut mir leid, Kumpel. Jasmine.«

Kingi nahm die Taschenlampe, richtete den Lichtstahl auf das Gesicht des Fremden und hielt inne, um das Tränen-Tattoo unter dem Auge zu untersuchen. »Wie hast du das überhaupt gemacht?«, fragte er und richtete sich auf.

»Hab ihre Köpfe zusammengeschlagen. Sehr fest.«

Kingi stieß ein amüsiertes Brummen aus. »Hat dir deine Mutter den Griff beigebracht?« Er leuchtete mit der Taschenlampe herum, bis er seine Brechstange fand, und ging zum Haus hinauf. Jasmine folgte ihm und stand neben ihm, während er den Lichtstrahl über die staubigen Dielenbretter und durch den leeren Wohnraum gleiten ließ. Schließlich fragte Kingi: »Wie sind *die* denn hierhergekommen?«

Jasmine ging hinten ums Haus herum, und Kingi humpelte ihr hinterher. Sie stieß einen leisen Pfiff aus. Der Exodus 500, der Stolz von Reeds Flotte, parkte ordentlich hinterm Haus, und die Schlüssel steckten in der Zündung. Kingi lachte laut auf.

»Schau dir das an – wir müssen nicht mal einbrechen«, sagte Jasmine.

»Uns Zugang verschaffen«, korrigierte sie Kingi.

»Was machen wir damit?«

Kingi starrte wehmütig auf die Lederpolsterung.

»Was hast du mit dem Maloo gemacht?«, fragte Jasmine.

Kingis Aufmerksamkeit war inzwischen auf den vollständig ausgestatteten, eingebauten Werkzeugkasten gerichtet.

Jasmine riss ihm die Taschenlampe weg und leuchtete ihm in die Augen. »Die zwei sind nicht auf ewig ausgeschaltet, Mann. Wir müssen uns beeilen. Was hast du mit dem Maloo gemacht?«

»Das hier ist was Schönes. Das kann ich nicht mit dem Bulldozer plattmachen. Das wär ein furchtbares Verbrechen ...«

»Überlass das mir«, sagte Jasmine. »Ich häng ihn an, du fährst heim.«

»Du machst Witze«, antwortete Kingi.

Jasmine war einen halben Kopf größer als Kingi, als sie mit geradem Rücken und mit vor der Brust verschränkten Armen vor ihm stand. »Nein«, erwiderte sie und warf den Kopf zurück. »Du kannst jetzt abhauen.«

»Was zum Teufel hast du damit vor?«

»Du willst doch deine Jungs an Weihnachten heimbringen, also mach, dass du fortkommst. Ich schaff das jetzt schon allein.«

Jasmine lief zu ihrem Truck zurück, der zwischen den Bäumen neben der Auffahrt parkte. Kingi blieb in seinem Truck sitzen, bis sie mit dem Exodus im Schlepptau hinausfuhr. Langsam fuhren sie hintereinander her, zwei Kilometer ohne Licht, dann schaltete Jasmine ihre Scheinwerfer ein und bildete die Vorhut zum Tal hinaus. Als sie den Highway erreichten, bog Jasmine nach links in Richtung stadtauswärts ab. Kingi blieb an der Kreuzung stehen und bog dann langsam nach rechts in Richtung nach Hause ab.

Jasmine fuhr ein paar hundert Meter weiter, bevor sie den Highway verließ und auf einen abgeschiedenen, nicht geteerten Weg einbog, der tief in den Busch hineinführte. Vor einem drei Meter hohen Maschendrahtzaun hielt sie an, stieg aus und suchte mit der Taschenlampe so lange, bis sie die alten Tore gefunden hatte. Sie holte aus der Fahrerkabine einen Schlüsselbund mit Dutzenden von Schlüsseln daran und schloss die Tore auf. Nachdem sie die Tore weit aufgeschoben hatte, stieg sie wieder ein, fuhr durch die Öffnung hindurch und verschwand den Weg hinunter in den Schlund der Müllkippe.

Beerdigung um Mitternacht

Avrils Handy begann zu vibrieren. Sie öffnete die Augen und sah auf die Uhr auf Harrisons Nachttisch. Für jemanden, der zum Zuspätkommen neigte, hatte er eine Menge Uhren. Sein Lieblingsstück war eine Kuckucksuhr mit tanzenden Schweizern, die jede Stunde lächelnd aus ihrer Hütte herausfuhren. Die Uhr auf dem Nachttisch war gelb mit einem Smiley-Zifferblatt, und spiegelte ihr eigenes Gesicht wider, wenn sie neben Harrison aufwachte. Es war zwei Uhr früh, das Bett war warm und die Nachtluft draußen eindeutig eisig.

Avril prüfte, wer anrief. Jasmine. Sie meldete sich. Sie hörte das Dröhnen eines Truck-Motors und jemanden, der in höchster Aufregung brüllte. »Hiev deinen Arsch aus dem Bett und komm zur Müllkippe. Gib den anderen Bescheid. Aber nicht Kingi. Bloß den anderen. Am alten Tor. Hintereingang. *Nicht* über Funk.«

»Wer ist das?«, fragte Harrison, dessen Stimme wegen der bis zur Nase hochgezogenen Decken kaum zu hören war.

Avril legte auf und schwang sich aus dem Bett. »Arbeit«, sagte sie. »Ich muss los.«

Harrison setzte sich auf. »Es ist zwei Uhr morgens, Süße. Zieh dich warm an, und ich mach dir eine Tasse Tee zum Mitnehmen«, antwortete er, stand auf und streifte sich ein Sweatshirt über.

Der Tee war heiß und süß, und wohlig gewärmt von der liebevollen Geste wie von dem Getränk fuhr sie in die Nacht hinaus. Sie rief Gail und Manu an und befahl ihnen, zur Müllkippe zu kommen. Nach kurzer Überlegung rief sie auch Cassie an. Sie wünschte, sie wäre wacher gewesen und hätte Jasmine gefragt, was los war, aber jetzt antwortete sie nicht mehr auf ihren Anruf, und Avril sorgte sich, ob sie das Ganze vielleicht nur geträumt hatte. An der Kreuzung wartete sie auf Manu, die neu in Bilkara war und vielleicht noch keine Gelegenheit gehabt hatte, die Müllkippe zu besuchen, ganz zu schweigen die alten Tore, die man über die alte Zufahrt durch den Staatsforst erreichte. Kurz darauf hörte sie das Brummen von Manus V8-Truck, direkt dahinter Cassie, die den Cadillac die Hauptstraße hinaufjagte.

Als sie das hintere Tor erreichten, stand Gails Auto, hinter Bäumen verborgen, bereits da, sie selbst war auf die Müllkippe verschwunden. Die drei anderen Fahrzeuge parkten hintereinander, ohne den Versuch zu machen, sich irgendwo zu verbergen.

»Was zum Teufel ist denn los?«, fragte Manu, stampfte mit den Füßen auf und zog ihre Jacke enger um sich. »Es ist *eisig* hier oben.« Avril packte eine Jacke und eine Taschenlampe, und Cassie machte dasselbe. Als sie das Dröhnen eines Bulldozers weit unten in den Tiefen der Kippe hörten, blieben sie stehen.

»Verdammte Scheiße«, sagte Manu. »Mir gefällt das nicht.«

Cassie und Avril sahen sich an, keine wagte zu sprechen, aber sie spürten, dass sie bereits tief in Schwierigkeiten steckten. »Wir wollen mal nachsehen, was hier vor sich geht, bevor wir in Panik ausbrechen«, schlug Cassie vor, und die Frauen gingen im Licht ihrer Taschenlampen den Weg in die Schlucht hinunter.

Die Müllkippe von Bilkara war früher einmal ein Bergwerk gewesen, welcher Art wusste Avril nicht mehr – vielleicht ein Kohlebergwerk –, aber seit sie denken konnte als städtischer Müllplatz genutzt worden. Die wenigen Male, die sie hier gewesen war, hatte sie den Ort immer als unheimlich empfunden, ganz abgesehen von dem Gestank und dem Gefühl, am Ende der Welt zu sein. Die Landschaft mit ihren Klippen, verdeckten Gruben und von großen Maschinen brutal herausgeschlagenen Fahrrinnen hatte etwas Düsteres an sich. Bei Nacht jedoch blieb einem wenigstens das Geschrei der Möwen erspart. Jetzt standen die drei Frauen am Ende eines langen Wegs und wollten ihren Augen nicht trauen, als sie auf einen Bagger im Bauch der Müllhalde hinabblickten, der mit grellem Scheinwerferlicht hin und her fuhr, Berge von Erde herausriss und ein paar Meter weiter entfernt abkippte. Jasmine hatte ihre Arbeitsbeleuchtung eingeschaltet, was der Szene den Eindruck einer Theateraufführung verlieh. Gail, die Hände in die Hüften gestützt, sah ihr bei der Arbeit zu, und neben dem bereits klaffenden Loch in der Erde stand der Exodus.

»*Ohhh, Mist*«, sagte Avril.

Die drei Neuankömmlinge gingen den Weg hinunter, um sich Gail am Grab des Trucks anzuschließen. Jasmine unterbrach ihre Arbeit, als sie sie sah, und stieg bei laufendem Motor aus.

»Was zum Teufel glaubst du eigentlich, was du hier tust?«, fragte Avril.

Cassie legte ihr beschwichtigend die Hand auf den Arm. »Was ist passiert? Wie kommt Reeds Truck hierher?«

Jasmine verschränkte die Arme vor der Brust. »Reed hat Kingi zu einem leeren Haus gelockt und niedergeschlagen, okay? Es hätte jeden von uns treffen können. Denk an Al. Und an den Truck, der ausgebrannt ist? Meiner Ansicht nach geht das immer so weiter, bis Reed kapiert, dass wir uns das nicht mehr gefallen lassen. Wir tun keinem was zuleide. Wir erteilen diesem Schwein bloß eine Lektion. Lassen ihn wissen, dass es für jede Untat eine Vergeltung gibt.«

Die drei Frauen hörten schweigend zu. Schließlich sagte Manu: »Verstehe.«

»Macht das nicht alles bloß noch viel schlimmer?«, fragte Avril. »Wird er dann nicht auf uns losgehen?«

»Geht er nicht schon jetzt auf uns los? Wie viel schlimmer kann's denn noch werden?«, fragte Gail.

»Noch viel schlimmer!«, jammerte Avril. »Gerade wenn ich einmal glücklich bin, landen wir am Schluss alle im Knast.«

Die vier Frauen sahen Jasmine schweigend an, dann sagte Cassie: »Nicht, wenn man uns nicht erwischt. Jetzt ist es ohnehin zu spät, noch irgendwas rückgängig zu machen. Wir müssen einfach zusehen, dass wir den Job sauber erledigen.«

Avril blieb bei ihrer Meinung und dachte darüber nach. Sie dachte an die vielen Male, die sie zurückgewichen war, nachgegeben und stillgehalten hatte. Das hatte sie bei ihrem Vater und bei Eddie getan. Bei jedem Mann, mit dem sie zusammen gewesen war. Sie hatte sich tot gestellt, damit es nicht noch schlimmer wurde. Und sie war sich sicher, dass dadurch nichts besser geworden war. Jeder von ihnen hatte sie verachtet. Schließlich sagte sie: » Ja, okay. Also beerdigen wir diese Karre jetzt oder was?«

Jasmine grinste und sprang wieder auf den Bagger. Geschickt arbeitete sie um das gähnende Loch herum, das sie in die Erde gegraben hatte, schüttete an einem Ende eine hohe Wand auf und eine steile Rampe am anderen. Trotz der kalten Nacht war ihr Hemd von Schweiß durchnässt, als sie ausstieg und die Anweisung gab, den Truck an die Rampe heranzufahren.

Avril zog ihre Arbeitshandschuhe an und fuhr ihn an den Graben. Sie stellte den Motor aus, legte den Leerlauf ein, stieg aus und löste die Handbremse. Er bewegte sich nicht. Alle fünf stemmten sich gemeinsam gegen den Truck. Er bewegte sich keinen Zentimeter. Avril schlug vor, ihn einfach über den Rand der Grube zu fahren und dann herauszuspringen.

»Das ist zu riskant«, meinte Gail. »Wenn du in das Loch fällst, sitzt du fest.«

Jasmine verlor die Geduld. »Los, Mädels, ich hab die schwere Arbeit gemacht. Jetzt schnallt euch mal die Eier an – ihr verdammten Weichlinge!«

Auf diese Weise angefeuert, aber ohne wirkliches Vertrauen in ihre Fähigkeit, brutale Gewalt auszuüben, drückten sie die Schultern ans Heck des Exodus, und

Cassie wusste, dass sie jetzt das Kommando übernehmen musste. »Okay, Mädels, auf drei. Eins! Zwei! Drei! *Schiebt!*«, brüllte sie. Plötzlich kam der Truck ins Rollen, nahm schnell Geschwindigkeit auf und glitt fast geräuschlos in die Grube hinab.

»Passt genau«, sagte Avril. »Sie hat das schon mal gemacht.«

»Armeetraining«, erwiderte Gail. »Die Typen begraben ständig irgendwas.«

Jasmine saß bereits wieder auf dem Bagger und schob, so schnell sie konnte, Erde auf den Truck, bis immer weniger von ihm zu sehen war. Schließlich war die Grube wieder aufgeschüttet, und Jasmine fuhr den Bagger an die Stelle zurück, wo sie ihn vorgefunden hatte, während die Frauen die Arbeitslampen einpackten und zu Jasmines Truck brachten.

Ein paar Minuten später kam Jasmine zurückgerannt. »Okay, jetzt müssen wir drübergehen und irgendwelches Zeug drauf verteilen, damit man nicht sieht, dass es frisch zugebaggert ist.«

Wie befohlen trampelten die Frauen auf der frisch aufgeschütteten Erde herum und empfanden heiligen Respekt vor ihrer eigenen Kühnheit. »Mist, Mist, Mist, was haben wir getan«, murmelte Avril vor sich hin.

»Wir haben's ihnen heimgezahlt. Der ganzen Bande«, sagte Gail und trampelte in ihren Stiefeln herum. »All den Scheißkerlen, die wir je getroffen haben.«

Manu stand in der Mitte der aufgeschütteten Grube und streckte die Hände in Richtung der anderen aus. »Jetzt schwören wir uns absolutes Stillschweigen. Wir dürfen nie mit jemandem darüber reden. Nicht mal mit Kingi.«

»*Vor allem* nicht mit Kingi«, sagte Jasmine, als sie vortrat. »Der gräbt ihn sonst wieder aus!« Alle lachten. Sie griff nach Manus Hand. Gail nahm Jasmines andere Hand. Avril zögerte bei dem Gedanken, Harrison nichts von dieser Nacht erzählen zu dürfen. Es sollte doch keine Lügen mehr geben. Sie wollte keine Geheimnisse mehr in ihrem Leben. Aber die Pragmatikerin in ihr wusste, dass es dafür schon zu spät war. Die Sache war getan, und damit hatte es sich. Verärgert trat sie in den Kreis.

Auch Cassie zögerte. Sie hatte die letzten Monate damit verbracht, sich von bedrückenden Geheimnissen zu befreien. Geheimnisse hatten die Angewohnheit, einen gefangen zu nehmen und in eine dunkle Vergangenheit hinabzuzerren. Sie hefteten sich einem an die Fersen und gaben anderen Macht über einen, die nur durch die Wahrheit gebrochen werden konnte. Als sie im Schein eines blassblauen Mondes an einem kalten, wolkenlosen Himmel auf diesem Stück Erde stand, konnte sie nicht umhin, sich zu fragen, wie um alles in der Welt sie hier gelandet war – mitten in der Nacht in einer Müllgrube mit dieser komischen Schwesternschaft um sich: Jasmine, der Bulldozer-Diva, Gail, dem gefallenenen weiblichen Basketballkapitän, Manu, der entlaufenen Schurhilfe und Avril, der Rubens-Frau eines Spray-Künstlers. Komplizen? Beschützer der Unterdrückten? Oder bloß ein Haufen verwirrter, verrückter, wütender Frauen, die sich zur Wehr setzen wollten?

Der Kreis stand noch offen. Cassie, die tollkühne Tochter des Abschleppfahrers, trat vor, ergriff die ausgestreckten Hände und schloss ihn.

Sie standen beieinander und schworen den Eid. Was mit dem Exodus geschehen war, würde nie über ihre Lippen kommen. Und als jede den Schwur geleistet hatte, war die Welt vollkommen still – abgesehen von dem leisen, knisternden Geräusch unter ihren Füßen.

»Ach, verdammte Scheiße«, sagte Avril, »wir haben vergessen, das Funkgerät abzustellen.«

Die Zustimmung

Ende September, fast drei Monate nachdem Reeds Exodus 500 spurlos verschwunden war, tauchte Reed im Autohof auf und wollte Cassie sprechen. Josie führte ihn kühl und mit vorgeschobener Lippe den Gang hinunter.

»Tag«, sagte er. »Hast du ’ne Minute?«

Cassie saß stocksteif auf ihrem Stuhl und bekam eine Gänsehaut, weil sie einen Raum mit ihm teilen musste. Schweigend deutete sie auf den Stuhl gegenüber von ihrem Schreibtisch, und er setzte sich. »Was willst du?«, fragte sie.

Er sah sie hinterlistig an und sagte dann mit schiefem Grinsen: »Einen Waffenstillstand.«

»Warum?«

»Ich sag’s dir – ich bin verflucht sauer wegen meinem Exodus, aber ich kann nichts beweisen.«

»Deinem Exodus?«, fragte Cassie und schaffte es recht gut, völlige Verständnislosigkeit zu mimen.

»Mach mir nichts vor«, zischte Reed durch zusammengebissene Zähne.

»Vergiss deinen Truck«, erwiderte Cassie gleichmütig. »Verglichen damit, was meinem Dad passiert ist? Versuch erst gar nicht, so zu tun, als hättest du damit nichts zu tun gehabt.«

»Ich hab's nicht nötig, was vorzuschützen«, knurrte er. »Ich *hatte* nichts damit zu tun. Du brauchst zuerst Fakten, bevor du mit Anschuldigungen aufwarten kannst. Fakt ist, ich hab Fahrzeuge im Wert von zweihunderttausend Riesen verloren, seit du hier aufgetaucht bist. Es ist wie das Bilkara-Dreieck. Aber das muss aufhören. Dieser ganze Krieg ist schlecht fürs Geschäft. Die beschissenen Zeitungen haben sich schon drauf eingeschossen und schreiben lauter Mist über Sachen, von denen sie nichts verstehen.«

»Die Sache mit dem Drogen-Baron meinst du?«

Er sah sie wütend an. »Ich hab Kinder in der Schule, verdammt noch mal, die müssen solchen Dreck nicht lesen. Was soll denn dieses blöde Drogen-Baron-Zeug? Lauter verdammte Hirngespinste. Bist du diese ungenannte Quelle?«

»Nein, ich hab nicht mit der Zeitung gesprochen.«

Er rieb sich ärgerlich den Kopf, und ein leichter Schuppenregen rieselte auf sein schwarzes T-Shirt. Cassie fiel es schwer, nicht ein wenig Mitleid mit ihm zu haben. Nach all den brutalen Verbrechen, die er begangen hatte, hatte ihn schließlich sein Bedürfnis, dass seine Kinder gut von ihm denken sollten, zur Stecke gebracht. Da stand ihm ein ziemlich schwieriger Kampf bevor.

»Okay«, sagte sie. »Erzähl mir was über den Waffenstillstand.«

»Wir teilen das Territorium. In der Mitte. Es gibt genug Arbeit für alle.«

»Wer sagt, was die ›Mitte‹ ist? Der Highway ...«

Er hob die Hand. »Nicht wir machen das. Wir geben unseren Vorschlag an die Aufsichtsbehörde der Abschleppunternehmer, und die macht das. Gerecht und unabhängig.«

Cassie dachte eine Weile darüber nach. Sie glaubte keinen Moment, dass er nichts mit dem zu tun hatte, was Al passiert war, aber mit einer Sache hatte er recht. Es musste aufhören. Sie würde ihm nicht die Hand schütteln. Sie nickte nur. Er erwiderte ihr Nicken, stand auf und schickte sich zum Gehen an. An der Tür blieb er plötzlich stehen und sagte: »In dieser Nacht. Du weißt schon. Deine Freundin. Ich hab nicht gewusst, dass sie eingeklemmt war. Ich hab bloß Angst gehabt – wollte einfach schnell weg.« Er wandte sich ab, als ertrüge er es nicht mehr, ihr länger in die Augen zu sehen. »Ich fühl mich deswegen immer noch wie ein Stück Scheiße.« Daraufhin ging er hinaus.

Am Ende entschied ich, dass drei Briefe geschrieben werden mussten. Der erste ging an Nana. Er war kurz. Ich sagte ihr, dass es mir leidtue, weil wir uns nie richtig kennengelernt hätten. Dass ich weggerannt sei und ihr Sorgen gemacht hätte. Dass ich nicht zu ihrem Begräbnis heimgekommen war. Mrs Ashworth oder Mrs Taylor erwähnte ich nicht, weil ich ihr im Jenseits keine peinlichen Gefühle machen wollte, aber ich erwähnte, dass es mir leidtue, wenn sie einsam gewesen sei im Leben. Das war alles, was ich ihr zu sagen hatte.

Der zweite Brief ging an Dad, den legendären Abschleppunternehmer Al Munro. Ich sagte ihm, wie sehr ich ihn geliebt und bewundert hatte. Die einzigen Dinge, bei denen mein Dad ein bisschen verrückt war, waren meine Mutter und der pinkfarbene Cadillac – in jeder anderen Hinsicht war er vermutlich der nüchternste Mensch, den ich je kennenlernen werde (obwohl seine Einstellung, was die Ablage von Geschäftspapieren betraf, ziemlich irre war, sprach ich das nicht an – schließlich war das nicht so furchtbar wichtig).

Ich schrieb, wie sehr ich es bewunderte, wie er, ohne zu zögern oder sich zu beklagen, eine Arbeit machte, wenn sie getan werden musste, mochte sie auch noch so schmutzig oder unangenehm sein. Er liebte seine Familie und seine Freunde mit einer unbegrenzten und unverbrüchlichen Liebe. Ich weiß, wie sehr er mich liebte. Ich bewunderte sogar seine lebenslange Loyalität gegenüber einem Mann, den er den Poeten der Landstraße nannte, Johnny Cash.

Ich sagte ihm, wie leid es mir tat, dass ich ihn im Stich gelassen hatte, weggelaufen war und auf der anderen Seite der Welt einen Mann geheiratet hatte, den er nie gemocht und dem er nie vertraut hatte, womit er recht behielt. Ich versprach ihm, dass ich diesmal nicht weglaufen würde. Ich würde mich um Mum, das Geschäft und die Fahrer kümmern, genauso wie um Woolley Mary und die anderen Menschen, die ihm wichtig waren. Ich würde zusehen, dass Kingi von den Verpflichtungen uns gegenüber befreit wurde, ganz so, wie sie es abgemacht hatten. Und ich sagte ihm, wie sehr ich ihn vermisste.

Der schwerste Brief von allen war der an Marianne.

Liebe Marianne,
als ich von dir getrennt war, wollte ich so sein wie du. Ich wollte die Aufmerksamkeit, die du hattest. Ich wollte schön sein, wollte, dass sich die Leute nach mir umdrehen, wollte es einfach im Leben haben, weil ich schön war. Obwohl ich sah, wie süchtig dich das gemacht hat. Obwohl ich den Druck spürte, den die Anziehungskraft auf andere auslöste. Ich wollte dennoch so sein wie du.
Aber als ich mit dir zusammen war, war ich glücklich, ich selbst zu sein. Ich weiß, ich war deine einzige echte Freundin. Deine Vertraute. Ich sonnte mich in dem Gefühl, deine beste Freundin zu sein. Ich konnte dich immer zum Lachen bringen. Wir hatten unsere ganz eigenen Scherze, unsere geheimen Codes, unsere Opfer an den Tempel der Seligen Geister. Du warst die beste Freundin, die ich je hatte, und ich liebte dich.
In jener Nacht habe ich dich im Stich gelassen. Ich hätte

dich abhalten können, in diesen Wagen zu steigen, und ich hätte dich weiß Gott abhalten können, auf dessen Dach zu klettern. Aber irgendwie im Lauf der Zeit bin ich selbst in deinen Bann geraten. Ich wurde deine Anhängerin, deine Schülerin, eine weitere glühende Verehrerin von Marianne. Ich folgte dir an Orte, von denen ich wusste, dass wir sie nicht hätten aufsuchen sollen.

Es tut mir leid um alles, was ich nicht getan habe, um dich zu retten.

Du warst eine Sternschnuppe, die leuchtend hell meinen Himmel kreuzte. Und als du vorbeigezogen warst, war die Welt dunkler, als ich es mir je hätte vorstellen können. Ich hoffe nur, dein seliger Geist tanzt im Himmel, und du weißt, dass du auf der Erde immer geliebt werden wirst.

Deine beste Freundin
Cassie

Und dann hielt ich ein Streichholz an alle drei Briefe und beobachtete, wie sich die zarten Ascheflocken wie eine graue Trauertaube in den Himmel erhoben.

Ein Mann auf der Suche nach sich selbst

Das Fahren, das Dröhnen des Motors, das Geräusch des Radios, das Songs herunterratterte, die er schon tausendmal gehört hatte, und die Abgeschiedenheit selbst waren Macks Therapie. Immer der Küste entlang fuhr er direkt nach Norden. Auf einem dicken Stück Schaumgummi, das er unterwegs gefunden hatte, schlief er in seinem Schlafsack auf der Ladefläche seines Geländewagens. Während der milde Winter in Queensland langsam in den Frühling überging, wurden die Nächte wärmer, und er genoss es, sich zurückzulehnen und zu beobachten, wie am Abend die Sterne aufgingen. Er schickte Postkarten an Cassie und Rose aus Crow's Rock, Butcher Bird Bay und Monkey Paw Creek, und er machte es sich zur Aufgabe, jedes Mal einen besonders drollig klingenden Ort zum Übernachten zu finden.

Er fuhr durch verschiedene Orte und traf verschiedene Menschen, ohne sich je als Teil von ihnen zu fühlen. Doch irgendwie, ohne es eigentlich zu merken, wurden seine Erfahrungen ein Teil von ihm. Während er sich von einem Ort zum anderen bewegte, begann er allmählich den Mann zu sehen, der er sein wollte. Als er frühmorgens neben seinem Wagen saß, Kaffee trank und ein Schinkensandwich aß, beobachtete er einen Vater, der seinen Sohn zu den flachen Felsen in der Bucht hinunterführte, um dort zu fischen. Der Mann sah geduldig zu, wie er seine Angelschnur entwirrte, und strich ihm gelegentlich mit der schuldbewussten Art des Wochenend-Vaters durchs Haar. Bei Tagesanbruch, als die Luft noch kühl und ruhig war, sah er ein älteres Ehepaar ankommen. Sie trug eine rote Mütze und dazu passenden Lippenstift, er eine rote Badehose. Sie warfen ihre Frotteebademäntel ab und liefen Hand in Hand zum Wasserrand. Ohne zusammenzuzucken, marschierten sie ins Meer und schwammen fast eine Stunde lang in der Bucht auf und ab. In den frühen

Morgenstunden sah er Männer zu zweit und zu dritt am Strand ankommen – Freunde. Noch halb schlafend saßen sie bei laufendem Motor in ihren Wagen, starrten mit trübem Blick auf die Brandung hinaus und überlegten sich, welchen Spaß sie bieten könnte. Wenn die Wellen hoch waren und in die richtige Richtung liefen, stiegen sie aus, liefen mit ihren Brettern zum Strand hinunter und warfen sich ins Meer. Manchmal saß Mack immer noch da, wenn sie Stunden später mit beinahe verzücktem Ausdruck wieder auftauchten. Dann waren sie redseliger, aber in gewisser Hinsicht auch ruhiger. Das Meer hatte sie beruhigt.

Mack hob seine Behindertenrente ab, schickte eine Hälfte an Cassie und kaufte sich ein gebrauchtes Surf-Brett. Die Nächte wurden leichter für ihn. Das Schwitzen hatte aufgehört, und obwohl er sich entsetzlich einsam fühlte, begann er subtile Veränderungen an sich zu bemerken. Er konnte den Geschmack von Essen besser wahrnehmen. Sein Kopf war ruhig und seine Gedanken klar, überlappten sich nicht mehr wie früher. Er hörte Musik auf eine Art und Weise, wie er sie noch nie gehört hatte. Vielleicht war dies ein Resultat seines neuen klaren Denkens oder weil er der Welt gegenüber irgendwie offener eingestellt war. Die Musik schien zu ihm zu sprechen, die Texte aus seinem Leben zu stammen. Er hatte das Gefühl, die Welt und alles, was sie zu bieten hatte, in sich aufzunehmen.

Nach seinen Ausflügen ins Meer spürte er ein Pochen in seinem Bein, aber weniger Schmerz in seinem Herzen. Jedes Mal, wenn er in die Brandung eintauchte und spürte, wie ihn das Wasser hochhob, wie der Wind und die Gischt ihm ins Gesicht schlugen, fühlte er sich lebendig. Eingehüllt in die Umarmung des weiten Ozeans, während das Salz in seinen Augen und seinem Hals brannte wie eine Gabe der Mutter Erde, war er ein Teil der Welt und der Bruderschaft der Surfer.

Eines Morgens wachte er auf und sah blassrosafarbene und graue Wölkchen wie zerschlissene Seidenkleider über den Himmel schweben, die ihn an das Märchen von den zertanzten Schuhen erinnerten, das Rose so liebte, als sie klein war. Und er wusste, dass es Zeit war umzukehren, zu seinen Mädchen heimzugehen.

Er fuhr den ganzen Tag und hielt nur zum Tanken und Essen an. Spät am Nachmittag bog er vom Highway auf eine Landstraße ab und gestattete sich ein paar Stunden Schlaf. Als die Sonne unterging, machte er sich wieder auf den Weg und hielt nur an, um sich ein paar Sandwiches und ein paar Dosen Red Bull zu besorgen. Beim Weiterfahren dachte er an jene drei schwer zu erreichenden Ziele. Das erste war geschafft – er war jetzt seit mehr als drei Monaten clean. Das zweite, das ihm nicht ganz so verzweifelt am Herzen lag – er würde den Job auf dem Bau aufgeben und sich eine andere Arbeit suchen. Vielleicht würde er aus dem Haus seiner Mutter ausziehen und eine Wohnung mieten. Er versuchte sich vorzustellen, wie es mit Rose und Cassie wäre. Aber aus irgendeinem Grund stellte er fest, dass er viel über Dawn nachdachte. Lange Zeit hatte es ihm immer einen Stich gegeben, wenn er an Dawn dachte. Heute jedoch war es leicht, friedlich. Sie schien real und nahe zu sein.

Nach der Diagnose waren sie wieder in die Kommune zu Rachel und Dom zurückgezogen, damit Rachel sich um Dawn kümmern konnte. Obwohl Dawn liebevoll umsorgt wurde, waren ihre letzten Monate schrecklich. Ihre sture Weigerung, den Krebs mit anderen Medikamenten als natürlichen Mitteln zu bekämpfen, trieb Mack in den Wahnsinn. Der bunt zusammengewürfelte Haufen aus Schamanen, Quacksalbern und wohlmeinenden, aber fehlgeleiteten Leuten mit Büchern, Kräutern und Vitaminen, alle vereint in ihrem tief verwurzelten Vorurteil gegen Wissenschaft, Pharmaindustrie und allem, was mit »westlicher Medizin« zu tun hatte, machte ihn völlig verrückt. Mack hatte keine Verbündeten. Die Gespräche mit Dawn waren angespannt und schwierig, und hinterher tröstete er sich, indem er sich in den hinteren Schuppen zurückzog, Doms Sammlung von Bob Marley Platten durchhörte und selbst angebautes Gras rauchte. Es überdeckte den Schmerz, während er zusah, wie sie von Tag zu Tag immer mehr verfiel, bis schließlich die Räucherstäbchen abgebrannt, die Gesänge verstummt und sie tot war. Und es nichts mehr zu sagen gab.

Mack fuhr die ganze Nacht und dachte an alles, was ihm je widerfahren war. Er spürte eine Art Frieden und sah eine Perspektive für sich. Als die Sonne an diesem neuen Tag aufging, stach ihm das Licht in die müden Augen, und sie schlossen sich mit einer süßen Erleichterung.

Kingi war der Erste, den die Nachricht erreichte. Einer von seinen Kumpeln unter den Abschleppfahrern rief ihn um sechs Uhr morgens an. Ein tödlicher Unfall auf dem Highway. Die Cops versuchten, die nächsten Angehörigen festzustellen. Ein Typ aus Bilkara. Möglicherweise kenne er ihn. Matthew McWilliam.

Macks Beerdigung war in vielerlei Hinsicht traurig, nicht zuletzt wegen ihrer Kürze, und es machte den Eindruck, als wären wir dort versammelt, um ihn mit dem geringst möglichen Aufwand loszuwerden. Seine Mitmenschen schienen das Interesse an ihm verloren zu haben. Eine Handvoll von Freunden war anwesend, einige kannte ich aus unserer Schulzeit, alle sahen sehr abgearbeitet aus. Seine Familie wickelte die Sache mit großer Gelassenheit ab, die daher rührte, dass sie jahrelang das Schlimmste erwartet hatte. Man war gebrochen, aber in gewisser Weise resigniert, weil es endlich geschehen war. Als wäre Macks Leben immer darauf angelegt gewesen, in einem frontalen Zusammenstoß mit einem feststehenden Objekt zu enden.

Ich empfand eine schmerzliche Trauer um Mack und die verlorenen Möglichkeiten seines Lebens. Ich bemühte mich sehr, nicht an die zärtlichen Erinnerungen in meinem Herzen zu rühren. Zu kompliziert. Zu spät. Ein Gefühl der Ungläubigkeit, dass eine Nacht vor so langer Zeit auf diese Weise enden würde. Trauer um mich selbst und die verlorenen Möglichkeiten, was wir füreinander hätten sein können. Vielleicht an einem anderen Ort, zu einer anderen Zeit. Aber der Verlust, der alle anderen übertraf, war der, den Rose verspürte. Von dem Moment an, als Kingi an die Tür klopfte und die Nachricht überbrachte, sah ich, dass Roses keckes Selbstvertrauen nur Fassade war. Trotz allem, was sie gemeinsam durchgemacht hatten, glaubte sie an Mack. Sie glaubte, dass er finden würde, wonach er suchte, und dass alles gut werden würde. Sie hatte ein kindliches Vertrauen in die Zukunft. Aber in diesem Moment ließ ihr Glauben sie im Stich. Sie sank zu Boden, als hätte alle Kraft ihren kleinen Körper verlassen. Als ich neben ihr niederkniete, sah ich keine Tränen. Ihre Augen wirkten irgendwie matt. Als wäre etwas in ihr gestorben.

Ohne Widerrede ging sie an diesem Abend ins Bett, aber als ich zu ihr ging, um ihr gute Nacht zu sagen, saß sie in ihrer Pyjamahose auf dem Bett und wickelte sich sorgfältig einen schmutzigen alten Verband um die Brust. Sie wickelte ihn um sich und verknotete ihn mit Bewegungen so langsam und qualvoll wie die einer alten Frau. Ich setzte mich neben sie. »Zeig mir, wo es wehtut, Rose.«

Sie legte die Hand an die Brust und rieb sie auf traurig abwesende Art.

»Rose, ich weiß nicht, ob du das weißt, aber wenn jemand, der dich wirklich liebt, die schmerzenden Stellen berührt, kann dir das ein bisschen Erleichterung bringen.«

Sie nickte langsam, ohne mich anzusehen, und als ich sie fragte, ob ich den Verband entfernen dürfe, nickte sie erneut. Ich legte einen Arm um ihre Schultern, hielt sie fest und rieb mit den Fingerspitzen in sanften, kreisenden Bewegungen über ihre Brust und ihren Bauch. Ihr Körper, der *sich anfangs starr anfühlte, wurde langsam weicher und fiel schließlich gegen den meinen. Ich fragte sie, ob es ihr recht wäre, wenn ich auch die anderen Stellen, die sie oft einband, mit meinen heilenden Händen reiben dürfe. Sie streckte sie aus und gab sich wortlos meinen Zärtlichkeiten hin. Ich fragte mich, ob sie mich bloß gewähren ließ und hoffte, dass alles bald vorbei sei, aber plötzlich begann sie zu zittern und zu stöhnen, als hätte sie schreckliche Schmerzen, kroch auf meinen Schoß und zog die Knie an, damit sie in meine Arme passte wie ein Baby. Ich drückte sie an mich, während sie schluchzte, bis sie schließlich aus purer Erschöpfung einschlief. Dann packte ich sie ins Bett und machte das Licht aus.*

Macks Familie hatte in den Wochen, in denen er fort war, wenig Interesse an Rose gezeigt. Vielleicht trauten sie grundsätzlich niemandem, mit dem Mack zusammen war. Ich schätze, sie betrachteten mich als praktischen Babysitter, der kaum weniger verlässlich als Roses Vater sein konnte. Aber nach der Beerdigung kam Murray auf mich zu und sagte ohne Umschweife: »Es wäre mir recht, wenn Sie Roses Sachen packen könnten. Ich hol sie heute Abend ab.«

»Ich würde sehr gern bei ihr bleiben, bis alles geregelt ist«, bot ich an.

»Es ist alles geregelt«, antwortete er. »Rose wohnt bei uns, bis sie übernächstes Jahr auf die Highschool geht. Dann kann sie nach Melbourne zu Mum ziehen. Sie müssen auch Ihre Sachen aus dem Haus holen. Mum übergibt es nächste Woche dem Makler.«

»Murray ...« Weil ich für Rose stark sein wollte, hatte

ich die Trauerfeierlichkeiten überstanden, aber plötzlich kamen mir die Tränen. »Ich mag Rose wirklich sehr gern. Ich glaube, sie braucht mich jetzt.«

Er sah mich an, als wäre ich nicht bei Sinnen. »Wir sind ihre Familie. Wir sind verantwortlich für sie.« Er hielt inne, und sein Tonfall wurde ausgesprochen feindselig. »Was hat Mack veranlasst, gegen einen Baum zu fahren?«

Ich war wie vom Schlag gerührt. »Es war ein Unfall ... Wollen Sie sagen, er hat es absichtlich getan?«

»Er hat nicht gebremst.«

»Murray, er war nicht auf Drogen. In seinem Blut wurde nichts gefunden. Er kam clean nach Hause. Er ist eingeschlafen. Wenn man die ganze Nacht fährt, schließt man beim ersten Lichtstrahl ganz automatisch die Augen. Da können Sie jeden Abschleppfahrer fragen, alle werden Ihnen sagen, dass das stimmt. Es war ein Unfall.«

Murray zuckte unwirsch die Achseln, aber ich hatte das Gefühl, er akzeptierte, was ich sagte; wollte es akzeptieren. Ich sah ihn mit seiner Mutter reden, und sie blickten zu mir herüber. Rose stand bei ihren Cousins und bekam von dem Gespräch nichts mit, also fiel es mir zu, ihr die Neuigkeit beizubringen, während wir in die Carinya Street zurückfuhren. Wir mussten beide ausziehen.

Wenn sie geweint hätte, wäre es leichter gewesen, aber das tat sie nicht. Sie starrte einfach stumm aus dem Fenster, als würde es sie nichts angehen. Wir hatten ein schnelles Essen aus Käse und Toast, und danach packten wir ihre Kleider, ein paar Schmusetiere und ein paar Bücher. Ich packte meinen Koffer, und wir saßen auf der Vordertreppe, um auf Murray zu warten. Ich hatte das Gefühl, als würde es mir das Herz zerreißen. Es tat so weh, dass ich kaum sprechen konnte.

Als ich nach meinen Schlüsseln suchte, kam mir zufällig der Kuru *in die Finger, der in einer Ecke meiner Tasche steckte. Ich legte ihn auf die flache Hand und streckte sie Rose hin, die still neben mir saß.*

»Rosie«, sagte ich, »das hat mir Kingi gegeben, als ich ein bisschen älter war als du jetzt.« Ich fuhr mit dem Finger über den glatten Grünstein. »Das ist der große Farn – das bin ich – die den kleinen Farn beschützt – das bist du.« Ich legte ihn in ihre Hand, und sie starrte verständnislos darauf.

»Aber du beschützt mich nicht. Du lässt zu, dass sie mich wegholen. Ich mag Marie nicht, sie ist böse. Nächstes Jahr schicken sie mich weg, und ich muss bei Nanny wohnen.« Plötzlich stiegen ihr Tränen in die Augen. »Nanny ist wirklich herrschsüchtig. Und böse.«

»Herrschsüchtiger als ich?« Aber Rose war nicht in der Stimmung für meine Scherze und wandte sich ab. Ich legte den Arm um sie, drückte sie an mich und roch das Shampoo in ihrem Haar und die Verzweiflung in ihrem Atem. Sie vergrub den Kopf in meiner Bluse und umarmte mich heftiger, als mich je jemand umarmt hatte, und ich stellte fest, wie sehr ich das kleine Mädchen mit den winzigen Füßchen und der Löwenmähne inzwischen liebte. Und wie sehr ich sie vermissen würde.

Kingis Abschied

Alle möglichen Leute aus allen möglichen Orten kamen zu Kingis Abschiedsparty. Das Autogewerbe war überrepräsentiert mit den meisten Mechanikern aus Bilkara, den Fahrzeughändlern, Unfallinstandsetzern und zukünftigen Spray-Künstlern. Abschleppfahrer und Biker, Cops und Richter waren da – sogar ein Parlamentsabgeordneter aus der Gegend, mit dessen Karriere es weiter nach oben ging, nachdem Kingi einen kleinen, unter Alkoholeinfluss begangenen Unfall diskret behandelt hatte, der auf dem Heimweg von einer politischen Veranstaltung passiert war.

Die Party fand im Hof statt. Mit Plastikwannen voller Bier auf Eis und einem improvisierten Barbecue – das Avril und Harrison am Nachmittag schnell auf die Beine gestellt hatten – war sie alles andere als stilvoll, aber niemand kümmerte das, und der Lärm und das Gelächter schallten in die warme Dezembernacht hinaus.

Da es keine weitere formelle Einladung gegeben hatte, außer »Freibier im Hof am Freitag«, stellte Cassie schon früh am Abend fest, dass sie die Anforderung ans Catering stark unterschätzt hatten, und schickte Jonathan schnell zum Getränkeladen, um mehr Bier zu holen.

Schließlich kreuzten Kingi und Elaine in den nicht angemeldeten Schrottmühlen auf, die mit ihren Jungs, mehreren Freundinnen und anderen Gästen vollgepackt waren. Jonathan kam mit dem Bier zurück, wurde aber gleich wieder losgeschickt, um mehr Würstchen zu besorgen. Dean tauchte mit seinem neuen Boss Mr Solartint auf und überbrachte die Nachricht, dass Roddy, der gerade von einer fünfwöchigen Pub-Tour zurück sei, später am Abend auch kommen wollte.

Nachdem die Party in dem überfüllten Hof in Schwung gekommen war und alle sich an Bier und Würstchen gesättigt hatten, stieg Kingi auf eine Kiste. Er hob die Hand, und nach einer Weile wurde es still. »Ihr alle wisst«, begann er, »dass ich kein großer Redner bin. Ich will mich nur für euer Kommen bedanken. Hier sieht's aus, als wär ich auf meiner eigenen Beerdigung, was? Alle Freunde zu gleicher Zeit am gleichen Ort.« Er sah sich in der Menge um, und seine Stimme wurde ernst. »Ihr wisst, vor einem Jahr sind wir hier ziemlich in der Scheiße gesessen. Wir hatten einen guten Mann verloren. Aber dann ist eine gute Frau nach Hause zurückgekommen. Sie hat ein paar wirklich schräge Ideen gehabt. Aber die haben funktioniert. Kümmert euch um sie.« Er hielt inne und grinste Cassie an. »Aber egal, wir wollen jetzt nicht rührselig werden. Ich hab Avril versprochen, dass ich und Elaine nächstes Jahr zu ihrer Hochzeit kommen.« Er hob sein Glas. »Also trinkt und seid fröhlich!«

Nachdem sie sich nicht mehr ums Catering kümmern musste, nahm Cassie ein paar Biere, ging zu ihrer Mutter hinüber, die allein neben der Werkstatttür stand und auf die Menge blickte. »Spielst du das Mauerblümchen, Mum?«, fragte Cassie und reichte ihr ein Bier.

»Ich schau nur zu«, antwortete Josie. Cassie blickte sich um. Avril redete mit Evan Armstrong, während Harrison beschützend den Arm um sie gelegt hatte. Gail hatte einen Kreis Mechaniker angezogen, die gebannt ihrer lebhaften Schilderung von Avrils Auseinandersetzung mit Eddie folgten. Manu plauderte mit Elaine und warf in Erwartung von Roddys angekündigter Ankunft gelegentlich einen Blick zum Tor. Jasmine unterhielt sich angeregt mit Judith und ihrer Partnerin Angela. Sie rühmten ihre Harley Davidson, deren Leistungskraft sie erst vor Kurzem bei ihrer Fahrt rund um Tasmanien begeistert hatte. Mrs Malloy hatte in Bryan einen neuen Zuhörer gefunden und lieferte eine zunehmend farbige Schilderung ihrer Rolle beim Sturz des Steuerberaters Roger Bexley. Monique, die nur leicht verärgert war, saß in einen Plastikstuhl gequetscht, die Knie elegant nach außen gedreht, um ihren wasserballgroßen Bauch unterzubringen, während sie ruhig an einem Orangensaft nippte.

»Wie geht's dir?«, fragte Josie und wandte sich ihrer Tochter zu.

»So la la. Ich vermisse Rose. Was für ein Jahr, Mum«, fügte sie seufzend hinzu.

»Warum gönnst du dir keine Auszeit? Fahr ein paar Tage weg – oder länger. Die Mädels und ich schmeißen den Laden schon. Ich hab inzwischen festgestellt, dass ich mehr von diesem Geschäft versteh, als ich gedacht hab.«

»Ich hab gesehen, dass du das Funkgerät wieder in deinem Zimmer stehen hast.«

»Ich will einfach hören, was so los ist. Es leistet mir Gesellschaft nachts.«

Sie standen eine Weile schweigend nebeneinander, dann nickte Josie in Evan Armstrongs Richtung und sagte: »Findest du, wir sollten uns mit Evan unterhalten, ob wir uns zusammentun sollen?«

Cassie zog die Augenbrauen hoch. »Eine Fusion?«

Josie nickte. »Das würde uns beide stärker und profitabler machen.«

Bevor Cassie antworten konnte, entdeckte Kingi die beiden und kam zu ihnen herüber. »Was quatscht ihr beiden da? Kommt mit zu den anderen.«

»Wir quatschen nicht, wir entwickeln eine neue Strategie«, erklärte Josie.

Kingi lachte.

»Du glaubst nicht, dass wir es ohne Hilfe schaffen, stimmt's?«, fragte Cassie.

Kingi setzte plötzlich einen argwöhnischen Blick auf, weil er eine Stimmungsänderung spürte. »Lasst uns feiern«, schlug er ohne Überzeugung vor.

»Du nimmst uns überhaupt nicht ernst! Du hältst uns bloß für zwei alberne Frauen, nicht?«, fragte Josie ärgerlich.

Kingi blickte von einer zur anderen, als versuche er zu entscheiden, was er dachte. Nach einiger Überlegung sagte er: »Ihr habt euch verändert. Alle beide.«

»Wirklich?« Cassie blickte Josie an.

»Ja, ihr seid nicht mehr halb so albern wie früher«, fuhr er fort und schaffte es nicht mehr, ernst zu bleiben, sondern prustete bereits los. Ohne Vorwarnung schloss er beide in die Arme und drückte sie an sich. »Bleibt stark, Schwestern. Ihr wisst, wo ihr mich findet.«

Glorreiche Tage

Dorothy gab die beiden grünen Vinyl-Sessel, die eine so zentrale Rolle in ihrem Leben gespielt hatten, an die Heilsarmee und kaufte eine neue Sitzgarnitur zu Weihnachten. Die hatte einen anderen Grünton und wirkte abgenutzt, sodass Avril vermutete, sie stammte ebenfalls von der Heilsarmee, aber sie musste zugeben, dass es ein Schritt in die richtige Richtung war. Dorothy stürzte sich in weitere Unkosten und kaufte Sitzsäcke für die Enkel, damit die ganze Familie gemütlich fernsehen konnte.

Anfang Dezember zogen Kristy, Tim und die Jungen bei Dorothy ein, während sie warteten, bis ihr neues Haus bezugsfertig war. Es hatte drei Schlafzimmer und einen großen Hinterhof und lag nur einen kurzen Fußmarsch von der Bilkara Public School entfernt. Es überstieg ein bisschen ihre finanziellen Möglichkeiten, aber Dorothy griff in ihre Geheimreserven und glich den Fehlbetrag bei der Anzahlung aus. Sie griff noch einmal hinein, und schenkte den Jungen Fahrräder zu Weihnachten, damit sie zu ihrer Großmutter herüberfahren konnten, wann immer sie wollten.

Avril konnte sich an kein vergleichbares Weihnachten erinnern: Essen, die Familie, ein richtiger Truthahn, den Tim perfekt zubereitete, Bonbons, Partyhüte und dumme Witze; Harrison, der in die geheime Welt der Pokémons eingeweiht wurde; Kristy, die aß und nur flüchtig ihr Essen prüfte. Beim Lunch gab es einen Moment, als sie Dorothy in die Augen blickte und an dem weichen Ausdruck in ihrem Gesicht erkannte, dass endlich die glorreichen Tage für ihre Mutter gekommen waren. Für sie alle.

Avril und Dorothy hatten bislang ihr Weihnachtsessen immer in einem Rasthaus auf dem Highway eingenommen, eine Tradition, die sie gern aufgab, aber auf einer Tradition bestand Dorothy weiterhin: der Weihnachtsansprache der Königin. Sie versammelte die protestierende Familie und schaltete den Fernseher ein. Die Nachrichten liefen, und die beiden Jungen, die sofort gelangweilt waren, begannen laut mit der Bohnenfüllung ihrer Sitzsäcke zu knistern und mussten in ein anderes Zimmer geschickt werden. Die Lokalnachrichten begannen mit dem Bild eines rundlichen Mannes, dessen Bauch seinen grauen Anzug fast sprengte, und er hob die in Handschellen gelegten Hände zum Gesicht, als er auf den Rücksitz eines Polizeiwagens gesetzt wurde. Avril packte die Fernbedienung und drehte die Lautstärke hoch.

»*Das Gericht von Bilkara lehnte gestern die Kaution für Mr Roger Bexley ab, nachdem eine Anklage wegen Betrugs erhoben wurde. Die Staatsanwaltschaft wird vermutlich weitere Anklagen erheben, einschließlich wegen Totschlags an einem hiesigen Abschleppunternehmer Anfang dieses Jahres. Die Untersuchungen werden fortgeführt.*«

»Mein Gott«, sagte Harrison. »Ich kenne ihn.«

»Ich auch«, fügte Avril hinzu. »Woher kennst du ihn?«

»Er wollte irgendwelche krummen Sachen mit dem Boss machen. Ein totaler Gauner. Evan hat gesagt, dass er Reed einen Haufen Geld schuldet.«

»Ah ja, ich schätze, das Gefängnisleben ist nach dem Ganzen ganz erholsam für ihn«, meinte Dorothy inzwischen philosophisch. »Dort wird er bessere Leute kennenlernen als diese Bande. Und ein bisschen was zu lachen haben. Ich hoffe, Lizzie hat nicht noch ein *annus horribilis erleben müssen.* So ist's bis jetzt mein ganzes Leben lang gewesen. Ich schätze, diese Jahrtausendwende wird's besser.« Plötzlich wurden ihre Augen feucht, und sie sah sich unter ihrer Familie um. »Alles Liebe für euch«, sagte sie und wandte sich ehrfürchtig der Ansprache der Königin zu.

Zwei unterwegs

Wir warteten den ganzen Winter auf deine Rückkehr. An deinen Postkarten sah ich, dass du immer noch nach Norden unterwegs warst, und langsam wurde mir klar, dass du möglicherweise einfach immer weitergefahren bist. Ich dachte nie, dass du nicht zurückkommen würdest. Ich wusste, dass du Rose liebst, und ich wusste, dass du mich liebst. Ich gestehe, dass ich heimlich hoffte, deine Liebe könnte mich retten, aber ich wusste, deine Erlösung war nur möglich, wenn du bereit bist, dich selbst zu retten.

Als es Frühling wurde, brachte ich Rose an alle Orte, die mich als Kind glücklich machten. An den Meerwasser-Pool am nördlichen Ende des Strands, wo meine Mutter mich früher manchmal hinbrachte, als ich klein war. Rose und ich schwammen bei Tagesanbruch, als glänzende Lichter auf dem Pool tanzten und silberne Fische unter uns dahinschossen. Bei Ebbe machten wir in der goldenen Nachmittagssonne Sprints den Strand entlang. Wir liehen uns Kingis Angeln, und ich zeigte ihr, wie man auf den Wellen reitet und Weißfische direkt am Strand fängt, ganz so, wie er es mir gezeigt hat. Wir brieten unseren Fisch am offenen Feuer und tanzten den Reigen der Seligen Geister, als sich der Mond über dem nächtlichen Meer erhob. Ich begann zu begreifen, dass ich meine eigene Erlösung in der Liebe zu diesem kleinen seligen Geist finden könnte. Ich begriff, dass sie mein kleiner Farn geworden war und mein Leben sich um sie geschlungen hatte.

Du wolltest zu uns nach Hause kommen. Du warst nur ein paar Stunden weit weg. Und dann warst du fort, und Rose und ich hatten nur noch einander. Dann hatten wir gar nichts mehr. Nicht einmal mehr uns selbst. Als deine Familie Rose wegnahm, gab es Tage, an denen ich dachte, ich würde ihren Verlust nicht überleben, nachdem ich dich und so vieles andere verloren hatte. Sie brauchte mich, und ich brauchte sie.

Wir fahren jetzt nach Norden, wir beide, Rose und ich. Am Ende ließen sie sie wählen. Und sie entschied sich für mich. Wir wissen nicht, wohin wir fahren, einfach nach Norden. Wir haben einen Monat, bevor die Schule wieder anfängt, und keine Pläne und kein Ziel. Nur ein paar Post-

karten, einen Strauß Blumen und einen alten Verband, den wir um einen Baum am Highway binden wollen. Und meine Kamera, um alles festzuhalten.

Die Kühlerhaube des Cadillacs streckt sich vor uns aus, und die Sonnenstrahlen tanzen auf dem glänzenden Chrom. Der Wind durch die offenen Fenster zerrt an unserem Haar. Barnseys kehliger Gesang braust durch den Wagen, und wir brüllen die Refrains zum Rhythmus des Highways mit.

Dank

Mein Dank gilt meinem Dad Harold Hampson, der mich unbewusst auf die Idee für diese Geschichte gebracht hat.

Ich muss vermutlich nicht betonen, dass ich übers Abschleppgewerbe nichts wusste, bevor ich mit dem Schreiben dieses Buchs begann, aber alles, was ich brauchte, lernte ich mithilfe von Jim Faber von Hawksbury Towing und Wayne Dunbar von North Shore & City Towing Services. Ich bin Waynes Fahrern Peter Rixon, Matt Bader und Tony Pasalich zu Dank verpflichtet, die mich auf ihren Einsätzen mitnahmen und geduldig alle meine Fragen beantworteten.

Ich bedanke mich bei Nathan Puata, Justin Tukaki und Ruth Free für die Gespräche über Maori-Kultur, Tattoos und das *haka*, ebenso bei meinem Kiwi-Freund Ross Wall, einem Experten für alle Aspekte des Sports in Australien und Neuseeland. Mein besonderer Dank gilt Shiron Kirkman für ihren persönlichen Beitrag. Außerdem danke ich Patrick Bowens, dessen geliebter pinkfarbener Cadillac seine letzte Fahrt in diesem Buch unternahm.

Wie immer gilt meine Liebe und meine Dankbarkeit meinen wundervollen Freunden, die mich unterstützt haben und alle Teil meiner Reise sind, und mein besonderer Dank gilt meiner Agentin Lyn Tranter.

Wie immer fühle ich mich geehrt, bei Penguin Books verlegt zu werden. Vielen Dank meinem großartigen Verleger Ali Watts und der wundervollen Lektorin Saskia Adams. Vielen Dank an alle Penguin-Mitarbeiter, die mir halfen, das Buch zu verkaufen, sodass ich weiterschreiben kann.

Und schließlich bedanke ich mich bei meinen Kindern Darren, Tula und Mila für ihre Unterstützung – ich liebe euch alle!